DONGSUH MYSTERY BOOKS 135

FRIDAY THE RABBI SLEPT LATE
금요일, 랍비는 늦잠을 잤다
해리 케멜먼/문영호 옮김

동서문화사

옮긴이 문영호(文永浩)

서울대학교 공과대학 졸업. 육군사관학교 교수·파스칼세계대백과사전 편찬위원 역임. 옮긴책 아처《한푼도 용서없다》퀸《꼬리 아홉 고양이》등.

DONGSUH MYSTERY BOOKS 135

금요일, 랍비는 늦잠을 잤다

해리 케멜먼/문영호 옮김
초판 발행/1977년 12월 1일
중판 발행/2003년 10월 1일
발행인 고정일/발행처 동서문화사
창업 1956. 12. 12. 등록 16-345(윤)
서울강남구신사동540-22 ☎546-0331~6 (FAX) 545-0331
www.epascal.co.kr

*

이 책의 출판권은 동서문화사(동판)가 소유합니다.
의장권 제호권 편집권은 저작권 법에 의해 보호를 받는 출판물이므로
무단전재와 무단복제를 금합니다.

편찬·필름·제작 일체「동판」자본으로 이루어짐에 따라
출판권 소유권자「동판」에서 제조출판판매 세무일체를 전담합니다.
사업자등록번호 211-90-02201
ISBN 89-497-0231-2 04840
ISBN 89-497-0081-6 (세트)

금요일, 랍비는 늦잠을 잤다
차례

금요일, 랍비는 늦잠을 잤다—해리 케멜먼
금요일, 랍비는 늦잠을 잤다······ 11

미드나이트 블루—로스 맥도널드
미드나이트 블루······ 260

지적 즐거움 고상한 품격 랍비 탐정······ 308

사랑하는 부모님께 드립니다.

등장인물

데이비드 스몰 랍비(유대교의 율법사)
미리엄 스몰 데이비드의 아내
제이콥 워서맨 신도회 회장
벤 슈워츠 ⎫
알 베커   ⎬ 신도회 이사
멜빈 브론스타인 알의 부하 직원
조 세라피노 레스토랑 경영자
엘스페스 블리치 세라피노가의 애 보는 가정부
시리아 샌더스 엘스페스의 친구
윌리엄 노먼 순찰 경관
에번 제닝스 형사
휴 래니건 경찰서장

금요일, 랍비는 늦잠을 잤다

1

 그들은 예배당에 앉아서 기다렸다. 아직 아홉 사람밖에 오지 않아서 아침 기도가 이루어지는 최소한의 인원인 열 명이 모이기를 기다리고 있는 것이다. 신도회의 장로회장인 제이콥 워서맨은 작은 맹세 상자를 몸에 달고 있었고, 지금 막 도착한 젊은 랍비 데이비드 스몰도 자기 상자를 붙이는 참이었다. 그는 이미 저고리에서 왼팔을 빼 와이셔츠 소매를 겨드랑이 밑까지 접어 올리고 있었다. 구약성서에서 발췌한 문구를 담은 검고 작은 상자를 왼팔 윗부분——심장 가까운 곳에 대더니 상자에 딸려 있는 리본을 팔뚝으로 일곱 차례 묶고 나서, 손바닥에 세 번 감아 신을 가리키는 머릿글자를 만들었다. 그리고 마지막으로 신과의 정신적인 계약을 뜻하는 반지를 본떠 가운뎃손가락에 묶었다.
 이것은 그가 지금 이마를 갖다댄 작은 상자와 함께 율법에 대한 엄숙한 대답인 셈이다.——'신의 말씀을 지키겠다는 맹세로 네 손을 묶고, 이마를 대어 경의를 표할지니.'

다른 신도들은 실크로 가장자리를 댄 기도용 어깨걸이와 검은 두건 차림으로 삼삼오오 짝을 지어 이야기를 나누거나, 기도서에 멍하니 눈길을 주거나, 가끔 둥근 벽시계와 자기의 손목시계를 비교하거나 했다.

아침 기도 준비가 다 된 랍비는 중앙 통로를 큰 걸음으로 왔다갔다 했다. 기다리기에 지쳐 못 견디겠다는 모습이 아니라 기차역에 일찍 도착한 승객 같았다. 여기저기서 대화의 단편이 귀에 들어왔다. 장사 얘기, 가족이며 아이들 문제, 휴가 계획, 레드삭스의 승패 등, 기도를 기다리는 사람들에게 그다지 어울리는 대화는 아니라고 랍비는 생각했지만 이내 스스로 반박했다. 지나치게 신심이 깊은 것도 죄가 아니던가? 인생의 다양한 즐거움을 맛보는 것이 인간이 아니겠는가? 가족이나 일, 그리고 휴가처럼 즐거움에는 여러 가지가 있다. 그는 아직 너무나 젊어서 서른도 채 되지 않은데다 내성적인 성격이기 때문에 다양한 일들에 의문을 품고, 그 의문을 제기하지 않을 수 없었다.

예배당에서 모습을 감췄던 워서맨씨가 돌아왔다.

"방금 에이브 라이히에게 전화를 걸고 왔어. 10분쯤 지나면 올 것 같아."

키가 작고 뚱뚱한 중년의 벤 슈워츠가 느닷없이 벌떡 일어섰다.

"딱 질색이야." 그는 작은 소리로 말했다. "민얀(예배에 필요한 최저 인원수. 13세 이상의 성인남자 10명)을 채우기 위해 라이히 녀석까지 불러와야 한다면 난 집에서 기도를 올리겠어."

워서맨이 허둥지둥 쫓아가서 통로 끝에서 슈워츠를 붙들었다.

"진짜로 가는 건 아니겠지, 벤? 자네가 가면 라이히가 와도 여전히 아홉 명이 되어버리잖아."

슈워츠는 퉁명스럽게 말했다.

"안됐지만, 제이콥, 중요한 약속이 있어서 돌아가야만 해."

워서맨은 두 팔을 벌렸다.

"어렵게 시간을 내어 아버지를 위한 카디시(죽은 사람의 추도 기도)를 하러 왔는데, 아버지에게 경의를 표할 수 있는 겨우 몇 분도 기다리지 못하겠다니 대체 무슨 약속이 있다는 거야?"

육십대 중반이 된 워서맨은 대부분의 신도회 회원보다 나이가 많았는데, 그의 말씨는 발음이 틀리기 때문이라기보다 오히려 똑바르게 발음을 하려고 특별한 주의를 쏟기 때문에 도리어 미묘한 사투리가 튀어나왔다. 그는 슈워츠가 망설이고 있음을 간파했다.

"게다가 오늘은 나도 카디시를 읊는다네, 벤."

"알았어요, 제이콥, 내 감정을 들쑤시는 말은 그만둬 주세요. 그냥 있겠습니다."

슈워츠는 미소마저 보이고 있었다. 그러나 워서맨은 아직 이야기가 끝나지 않았다.

"그런데 어째서 에이브 라이히를 싫어하는 거지? 전에 자네는 두 사람이 친구라고 하지 않았나?"

슈워츠는 기꺼이 대답했다.

"까닭은 이렇습니다. 지난주에……."

워서맨은 팔을 들어 그의 입을 막았다

"그 자동차 얘기요? 그 얘기라면 이미 들었소. 그가 그렇게 빚이 많다면 그를 고소해서 정리를 하면 되지 않소?"

"그런 분쟁을 법정으로 가져갈 수야 없지요."

"그렇다면 다른 방법으로 얘기를 해서 화해를 하시게. 그러나 교회에서, 교인으로 민얀 예배에 동석하는 것조차 참지 못해서야 되겠소? 부끄러워해야만 할 일이오."

"하지만 말입니다, 제이콥……."

"이 사회에서 그게 교회의 진정한 역할이라고 생각한 적은 없소? 유대인이 다툼을 잊고 화해를 하는 곳, 교회는 그런 장소가 아니냔 말이오."
워서맨은 젊은 랍비를 옆에 불러놓고 물었다.
"지금 벤에게 이야기를 하던 참이오. 교회는 신성한 곳이며, 여기 모인 유대인은 모두 서로 화평을 도모해야만 한다고 말이야. 여기서는 모두 다툼을 잊고 사이좋게 지내야만 되오. 교회는 그저 기도하는 장소라기보다는 그 쪽이 중요하지 않겠소? 어떻게 생각합니까?"
젊은 랍비는 확신이 서지 않는 듯 두 사람을 번갈아 쳐다보았다. 얼굴이 새빨개졌다.
"워서맨씨, 어쩌면 찬성하기 어려운 일이겠지만 교회가 반드시 신성한 장소는 아닙니다. 물론 본래는 그랬지만, 이러한 공동 교회당은 그냥 건물에 불과합니다. 단지 기도와 연찬의 장소일 뿐인데, 기도를 하기 위해 모이는 곳은 어디든 신성하다는 의미에서는 신성한 곳이겠지요. 하지만 분쟁을 잊고 화해를 도모하는 것은 본래 교회의 역할이 아니라 랍비가 할 일입니다."
슈워츠는 아무런 말도 하지 않았다. 젊은 랍비가 교회 회장에게 그 정도로 거침없이 반박하는 것은 그리 탐탁한 일이 아니라고 생각했던 것이다. 워서맨은 그의 아버지만큼 나이가 들었을 뿐만 아니라 실제로 그의 상사였다. 그러나 제이콥은 개의치 않는 것 같았다. 눈이 번쩍 빛났고, 만족한 것처럼 보이기조차 했다.
"그렇다면 만일 교인 두 사람이 말다툼을 했을 경우 당신이라면 어떤 제안을 할 건가요?"
젊은 랍비는 잠깐 미소를 머금었다.
"글쎄요, 옛날 같으면 '딘 토라'를 열었겠지만 말입니다."

"뭡니까, 그것은?" 슈워츠가 물었다.

"청문회, 심판입니다." 랍비가 대답했다. "덧붙여 말한다면 그것도 랍비의 주된 역할의 하나입니다. 심판에 입회하는 것이죠. 과거, 유럽의 유대인 지역에선 랍비는 유대교회가 아니라 그 마을에 고용되어 있었습니다. 그래서 랍비는 기도 선창을 하거나 교회를 관리하기 위해서가 아니라, 분쟁의 심판에 입회하거나 여러 법률 문제를 다루기 위해 고용되었던 것입니다."

"그럼 랍비는 어떤 식으로 판결을 내립니까?"

슈워츠는 저도 모르게 흥미가 끌렸다.

"보통 재판관과 마찬가지로 하소연을 듣습니다. 가끔은 혼자서, 때로는 마을의 지식인 두 사람과 동석하는 경우도 있습니다만. 그리고는 이런저런 질문을 하고, 필요하다면 증인을 심문한 다음에 탈무드(유대 율법의 주석서)에 비춰 판결을 내렸던 것입니다."

"아무래도 우리에겐 도움이 될 것 같지 않군요." 슈워츠는 미소를 지으면서 말했다. "이번 일은 자동차를 둘러싼 문제니까요. 설마 탈무드에 자동차 사건이 다뤄져 있을 리는 만무하겠지요."

"탈무드는 모든 문제를 다루고 있습니다."

랍비는 딱 잘라 되받았다.

"하지만 자동차는?"

"물론 탈무드에 자동차가 어쩌고 하는 말이 씌어 있지는 않습니다만, 손해나 책임문제 같은 일들은 다루고 있습니다. 시대에 따라 사정은 다르겠지만, 총체적인 원리에 변함은 없습니다."

"어떤가, 벤?" 워서맨이 물었다. "이번 사건을 중재 받을 마음은 있는 건가?"

"그렇게 해도 난 곤란할 것 없어요. 누구한테 말한대도 난 상관하지 않으니까요. 하긴 그러면 그럴수록 좋지요. 그만큼 신도회 전원에게 에이브 라이히가 얼마나 나쁜 녀석인지 빨리 알려질 테니까."
"아니, 난 진지하게 말하고 있는 거요, 벤. 자네도 에이브도 함께 이사회에 자리를 나란히 하고 있소. 둘 다 얼마만큼 많은 시간을 교회에 바쳐왔는지 알면서 그러나? 옛날부터 전해오는 유대식 화해법을 이용하면 어떻겠나?"
슈워츠는 어깨를 으쓱했다.
"나로서는……."
"당신은 어떻습니까, 랍비? 그렇게 되면 기분 좋게……."
"라이히 씨와 슈워츠 씨가, 두 분 다 자진해서 말씀하신다면 딘 토라를 열기로 하겠습니다."
"에이브 라이히를 오게 하는 건 불가능해요."
"내가 책임지겠소, 벤. 라이히는 출석할 걸세."
슈워츠도 마음이 내키는지 열의를 보였다.
"좋습니다. 어떤 절차로 할까요? 언제 열립니까? 그 딘 토라인가 하는 것 말입니다. 그리고 장소는요?"
"오늘 저녁이 어떻겠습니까? 제 서재에서."
"난 좋습니다, 랍비. 그런데 발단은 에이브 라이히가 글쎄……."
랍비는 부드럽게 말렸다.
"만약 하실 말씀이 있으시다면 라이히씨가 출석한 다음에 사정을 설명해 주시지 않겠습니까?"
"아! 그렇고말고요, 랍비. 나도 여기서 말할 생각은……."
"그럼 오늘 저녁에 뵙겠습니다, 슈워츠 씨."
"그러겠습니다."
랍비는 고개를 숙여 인사하고 훌쩍 자리를 떠났다. 슈워츠는 그런 랍비의 뒷모습을 배웅하다가 이윽고 말했다.
"그런데 제이콥 씨, 제가 아무래도 멍청한 일을 하겠다고 나선 것 같습니다."
"어째서 멍청한 일이라는 건가?"
"결국은 정식 재판에 동의했기 때문이지요."
"그래서?"
"그래서 재판관이 누가 되었습니까?"

젊은 랍비의 몸에 맞지 않는 옷과 헝클어진 머리칼, 먼지투성이 구두를 떠올리면서 불쾌한 안색으로 슈워츠는 랍비를 턱짓으로 가리켰다.

"보십시오, 마치 샌님 같은 풋내기 아닙니까? 자식이나 마찬가진데 그런 그에게 재판을 받아요? 그렇지 않습니까, 제이콥 씨? 만약 랍비가 그런 일에, 그러니까 재판관 같은 것이 될 입장이라면 좀더 나이가 든 점잖은 어른을 랍비로 해야 한다던 알 베커나 다른 사람들의 주장이 옳았는지도 모릅니다. 당신은 정말로 에이브 라이히가 이번 일에 동의하리라고 생각하십니까?"

그 때 불현듯 어떤 생각이 떠올랐다.

"그런데 만일 에이브가 동의하지 않으면, 그러니까 만일 그가 그 뭐라던가 하는 것에 모습을 드러내지 않으면 소송은 나의 부전승이 되는 게 아닌가요?"

"저것 봐, 라이히가 오네. 곧 시작될 거야. 그리고 오늘 저녁 일은 걱정하지 말게, 그는 출석할 거야."

랍비의 서재는 2층에 있어서 넓은 아스팔트 주차장이 내려다보였다. 랍비가 도착하고, 동시에 워서맨이 당도해 두 사람은 나란히 2층으로 올라갔다.

"당신이 오실 예정이었는지는 몰랐습니다." 랍비는 말했다.
"슈워츠가 발뺌을 하려고 해서 입회해 주겠다고 했어요. 지장은 없겠지요?"

"예, 전혀."

"그런데 어떻습니까? 당신은 이런 경험이 있습니까?"

"딘 토라를 연 적이 있느냐는 말씀인가요? 물론 없습니다. 보수파 랍비가 그런 일을 할 리는 없겠지요. 이곳 미국에 있는 정통파 교단에서, 지금 시대에 누가 딘 토라를 개최해 달라고 랍비에게 달려가겠습니까?"

"하지만 그렇게 되면……."

랍비는 빙긋 웃었다.

"괜찮습니다, 안심하십시오. 저도 사회에서 벌어지는 일에 전혀 무관심한 것은 아닙니다. 이런저런 소문은 듣고 있습니다. 그 두 사람은 언제나 친하게 지내왔는데, 무슨 일로 우정에 금이 간 거겠지요. 생각건대 어느 쪽이나 이번 다툼을 기뻐하지 않으며, 두 분 다 반드시 화해하기를 원하고 계실 것입니다. 그런 문제라면 저도 어떻게든 두 분 사이에 징검다리를 놓을 장소를 찾아드려야만 하겠지요."

"물론입니다." 워서맨은 고개를 끄덕이며 말했다. "하지만 좀 걱정이 되어서요. 당신이 말씀하신 대로 두 사람은 친했어요. 그것도 오랜 기간에 걸쳐서요. 아마 이야기를 거슬러 가보면 원인은 뒤에 있는 아내들에게 있을 겁니다. 벤의 아내 마일라는 말이죠, 이름난 허풍쟁이예요. 입부터 먼저 태어난 것 같은 여자거든요."

"알고 있습니다. 유감스럽게도 잘 압니다."

랍비는 슬픈 듯 말했다.

"슈워츠는 마음 약한 사내고요. 그 집은 엄처시하예요. 전엔 사이 좋은 이웃이었지요. 슈워츠 씨네와 라이히 씨네는 말이죠. 그러다가 2년 전에 벤 슈워츠의 아버지가 돌아가셔서 벤은 재산을 송두리째 물려받았습니다. 그러고 보면 2년 전 오늘 일이군요. 그래서 오늘 카디시를 읊으러 왔던 거예요. 슈워츠 씨네는 글로버 포인트로 이사를 가서 베커 집안이나 펠스타인 씨네 사람들과 사이좋게 지내기 시작했죠. 제가 보는 바로는 마일라가 옛날에 교제하던 사람들과 사이를 끊으려고 그 사람들에게 다가간 게 아닌가 싶습니다."
"그것도 이제 곧 확실해지겠지요. 누군가 온 것 같군요."
현관문이 꽈당 울리더니 계단에서 발소리가 들렸다. 서재의 바깥문이 열렸다가 다시 닫히고 벤 슈워츠와 한발 늦게 에이브 라이히가 들어왔다. 마치 양쪽이 다 상대방이 나타날지 어떨지 확인하려고 기다리고 있던 것 같았다. 랍비는 책상 한옆 의자에 슈워츠를, 반대쪽에 라이히를 앉으라고 눈짓했다.
라이히는 키가 크고 남자다우며, 뛰어난 용모와 완전히 뒤로 넘긴 진회색 머리칼로 어딘지 모르게 신사다운 풍모였다. 그는 좁은 깃에 콘티넨탈 양식으로 옆 주머니가 비스듬한 검은 양복을 입고 있었다. 통이 좁은 바지는 밑단이 접혀 있지 않았다. 그는 전국에 판매망을 둔 저렴한 구두회사의 지역 판매부장다운 관록과 민첩한 태도를 지녔다. 그는 무관심을 가장해 이 자리의 계면쩍음을 감추려고 애쓰고 있었다.
슈워츠도 농담처럼 이야기하며 거북함을 얼버무리려 했다.
슈워츠와 라이히는 이 방에 들어온 뒤로 한 마디도 하지 않았다. 아니, 서로 얼굴이 마주치는 것도 피하고 있었다. 라이히는 먼저 워서맨과 이야기를 시작했으므로 슈워츠는 랍비에게 말을 걸었다.
그는 빙긋 웃으면서 물었다.
"이제 어떻게 되는 건가요? 당신이 법복을 입고 우리는 기립을 하나요? 제이콥 씨는 법정의 서기거나 배심원이겠군요?"
랍비는 빙그레 웃었다. 그러더니 지금부터 시작한다는 표시로 의자를 당겨 앉고는 거침없이 말했다.

"두 분 다 무슨 용건인지 잘 아시리라고 생각합니다. 절차상의 딱딱한 규칙은 없습니다. 보통 두 사람이 법정의 재판권과 랍비의 결정에 흔쾌히 따를 것을 승인하는 것이 관례입니다만, 이 경우에 저는 일어나서 그렇게 해달라고 하지 않겠습니다."

라이히가 말했다.

"저는 상관없어요. 기꺼이 랍비의 결정에 따를 것입니다."

그에 질세라 슈워츠도 말했다.

"저도 물론 아무 걱정하지 않습니다. 결과에 따르겠습니다."

"좋습니다. 피해자측인 슈워츠 씨, 당신부터 말씀하십시오."

랍비의 질문에 슈워츠는 말을 시작했다.

"뭐 그리 얘기할 것도 없는데. 이야기는 매우 간단해요. 여기 있는 에이브가 아내의 차를 빌렸는데, 완전한 부주의로 인해 차를 엉망으로 만들어 버렸죠. 저는 새차를 사야 할 만큼의 돈을 지불해야만 합니다. 요점만 얘기하면 그렇다는 겁니다."

"매우 간단한 사건이로군요. 그렇다면 라이히 씨에게 차를 빌려주게 된 사정을 말해 주시겠습니까? 그리고 분명하게 기록하기 위해 묻겠습니다만, 그것은 당신의 차입니까, 아니면 부인의 것입니까? 당신은 부인의 차라고 하십니다만, 당신이 대금을 지불해야만 한다고 말씀하셨습니다."

슈워츠는 빙긋 웃으면서 말했다.

"제가 돈을 지불했다는 의미에서는 제 차입니다. 그리고 평소 아내가 운전을 한다는 의미에서는 아내의 차죠. 63년형 포드 컨버터블. 제가 운전하는 것은 뷰익입니다."

랍비의 눈동자가 갑작스레 크게 벌어졌다.

"1963년입니까? 그럼 새차나 마찬가지로군요. 아직 보증기간 중이 아닌가요?"

슈워츠는 거칠게 콧숨을 내쉬었다. "농담하십니까, 랍비. 주인의 부주의에 의한 손해를 대체 어떤 판매점이 책임을 져 준답디까? 그 차를 판 베커 모터스는 이런 종류의 판매회사로서는 다른 회사에 떨어지지 않게 신뢰할 수 있는 곳이지만, 알 베커에게 그 얘길 잠깐 꺼냈더니 전혀 상대도 않더라구요."

"이해하겠습니다."

랍비는 말하면서 재촉의 뜻을 나타냈다.

"그런데 다양한 취미의 동호회가 있단 말입니다. 연극 관람, 드라이브 여행 같은 그런 것 말이죠. 애초 시작은 가까이 사는 뜻이 맞는 부부 몇 쌍이 만든 원예 클럽이었는데, 개중에는 그 지역에서 다른 곳으로 이사한 부부도 있어요. 하지만 변함 없이 한 달에 한 번 가량은 모입니다. 이번 일은 뉴 햄프셔의 베르크나프로 스키를 타러 가는 모임이었는데 우린 차를 두 대 가지고 갔습니다. 앨버트 가족이 세단으로 라이히네를 태우고 출발했습니다. 저는 문제의 포드를 몰았고 사라 와인바움이 우리와 동승했죠. 그녀는 미망인입니다. 와인바움 부부는 그룹의 일원이었으므로 남편이 죽은 뒤에도 언제나 그녀를 부르기로 했었어요.

차로 겨우 세 시간 거리여서 우리는 금요일 오후 일찍 떠나서 해가 지기 전에 한동안 스키를 탈 수 있었습니다. 토요일엔 모두가 출발했죠. 여기 있는 에이브만 빼고요. 그는 지독한 감기에 걸려서 재채기에다가 연신 기침을 해댔습니다. 그런데 토요일 밤 사라의 집에서 아들이 전화를 했어요. 그녀에게는 아들이 둘 있는데, 하나는 열일곱, 하나는 열다섯입니다. 그 전화는 자동차 사고가 있었다는 내용이었습니다. 그러나 조금도 걱정할 것은 없다고 어머닐 안심시킨 다음에, 봅은 찰과상이며, 장남인 마일론은 두 바늘가량 꿰

매야만 했어요. 역시 사라는 심하게 불안해하면서 집으로 돌아가겠다고 했습니다. 하긴 사정이 사정이니 만큼 무리도 아니었지요. 올 때 같이 왔으니까 제 차를 사용하라고 권했습니다. 그러나 시간이 늦었고 밖은 안개가 껴서 제 아내는 사라가 혼자서 가는 것을 받아들이려 하지 않았습니다. 그래서 여기 있는 에이브가 그녀를 데려다주라고 얘기가 나온 겁니다."
"여기까지의 말에 이의는 없습니까, 라이히 씨?"
랍비가 물었다.
"예, 사정은 그랬습니다."
"알겠습니다. 계속해 주십시오, 슈워츠 씨."
"일요일 밤에 집으로 돌아오니 자동차가 차고에 있지 않았어요. 이 때는 저도 그다지 마음을 쓰지 않았습니다. 에이브가 차를 우리 집에 놔두고 걸어서 집으로 돌아갈 리가 없다고 예상했으니까요. 그래서 다음날 아침, 저는 아내가 제 차로 가서 차를 가져오겠다는 얘기를 하려고 전화를 걸었습니다. 그런데 라이히가……."
"잠깐 기다려 주십시오, 슈워츠 씨. 당신이 보고 들은 이야기만 하십시오. 지금부터는 당신의 경험이라기보다는 부인에게서 들은 얘기를 하시려는 것 맞습니까?"
"아까 법적인 규칙은 아무것도 없다고 말씀하신 것 같은데?"
"규칙은 없습니다만, 우선 전후사정을 확실하게 하고자 하는 것이니 그 다음은 라이히 씨가 이어서 말씀하시는 것이 좋지 않겠습니까? 저는 시간의 순서를 따라서 이야기를 듣고 싶습니다."
"아, 네. 그럼 그렇게 하십시오."
"라이히 씨, 말씀하십시오."
"여기까지는 벤이 말한 대로입니다. 저는 와인바움 부인과 출발했어요. 안개가 꼈있었고, 물론 어두웠지만 운전은 무척 순조로웠습니다. 그래서 곧 도착하려는 즈음에 차의 속도가 떨어지다가 멈춰 버렸어요. 다행히 순찰 중이던 경찰차가 다가와 무슨 일이냐고 물었습니다. 엔진이 걸리지 않는다고 했더니 견인차를 불러주겠다고 했어요. 5분가량 지나가 견인차가 멀리 수리공장에서 달려와 시내까지 끌어다 주었습니다. 그때는 이미 밤도 꽤 깊었고 자정을 넘긴 터라 수리공도 없었어요. 그래서 저는 택시를 불러 와인바움 부인을 집까지 모시고 갔어요. 그랬는데 이 일을 어쩝니까! 집은 완전히 캄캄했고, 게다가 와인바움 부인은 열쇠를 깜박 잊고 그냥 와버린 상태였습니다."

"그래서 어떻게 들어갔나요?" 랍비는 물었다.

"그녀가 늘 창문을 하나 잠그지 않으며, 포치에서 기어올라가면 손이 닿는다고 했습니다. 하지만 제 생각으로는 급한 경사의 사다리를 놓아도 저로서는 거기까지 올라갈 것 같지가 않았고, 물론 그녀도 그게 가능할 턱이 없었죠. 택시 운전사는 젊은 사람이었지만 운전하느라 다리가 아파서 안되겠다고 했습니다. 그게 사실인지 어쨌는지는 알 수 없었지만, 어쩌면 우리가 강도짓을 거들게 하려는 것은 아닐까 걱정한 것인지도 모르죠. 어쨌든 그는 야간 순찰 경찰이 커피를 마시고 담배를 피우러 그곳 착유장에 들를 시간이라고 했습니다. 그 즈음엔 이미 와인바움 부인은 거의 돌아버릴 지경이 되어서 우리는 운전사에게 그 경찰을 불러오라고 보냈는데, 두 사람이 오자마자 글쎄 두 아들이 차를 타고 왔지 뭡니까. 그들은 영화를 보고 왔다고 하지 않겠습니까! 그런데 와인바움 부인은 아들들이 별일 없는 것을 보고 완전히 마음이 놓였는지 제게 인사를 하는 것도 잊고 그대로 아들들과 집으로 들어가 버렸고, 뒤에 남겨진 제가 경찰에게 사정을 설명하는 처지가 되었어요."

슈워츠는 라이히의 말투에서 그가 비난하고 있음을 느끼고 참견을 했다.

"사라는 평소 대단히 남을 배려하는 사람인데, 틀림없이 꽤나 정신이 없었던 게 분명합니다."

라이히는 그에 대해선 가타부타 말이 없이 말을 계속했다.

"어쨌거나 저는 경찰에게 형편을 설명했습니다. 그는 아무 말도 하지 않고 경찰 특유의 깊은 의혹의 눈길을 보내더군요. 그때까지 제가 어떤 기분이었는지 대강 짐작하실 겁니다. 코는 숨을 쉴 수 없을 정도로 막혀 있었고, 온몸의 마디마디가 쑤시는데 열도 올랐던가 봅니다. 일요일엔 하루종일 잠만 잤는데, 아내가 베르크나프에서 돌아오는 소리조차 듣지 못했습니다. 다음날 아침에도 여전히 몸이 좋지 않아서 출근하지 않기로 했죠. 마일라에게서 전화가 왔을 때는 아내 베티가 받았습니다. 아내가 저를 깨우기에 저는 지난밤의 일을 말하고 마일라에게 전하라면서 그 수리점 이름을 가르쳐 주었습니다. 10분쯤 지났을까 다시 전화가 울렸고, 마일라가 반드시 저하고 얘기하고 싶다고 했어요. 그래서 침대에서 나와 전화를 받았더니 그녀가 수리점에 지금 전화를 했더니 그쪽 얘기로는 제가 그녀의 자동차를 망가뜨렸다는 겁니다. 즉 윤활유가 떨어진 채로 달렸기 때문에 엔진이 타버려서 쓸 수 없게 되었고, 그 책임은 모조리 제게 있다는 그런 얘기였죠. 그녀는 전화 너머로 꽤나 강경한 어조였고, 저는 저대로 그다지 기분이 좋지 않았기 때문에 그녀의 마음을 가라앉히려고 어떻게든 해보겠다고 대답하고 전화를 끊은 다음 침대로 돌아갔습니다."

랍비는 그랬냐고 묻는 것처럼 슈워츠를 보았다.

"그렇습니다. 아내의 말에 따르면 그는 그것 말고도 무슨 말을 한 모양이지만, 뭐 사건의 전말은 대강 그런 모양입니다."

랍비는 의자에 앉은 채로 획 돌아서 등 뒤에 있던 책장 유리문을 열었다. 한동안 책을 찾다가 마침내 한 권을 빼냈다. 슈워츠는 빙긋 웃다가 워서맨과 눈이 마주치자 윙크를 했다. 미소를 억누르느라 라이히의 입가도 일그러졌다. 그러나 랍비는 아무런 눈치도 채지 못하고 책장을 넘겼다. 때때로 어떤 페이지에서 죽 훑어보고 고개를 끄덕이기도 했다. 가끔 고개의 움직임을 자극하기라도 하는지 이마를 문지르기도 했다. 이윽고 근시안 같은 몸짓으로 책상 위를 둘러보더니 평소 책갈피 대신 쓰던 자를 어렵사리 찾아냈다. 그러더니 두 권 째 책을 빼들었는데 이번엔 좀더 확신이 있는 것 같았다. 그 증거로 재빨리 페이지를 찾아냈다. 그리고 마지막으로 두 권을 모두 책상 한옆으로 치우고 눈앞의 두 남자를 부드럽게 바라보았다.

"말씀을 듣다보니 아무래도 제게는 석연치 않은 곳이 있군요. 예를 들면 슈워츠 씨는 사라라고 부르고, 라이히 씨는 와인바움 부인이라고 부르시는데 이것은 단순히 슈워츠 씨가 보다 스스럼없이 말씀하시는 것에 지나지 않는 것입니까, 아니면 그 부인이 라이히 씨네보다 슈워츠 씨네와 가깝다는 것을 나타내는 것입니까?"

"그녀는 그룹의 일원이고 우리는 모두 친구였어요. 만약 우리 중 누군가가 파티를 열거나 무슨 문제가 생기는 경우에는 옛날처럼 그녀를 초대하곤 했지요."

랍비가 라이히를 쳐다보자 그는 말했다.

"물론 그녀는 슈워츠 부부와 더 가까웠지요. 우리는 벤과 마일라를 통해 와인바움 부부를 만났으니까요. 그들은 각별히 친했어요."

"그래요, 아마 그럴 겁니다." 슈워츠는 인정했다.

"그런데 그게 어쨌다는 겁니까?"

"게다가 당신 차를 타고 스키장까지 갔고요?"

랍비가 물었다.

"예, 하지만 어쩌다보니 그렇게 되었을 뿐인데, 무슨 말을 하시려는 건지요?"

"그러니까 그녀는 본래 당신 손님이며, 따라서 라이히 씨보다는 당신이 그녀에 대해 보다 강하게 책임을 느끼고 계셨던 것은 아닐까 하는 것이죠."

워서맨이 몸을 앞으로 쑥 내밀었다.

"예에, 뭐 그렇겠군요." 슈워츠는 다시 인정했다.

"그렇다면 라이히 씨가 그녀를 집까지 차로 데려다줬다는 것은 어떤 의미에선 당신을 위해서 한 일이 아니었을까요?"

"자기 자신을 위해서이기도 하죠. 그는 지독한 감기에 걸려서 집으로 돌아가고 싶어했으니까."

"와인바움 부인이 아들의 전화를 받기 전에 라이히 씨가 그런 의향을 내비치던가요?"

"아뇨, 하지만 그가 돌아가고 싶어한 것은 모두 알고 있었어요."

"만일 전화가 걸려오지 않았더라면 라이히 씨는 당신 차를 빌려달라고 말했을까요?"

"그런 말은 하지 않았을 겁니다."

"그렇다면 라이히 씨가 와인바움 부인을 차로 데려다준 행위는, 비록 그것이 라이히 씨 스스로에게 이익이 된다손 치더라도 역시 당신을 위해 도움이 되었다는 사실을 인정해도 좋을 것 같습니다만?"

"글쎄 뭐 별로 달라질 것도 없어 보이는데 그게 어쨌다는 겁니까?"

"그러니까 이런 얘기죠. 한편으로 생각하면 라이히 씨는 차를 빌린 사람이 되겠지만, 다른 한편으로는 사실상 당신의 대리인이 되므로 적용되는 법규가 다릅니다. 차용자의 경우라면 당신의 차를 온전한 상태로 되돌릴 책임이 있으므로, 책임을 면하려면 그 차에 결함이 있었다는 사실을 입증함과 동시에 자기는 아무런 부주의한 점이 없었다는 것도 증명해야만 합니다. 나아가 차를 빌린 시점에서 차가 온전한 상태였음을 확인하는 것도 차용자의 책임이 되겠습니다. 한편 대리인인 경우에는, 차가 온전한 상태라고 예상할 권리가 있으며, 따라서 입증 책임은 당신에게 있습니다. 결국 대리인이 완전히 부주의했던 점을 증명해야 하는 것은 당신 몫이라는 말이죠."
워서맨이 빙긋 웃었다.
"어느 쪽이든 큰 차이는 없는 것 같습니다. 제 생각으로는 어떤 입장이든 그는 절대적으로 부주의했어요. 그리고 저는 그것을 증명할 수 있습니다. 그 차에는 한 방울의 윤활유도 없었습니다. 수리점의 정비사가 그렇게 말했어요. 즉, 그는 윤활유가 완전히 바닥이 난 채로 차를 주행했기 때문에 그것은 틀림없는 부주의에 의한 과실입니다."
"윤활유가 바닥났다는 걸 내가 어떻게 알 수 있지?"
라이히가 힐문했다.
지금까지는 두 사람 다 랍비에게 말했고, 랍비를 통해 상대방에게 물었다. 그랬는데 슈워츠가 휙 몸을 돌려 라이히를 마주보았다.
"넌 도중에 기름도 넣었잖아?"
라이히도 의자 속에서 태도를 바꾸어 거리낌 없이 이야기했다.
"그래, 가솔린을 넣으러 들렀지. 차에 올랐을 때 연료통에 반도 없다는 것을 알았어. 그래서 한 시간쯤 달린 뒤에 어떤 주유소로 들어가서 가득 채우라고 했어."
"하지만 윤활유를 점검하라고는 하지 않았지?"
"그래. 그리고 라디에이터와 배터리의 물과 타이어의 공기압도 체크하라고는 하지 않았어. 연료를 다 넣을 때까지도 기다리지 못할 것 같은, 초조해 어쩔 줄 모르는 히스테릭해진 부인을 옆 좌석에 태우고 있었거든. 어째서 모든 것을 점검해야만 한다는 거지? 새 차나 다름없지 않았던가? 고물차는 아니었을 텐데."

"그렇지만 사라는 윤활유 얘기를 너한테 했다고 마일라에게 말했어."

"아! 5마일인가 10마일쯤 달린 뒤였지. 그녀에게 보충할 필요가 있느냐고 물었더니 네가 출발할 때에도 2리터 이상이나 넣었다고 하더군. 그래서 나는 그렇다면 보충할 필요는 전혀 없다고 했고, 얘기는 그걸로 끝났어. 그녀는 잠이 들었고, 차가 꼼짝 못하게 되었을 때에야 비로소 일어나더니 벌써 집에 도착한 줄 알았다고 했어."

"아니, 장거리 운전을 할 경우에는 멈출 때마다 윤활유와 물을 점검하는 것이 상식일 텐데?" 슈워츠는 양보하지 않았다.

"잠깐 기다려 주십시오, 슈워츠 씨." 랍비가 끼어들었다. "저는 차의 정비에 해박하진 않습니다만, 어째서 새 차가 2리터 이상이나 윤활유를 보충할 필요가 있는지 이해할 수 없군요."

"약간 오일이 새긴 했지만 그다지 대수롭진 않았어요. 차고 바닥에 오일이 똑똑 떨어진 자국이 있기에 알 베커에게 그 사실을 말했습니다. 그는 봐주겠다고 했지만, 지나는 길에 들를 때까진 그냥 운전해도 지장이 없다고 했어요."

랍비는 라이히가 반론할 생각이 있는지 보고 나서 회전의자 등받이에 기대어 가만히 생각에 잠겼다. 조금 지나 어깨를 한 번 흔들고 나서 자세를 가다듬었다. 손바닥으로 책을 가볍게 두드렸다.

"이 책들은 탈무드 세 권 가운데 두 권으로 모든 사사로운 분쟁에 관한 개괄적인 테마를 다루고 있습니다. 상당히 넓은 범위에 걸쳐 다루어져 있지요. 제1권은 손해의 일반 원인을 취급하고 있는데, 예를 들면, 뿔로 찔러 상해를 입힌 숫소에 관한 항목은 약 40쪽에 이릅니다. 일반 원리는 포괄적이어서 랍비들은 모든 종류의 사건에 적용했습니다. 그것은 타무와 무아드 사이, 즉, 순한 숫소와 과거에도 종종 뿔로 찔러 상해사건을 일으키던 전과에 의해 이미 못된 소라는 평판을 얻은 숫소와의 사이에 설치한 기본적인 구별입니다. 후자의 주인은 이미 경고를 받은 상태이므로 특별한 예방수단을 강구해야 하기 때문에 뿔에 의한 상해사건이 있을 경우 전자보다 훨씬 책임이 크다는 것입니다."

랍비가 워서맨을 힐끗 쳐다보자 그는 맞는다며 강하게 고개를 끄덕였다.

랍비는 책상에서 일어나 바닥을 왔다갔다했다. 논의의 줄거리를 더듬어 가는 그의 어조는 탈무드 신봉자에게 예부터 전해 내려오는, 노래하는 듯한 울림을 띠었다.

"그런데 이번 경우에는, 차의 윤활유가 새는 것을 당신은 알고 있었습니다. 그리고 여행을 떠나면서 2리터 이상이나 보충할 필요가 있음을 발견하셨으니까 적어도 주행 중에는 단지 몇 방울로 끝나지 않을 많은 오일이 새리란 것도 알고 있었습니다. 그러므로 대리인의 법칙과 함께 탈무드의 대여 관계편을 살펴보면, 가령 라이히 씨가 차용자였을 경우 라이히 씨가 컨디션이 좋지 않아서 집에 가야겠다면서 당신 차를 빌렸으면 한다고 말한 사실이 있다면, 차가 좋은 상태인지 여부를 당신에게 묻거나 스스로 점검하거나 하는 것은 라이히 씨의 책임이겠지요. 그리고 만일 라이히 씨가 그것을 게을리했다면, 비록 정황은 지금과 똑같았다 하더라도 사고 책임은 라이히 씨에게 있으며, 발생한 손해에 대해 손해배상의 책임이 있을 것입니다. 하지만 우리는 이미 라이히 씨가 차용자가 아니며, 본질적으로는 당신의 대리인이었다는 사실에 의견이 일치하고 있습니다. 따라서 그 차에 윤활유가 샌다는 사실을 알리고, 윤활유가 안전한 수준보다 밑으로 내려가지 않도록 주의해 달라고 다짐을 해둘 책임이 당신에게 있는 것입니다."

"잠깐 기다려 주십시오, 랍비. 내가 직접 그에게 주의를 줄 필요는 없었어요. 그 차에는 경보장치, 즉 오일표시등이 붙어 있습니다. 차를 운전할 때는 계기를 주의해서 보는 것이 당연하며, 만일 그렇게 했더라면 빨간 램프로 오일이 위험한 수준으로 내려갔음을 알았을 것입니다만?"

슈워츠의 말에 랍비는 고개를 끄덕였다.

"지당한 반론이군요. 라이히 씨, 어떠십니까?"

"물론, 경고등이 들어와 있었습니다. 하지만 들어왔을 때는 고속도로에 있었으므로 급유소가 보이지 않았고, 그 상태에서 오도가도 못하게 되고 만 것이죠."

"그랬군요." 랍비는 말했다.

"그러나 정비사의 말로는 훨씬 전부터 뭔가 타는 냄새가 났을 거라고 하더군요." 슈워츠도 물러서지 않았다.

"만일 지독한 감기로 라이히 씨의 코가 막혀 있었다면 불가능했겠지요. 게다가 와인바움 부인은 맡을 수는 있었겠지만 잠을 자고 있었습니다."

랍비는 고개를 흔들었다.

"무리입니다, 슈워츠 씨. 라이히 씨는 보통 운전자가 그 상황에서 할 수 있는 당연한 일만 했던 것입니다. 따라서 라이히 씨가 부주의했다고는 할 수 없으며, 그렇기 때문에 책임은 없다는 것이죠."

단호한 그의 어조에는 청문회의 끝을 알리는 여운이 있었다. 라이히가 즉각 자리에서 일어났다.

"대단히 훌륭한 교훈이 되었습니다."

작은 소리였지만 그 말에 감사의 마음이 담겨 있음을 랍비는 느꼈다.
 라이히는 내키지 않는 모습으로 슈워츠를 돌아보았다. 혹시 화해의 몸짓이라고 보일까 기대했지만, 슈워츠는 가라앉은 모습으로 두 손바닥을 마주 비벼대면서 물끄러미 바닥으로만 눈길을 줄 뿐 움직이지 않았다.
 라이히는 어색하게 한순간 기다렸다가 "그럼 가보겠습니다"라며 걸음을 옮기다 문득 입구에서 발을 멈췄다. "제이콥 씨, 주차장에 차가 보이지 않는 것 같던데 제 차로 가시겠습니까?"
 "아, 걸어왔는데 집까지 태워주겠는가?"
 "밑에서 기다리지요."
 문이 닫히자 마침내 슈워츠가 고개를 들었다. 분명 기분이 상해 있었다.
 "나는 이 청문회의 역할을 오해한 모양이오, 랍비. 아니, 어쩌면 당신의 착각인지도 모르겠소. 난 에이브를 상대로 소송을 걸 생각은 없다고 당신에게 말하려 했소. 그렇게 말하려고 했지. 어차피 수리는 내가 하는 편이 훨씬 나을 테니까. 만약 그가 사건 당시에 보상하겠다고 했다면 난 분명 거절했겠지만, 그것으로 우정은 계속 이어졌을 거요. 그런데 실제로는 그렇기는커녕 그가 아내에게 불유쾌한 태도를 보였기 때문에 남편으로서 아내를 감싸지 않을 수 없소. 아내도 나오는 대로 드센 말로 되돌려 주었겠지. 그가 그런 반응을 보인 이유도 지금에 와선 이해할 수 있다오."
 "그렇다면……."
 슈워츠는 고개를 저었다.
 "당신은 모를 거요, 랍비. 난 이 청문회의 결과로 어떤 타협이 성립되고, 화해를 할 수 있지 않을까 기대했었는데, 그렇기는커녕 당신은 그를 완전히 결백한 것으로 해버렸고 결국 내가 다 나빴던 게 되고 말았소. 하지만 아무도 내가 나빴다고는 생각지 않아요. 결국, 내가 뭘 어쨌다는 거지? 두 친구가 집으로 서둘러 돌아가고 싶어해서 내 차를 빌려주었는데 그게 나빴다는 말이오? 아무래도 당신은 공평무사한 재판관이 아니라 그의 변호사 노릇을 한 느낌이오. 당신의 질문도 논의도 모두 나를 향하고 있었지. 나는 법률 교육을 받지 않았으니 당신의 추론에서 결점을 집어낼 수 없지만, 만일 여기에 나의 이익을 대표하는 변호사가 있었더라면 틀림없이 찾아냈을 거요. 그것은 그렇다 치고, 틀림없이 어떤 타협안을 강구해 낼 수가 있었을 텐데."
"그러나 우리는 그보다 훨씬 좋은 일을 했습니다." 랍비는 말했다.
"무슨 뜻인지? 당신은 그의 부주의에 의한 과실의 죄를 벗겨주고, 나는 주머니에서 몇 백 달러가 날아가게 되었어."
랍비는 빙긋 웃으면서 대답했다.
"아무래도 증언의 의미를 완전하게 이해하고 계신 것 같지 않군요, 슈워츠 씨. 말씀대로 라이히 씨는 부주의한 과실의 죄를 완전히 벗었지만, 그렇다고 그것이 곧 당신에게 죄가 있다는 뜻은 아닙니다."
"잘 이해가 가질 않는데?"
"사정을 잘 음미해 보지 않으시겠습니까? 당신은 윤활유가 새는 차를 샀어요. 그리고 그 결함을 알았을 때, 베커 씨를 통해 자동차 회사에게 알렸습니다. 분명 그 결함은 경미한 것이었고, 베커 씨나 당신은 아주 가까운 장래에 그것이 훨씬 중대한 일이 될지도 모른다고 믿을 이유도 없었어요. 그게 장거리 주행에 의해 한층 악화될 가능성이 있으리라고는 베커 씨도 생각지 못했을 것이 분명합니다. 그게 아니었다면 그 점을 당신께 주의하도록 알렸을 테고, 그렇게 했더라면 틀림없이 당신도 뉴 햄프셔까지 가는데 그런 차를 사용하지는 않았겠지요. 그러나 실제로는 고속으로 장거리 주행을 한 결과 오일이 새는 곳이 커졌고, 바로 그 때문에 당신은 가는 도중에 2리터 이상이나 오일을 보충해야만 했던 것입니다. 그런데 이런 사정으로는 회사가 당신께 요구할 수 있는 것은 그저 주의를 기울이라는 것뿐이죠. 당신도 이의가 없었을 것이라고 생각합니다만, 라이히 씨가 하지 않았던 것은 제아무리 신중한 운전자라도 무리였다고 생각되므로……."

"그럼 사실은 자동차회사의 잘못이라는 것인가요!" 슈워츠의 얼굴은 생기를 띠었고 목소리에도 흥분한 울림이 있었다. "당신이 말씀하려는 것은 그런 것입니까?"

워서맨 씨가 환하게 밝은 표정으로 미소 지었다.

"그렇습니다, 슈워츠 씨. 사고의 원인은 자동차회사의 과실이므로 틀림없이 수리해 줄 것이라는 게 저의 논점입니다."

"정말 뭐라고 해야 할지! 랍비, 고맙습니다. 틀림없이 베커가 보상해 줄 겁니다. 어차피 그의 주머니돈을 쓰는 건 아니니까요. 그렇게 되면 만사가 축하할 일이지요. 안 그렇습니까, 랍비? 혹 내가 한 말에 기분이 상하는……."

랍비는 가로막으면서 말했다.

"사정이 그랬으니까요. 잘 압니다, 슈워츠 씨."

슈워츠는 모두를 데리고 한 잔 하러 가고싶다고 했으나 랍비는 구실을 들어 거절했다.

"괜찮으시다면 다음 기회로 미루고 싶군요. 아까 이 책에서 매우 흥미를 끄는 항목을 두 군데 발견해서요. 이번 일과는 아무 관계 없지만 생각난 김에 조사해 두고 싶어서요."

그는 두 사람과 악수를 나누고 문까지 배웅했다.

"랍비를 어떻게 생각하나?"

워서맨은 아래층으로 내려가는 도중에 물어보지 않을 수가 없었다.

"대단한 사람이군요."

"가온(수재)이야, 벤. 틀림없어!"

"가온이라는 건 뭔지 모르지만, 제이콥 씨가 그렇게 말한다면 그대로 믿지요."

"그런데 에이브는 어떻게 할 거지?"

"그게 말입니다, 제이콥 씨. 사실은 전적으로 마일라의 책임 같습니다. 여자들이 돈에 대해서 얼마나 지독해지는지는 잘 아시지 않습니까?"

서재에서 주차장을 내려다보는 랍비의 눈에 세 남자가 너무도 허물없이 이야기하는 모습이 보였다. 그는 빙긋 웃으며 창에서 물러나 책상 위의 책을 보았다. 이윽고 독서용 스탠드를 조절하고 책상 앞에 앉아 책을 잡아당겼다.

2

엘스페스 브리치는 똑바로 누워서 천장이 천천히 기울어지는 것을 지켜보았다. 처음엔 한 쪽으로, 그러다가 반대쪽으로 기울어졌다. 그녀는 침대에서 굴러 떨어질 것 같아 무섭기라도 한 것처럼 침구를 움켜쥐었다. 언제나처럼 자명종 소리에 일어나긴 했지만, 순간 현기증이 나서 다시 베개로 머리를 뉘었다. 블라인드를 통해 비스듬히 들이쬐는 햇빛이 더할 나위 없는 6월의 하루를 약속하고 있었다. 그녀는 눈을 꼭 감고 움직이는 벽과 천장을 보지 않으려고 했으나, 햇빛이 빨간 안개처럼 느껴지면서 침대가 속이 메스꺼워지도록 흔들리고 있는 느낌이 들었다. 오늘 아침은 시원한데도 그녀의 이마는 땀으로 젖어 있다.

마음을 다잡고 그녀는 다시 일어나, 슬리퍼를 신는 성가신 일을 빼놓고, 그대로 작은 욕실로 달려갔다. 조금 지나자 기분이 좋아져서 방으로 돌아와 침대 가장자리에 앉아 30분 정도 더 누워 있으면 안될까 멍하니 생각하면서 얼굴을 닦았다. 그에 응답하듯 문을 두드리는 소리가 나면서 아이들——안젤리나와 조니가 불렀다.

"엘스페스, 엘스페스, 옷 입혀 줘. 밖에 나갈 거야."

그녀는 큰 소리로 대답했다. "알았어, 앤지. 조니하고 2층으로 돌아가서 얌전하게 놀고 있어, 곧 올라갈 테니까. 착하지? 얌전하게 놀고 있어. 엄마하고 아빠를 깨우면 안 되잖니."

행복한 아이들은 말을 잘 들었으므로 그녀는 안도의 한숨을 쉬었다. 훌쩍 실내복을 두르고, 슬리퍼를 신은 다음, 차를 끓이고 토스트를 만들었다. 식사를 하자 기분이 좋아졌다.

얼마 전부터 이상한 증세가 있긴 했지만 요즘 그게 더 심해지고 있었다. 어제부터 이틀 연속 컨디션이 나빴다. 어제 아침 상태가 나빠졌을 때는, 그저께 밤에 세라피노 부인이 저녁식사로 준 라비올리 (밀가루 반죽으로 싼 고기나 야채를 익힌 요리) 때문이라고 생각했다. 과식을 한 탓인 줄 알았다. 그러나 어제는 하루종일 절식을 했다. 모자랄 정도로.

시리아 샌더스에게 말해볼까? 시리아는 나이가 있으니까 뭔가 훌륭한 지혜가 있을 거야. 그렇지만 증세를 지나치게 정확하고 자세하게 이야기하는 것은 탐탁치 못한 일이라고 생각했다. 마음 한구석에는 어쩌면——어디까지나 억측이지만——이 병은 전혀 다른 일에 원인이 있는지도 모른다는 두려움이 있었다.

위층에서 아이들이 법석을 떨기 시작했다. 그녀는 채비를 차리고, 볼에 약간 붉은 기운이 돌 때까지 세라피노 부인과 마주치고 싶지 않았다. 그 이상으로 세라피노 씨가 이런 모습을 보지나 않을까 염려스러웠으므로 허둥지둥 방으로 옷을 갈아입으러 돌아갔다. 실내복과 잠옷을 벗으면서 장식장 문의 전신 거울에 비친 자기 몸을 자세히 뜯어

보았다. 분명 전보다 튼튼하게 보이지는 않았다. 그럼에도 불구하고 그녀는 지금까지보다도 몸을 죄는, 훨씬 몸을 잘 조여주는 신형 코르셋을 입기로 했다.

치장을 마쳤을 때는 다시 예전의 자신으로 돌아간 기분이었다. 하얀 제복을 입고 빈틈없는 모습을 거울로 보기만 해도 힘이 솟아올랐다. 또 다른 원인이라면 어떻게 하지? 꼭 깊이 걱정할 일만도 아니다. 그것을 유리하게 이용하는 것조차 가능할지도 모른다. 그러나 물론 확인해 두어야만 하며, 그러려면 주치의에게 가야 할 필요가 있는데 이번 휴일인 목요일쯤이 적당하리라.

"그럼 랍비에게 부탁해서 포드회사에 편지를 써달라고 하면 어떨까?"

알 베커는 단호하게 말했다. 그는 키가 작고 뚱뚱하며 짧은 다리에 다부진 상반신이 올려져 있는 땅딸막한 사내다. 코도 턱도 강한 투지를 나타내는 것처럼 튀어나왔고, 입술이 없는 듯한 입가에 걸핏하면 싸우려 드는 듯한 일그러짐이 있으며, 그 입에는 굵게 말린 검은 시가가 튀어나와 있다. 그것을 입 가에서 집을 때면 둥글게 만 오른손 검지와 가운뎃손가락으로 붙잡았기에 그것은 마치 움켜쥔 주먹 속에서 새빨갛게 타오르는 무기 같았다. 그의 눈은 칙칙한 파란 유리구슬이다.

벤 슈워츠는 기쁨에 들떠 찾아왔었다. 차에 새 엔진을 다는데 드는 비용을 그가 낼 필요가 없다는 말을 듣고 친구도 기뻐해 줄 거라고 생각했던 것이다.

그러나 베커는 기뻐하지 않았다. 분명히 이것으로 베커 모터스의 부담은 없어지겠지만, 자동차회사에 사정을 설명하는 것은 대단히 성가신 일이거니와 통신비용도 만만치 않게 들 것이다. 베커는 따져 물었다.
"어째서 랍비가 이런 일에 끼어든 거야? 자넨 분별이 있는 사람이네, 벤. 그런 자네에게 묻겠는데 이것이 교회 랍비의 직분이란 말인가?"
"아니, 자넨 이해하지 못해, 알. 이번 일은 절대로 자동차 수리 문제가 아니었어. 물론 그것도 있긴 했지만……."
"도대체, 그렇다는 거야, 아니란 거야?"
"그거야 물론 그렇지만, 난 그 일로 랍비에게 간 게 아니란 것이야. 때때로 내가 에이브 라이히에 대해 화를 낸다는 말을 들었기 때문에 랍비가 딘 토라를 제안해서……."
"딘 뭐라고?"
슈워츠는 공을 들여 발음했다.
"딘 토라. 투쟁이나 논쟁을 하는 쌍방이 랍비에게 가서, 랍비가 하소연을 듣고 탈무드에 비춰 판결을 내리는 것이지. 그건 정당한 랍비의 직무야."
"금시초문이군."
"아니, 솔직히 말하면 나도 전에는 몰랐어. 어쨌든 내가 동의했기 때문에 라이히와 나, 그리고 워서맨──그는 일종의 입회인 자격이지──셋이서 랍비에게 가서 말야, 랍비가 사정을 모조리 듣고 난 결과, 라이히나 나나 부주의에 의한 과실은 없음이 분명해졌어. 그래서 말야, 내 과실도 운전자의 과실도 아니라고 한다면 결함은 차에 있으니 회사가 보상을 해야 된다는 것이지."
"허튼 소리 마! 내가 뭐라고 하지 않으면 포드사는 보상을 하지 않을 테고, 내가 그런 근거 없는 얘기를 곧이 곧대로 듣고 그토록 엄청난 보상을 해달라는 말이나 하고 살 사람인 것 같아?"
베커의 목소리는 원래가 결코 상냥하지 않으며, 화날 때는 아예 윽

박지르는 것 같다.

슈워츠는 돌연 기가 푹 꺾여 쪼그라드는 것 같았다. 그는 화난 목소리로 대꾸했다.

"하지만 오일이 새지 않았는가? 전에 그렇게 말하지 않았어?"

"아, 일주일에 몇 방울? 그 정도로 샌다고 엔진이 타겠느냐고?"

"조용히 서 있을 때는 똑똑 떨어질 정도였어. 하지만 운행 중엔 심해진 게 틀림없어. 뉴 햄프셔로 가는 도중에 엔진오일을 2리터 이상이나 보충했는걸. 그게 똑똑 떨어지는 정도야? 그 정도는 나도 알아!"

베커의 사무실 문이 열리고 그의 부하 멜빈 브론스타인이 들어왔다. 브론스타인은 마흔의 나이치고는 젊어 보이는 사내로 키가 훌쩍 크며, 곱슬거리는 검은 머리칼, 관자놀이 언저리에 흰머리가 섞이기 시작하고 있다. 움푹 패인 검은 빛이 강한 눈, 매부리코, 그리고 긴장된 입매.

"무슨 말씀인지요? 개인적인 대화입니까, 아니면 제삼자가 참견할 수 있는 것인가요? 아마 한 블록 건너에서도 들릴 겁니다."

"무슨 말씀이건 간에 우리 교회는 본래의 직분 이외의 일이라면 무엇이든 부탁할 수 있는 랍비를 맞이하고 말았다는 얘길세."

베커의 말에 브론스타인은 설명을 바라는 것처럼 슈워츠를 보았다. 믿음직한 느낌의 몇 안 되는 청중이 생겨 기쁜 슈워츠는, 베커가 무관심을 가장하고 책상 위의 서류를 이러쿵저러쿵 말하는 앞에서 자초지종을 얘기했다.

브론스타인이 손짓을 했기 때문에 떨떠름했지만 베커는 문까지 갔다. 슈워츠는 엿듣는 것처럼 보이지 않으려고 딴청을 부렸다.

"벤 씨는 우리 회사의 굉장한 단골입니다. 포드사는 이러니저러니 말하지 않을 것 같습니다만?"

브론스타인이 속삭였다.

"그럴까? 난 말야, 자네가 고등학교를 나오기 전부터 포드사와 거래를 해왔어, 멜."

베커는 큰목소리로 말했다. 그러나 브론스타인은 상대방의 기분을 알기에 빙긋 웃어 보였다.

"그렇지만 벤을 떼어놓는다 해도 마일라를 상대하게 될 뿐입니다. 올해 그 교회 부인회 회장이 그녀 아닙니까?"

"게다가 작년에도야."

벤은 자기도 모르게 거들었다.

"그녀를 화나게 하는 것은 우리 장사에 득이 될 게 없어요."

브론스타인은 다시 목소리를 낮춰 말했다.

"하지만 부인회는 차를 사지는 않아."

"하지만 회원의 남편들이 삽니다."

"농담 말게나, 멜. 우리 교회의 랍비가 자동차회사 책임이라고 판결을 내렸으니, 새 엔진을 차에 달아달라거나 하면 어떻게 설명해야 하지?"

"랍비 얘길 꺼낼 필요는 전혀 없습니다. 사정을 설명할 필요도 없어요. 단지 운행중에 오일이 샜다고만 하면 됩니다."

"그렇지만 메이커가 조사원을 보내면 어떻게 하나?"

"전에 보낸 적이 있었습니까?"

"없지만, 다른 딜러에겐 보낸 적이 있어."

브론스타인은 빙긋 웃으면서 말을 이었다.

"걱정 마십시오. 만약 오면 랍비에게 소개하면 되는 겁니다."

갑자기 베커의 기분이 바뀌었다. 그는 목 깊은 곳에서 쿡쿡 웃으면서 슈워츠를 향해 돌아섰다.

"괜찮을 거야, 벤. 내가 포드사에 편지를 써서 해줄지 어떨지 물어보겠네. 특별 서비스야, 알겠지? 자네가 이 사람 멜에게 물건을 샀기 때문이야. 그는 타고난 친절맨이야. 도시 전체에서 가장 뛰어난 놈이지."

"랍비가 괜히 나서니까 화나신 것 뿐이죠?"

브론스타인은 알을 달래놓고, 슈워츠를 향해 말했다.

"알 씨는 처음부터 알고 있었지요. 단골손님에게 도움이 될 기회가 있다는 것도 기쁜 일이니까요. 만일 당신이 랍비 얘길 꺼내지 않았더라면 말입니다."

"어째서 랍비가 나선 것에 반대를 하는 거지, 알?"

벤이 묻자 베커는 입에서 시가를 떼며 말했다.

"어째서 랍비가 나선 것에 반대를 하느냐고? 어째서 랍비가 나선 것에 반대하는지 가르쳐주지. 그는 그런 일을 할 분수가 못돼. 그러니까 그가 나선 것에 반대야. 그를 우리의 대표자라고 하지만, 자넨 자네 회사의 세일즈맨으로 그를 고용하겠는가, 벤? 자, 어때, 솔직하게 말해 보라고."

"아, 고용했을 거야."

슈워츠는 말했지만 자신 있는 어조는 아니었다.

"뭐? 설령 자네가 그를 고용할 만큼 얼간이라 하더라도 말야, 그가 쓸데없는 짓을 저지르는 순간에 해고할 정도의 지혜는 있을 테지."

"그가 언제 쓸데없는 일을 저질렀는가?"

"무슨 소릴 하는 거야, 벤! 우리가 '아버지와 아들의 조찬회'를 개최해서 레드삭스의 바니 길리건을 데려와 아이들과 얘기를 하게 한 때는 그럼 뭐지? 그는 길리건을 소개하기 위해 일어나서 뭐라고 했어? 우리의 영웅이 운동가가 아니라 학자인지 아이들에게 장황한 연설을 늘어놓지 않았는가. 나는 쥐구멍이라도 있으면 들어가고 싶었네."

"그거야……."

"그리고 부인회원들이 교회 하너커(12월에 행해지는 빛의 축제)의 기부를 요청하는 대대적인 캠페인을 벌이겠다면서 자네 부인이 그에게 격려연설을 해 달래서 연설하러 왔을 때는 어땠지? 그는 교회에 대한 기부금을 모금하는 캠페인을 하기보다는 마음으로 유대교 교의를 지키고, 코우서 홈(유대인의 율법에 꼭 맞는 가정)을 지키는 쪽이 여성에게 있어서 훨씬 중요한 일이라고 지껄이지 않았느냐고."

"잠깐 기다려주게, 알. 인간된 도리로 자기 마누라를 비방하고 싶지는 않네만 옳은 것은 옳은 걸세. 그건 오찬회였고, 마일라는 전채요리로 작은 새우 칵테일을 내놓았는데, 청정(코우샤)한 음식이 아니었기 때문에 화낸 랍비를 탓할 수는 없네."

"이렇게 집안싸움이 끊이질 않는데도 당신은 나를 교회 안으로 끌어들이려 했군요."

브론스타인은 슈워츠에게 윙크를 하면서 말하자 그의 상사가 말했다.

"당연하지! 유대인으로든 배너스 클로싱의 거주자로든, 일원이 되는 것은 자네 자신과 사회에 대한 의무니까 말야. 그 랍비도 영구히 남아 있진 않을 테니까, 그렇지?"

3

이사회는 일요 정기집회를 여는데 빈 교실을 하나 썼다. 교회 회장이자 이사회 의장인 제이콥 워서맨은 교탁 앞에 앉았다. 나머지 열다섯 사람은 학생의자에 무리하게 몸을 밀어넣고 불편한 다리를 통로로 뻗었다. 워서맨을 제외하면 이사회는 좀더 젊은 사람들로 구성되어 있어서 반은 아직 삼십대, 나머지는 사십대와 오십대 안팎이었다. 워서맨은 가벼운 양복 차림을 하고 있었으나, 다른 회원들은 따뜻한 6월의 일요일에 어울리게 배너스 클로싱의 전통적인 복장인 바지, 스포츠 셔츠, 거기에 재킷이나 골프 스웨터를 입고 있었다.

활짝 열린 창문으로 잡역부 스탠리가 조작하는 전동 잔디깎이의 시끄러운 소리가 흘러 들어온다. 열려 있는 문으로는 복도 맞은편에 모여서 성가를 부르고 있는 아이들의 드높은 노랫소리도 흘러 들어오고 있다. 회의의 진행은 딱딱한 형식을 취하지 않고, 회원들은 마음이 내킬 때면 언제든지 발언을 하는데, 그래서 대개는 언제나 지금처럼 몇 사람이 동시에 이야기를 한다.

회장이 자로 책상을 두드렸다.

"여러분, 한 사람씩 부탁합니다. 그런데 자넨 무슨 얘길 하고 있었지, 조?"

"제가 말하려던 것은 이런 시끄러운 곳에서 어떻게 의사가 진행될 수 있겠느냐는 것입니다. 그리고 어째서 안쪽 작은 건물을 쓰지 않는지 알 수가 없군요."

"의사 규칙에 위반이야. 그건 공익복지부 관할이라고."

누군가의 목소리가 들려왔다. 조는 싸울 태세로 되물었다.

"어째서 내가 의사규칙에 위반하고 있다는 거야? 좋아, 난 오늘 이후로 모든 회합은 안쪽의 작은 건물을 사용해야만 한다는 의견을 제출하겠어. 그것은 새 사업부의 관할이야."

"여러분, 여러분! 제가 의장인 한, 중요한 발언이 있는 사람은 누구든지, 언제든지 발언해도 좋습니다. 우리 회의는 그리 복잡하지 않으니까 의사규칙을 위반하는 일도 거의 없을 것입니다. 서기는 언제라도 의사록의 오기를 정정할 수가 있어요. 우리가 안쪽 건물을 쓰지 않는 까닭은 말입니다, 조, 단지 서기가 기록을 할 장소가 없다는 것뿐입니다. 하지만 만약 회원 여러분이 이런 교실은 회합에 적합한 곳이 아니라고 생각한다면 스탠리에게 말해서 안쪽 건물에 테이블을 하나 갖다놓게 할 수도 있습니다만?"
"거기서 또 논점이 나옵니다, 의장. 스탠리는 어떻게 됩니까? 그가 일요일 집밖에서 공공연하게 일하는 것은 우리같은 이방인(유대인이 본 이교도, 특히 기독교도)의 눈에 부당하게 비치는 것은 아닌가요? 특히 그는 이교도이며, 일요일은 안식일이니까요."
"일요일에 그들은 어떤 일을 하리라고 생각하나? 바인 거리를 지나가 보게, 한 사람도 남김없이라고 해도 될 정도로 모두 밖에 나와서 잔디를 깎거나 산울타리 손질을 하거나, 혹은 보트에 페인트를 칠하는 것을 볼 수 있어."
워서맨은 말했다.
"하지만 조의 지금 발언에도 일리는 있소. 물론 스탠리가 싫다고 한다면 결코 무리하지는 않아. 그는 주일학교가 있기 때문에 일요일마다 여기서 일을 해야 하지만, 집에 틀어박혀 있는 게 더 좋을지도 모르지. 하지만 누군가가 그에게 밖에서 일하라고 한 때문은 아니니까. 그런 점에선 그의 자유의지로 하고 있는 것이지. 자기가 하고 싶은 대로 일을 마련할 수 있어. 지금 그가 밖에 있는 것은 그가 그렇게 하고 싶기 때문이오."
"그야 그렇지만, 보기에 부당한 느낌이어서."
"뭐, 그래봐야 앞으로 겨우 몇 주일이야. 여름 동안, 그는 일요일마다 쉴 테니까."
워서맨은 잠시 입을 다물고 맞은편 벽시계를 힐끗 보고는 다시 말을 이었다.
"사실은 그 문제로 잠시 이야기하고 싶소. 우리는 여름 휴회 전에 앞으로 두 차례 집회가 있는데, 랍비의 계약 건을 검토해 두어야만 할 것 같으니."

"그게 어쨌다는 겁니까, 의장? 계약은 휴가 중에도 계속되는 것 아닙니까?"

"맞아, 휴가 중에도 계속되지. 랍비의 계약서에는 분명히 그 문제가 나와 있고, 때문에 휴일 예배에도 교회에는 반드시 랍비가 있지. 그런 까닭으로 해마다 이 시기에 신규 계약 건을 검토하는 것이 관례가 되어 있소. 만일 신도회가 변경을 원한다는 결론을 내면, 신도회는 새로운 랍비를 물색하게 되오. 또한 만약 랍비가 변경을 희망하면 새로운 신도회를 재편성할 기회가 주어지고. 내 생각으로는 지금 당장 표결에 의해 현재의 랍비 계약을 앞으로 1년 연장하기로 하고, 그런 취지를 그에게 서면으로 통지하는 게 좋지 않을까 싶은데?"

"어째서죠? 그가 다른 곳을 물색 중인가요, 아니면 그가 그 얘길 당신에게 내비치던가요?"

워서맨은 고개를 좌우로 흔들었다.

"아니, 이 문제에 관해 그가 말한 적은 없소. 다만, 그가 의사표시를 하기 전에 그에게 서면으로 통지하는 게 좋지 않을까 내가 그렇게 생각한 것 뿐이오."

"잠깐 기다려봐요, 의장. 랍비가 계속하길 원한다고 어떻게 알 수 있습니까? 먼저 그의 의사를 서면으로 들어야만 하지 않습니까?"

워서맨은 말했다.

"나는 그가 이곳을 마음에 들어한다고 생각하며, 기쁘게 계속하리라고 생각하오. 서면 통고는 고용자 측에서 하는 게 보통이고, 그렇게 되면 당연히 봉급을 올려야만 하지. 내 생각으로는 5백 달러 증액이 타당한 보상이 아닐까 싶은데?"

"의장!"

귀에 거슬리는 알 베커의 목소리였다. 부의장은 의자에 걸터앉아 책상에 놓인 두 주먹으로 그 묵직한 상체를 버티면서 몸을 앞으로 내밀었다.

"의장, 우리는 지금 다사다난한 때이며, 교회당의 신축 등 이것저것 고려하면 5백 달러는 상당한 출혈이라고 생각합니다."
"그렇지, 5백 달러는 큰돈이야."
"그는 여기 온지 겨우 1년밖엔 되지 않았어요."
"아니, 첫 해가 끝난 직후는 보상을 해주기에 가장 좋은 시기가 아닐까?"
"반드시 봉급을 올려주어야만 하며, 5백 달러는 우리 월급의 5퍼센트를 약간 웃돌 뿐이야."
"여러분, 여러분!" 워서맨은 자로 책상을 탁탁 두드렸다.
"이 제안은 한두 주일 보류할 것을 제안합니다."
마이어 골드파브가 말했다.
"뭘 보류한다는 거야?"
"마이어는 돈 쓰는 얘기만 나오면 언제나 뒤로 미루고 싶어하지."
"한동안 배가 아파서 그러는 게 아닐까."
다시 알 베커가 말을 시작했다.
"의장, 다음 주까지 안을 보류하자는 마이어의 제안에 찬성입니다. 지금까지도 그렇게 하는 것이 우리의 관습이었어요. 무슨 큰돈을 쓸 일이 생겼을 때는 언제나 적어도 1주일은 미루어 왔으니까. 5백 달러는 큰돈이거니와 새해 연도의 연봉 1만 달러는 어마어마한 거금입니다. 지금 여기엔 회의가 성립하는 최소한의 인원수밖엔 없습니다. 이런 중요한 문제를 다룰 경우에는 좀더 많은 출석자가 필요하다고 생각합니다. 그래서 특히 중요한 문제를 토의할 것이므로 다음주 집회에는 반드시 나오도록 이사회 회원 전원에게 통지를 낼 것을 레니에게 위임해야만 한다고 제안합니다."

"안건은 제출되었소."

"아니, 취지는 같아. 괜찮아, 내 안건을 지금 안건의 수정안으로 하겠어."

"그 수정안에 관해 다른 토론은?" 워서맨이 물었다.

"잠깐 기다려 주시오, 의장. 그 수정안은 제 안건에 대해서이므로, 만일 내가 그것을 승인하면 아무런 토론을 할 필요가 없습니다. 내가 제안을 수정하면 끝나는 것 아닙니까?"

마이어 골드파브가 발언을 했다.

"그렇지, 그러면 자네의 제안을 수정해 주게."

"랍비의 계약을 연장하지 않는다는 제안은?"

"잠깐 기다려, 마이어. 그런 안건은 제출되지 않았어."

"의장이 제출했어."

"의장은 어떤 안건도 제출하지 않았어. 그는 단지 제안했을 뿐이지. 게다가 그는 의장이니까……."

워서맨은 자로 책상을 치면서 말했다.

"여러분. 대체 안건, 수정안, 수정안의 수정안…… 이건 무슨 까닭입니까? 랍비의 계약에 관한 의안은 모두 다음 주까지 미뤄야만 한다는 것이 이 회의의 결론인가요?"

"그렇습니다."

"물론이야, 랍비는 도망가지 않아."

"랍비에게 경의를 표하는 의미에서도 좀더 많은 사람이 출석해야만 해."

"좋소. 그럼 이 건은 다음 회의까지 미루기로 하지. 다른 의견이 없으면 그럼 오늘은 이것으로 휴회하겠습니다."

워서맨은 말했다.

4

 화요일은 온화하고 좋은 날씨여서 엘스페스 블리치와 시리아 샌더스는 두 채쯤 떨어진 호스킹스 씨네의 아이들을 맡아서 공원——교회에서 몇 블록 떨어진 곳에 있는 손질이 잘되지 않은 작은 잔디밭——까지 데리고 갔다. 이 작은 행진이 사실은 소 떼를 이동시키는 여행만큼이나 큰일이었다. 아이들은 앞서거니 뒤서거니 달려나갔지만 조니 세라피노는 아직 너무 어려서 엘스페스는 늘 유모차를 끌고 갔다. 조니는 유모차 옆이나 크롬 손잡이를 꼭 붙들고 두 여자와 함께 걷거나, 때로는 유모차에 타고 앉아서 밀라고 졸랐다.
 엘스페스와 시리아는 50피트가량 걸은 다음 발길을 멈추고 아이들이 있을 만한 곳을 찾았다. 아이들이 뒤에 남아서 한눈을 팔고 있으면 큰소리로 부르거나 뛰어가서 끌고 오면서 그들이 물웅덩이나 쓰레기통에서 찾아낸 물건을 버리게 해야했다.
 시리아는 휴일인 목요일을 세일럼에서 함께 보내자고 끈질기게 졸라대고 있었다.
 "아델슨의 가게에서 바겐세일을 하니까 난 수영복을 한 벌 더 사야겠어. 1시에 버스를 타면……."
 "난, 린에 갈까 했는데."
 "린에 간다고, 뭣하러?"
 "그게 말야, 요즘 약간 몸 상태가 계속 이상해서 한 번 의사에게 진찰을 받아야 할 것 같거든. 그러면 강장제나 뭔가 주지 않을까?"
 "강장제 같은 건 필요 없어, 엘. 너에게 필요한 건 약간의 운동과 기분 전환이야. 그러니까 나쁜 소린 하지 마. 나하고 같이 세일럼에 가서 쇼핑을 조금 하고 나서 오후엔 영화를 볼 수도 있어. 어딘가에서 배를 좀 채운 다음 볼링을 해도 좋고 말야. 목요일 밤엔 멋진 사람들이 뒷골목을 어슬렁거리거든. 그러니까 구경하면서 걸어 다니기만 해도 무척 재미있어. 독한 약을 먹어도 기분이 상쾌해지거나 하진 않아. 그냥 싸돌아다니는 것도 굉장히 재미있다니까."
"으응…… 그야 즐겁긴 하겠지만 난 마음이 내키질 않아, 실. 오후엔 대개 녹초가 되고, 아침은 아침대로 눈을 뜨면 머리가 띵하고 그래."
"그 이유를 내가 알아." 시리아는 자신 있게 말했다.
"그걸 안다고?"
"수면부족이야. 문제는 그거라고. 날마다 두세 시까지 깨어 있으면서 그렇게 서 있을 수 있다는 게 난 이상할 정도야. 더군다나 일주일에 6일을. 일요일에 휴식을 취하지 않는다니 그런 사람이 너말고 또 있을까. 세라피노 씨네에선 그걸 좋은 일로 보는 거야. 죽을 때까지 혹사를 시키려는 거라고."
엘스페스는 잠시 어깨를 으쓱하고는 말했다.
"아냐, 잠은 충분히 자고 있어. 그 사람들이 돌아올 때까지 깨어있을 필요는 없고 말야. 다만, 집안에서 아이들밖엔 없는데 옷을 벗고 침대에 들어가고 싶지 않을 뿐이야. 때문에 대개 소파에서 잠깐 졸기도 해. 게다가 오후에는 낮잠도 자고. 잠은 실컷 자고 있어, 실."
"하지만 일요일은……."
"그 사람들이 친구들을 방문하는 것은 일요일밖엔 없어. 난 조금도 상관하지 않아. 정말이라니까. 게다가 내가 처음 왔을 때 아줌마가 말했어. 일요일 휴가는 언제든지 원하는 때에 써도 좋다, 그렇게 형편을 봐주겠다고. 아저씨나 아줌마나 굉장히 잘 대해주셔. 교회에 가고 싶으면 차로 데려다 주겠다고. 일요일에 버스는 너무 지독하다고 말해주었는걸."

시리아가 문득 발길을 멈추고 엘스페스를 보았다.
"그는 난처하게 할 만한 일은 아무것도 하지 않니?"
"난처하게 하다니, 나를?"
"그러니까 말야, 아줌마가 없을 때 기분전환을 하자거나 그러지 않느냐고?"
엘스페스는 재빨리 말했다.
"어머, 설마. 어떻게 그런 생각을 해?"
"난, 그런 나이트클럽 타입은 믿지 않아. 게다가 여자를 쳐다보는 눈초리도 마음에 들지 않고."
"당치 않아. 나한테는 변변히 말도 걸지 않아."
"정말이야? 하지만 이런 얘기도 있는걸. 글라디스 말이야, 네가 오기 전에 일하던 아가씨. 세라피노 부인이 그녀를 그만두게 한 것은 말이야, 남편이 그녀와 재미 보는 현장을 덮친 뒤였어. 글라디스는 너의 반만큼도 예쁘지가 않았는데도 말야."

스탠리 도블은 전형적인 배너스 클로서였다. '옛 도시' 사회의 어떤 면을 지녔다는 점에서 그 원형이라고 해도 좋을 듯하다. 그는 마흔 살의 기골이 장대한 사내로, 옅은 갈색 머리에 흰머리가 섞여 있다. 무두질한 가죽 같은 검게 그을린 피부는 그가 대부분의 시간을 밖에서 보낸다는 증거였다. 그는 보트를 만들 줄 안다. 집안의 배관이나 전기배선의 수리와 설치도 가능하다. 잔디손질도 능숙해서 더운 여름 한낮에도 지치지 않고 손질하고 깎고 잡초 제거에 여념이 없다. 자동차며 큰 파도에 시달린 모터보트의 엔진도 수리할 수 있다. 생선이나 새우를 잡아서 생계를 유지할 뿐만 아니라, 때로는 그런 일로 어쩌다 한몫 버는 일도 있었다. 그런 형편이므로 교회에 고용될 때까지 단 한 번도 일이 없어서 곤란을 겪은 예가 없으며, 필요 이상으로 돈을 벌 때까지 오랫동안 일을 한 적도 없었다. 그러나 교회가 처음으로 낡은 맨션을 사들여 학교, 사회사업센터, 예배당으로 쓸 수 있도록 개조한 뒤로 이번 일은 줄곧 이어져 왔다. 그가 없으면 건물이 고장 나 버리기 때문에 없어서는 안 될 존재였다. 보일러를 계속 때고, 배관이나 배선을 수리하고, 지붕을 수리하며, 여름 내내 건물 안팎을 칠했다. 새로 지은 교회가 완성된 뒤에는 물론 그의 일은 끝났다. 수리할 일은 거의 없었지만, 건물을 끊임없이 청소하고, 잔디를 손질하며, 겨울에는 난방장치를, 그리고 따뜻해지면 에어컨을 조정했다.

그리고 지금, 이렇게 화창한 화요일 아침에 그는 교회 잔디를 갈퀴로 긁어 고르는 참이었다. 이미 깎아낸 잔디나 낙엽을 부셸(bushel, 파운드법에서 곡물 등의 중량 단위. 약 27kg) 바구니 몇 개에 모아 놓았다. 아직 저쪽에는 배 이상이나 되는 일이 남아 있었으나 그는 점심식사를 위해 그만하기로 했다. 그리고 식사 뒤에 마음이 내키면 그리로 가서 일을 해도 좋고, 내일까지 내버려두어도 상관없었다. 아무것도 서두를 이유는 없으니까.

부엌 냉장고에 우유 한 병과 치즈 몇 조각을 넣어 놓았다. 어떤 종류의 육류는 특정한 가게——그가 7WD라 부르는 가게, 즉 헤브라이어로 합법의 표시를 그는 그렇게 읽은 것이다——에서 산 것을 제외하면 사실상 어떤 육류도 냉장고에 넣지 않는 것으로 되어 있었다. 하지만 우유와 치즈는 살생과 무관하고, 종교적으로 청정한 것이므로 지장이 없다. 그러나 맥주를 한 잔 마시는 게 좋지 않을까 그는 생각했다. 그의 차——평판이 나쁜 포드 1947년형 컨버터블로 지붕창이 없는 것인데, 최근 건물을 칠하면서 남은 페인트를 써서 밝은 노랑으로 칠했다——는 교회 앞 주차장에 서 있었다. 그것으로 '시프스 캐빈'까지 가면 한 시간 안에 돌아올 수 있다. 일일이 누군가에게 미리 양해를 구할 필요는 없지만, 슈워츠 부인이 부인회 모임을 위해 부속실을 꾸미는데 도움이 필요할 거라는 말을 들었으므로 나가지 않는 편이 좋을 것이다. 게다가 '시프스 캐빈'에서 벌어질, 언제 끝날지 모르는 논쟁──예를 들면 바다에 면한 집에는 비닐판자와 널빤지 중 어느 쪽이 좋을까 라든가, 셀틱스가 우승할까 아닐까 하는 그런 논쟁에 휘말리면 언제 돌아올 수 있을지 모른다.

그는 세수를 하고 냉장고에서 우유와 치즈를 꺼내들고 지하실에 있는 전용 코너로 갔다. 여기에는 흔들거리는 테이블, 간이침대, 버들가지로 만든 팔걸이의자 등, 시내 폐품 집하장에 종종 나가서 모아온 가구가 갖춰져 있다. 이 집하장 다니기는 배너스 클로싱 사회의 어떤 계층이 즐겨하는 기분 전환인 셈이다. 그는 테이블에 앉아서 대충 만든 샌드위치를 우적우적 씹고, 우유팩 주둥이에 입을 대고 벌컥벌컥 마시면서 무뚝뚝하게 지하실 작은 창으로 지나가는 사람의 다리를 덤불 사이로 바라보았다. 바지로 둘러싸인 남자들의 다리, 스타킹을 신은 날씬하고 시원한 여자들의 다리. 가끔 그는 한쪽으로 몸을 기댄다. 각별한 한 쌍의 여자 다리가 지하실 창을 통과할 때까지 눈으로 쫓기엔 그만이다. 그리곤 백발이 섞인 머리를 만족스러운 듯 끄덕이면서 한숨을 섞어 "굉장하군"이라고 중얼거린다.

그는 1리터들이 우유를 다 마신 다음, 볕에 그을린 거칠고 털이 무성한 손등으로 입을 쓱 닦았다. 의자에서 일어나자 나른한지 기지개를 켜고, 이번엔 간이침대에 앉아서 힘세고 뭉툭한 손가락으로 가슴과 반백의 머리칼을 긁었다. 그리고는 풀썩 쓰러져서 베개에 머리를 박고 이리저리 움직여 쉬기 편하도록 가운데가 패게 했다. 그런 다음 한동안 해부도의 정맥과 동맥처럼 천장을 가로세로로 달리는 파이프와 전기 배선을 쳐다봤다. 또 '예술사진'을 죽 붙여놓은 벽으로도 저절로 눈이 갔다. 옷을 벗은 다양한 모습을 촬영한 여자 사진이다. 그 여자들은 모두 풍만하고, 세련되었으며, 유혹하는 것 같아서, 그의 눈이 한 장 또 한 장, 다음으로 옮겨갈수록 입가가 허물어지다가 마침내 만족스러운 미소를 띤다.

창문 바로 바깥에서 여자들의 이야기 소리가 들려왔다. 그는 목소리의 주인공을 보려고 돌아눕자 두 쌍의 여자 다리가 보였다. 모두 다 하얀 스타킹을 신었으며, 그 바로 맞은편에 손수레인지 유모차 같은 바퀴가 보인다. 저 두 사람은 늘상 지나가는 것을 보기 때문에 누구누구인지 짐작이 갈 것 같았다. 두 사람의 대화를 훔쳐듣는 것은 마치 열쇠구멍으로 몰래 들여다보기라도 하는 것 같아서 각별한 즐거움이 있었다.

"……그럼 네가 끝나고 버스로 세일럼까지 가면, 거기서 나하고 만나 역에서 밥을 먹을 수 있지 않겠어?"
"난 줄곧 린에 있다가 그 다음에 엘리지암에 갈까 했는데."
"하지만 그 영화가 언제 끝날지 모르잖아. 어떻게 집에 돌아올 작정이야?"
"들어보니 11시 30분에 끝난대. 그렇다면 천천히 가도 마지막 버스에 맞출 수 있어."
"그렇게나 밤늦게 혼자 집에 돌아가도 무섭지 않아?"
"어머, 무슨 소리. 막차엔 손님이 많아. 그리고 정류장에서 겨우 두 블록밖엔 되지 않고, 앤지, 이제 곧장 이리로 와."

깡충깡충 아이가 뛰는 소리가 났고 여자들의 다리가 걷기 시작하면서 보이지 않게 되었다.

그는 다시 돌아누워 벽의 사진을 자세히 관찰했다. 한 장은 피부가 검은 여자인데, 좁은 가터 벨트와 검정 스타킹을 빼고는 알몸이다. 그 사진에 생각을 집중하자 여자의 머리칼이 금발이 되고, 스타킹이 하얀색이 되었다. 이윽고 그의 입이 뻥 열리면서 하품을 하기 시작했다. 큰 파도를 넘는 보트 엔진처럼 안정된 리듬이 목 안 가득 울려퍼졌다.

상자에 담긴 도시락을 나눠먹고 부속실을 꾸미고 있는 마일라 슈워츠와 두 명의 부인회원은 작은 고개를 갸웃하면서 한 걸음 물러섰다.
"그것을 좀 더 높이 할 수 있어요, 스탠리?" 마일라가 물었다.
접는 사다리에 올라간 스탠리는 들은 대로 오글쪼글한 크레이프 페이프를 2인치 가량 올렸다.
"됐습니까?"
"조금만 더 낮추는 게 좋겠어요."
"그럴지도 몰라요. 약간 내려주겠어요, 스탠리?"
그는 먼저 있던 위치까지 내렸다. 마일라가 소리를 크게 질렀다.
"거기서 멈춰요, 스탠리. 딱 좋지 않아요?"
깊이 생각에 잠겨 있던 부인들은 찬성했다. 이 두 사람은 마일라의 부하나 마찬가지다. 에미 애들러는 겨우 서른, 낸시 드레트먼은 그보다 많지만 부인회에 가입한 것은 겨우 최근의 일이다. 준비위원이니까 두 사람은 일할 생각으로 바지 차림으로 교회에 왔는데, 정장을 한 마일라가 '모든 일이 순조롭게 진행되고 있는지를 보기 위해' 들른 바람에 뒷덜미를 잡히고 말았다. 둘 다 꾸미기를 크게 좋아하지는 않지만, 그것은 신입 회원에게 부여되는 일 가운데 하나였다. 그래서 적극적으로 일하는 것을 인정받으면 좀더 중요한 일이 주어진다. 예를 들면 선전위원인데, 프로그램 팸플릿에 실릴 광고를 따기 위해 지역의 다양한 업자나 남편의 비즈니스 동료들을 찾아다닐 필요가 있었다. 또한 친선위원이 되면 환자의 문병을 한다. 그러다가 마지막으로 사무처리——대개는 사람들을 부추겨 움직이게 하는 것이지만——에 수완을 보이면 임원 후보자 명부에 자신의 이름을 올릴 수 있게 된다. 이렇게 되면 목적지에 다다른 셈이다.

그런데 이 두 사람은 늘 스탠리를 활용하는 것으로 솜씨를 닦았다. 그녀들이 최초로 모습을 나타냈을 때는, 슈워츠 부인보다 거의 한 시간은 전이었는데도 곧장 스탠리에게 도와줄 것을 부탁했다. 스탠리가 밖에서 잔디 손질을 하는 편이 훨씬 낫다고 생각한다는 것 따위는 전혀 개의치 않았다. 그는 말했다.
"사모님들, 상관 마시고 시작하세요. 곧 갈 테니까요."
그러나 슈워츠 부인은 전혀 틈을 주지 않고 단호하게 말했다.
"스탠리, 도와줘야겠어."
"깎아낸 잔디를 긁어모아야만 합니다, 부인."
"그건 나중에도 할 수 있잖아요."
"네, 곧 가겠습니다."
그는 갈퀴를 놓고 사다리를 가지러 갔다. 그것은 따분하고 싫증나는 일이며, 손톱만큼도 즐겁지가 않았다. 게다가 여자 밑에서——다루기 힘들고 뻔뻔스러운 슈워츠 부인 같은 여자의 지시를 받으며 일을 하는 것도 싫었다. 그가 장식할 것들을 똑바로 벽에 고정하기를 마쳤을 때, 문이 살짝 열리면서 랍비가 들여다보며 큰 소리로 불렀다.
"아, 스탠리. 잠깐 할 얘기가 있는데, 괜찮을까?"
스탠리가 곧 사다리에서 내려오는 바람에 구김종이가 밑으로 축 늘어졌다. 압정이 벽에서 빠지고, 세 부인에게서 일제히 탄성이 터져 나왔다. 랍비는 비로소 세 사람을 알아보고 방해한 것을 사과하는 뜻으로 고개를 까딱한 다음 스탠리를 향했다.
"속달로 책이 배달될 것을 기다리던 참이오. 오늘내일 중으로 올 텐데 모두 귀하고 매우 값비싼 책이어서 말야, 도착하면 꼭 내 서재에 갖다주지 않겠소? 아무데나 방치되지 않도록 말이오."
"그러고말고요, 랍비. 책이라는 것은 제가 알 수 있겠지요?"

"드롭시 대학에서 보내는 거니까 보내는 사람을 보면 알 수 있어요."

랍비는 부인들에게 목례를 하고 물러갔다.

마일라 슈워츠는 스탠리가 돌아오기를 순교자처럼 참을성 있게 기다렸다.

"랍비가 자네를 불러서 일도 못하게 하다니 상당히 중요한 볼일이 었던 모양이지?"

그녀는 잔뜩 가시를 품은 말씨를 썼다.

"아, 어차피 사다리를 옮기러 내려오려던 참이에요. 곧 책이 배달될 테니까 신경 좀 써달라고."

"무척이나 중요하군. 무슨 깜짝 놀랄 일인 줄 알았네."

마일리가 비아냥대자 에미 애들러가 말했다.

"랍비는 처음 우리가 여기 있는 것이 보이지 않았던가 봐요."

"설마 그럴 리가 있겠어요? 그런데 아까 말씀하신 그 얘긴데, 바로 어제 베커 씨에게서 전화가 왔는데 댁의 모리는 신도회 이사니까 이번 특별회에는 반드시 나오시라고 하던데……."

드레트먼 부인의 말에 슈워츠 부인은 애들러 부인 쪽을 몸짓으로 가리키며 작은 소리로 말했다.

"그 얘긴 비밀로 되어 있어."

5

정오에 끝나게 되어 있지만 엘스페스는 1시 전에 세라피노 씨 집을 나서는 일은 거의 없었다. 세라피노 부인은 아이들에게 점심을 먹이느라 크게 분주해서 "있잖아 엘, 안젤리나의 접시는 어디에 넣어뒀지? 세 마리 곰이 그려진 접시 말야"라고 부엌에서 소리치거나, "엘, 버스가 떠나기 전에 잠깐 조니를 유아용 변기에 앉혀주지 않겠어?" 같은 말을 하면서 우왕좌왕했으므로, 엘스페스는 대개 직접 해 버리고 1시나 1시 반 버스를 타는 일조차 있다.

특히 오늘은 예약이 4시부터이기 때문에 시간은 상관이 없었다. 게다가 이렇게 무더울 때는 서늘하고 상쾌한 기분이 되고 싶지, 잘 아는 의사에게 가는 것은 성가셨다. 가능하다면 3시까지 집에 있다가 그 다음에 외출하고 싶었지만, 그렇게 했다간 아줌마한테서 질문 공격을 당할지도 몰랐다.

그녀가 아이들에게 점심식사를 먹이려고 하던 참에 세라피노 부인이 2층에서 내려왔다.

"어머, 벌써 시작했어? 하지 않아도 돼. 나머진 내가 할 테니까 준비를 하도록 해."

"이제 거의 끝난 걸요, 사모님. 아침식사를 드셔야죠?"

"그래, 괜찮다면. 커피가 마시고 싶어서 견딜 수가 없네."

세라피노 부인은 호의를 딱 잘라 거절하는 성격도 아니거니와, 주절주절 감사의 말을 늘어놓는 성격도 아니다. 그렇게 말하면 그녀라는 사람이 어떤 사람인지 짐작이 갈지도 모르겠다. 엘스페스가 아이들의 식사 시중을 마쳤을 때에도 부인은 아직 커피를 마시고 있었고, 엘스페스가 아이들을 2층으로 데려갈 때에도 움직이려 하지 않았다.

아이들에게 낮잠 잘 채비를 하게 하는 것 또한 식사 시중에 못지않게 성가신 일이었다. 엘스페스가 간신히 아래층으로 내려왔을 때, 세라피노 부인은 복도에서 전화로 얘기하고 있었다. 부인은 이야기를 중단하고 송화기를 손으로 막았다.

"어머, 엘, 아이들은 벌써 잠이 들었어? 내가 올라가서 재우려고 했는데."

그 말만 하고는 다시 통화를 계속했다.

엘스페스는 부엌 옆 자기 방으로 가서 문을 닫고 단단히 걸쇠를 걸었다. 그런 다음 침대에 엎드린 자세로 몸을 던지고, 나이트 테이블의 라디오를 켰다. 아나운서의 쾌활한 목소리가 절로 귀에 들어온다.

"……〈콘리커 블루스〉를 불러 최근 센세이션을 일으켰던 남부의 산사나이, 바트 번즈였습니다. 여기서 날씨 정보를 잠깐. 먼저 전해드린 저기압이 접근해오므로 저녁나절에는 구름과 안개가 끼고, 경우에 따라서는 비도 오겠습니다. 살아있는 모든 만물의 기분을 헤아린다면 다소 가랑비가 내려야만 할 것 같군요, 핫하. 그럼 여기서 83세의 생일을 맞이하신 세일렘 웨스트 스트리트 24의 아이젠슈타트 부인을 위해 하프 플리건스의 최신 히트곡 〈트래슈 컬렉션 록〉을 보내드리겠습니다. 생일을 축하드립니다, 아이젠슈타트 부인."

엘스페스는 깜박깜박 졸면서 그 노래를 다 듣고, 다시 돌아누워서 다음 노래가 나올 동안 가만히 천장을 바라보고 있었다. 이렇게 무더운 때에 빈틈없는 매무새를 해야만 한다니 생각만 해도 화가 났다. 그녀는 귀찮아 죽겠다는 듯 간신히 일어나서 몸을 비비꼬다시피하면서 드레스를 머리 위로 벗었다. 뒤로 팔을 돌려 브래지어를 벗고, 거들의 지퍼를 내리고, 스타킹을 벗을 생각은 않고 어떻게든 거들을 허리에서 밑으로 내렸다. 속옷을 옷장 서랍 맨 아래 칸에 던져 넣고 드레스를 옷장에 걸었다.

문 맞은편의 부엌에 세라피노 씨가 내려와서 커피를 데우고, 냉장고에서 오렌지 주스를 꺼내는 소리가 들려왔다. 엘스페스는 문의 걸쇠에 힐끗 눈길을 보내 마음이 놓이자 작은 욕실로 들어가 샤워를 했다.

30분 뒤 방에서 천천히 나왔을 때, 그녀는 노란 민소매 린넨 드레스에 흰 구두를 신고, 흰 장갑에 흰 비닐 핸드백을 들고 있었다. 짧은 머리칼은 단정하게 뒤로 넘겨 하얀 고무 머리밴드로 고정시키고 있다. 세라피노 씨는 이미 없었지만 부인은 아직 실내복에 슬리퍼 차림으로 부엌에서 커피 대용품을 홀짝거리고 있었다.
"아주 멋진데, 엘! 오늘 저녁엔 뭔가 특별한 일이라도 있는 거야?"
"아뇨, 그냥 잠깐 영화를."
"그래, 재미있게 보내. 열쇠는 갖고 있겠지?"
엘스페스는 핸드백을 열어 동전지갑의 지퍼고리에 매달려 있는 열쇠를 보였다. 그런 다음 자기 방으로 돌아와 등 뒤로 문을 닫고 짧은 복도를 지나 뒷문으로 나왔다. 길모퉁이에 이르자 곧 버스가 와서 뒤쪽 열린 창가 좌석에 앉았다. 버스가 달리기 시작하자 장갑을 벗고 핸드백을 뒤져서 무거운 구식 금반지를 찾아냈다. 그것을 손가락에 낀 다음 다시 장갑을 꼈다.

조 세라피노는 부엌으로 돌아오자 수염을 깎고 옷을 입었다.
"이제 갔어?"
"엘스페스 말인가요? 네, 2, 3분 전에 나갔어요. 왜요?"
"린에 갈 거라면 태워다 주려고 했거든."
"린에는 왜 가는데요?"
"차를 수리점에 가져가야 해. 덮개를 덮는 장치를 조정해야 하거든. 지난번에 폭풍우 속에서 반밖에는 움직이지 않는 바람에 온통 젖고 말았어."
"어째서 오늘까지 고치지 않고 놔두었어요?"
"줄곧 날씨가 너무 좋았기 때문에 생각이 나질 않았겠지. 지금, 수염을 깎으면서 일기예보를 들으니 소나기가 올 것 같대서 말야. 그런데 어째서 그렇게 집요하게 묻는 거야?"
"집요하다거나 그런 것 없어요. 그냥 물어보면 안되나요? 몇 시에 돌아오죠? 이것도 물어보면 안되는지도 모르지만."

"괜찮아, 사양하지 말고 물어봐."

"그럼 대답해 봐요."

"글쎄, 줄곧 린에 있다가 클럽에 잠깐 먹으러 갈지도 몰라."

화난 어조로 그렇게 말하면서 방을 뛰쳐나왔다.

현관문이 열렸다가 쾅당 닫히는 소리가 들리고, 이윽고 시동을 거는 소리가 났다. 그녀는 엘스페스의 방문을 쳐다보며 가만히 생각에 잠겼다. 평소에는 저 가정부가 있다는 사실조차 머릿속에 없는 것처럼 행동하던 남편이 어째서 저렇게 갑작스레 친절해진 것일까? 그러고 보니 이런 시간에 왜 수염을 깎는단 말인가? 그는 수염이 무성해서 일찍 깎으면 초저녁에 벌써 까매져 버리므로 보통 때 같으면 클럽에 나가기 직전까지 기다리는데.

생각하면 할수록 모든 것이 수상쩍었다. 예를 들면, 어째서 엘스페스는 오늘 꾸물대고 있었던 것일까? 정오면 자유가 되는데 왜 아이들에게 밥을 먹인 다음에 잠을 재우는 것까지 했던 거지? 아무도 해달라고 부탁한 것이 아닌데. 다른 가정부였다면 휴일에 그런 일을 하지는 않을 텐데. 그녀는 2시 반 가까이 되어서야 겨우 나갔다. 조를 기다렸던 것일까?

게다가 저 문에 일일이 걸쇠를 거는 것도 이상하다. 지금까지 언제나 이상하다고 생각했었다. 손님이 오면 늘 그렇듯이 얘기가 가정부로 넘어가면 언제나 그 얘기를 꺼냈다.

"엘스페스는 항상 반드시 문에 걸쇠를 잠가요. 잘 때나 옷을 갈아입을 때 조가 들어오리라고 생각하기라도 하는 것일까?"

그녀는 남편이 가정부에게 마음이 있다는 생각 따위 너무도 바보같은 짓이라는 듯한 어조로 언제나 웃곤 했다. 그런데 지금 그녀는 그것이 잘못된 생각이 아닐까 의심했다. 어쩌면 엘스페스는 조보다 나를 경계해 문을 잠갔던 것이 아닐까? 저 방은 뒤쪽에서도 들어갈 수 있다. 조가 부엌으로 통하는 문에 걸쇠만 꽂아두면, 두 사람은 나의 방해를 받지 않으니까 그렇게 한 것은 아닐까?

다른 생각이 머리에 떠올랐다. 저 아이는 3년 이상이나 함께 있는데도 친구가 있는 것 같지 않다. 다른 가정부들은 모두 쉬는 날에는 데이트가 있다. 그녀가 데이트를 하지 않는 것은 왜일까? 그녀의 유일한 친구라면 호스킨스 씨네집에서 일하는, 말처럼 덩치가 커다란 시리아뿐이다. 엘스페스가 데이트를 하지 않는 까닭은 남편인 조하고 즐기고 있기 때문이 아닐까?

그녀는 그런 바보 같은 시기심을 품는 스스로를 비웃었다. 무슨 생각을 하는 거야, 거의 떨어져 있는 때가 없이 조하고 함께 있지 않는가. 매일 밤 클럽에서 그를 만난다. 정확하게는 목요일을 뺀 매일 밤이다. 그리고 목요일은 엘스페스의 휴일이다.

멜빈 브론스타인은 전화를 집으려고 몇 번이나 팔을 뻗었다 그때마다 수화기를 들지 못하고 팔을 거둬들였다. 벌써 여섯 시가 지났고 직원은 모두 퇴근했다. 알 베커는 아직 있지만, 자기 사무실에 있거니와 책상 위에 흩어져 있는 책으로 판단하건대 아직 한동안은 그곳에 더 있을 작정인 모양이다.

지금이라면 아무에게도 방해를 받지 않고 로잘리를 부를 수 있다. 꼭 일주일 동안 그녀가 머리에 떠오르지 않았지만, 언제나 그녀와 만나던 목요일이 되면 그녀를 향한 욕구는 이미 억누를 수가 없게 되었다. 그녀를 알게 된 해에 이미 두 사람의 관계는 습관적인 것으로 안정되어 있었다. 매주 목요일 오후에 그녀가 전화를 걸고, 두 사람은 레스토랑에서 만나 저녁을 먹는다. 그런 다음 교외로 드라이브를 하고 모텔에 들른다. 그리고 언제나 한밤이 되기 전에 그녀를 집으로 데려다준다. 그녀의 아이들을 돌보는 보모가 그 이상 기다리게 되면 불평을 하기 때문이다.

그러나 최근에 어떤 변화가 일어났다. 그는 지난주 목요일도, 그 전 주 목요일에도 그녀를 만나지 않았다. 남이나 마찬가지가 된 그녀의 남편이 그녀를 감시하기 위해 사립탐정을 고용하지 않았을까 하는, 그녀의 지나친 염려 탓이다.

"전화를 걸지도 말아요, 멜." 그녀는 애원했다.

"하지만 전화를 거는 정도야 괜찮겠지. 설마 전화를 도청할 만큼 성가신 일까지 하리라고 생각하는 건 아니겠지, 응?"

"네, 하지만 얘기를 나누면 내 마음이 약해져 버릴지도 몰라요. 그리 되면 다시 원점으로 돌아가고 말아요."

그녀는 아무리 애길 해도 타협하지 않았고, 게다가 그녀의 걱정이 어느 정도는 이해되었으므로 그도 동의한 것이다. 그리고 다시 목요일이 왔다. 사정이 웬만큼 달라졌는지 어떤지 물어보기만 해도 좋았다. 만약 그녀와 이야기만이라도 할 수 있으면 틀림없이 그녀의 욕구가 그에 못지않게 강하기 때문에 걱정을 능가해버릴 게 틀림없다.

베커가 방으로 들어와서 태연한 척 보이려고 비상한 노력을 하면서 말을 꺼냈다.

"아, 멜, 깜빡 잊을 뻔했군. 샐리가 오늘 저녁엔 반드시 자넬 저녁 식사에 데리고 오라고 했는데?"

브론스타인은 남모르게 웃음을 흘렸다. 한달 전에 알과 샐리는 자기가 그 여자와 함께 있는 것을 본 뒤로 줄곧 이런저런 수를 써서 목요일 밤이면 언제나 그들의 집에서 보내도록 그를 초대했다.

"고맙습니다만, 우천교환권 (비로 중지되었을 때 다음에 쓸 수 있도록 손님에게 건네는 표)이라도 내주지 않겠습니까? 오늘 저녁엔 누굴 만날 기분이 들지 않아서요."

"집에서 식사를 하기로 했는가?"

"음, 아닙니다. 데비가 언제나처럼 브리지 클럽을 열거든요. 난 어딘가에서 밥을 먹은 다음에 영화라도 볼까 했어요."
"좀 늦게라도 와서 우리하고 밤새 함께 지내면 어떻겠나? 샐리가 새 레코드를 샀어, 고상한 것으로 말야. 그걸 들은 다음 아래층으로 가서 잠깐 당구를 쳐도 좋고."
"그럼 그쪽을 지나게 되면 들를지도 모르겠습니다."
베커는 다음 수를 썼다.
"아, 더 좋은 생각이 났어. 샐리에게 전화해서 나도 시내에 있다고 하고서 말야, 둘이서 밤새도록 재미나게 보내도 좋지 않겠어? 어딘가에서 저녁을 먹고 두세 잔 기울인 다음, 영화를 보거나 볼링을 하는 거야."
브론스타인은 고개를 저었다.
"포기하세요, 알. 집으로 돌아가서 저녁을 먹고 편히 쉬세요. 나는 괜찮아요. 어쩌면 나중에 갈지도 모르고 말이죠."
그는 책상 앞으로 돌아와서 나이든 사내의 어깨에 팔을 둘렀다.
"자, 염려 마시고 돌아가세요. 문단속은 제가 할 테니까."
부드럽게 베커를 문으로 이끌었다. 그리고 나서 그는 전화를 들고 다이얼을 돌렸다. 전화 저편에서 벨이 거듭거듭 울리는 것이 들렸다. 한참 지나서 그는 전화를 끊었다.

의사가 진찰을 마쳤을 때는 이미 늦어서 6시가 넘어 있었다. 엘스페스는 접수처에 등사판 인쇄된 식단표와 임신에 관해 쓰여 있는 소책자에 대한 감사 인사를 하고, 그것을 주의 깊게 접어서 핸드백에 넣었다. 나가는 길에 이 건물 안에 공중전화가 있느냐고 물었다.
"아래층 로비에 하나 있지만, 괜찮으시다면 여기 것을 사용하세요."
엘스페스는 부끄러운 듯이 얼굴을 붉히고는 고개를 저었다. 접수원은 짐작했다는 듯 빙긋 웃었다.

전화부스 안에서 엘스페스는 그가 집에 있어줄 것을 빌면서 다이얼을 돌렸다. 그녀는 전화 저편의 목소리를 듣자 말했다.

"저, 엘스페스예요. 오늘 꼭 만나고 싶어요. 매우 중요한 일이에요."

그녀는 귀를 기울이다가 다시 말했다.

"하지만 당신은 몰라요. 제가 반드시 해야만 할 게 있어요…… 아뇨, 전화로는 말할 수 없어요…… 지금 린에 있는데, 배너스 클로싱으로 돌아갈 거예요. 함께 저녁을 먹어도 괜찮고요. '서프사이드'에서 먹은 다음에 넵튠에서 영화를 볼까 했는데."

그녀는 마치 그가 보고 있기라도 한 것처럼 그의 대답에 고개를 끄덕였다.

"오늘밤에 나하고 영화 보러갈 수 없다는 건 알겠는데, 어차피 식사는 해야 할 테니 함께 하면 어떨까요? 7시쯤 '서프사이드'로 가겠어요. 네, 어떻게든 시간에 맞춰 주세요. 만약 7시 반까지 오지 않으면 포기하겠지만 되도록 와주세요. 부탁이에요."

그녀는 버스 정거장으로 가기 전에 카페테리아에 들렀다. 커피를 마시면서 임신에 관한 소책자를 열어서 한번 죽 훑어본 다음, 다시 읽었다. 몇 가지 간단한 규칙을 이해했다는 확신이 들자 소책자를 가죽을 씌운 쿠션 뒤로 쑤셔 넣었다. 갖고 있는 것은 너무 위험하다. 세라피노 부인이 우연히 발견할지도 모르니까.

6

7시 30분에 제이콥 워서맨은 랍비의 집 벨을 눌렀다. 스몰 부인이 현관으로 나왔다. 그녀는 체구가 작고 쾌활하며, 균형이 맞지 않는다 싶을 만큼 풍성한 금발의 소유자였다. 커다랗고 푸른 눈, 조금도 그늘이 없는 여유 있는 표정, 만약 그것을 날카롭고 단정한 작은 턱으로 상쇄시키지 않았더라면 천진난만하게도 여겨질 것이다.
 "어서 들어오세요, 워서맨 씨. 잘 오셨어요."
 그 이름을 듣고 그때까지 독서에 열중하던 랍비가 현관홀로 나왔다.
 "어이구, 워서맨 씨. 마침 저녁식사를 마친 참입니다만 차라도 드십시오. 당신은 차를 끓여 줘야겠군."
 그는 손님을 거실로 안내했고, 그의 아내는 물을 끓이러 갔다. 랍비는 들고 있던 책을 옆 책상 위에 엎어놓고, 용건을 묻는 듯 나이든 회장을 쳐다봤다.
 워서맨은 랍비의 시선이 온화하고 친절하기는 하지만 찌르는 것처럼 매섭다는 것을 문득 깨달았다. 그는 애써 웃는 표정을 지었다.
 "저, 랍비, 당신이 처음 이 교회에 왔을 때, 랍비는 이사회에 참석하는 것이 당연하다는 그런 의사를 은연중에 내비쳤지요. 나는 전적으로 찬성이오. 요컨대 교회 발전을 돕기 위해 랍비가 존재한다면 다양한 활동의 입안이나 토의가 이루어지는 회합에 랍비를 출석시키는 것은 무엇보다도 좋은 일 아니겠소? 하지만 그들은 투표로 나를 따돌렸어요. 그 이유가 어디에 있는지 아시겠소? 랍비는 교회가 고용한 사람이라고 그들은 말합니다. 랍비의 급여나 계약에 관해 이야기하길 원할 때는 어떻게 할까요? 랍비가 참석한 장소에서 어떻게 서로 이야기할 수가 있겠습니까? 그런 까닭으로 결과가 어떻게 되었는가 하면, 지난 1년 동안 그 건은 입 끝에조차 오르지 않았어요. 이번 회합까지는 말이죠. 그런데 이번 회합에서 나는 하기 휴회까지 앞으로 두 차례의 회합밖에는 남질 않았으니 이번에 내년 계약 건을 토의해야 한다고 제안했다오."
 스몰 부인이 쟁반을 들고 들어왔다. 두 사람에게 차를 내고 나서 그녀도 찻잔을 들고 앉았다.
"그래서 계약 문제는 어떻게 결정되었습니까?"
"아무것도 결정나지 않았어요. 다음 모임까지 미루게 되었지요. 그러니까 이번 일요일까지요."
랍비는 자기의 찻잔을 이리저리 자세히 뜯어보면서 뭔가에 생각을 집중하는지 이마에 주름을 잔뜩 세우고 있었다. 그리고는 눈을 들지 않고 혼잣말처럼 말했다.
"오늘은 목요일이고 회합까지는 사흘 남았습니다. 만약 승인이 확실하고 투표는 형식에 지나지 않는 것이라면 당신은 일요일까지 기다렸다가 저에게 말씀하셨겠지요. 만일 승인 가능성은 있지만 확실하다고 하지 못할 경우 다음에 저를 만났을 때, 그러니까 금요일 저녁 예배 때 아마 그 얘길 꺼냈을 겁니다. 그러나 투표 결과가 확실하게 예정할 수 없거나, 아니면 저에게 불리한 결과가 나올 듯한 경우에는 저의 사바스(안식일. 유대교에서는 일주일의 마지막 날인 토요일)를 망쳐서는 안 된다고 우려해, 금요일 저녁에는 그 문제를 입 밖에 내고 싶지 않았을 것입니다. 그러므로 오늘밤에 이렇게 오셨다는 것은 나의 재임은 바랄 수 없다는 뜻 외에 아무것도 아니죠. 그렇지 않습니까?"
워서맨은 감탄하여 고개를 내저었다. 그리고는 랍비의 부인을 향해 조심하라는 뜻으로 검지손가락을 흔들어 보였다.
"결코 남편을 속이려거나 해서는 안됩니다, 부인. 남편은 즉각 간파해 낼 테니까요."
그는 다시 랍비를 향했다.
"아니 아니오, 랍비. 그렇다고도 할 수 없지요. 적어도 완전히 그렇지는 않습니다. 제가 설명을 드리겠어요. 우리 이사회에는 회원이 45명 있소이다. 어떻습니까! 제너럴 일렉트릭이나 유나이티드 스테이트 스틸 회사의 중역회 보다도 많지요. 그러나 실태는 아실 것입니다. 약간 이름이 통하는 사람, 교회를 위해 조금이라도 도움이 될 만한 사람, 아니, 교회를 위해 뭔가 할지도 모른다는 예상만 되는 사람까지 모두 이사회의 구성원이 되어 있어요. 명예로운 일이니까요. 그럴 작정은 아니더라도 대개 신도회는 부자로 구성된 이사회가 되고 마는 것입니다. 다른 교회나 교구도 마찬가지라오. 그래서 매번 회합에 출석하는 것은 45명 가운데 15명가량입니다. 가끔 오는 이는 10명이나 될까요. 나머지는 해가 바뀔 때까지도 얼굴을 보이지 않지요. 15명의 평소 인원이 출석하기만 하면 우리는 대개 4대 1가량의 절대 다수로 승리합니다. 우리들 대다수에게 그것은 단순히 형식적인 문제에 지나지 않는 거지요. 그때 그 자리에서, 계약 건을 투표로 결정해버리면 좋았겠지만, 1주일 연장하라는 안건을 모른 척할 수가 없었어요. 지당한 안건이라고 생각하며, 모든 중요한 결의에서 매번 그래 왔어요. 그러나 반대파, 즉 알 베커와 그 일당은 분명히 뭔가 달리 생각하는 것이 있는 것 같소이다. 알 베커는 당신을 마음에 들어하지 않아요. 바로 어제 알게 되었는데, 그들은 사전교섭에 착수하여 평소 출석하지 않는 30명가량의 회원에게 전화를 건 것 같아요. 더구나 내가 보는 한, 그 문제에 관해 그들과 서로 이야기하고 있지 않습니다. 유무를 말하지 않고 압력을 건 것이죠. 어제 벤 슈워츠에게서 그 말을 듣고 나도 그들에게 연락을 취하기 시작했지만 한발 늦었더군요. 대다수는 이미 베커 일파에게 넘어갔어요. 이것이 현재 상황이오. 만약 평소대로의 회원이 출석하는 그런 회합을 열면 이기는 것은 쉽지만, 그가 이사 전원을 출석시키게 되면……"

그는 패배의 표시로 손바닥을 위로 향해 두 팔을 벌려 보였다.

"저로서는 특별히 의외의 일인 것 같지 않군요."

랍비는 유감스럽다는 듯 말했다.

"제가 의지하고 서 있는 기반은 전통적인 유대교이며, 제가 법률박사단에 들어간 것은 저의 아버지나 아버지의 아버지도 그랬습니다만, 아버지나 할아버지 같은 랍비가 되어 세상과 동떨어진 곳이나 상아탑이 아니라, 사회의 일부로서 유대인 학자의 생활을 하고, 어떤 형태로든 사회에서 일하기 위해서였습니다. 그러나 지금 현대 미국 유대인 사회에는 저나 저와 같은 사람이 있을 만한 곳이 아니라는 생각을 품기 시작했습니다. 교회는 랍비가 일종의 업무 대리 집행자로서 클럽을 조직하거나 연설을 하거나, 교회의 통합을 도모하는 역할을 다할 것을 바라고 있습니다. 아마 그것도 훌륭한 일이겠지요. 분명 제가 시대에 많이 뒤떨어진 탓이겠지만, 그것은 저의 임무가 아닙니다. 일반적인 경향은 다른 교파와의 유사점을 강조하려는 방향으로 흐르는 것 같습니다만, 우리의 전통은 우리가 서로 다르다는 것을 강조하는 데에 있습니다. 우리는 그저 단순히 사소한 특이점을 지닌 분파가 아닙니다. 우리는 신이 우리를 선택하셨기 때문에 신께 바쳐진, 봉사자의 민족인 것입니다."

워서맨은 안타깝다는 듯 고개를 끄덕였다.

"그러나 그러기엔 시간이 걸립니다, 랍비. 우리 교회의 구성원들은 두 차례나 세계전쟁에 휘말렸다오. 그들 대다수는 예배에, 아니 주일학교에 갔던 적도 없는 사람들이오. 내가 처음 교회를 조직하려 했던 당시는 어떤 상태였으리라고 생각합니까? 당시 여기에는 50명의 유대인 가족이 있었지만, 연로한 레비 씨가 돌아가셨을 때 그의 가족이 카디시를 올릴 수 있도록 민얀의 인원수를 채울 뿐이었는데도 마치 이를 뽑는 듯한 힘든 일이었소. 우리가 처음 교회를 일으켰을 때, 나는 배너스 클로싱에 사는 유대인 가정을 집집마다 찾아 다녔소. 개중에는 아이들을 린의 주일학교에 보내기 위해 자동차를 둘 곳을 수배하는 가정도 몇몇 있었고, 개중에는 선생님을 불러서 남자아이들에게 몇 개월 분의 지시를 받게 하고, 그렇게 해서 바미츠바 축제가 열리도록 꾀하는 곳도 있었어요. 그들은 다음 학생의 집으로 선생님을 보내기 위해 전화로 미리 시간을 맞추기도 했다오. 나는 우선 헤브라이어 학교를 세우고, 그 건물을 휴일에는 예배용으로 쓸 계획이었소. 돈이 너무 많이 든다고 생각한 사람도 있었고, 또한 아이들을 오후에 특수한 학교에 보내서 차별감을 갖게 하고 싶지 않다는 사람들도 있었지요.

그러나 조금씩 그들을 내 편으로 끌어들였어요. 나는 원가, 세입 세출, 대가(代價), 예산 등을 계산해 마침내 건물을 손에 넣게 되었는데, 그것은 매우 멋진 것이었소. 저녁때나 일요일이 되면 언제나 모두 달려왔던 것이지요. 여자는 바지, 남자는 진을 입고 모두 함께 일했고, 청소와 설비, 칠을 했어요. 그 무렵에는 도당이나 파벌은 없었어요. 모두가 흥미를 가지고, 모두 함께 일했다오. 젊은 사람들 대부분은 헤브라이어로 기도를 하는 것조차 불가능했지만 대신 정신이 있었지요.

나는 성축일의 최근 예배를 기억하고 있습니다. 린의 유대교회에서 두루마리를 빌려다가 제가 운을 떼는 사람이자 읽는 사람이었고, 미약하나마 설교까지 했어요. 속죄일에는 헤브라이어 학교의 교장에게도 약간 도움을 받긴 했지만, 대부분은 혼자서 했습니다. 하루가 걸리는 일이었고, 더구나 고픈 배를 안고 말이지요. 나는 이미 젊은 사람이 아니며, 아내가 걱정하는 것도 알고 있지만, 태어난 이래 그만큼 기분이 좋았던 적은 한 번도 없었어요. 그 무렵엔 모두 훌륭한 하나의 정신으로 맺어져 있었거든요."
"그래서 어떻게 되었나요?"
랍비의 아내가 묻자 워서맨은 쓴웃음을 흘렸다.
"그래서 우리는 커졌어요. 유대인들이 배너스 클로싱에 온 뒤로 처음이었지요. 우리가 학교와 교회를 지녔다는 사실과 그것은 관계가 있다고 저는 생각하고 싶소. 50세대 밖에 없던 시절엔 모두 서로 알았고, 의견 차이는 개별적인 대화로 조정할 수가 있었어요. 하지만 지금처럼 3백 세대 혹은 그 이상이나 되면 얘기는 다릅니다. 서로 얼굴조차 모르는 개별적 사교클럽이 몇 개나 있지요. 예를 들면 베커와 그 일당인데, 펄스타인 씨네와 코브 씨네, 파인골드 씨네는 모두 글로브 포인트에 사는 사람들입니다만 그들은 다른 사람들과 교제하지 않아요. 잘 아시겠지만 베커는 나쁜 사람이 아닙니다, 아니, 그는 정말로 좋은 사람입니다. 게다가 지금 열거한 사람들도 모두 훌륭한 사람들이지만, 당신이나 저와는 의견이 다르다오. 그들의 사고방식으로 보면, 교회 조직은 크고 유력하면 할수록 좋은 것이지요."

"하지만 그 사람들은 피리 부는 사람에게 돈을 지불하고 있으니까 곡을 주문할 권리가 있다(비용과 책임을 담당한 자에게 지배권이 있다)고 생각합니다."

랍비는 의견을 폈다.

"교회와 사회는 몇몇 목소리 큰 사람들보다 큽니다. 교회는……."

현관의 벨소리로 얘기가 중단되었고, 랍비는 현관으로 나갔다. 스탠리였다.

"랍비, 말씀하신 책을 기다리실 것 같아서 돌아가는 길에 도착했다는 말씀을 전하려고요. 짐은 커다란 나무상자였는데, 서재에 갖다 놓고 뚜껑을 비틀어 열어놓았습니다."

랍비는 고맙다고 말하고 거실로 돌아왔다. 그러나 흥분을 감출 수가 없었다.

"책이 왔어, 미리엄."

"아유, 잘됐네요, 데이비드."

"잠깐 가서 보고와도 괜찮겠지?"

그렇게 말한 다음에 갑자기 손님을 떠올렸다.

"좀 희귀한 책이어서요. 제가 지금 하고 있는 마이모니데스(1135~1204, 스페인계 유대인 법률학자, 신학자, 철학자) 연구에 참고로 하라고 드롭시대학 도서관에서 보내준 것이거든요."

"마침 가려던 참이었습니다, 랍비."

워서맨은 의자에서 일어나면서 말했다.

"아, 아직은 안됩니다, 워서맨씨. 아직 차를 다 마시지 않았으니까요. 지금 돌아가시면 제가 곤란해집니다. 좀 말려주겠어, 미리엄?"

워서맨은 사람 좋은 미소를 띠고 말했다.

"빨리 책을 보러 가고싶은 기분은 잘 알겠으니 붙잡고 싶지 않군요. 어려워 마시고 갔다 오십시오. 저는 잠깐 부인과 얘기를 나누고 있을 테니까요."

"정말 괜찮으시겠습니까?"

그러나 그는 이미 차고로 향하고 있었다. 깎은 듯한 작은 턱을 바짝 위로 치켜든 그의 아내가 일어나 그를 막아섰다.

"아직 나가지 마세요, 데이비드 스몰 씨. 코트를 입어야죠."

"하지만 밖은 춥지 않은걸."

"돌아올 즈음에는 무척 추워질 거예요."

랍비는 체념하고 옷장에서 코트를 집어들었으나, 입는 대신 보라는 듯이 팔에 걸쳤다.

"꼭 어린애 같다니까요."

스몰 부인은 거실로 돌아와 사과하는 투로 말했다.

"아뇨, 어쩌면 잠시 혼자 있고 싶은 모양이군요."

워서맨이 말했다.

'서프사이드'는 적당한 레스토랑이라는 평판이 나 있었다. 가격도 알맞고, 뛰어나지는 않지만 서비스도 시원시원하고 능률적이며, 장식은 평범하지만 식사는 훌륭하고, 씨푸드 요리는 각별했다. 브론스타인은 아직 한 번도 그곳에서 식사한 적은 없지만, 가까이서 현관 앞에 주차되어 있던 차가 나가는 것을 보니 괜찮겠다는 기분이 들었다. 이 가게의 평판을 떠올리면서 파란 대형 링컨을 지금 막 자리가 난 곳에 주차했다.

박스석으로 가는 길에 마티니를 주문하면서 식당 안을 살펴보니 손님은 그다지 많지 않았다.

사방 벽에는 어망이 늘어뜨려져 있고 바다를 암시하는 다른 물건들도 장식되어 있었다. 한 쌍의 노, 마호가니 타륜(舵輪), 색을 칠한 목제 새우잡이 통발의 부표, 그리고 벽 한 면을 독차지한, 마호가니 장식 판자에 붙인 위풍 당당한 청새치.

그는 주위를 둘러보니 그다지 의외랄 것도 없지만 아는 얼굴은 한 사람도 없었다. '서프사이드'는 저지대인 구시가지에 있거니와 그의 거주지인 틸튼 사람은 거의 여기에 오지 않는다.

박스 대부분은 쌍쌍이 점령하고 있었는데, 대각선 맞은편에 젊은 여자가 그와 마찬가지로 혼자 앉아 있었다. 미인은 아니지만 젊고 싱그러운 생김새였다. 끊임없이 손목시계를 보는 모습이 누군가를 기다리는 것 같았다. 아무것도 주문을 하지 않았지만 가끔 컵의 물을 홀짝거린다. 목이 말라서가 아니라 다른 손님이 모두 식사를 하고 있기 때문이다.

웨이트리스가 다가와서 주문은 정했느냐고 물었지만 그녀는 다시 한 잔 부어달라는 뜻으로 자기의 컵을 손가락으로 가리켰다.

맞은편의 젊은 여자는 일행이 나타나지 않기 때문인지 차츰 안절부절못하는 것 같았다. 문이 열리는 소리가 날 때마다 앉은 채로 고개를 휙 돌렸다. 그러다가 너무도 갑작스럽게 그녀의 기분이 바뀌었다. 이윽고 뭔가를 결정했는지 허리를 쭉 폈다. 주문을 할 준비라도 했는지 하얀 장갑을 벗어서 핸드백에 밀어 넣었다. 그녀가 결혼반지를 끼고 있는 것이 보였다. 그러는 사이 어느새 그녀는 반지를 비틀어 빼더니 백을 열고 동전지갑 속으로 떨어뜨렸다.

그녀는 고개를 들어 그가 바라보고 있음을 눈치챘다. 살며시 얼굴을 붉히더니 고개를 돌렸다. 그는 흘깃 자신의 시계를 보았다. 8시 15분 전이다.

아주 잠깐 망설였을 뿐, 그는 훌쩍 박스를 떠나 그녀에게로 갔다. 그녀는 깜짝 놀라서 올려다보았다.

"저는 멜빈 브론스타인, 결코 수상쩍은 사람이 아닙니다. 혼자서 식사를 하는 것도 싫고, 당신도 그렇겠지요. 괜찮으시다면 함께 하시겠습니까?"

순간, 그녀의 눈이 어린아이처럼 커졌다. 잠깐 동안 그 눈을 감았다가 다시 그를 올려다보더니 고개를 끄덕였다.

"차를 좀 더 드세요, 워서맨 씨."

그는 감사의 뜻으로 고개를 살짝 숙였다.

"이 일로 제가 얼마나 기분이 좋지 않은지 말로는 다하지 못합니다, 부인. 어쨌거나 제가 댁의 남편을 선택했습니다. 댁의 남편은 저 개인의 선택이었으니까요."

"네, 알고 있어요, 워서맨 씨. 이미 그때 알았어요. 보통 교회가 랍비를 고용할 경우는 몇몇 후보자를 안식일마다 차례로 불러다가 예배를 시키거나, 이사회나 식전(式典)위원회의 면접을 보게 하거든요. 그런데 당신이 혼자서 신학교에 오셔서 당신 스스로 데이비드를 선택하셨지요. 만일 식전위원회가 전체적으로 움직였더라면 좀더 그에게 친근감을 가졌을 테지만."
 그녀는 상대의 생각을 묻는 것처럼 했다가 찻잔으로 눈을 내리고 차분하게 말했다.
 "부인께서는 제가 혼자서 주장해 선택을 하지 않았는가 생각하고 계십니까? 사실을 말씀드리면 부인, 저 혼자만의 생각으로 선택한 것이 아닙니다. 저로서는 가능하면 식전위원회나 이사회에 선임을 일임하고 싶었습니다만, 건물이 초여름에 완공되어서 이사회를 9월에는 완전한 상태로 시작하고 싶었습니다. 식전위원회라고 해봐야 베커, 라이히, 그리고 저 세 사람밖엔 없습니다만 제가 다같이 뉴욕에 가자고 제안했을 때, 저 혼자서 가라고 주장했던 것은 베커였습니다. '라이히와 나에게 랍비에 관해 뭘 아느냐고 했지요, 제이콥 씨?' 이것은 그의 말 그대로입니다. '그래요, 그러니까 당신 혼자 가서 선택해 주십시오. 당신이 선택한 사람이라면 우린 이의는 없어요.' 그때, 그는 바빠서 도시를 떠날 수 없었기 때문인지도 모르고, 아니면 정말로 그런 기분으로 말했는지도 모릅니다. 처음에는 모든 책임을 혼자 지고 싶지 않았어요. 하지만 여러 가지 생각한 끝에 그게 가장 좋지 않을까 생각했어요. 즉, 라이히나 베커나 진짜로 아무것도 모르니까요. 베커는 헤브라이어로 기도를 올리는 것조차도 못하며, 라이히도 오십보 백보입니다. 저는 이미 하나의 교훈을 얻고 있었습니다. 교회의 건축공사 계약을 사정(查定)하게 되었을 때, 그들은 설계사로 크리스천 소렌슨을 고용했습니다. 유대인 건축가는 안 된다는 것입니다. 만약 제가 잠자코 있었더라면 크리스천 소렌슨이라는 이름이──크리스천입니다. 말이 됩니까──교회 앞 청동판에 새겨졌을 겁니다.
 유명한 그리스도교 교회 건축가인 크리스천 소렌슨──검은 실크의 예술가풍 나비넥타이와 검은 리본에 연결한 코안경을 쓴 멋쟁이――은 골판지 모형을 준비해서 스테인리스 스틸로 된 장식적인 원기둥과, 서로 다른 길고 좁은 창이 있는 높고 좁은 상자 모양의 건물을 보였지요.

여러분, 나는 지난 2주일을 보내면서 여러분의 종교의 근본적인 교의와 친근해졌습니다. 그래서 저의 설계는 그 본질을 표현하는 것을 근본 취지로 삼았습니다. ――유대교의 본질을 2주일만에 이해할 수 있다니 천재라고 워서맨은 생각했다――알아채셨으리라고 생각합니다만, 높고 가늘고 기다란 윤곽은 저절로 시선을 위쪽으로 향하게 해 고양감을 줍니다. 또한 냉엄하고, 겉치레의 장식을 모두 거부하는 이 설계의 간결함은――그는 전통적인 유대인의 상징인 다윗의 별, 가지가 일곱인 등걸이, 율법 석판을 말하려는 것일까? ――실생활의 간결함, 만약 이렇게 말씀드려도 된다면, 여러분의 종교의 기본적인 상식을 상징합니다. 스테인리스 스틸 원기둥은 종교의 순수성과 시간이 흐르면서 부식에 대한 내구성을 동시에 암시합니다.

앞부분을 높이 함으로써 나란한 스테인리스 스틸 문을 두드러지게 하고, 그 양쪽으로 모양낸 흰 벽돌담이 길게 솟아 있는데, 이것은 문 높이에서 시작되어 차츰 완만한 곡선을 그리면서 바닥까지 닿게 되어 중앙의 중량감 있는 윤곽을 알리기 위해서만이 아니라 지형에 조화시키기 위해서도 도움이 됩니다. 그 효과는 '자, 어서 와서 예배를 드리라'고 사람들을 부르면서 크게 포옹하는 것처럼 벌린 한 쌍의 팔처럼 느끼게 될 것입니다. 실제로는 현관 좌우로 이어지는 이 두 개의 벽은, 현관 앞 주차장과 건물의 다른 부분을 둘러싼 잔디를 서로 분리시키게 됩니다."

"여하튼 현재 그의 첫 이니셜만은 청동판에 남아 있습니다. 결국, 교회의 특색을 만드는 것은 건물이 아니라 어쩌면 랍비의 성격일지도 모르죠. 그래서 나는 혼자서 가는데 동의했던 것입니다."
"그런데 어째서 데이비드를 선택하시게 되었죠, 워서맨 씨?"
그는 바로 대답하지 않았다. 여기 있는 사람은 매우 재주가 뛰어난 유력한 부인이므로 대답에 정신을 차려야만 한다는 것을 깨달았던 것이다. 자신이 그녀의 남편에게 끌렸던 것은 무엇이었을까를 생각해 보았다. 하나는 탈무드 연구에 상당한 경력이 있음을 들었기 때문이다. 물론 자료에 나와 있는 대대로 랍비 가문 출신이며, 아내도 랍비의 딸이라는 내용도 약간 관계가 있음은 사실이었다. 랍비 가문에서 자란 사람이라면 전통적이고 나아가 보수적인 사고방식이 몸에 배어 있으리란 것도 기대할 수 있었기 때문이다. 그러나 첫 면담은 실망이었다. 젊은 랍비의 첫인상이 별로 좋지 않았기 때문이다. 매우 평범한 청년이라는 느낌이었다. 그러나 이야기를 나누는 동안에 차츰 데이비드 스몰의 깊은 친근감과 양식에 의해 첫인상이 옅어지고 있음을 깨달았다. 게다가 그의 몸짓이나 어조에는 과거 조국에서 탈무드를 공부하던 젊은 시절의 스승인 수염을 기른 장로와 어딘지 모르게 닮은 구석이 있었다. 부드럽게 어루만지는 듯한 젊은 랍비의 목소리에는 탈무드 신봉자에게서 볼 수 있는 노래하는 듯한 어떤 전통적인 리듬이 있었다.
그러나 워서맨은 이 문제를 마무른 뒤 얼마 안되어 의심을 품게 되었다. 자신은 불만스럽지 않았지만, 랍비 스몰은 분명 신도 대다수가 기대하던 타입이 아니란 것을 느꼈던 것이다. 개중에는 키가 크고 깊은 여운이 있는 목소리를 지닌 위엄 있는 인물, 예를 들면 영국 국교회의 사제 같은 타입을 기대한 사람도 있었다. 허나 랍비 스몰은 키가 작고 목소리도 부드럽고 온화해 평범하다. 또 개중에는 플란넬 옷을 입은 쾌활한 학생 차림으로 골프 코스나 테니스 코트에서 편하게 움직이고, 젊은 기혼자들과 마음이 맞을 듯한 사람을 기대한 사람도 있었다. 그러나 랍비 스몰은 마르고 창백하며 안경을 썼고, 매우 건강하긴 하지만 확실히 스포츠맨은 아니었다. 또한 개중에는 다양한 위원회를 조직하거나, 신도회 전체를 충동하거나 독려하여 훨씬 더 야심적인 봉사 계획을 세우게 하는 힘세고 행동적인 수완가, 조직자, 활동가인 랍비 이미지를 가진 사람도 있었다. 랍비 스몰은 어떤가 하면, 느리고 무딘데다가 약속은 언제나 옆에서 상기시켜 주어야만 하고, 시간과 돈에 대한 관념이 없다. 남의 제안을 곧 받아들일 것처럼 보이지만 모조리 잊어버리기를 밥먹듯이 하는데, 특히 처음에 흥미를 느끼지 않은 경우는 더더욱 그랬다.

워서맨은 주의 깊게 말을 골랐다.

"그것은 이런 까닭에서입니다, 부인. 댁의 남편을 선택한 이유의 하나는, 인품이 좋았기 때문입니다. 그러나 이유는 다른 데에도 있습니다. 아시는 바와 같이 저는 당시 다른 후보자 몇 사람과도 면담을 했습니다. 모두가 뛰어난 재주와 지식을 갖춘 유대인의 두뇌를 지닌 훌륭한 젊은이들이었습니다. 그러나 한 공동체의 랍비는 그저 재주와 지식만이 아닌 그 이상의 인물이어야만 합니다. 용기가 없어서는 안되며, 사람을 믿고 감복하게 하는 힘이 있어야만 합니다. 각 후보자와 일일이 저는 이야기를 했습니다. 공동체에 있어서 랍비의 직분에 관해 이야기를 했지요. 그리고 모두가 제 의견에 찬성해 주었습니다. 우리는 서로가——그런 종류의 면담에선 언제나 그렇지만——상대의 심중을 알아내려 하고 있었는데, 그들은 저의 유대인적인 사고를 대강 짐작했다고 생각한 순간, 저로서는 이해도 못할 정도로 교묘한 말로 마치 제 생각인 것처럼 들려 주더군요. 모두 영리하다고 저는 말했습니다. 그러나 댁의 남편은 제 생각을 탐색하는 따위에 흥미가 없는 것 같았습니다. 그리고 제가 제 생각을 피력했을 때, 그는 오히려 반대했습니다. 무례하지 않고 부드럽게, 그러면서도 단호하게요. 대체 고용자가 될 사람의 의견에 동조하지 않을 만한 취직 희망자는 바보거나 아니면 확고한 신념의 소유자거나 둘 중 하나겠습니다만, 그가 바보가 아닌 것은 명백했지요.

그런데 부인, 질문에 질문으로 답하게 되었습니다만, 당신의 남편께서 이 자리를 지망하고 초빙에 승낙하신 것은 왜입니까? 신학교 인사과에서는 여기가 어떤 지역인가에 대해 후보자에게 어느 정도의 예비지식을 주었을 게 분명하며, 제가 그와 면담하던 당시에도 그의 질문에는 모두 공정하게 대답했습니다만"
"그러니까 남편은 좀더 안정된 유대인 지역에서 지위를 요청했더라면 좋지 않았겠느냐고 물으시는 건가요? 운영 측면이나 랍비에 대한 태도 면에서 좀더 전통적이라고 여겨지는 곳에 말인가요?"
그녀는 빈 찻잔을 테이블에 놓았다.
"그에 관해 우리도 서로 이야기를 했습니다만, 남편은 그런 곳에는 장래성이 없다고 생각했습니다. 단지 기존에 설치된 궤도 위를 나아갈 뿐이며, 그저 시간의 경과를 기록할 뿐이라면 데이비드는 하고 싶어하지 않았어요. 워서맨 씨, 그는 확고한 신념을 지니고 있으며, 그것을 당신 사회에 부여할 수 있다고 생각했던 것이죠. 그리고 교회가 베커 씨 같은 위원회가 아니라, 당신 같은 분을 홀로 보내서 랍비를 선택하게 했다는 점에서 남편은 가능성이 있다는 확신을 받았어요. 하지만 지금에 와선 남편의 생각은 틀렸던 것 같습니다. 왜냐하면 교회는 남편을 몰아낼 생각을 하고 있는걸요."
워서맨은 어깨를 으쓱했다.
"21명은 랍비에게 반대표를 던지겠다고 합니다. 그들도 안타깝게 여기고 있습니다만, 알 베커나 펄스타인 박사, 혹은 다른 누군가와 약속이 되어 있는 것입니다. 20명은 랍비 신임표를 내겠다고 합니다. 그러나 이 가운데 적어도 네 사람은 저는 크게 기대하지 않습니다. 그들은 출석하지 않을지도 모릅니다. 제게 약속은 했지만, '토요일에는 교외로 나가야만 하는데 만약 시간 안에 돌아오게 되면 저를 숫자에 넣어주면 됩니다'라고 했던 말로 판단하건대 기대할 수 없습니다. 그들은 일요일 아침에 오지 않을 겁니다. 그리고 나중에 얼굴을 마주쳤을 때, 정말 유감이었다, 집회에 맞춰 돌아오려고 그렇게 애를 썼지만 안타깝게 되었다고 할 게 틀림없으니까요."
"그러면 41명이군요. 나머지 네 사람은 어떤 의향인가요?"
"잘 생각해 보겠다고 했습니다. 그건 말이죠, 반대표를 넣기로 이미 마음먹었지만 나하고 그 문제로 왈가왈부하기 싫다는 뜻이지요, 잘 생각해 보겠노라고 약속하면 뭐라고 할 말이 없지 않겠습니까. 그렇게 생각하지 않으세요?"
"하지만 그게 그 분들이 바라시는 것이라면……"
갑자기 워서맨이 화를 내며 강한 어조로 되받았다.
"내가 뭘 바라는지 어떻게 그 사람들이 알겠습니까. 그들이 처음 이곳에 오기 시작했을 때, 그리고 내가 신도회를 발족시키려 했을 때, 아니 신도회 같은 게 아니라 만약을 대비한 작은 클럽이라는 편이 가깝겠습니다만, 그렇더라도 미얀을 수행할 인원수는 모을 수 있었습니다. 시간을 도저히 맞출 것 같지 않은 사람도 있는가 하면, 조직된 종교에는 흥미가 없다는 사람도 있었고, 도저히 그럴 여유가 없다는 사람도 적지 않았습니다. 하지만 나는 그들을 계속 쫓아다녔어요. 만약 그들의 뜻을 물어 행동했더라면 우리가 과연 기도문을 읽는 사람이나, 랍비가 있는 교회, 그리고 교사가 있는 학교를 가질 수 있었을까요?"
"그래도 당신의 예상에 따르면 워서맨 씨, 45명 가운데 25명, 어쩌면 29명도 될 수 있지 않은가요?"
그는 힘없이 미소지었다.
"어쩌면 미리 겁을 내고 있는지도 모릅니다. 잘 생각해 보겠다고 한 사람들은 어쩌면 정말로 아직 결정하지 않았는지도 모르지요. 게다가 알 베커, 어빙 파인골드, 펠스타인 박사처럼 구두로 약속한 사람들이 한 명도 남김없이 회의에 참석한다는 확신이 있는 것도 아닙니다. 전망은 밝지 않습니다만 기회는 있습니다. 그리고 솔직히 말씀드리겠는데 부인, 댁의 남편 탓도 얼마간 있습니다. 베커 일파에 한정되지 않고, 랍비는 기껏해야 집단의 대표자에 지나지 않는다고 여기는 사람이 신도회에는 많습니다. 그리고 그런 사람들은 랍비의 전반적인 태도를 좋지 않게 보는 것입니다. 랍비가 매사에 무신경하다고들 합니다. 약속시간에도 철저하지 않으며, 옷매무새도 그렇고, 설교대에서의 태도마저도 무관심하다고 합니다. 옷은 대개 구겨져 있고, 신도회나 집회 앞에서 이야기하기 위해 올라서면 장소에 어울리지 않는 사람처럼 보인다는 것입니다."
스몰 부인은 끄덕였다.
"알고 있어요. 그리고 그런 비판의 얼마쯤은 저를 책망하는 것인지도 모릅니다. 아내는 남편을 세심하게 배려해야만 하겠죠. 하지만 제가 뭘 할 수 있을까요? 아침에 남편이 나갈 때 옷이 깔끔한지 어떤지 주의할 수는 있어요. 하지만 하루종일 남편을 따라다니나요? 남편은 학자 체질입니다. 책에 한 번 빠지면 다른 것은 모두 사라져 버리죠. 엎드려서 책을 읽고 싶을 때에도 저고리를 벗는 귀찮은 일은 하지 않아요. 뭔가에 신경을 집중하고 있을 때면 두 손으로 머리를 온통 긁고 휘젓습니다. 때문에 머리가 뒤범벅이 되어 금방 자고 일어난 사람처럼 보이는 것이죠. 공부를 하다가 카드에 메모를 해서 호주머니에 넣기 때문에 시간이 지나면 주머니가 불룩

해지고 만답니다. 남편은 타고난 학자입니다, 워서맨 씨. 신도회가 어떤 사람을 바라는지 잘 압니다. 공적인 집회에서 일어서서 기도를 올리는 사람, 눈앞에 신이 계시기라도 한 것처럼 예를 보이는 사람, 신의 광채에 눈이 부셔 저절로 감긴 것처럼 눈을 감고 깊숙한 저음으로 말하는 사람, 평소 아내와 말할 때의 목소리가 아니라 배우처럼 특별한 음색으로요. 허나 데이비드는 배우가 아니랍니다. 신은 낮고 깊은 목소리가 아니면 마음을 움직이지 않으신다고 생각하시나요, 워서맨 씨?"

"부인, 제게 이의는 없습니다. 하지만 우리는 속세에 살고 있습니다. 세상 사람들이 현재 랍비에게 그것을 요구하는 것이므로 랍비는 그렇게 하지 않으면 안 되는 것이겠지요."

"데이비드는 세상을 바꿀 것입니다, 워서맨 씨, 세상이 제 남편 데이비드를 바꾸기 전에요."

7

조 세라피노는 클럽에 도착한 뒤 새로운 여자가 있음을 알았다. 그는 우두머리 웨이터가 있는 곳으로 뚜벅뚜벅 걸어갔다. 자기가 없는 동안엔 이 남자가 매니저를 대신한다.

"저기 못보던 여자는 누구지, 레니?"

"아, 얘기하려던 참입니다. 넬리의 아이가 다시 아파서 그녀 대신 넣었습니다."

"이름은?"

"스텔라."

조는 그녀를 샅샅이 훑어보았다.

"유니폼이 터질 것 같군! 알겠어, 일이 끝나거든 사무실로 오라고 해."

"이상한 거래는 하지 마세요, 매니저. 숨어서 몰래 그러면 안됩니다. 그녀는 제 마누라의 먼 친척 같은 사람이에요."
조는 히죽 웃었다.
"걱정 마, 레니. 그저 이름이랑 주소, 사회보장 같은 걸 물어봐 둬야 하지 않겠어? 장부를 여기로 갖다 줬으면 하는데?"

조는 손님들 사이를 돌기 위해 자리를 떠났다. 그는 대개 초저녁에 한차례 고객들 사이를 돌면서 인사를 하거나 손을 흔들기도 하고, 때로는 자리에 앉아서 한동안 수다를 떨다가 일어서면서 지나가는 웨이터에게 손가락을 튕기면서 "이 손님들께 한 잔 따라드려"라고 말하는 것이 보통이다. 그러나 목요일 밤은 여자들이 쉬기 때문에 분위기는 평소와 다르다. 언제나 몇 개쯤 빈 테이블이 있으며, 손님들도 얌전하게 술을 마시며 낮은 목소리로 대화를 하는 등 힘이 없어 보인다. 서비스도 똑같지 않다. 웨이터들은 재빠르게 돌아다니며 주문에 응하는 대신 주방 문께에 모여 있을 때가 많다. 레너드가 흘겨보거나 손가락을 딱 쳐서 주의를 주면 그들도 마지못해 흩어지는데, 그것도 아주 잠깐일 뿐 그가 저쪽으로 가면 이내 다시 모여든다.

목요일에 조는 사무실에서 영수증 정리에 많은 시간을 보낸다. 오늘 저녁은 일이 빨리 끝나서 소파에서 한숨 자려고 하는데 노크 소리가 났다. 그는 일어나서 책상에 앉아 장부를 앞에 펼치고 위엄을 담은 사무적인 어조로 말했다.

"들어오시오."
문의 손잡이가 헛도는 소리가 들리자 그는 빙긋 웃으며 자리에서 일어나 야간용 빗장을 돌렸다. 조는 몸짓으로 여자를 소파로 보냈다.
"앉아서 잠깐 기다려 줘."
태연히 문을 잠그고 책상 회전의자로 돌아와 앞의 장부로 근엄한 얼굴을 향했다. 1, 2분 동안 그는 종이에 작은 도장을 찍거나 원장과

대조를 하는 등 바쁜 것 같았다. 그러더니 의자에 앉은 채로 휙 돌아서 여자를 훑듯이 살펴보았다.
"이름은?"
"스텔라…… 스텔라 마스트란젤로."
"철자를 어떻게 쓰지? 아냐, 됐어. 이 종이에 써주지 않겠나?"
그녀는 책상으로 와서 쓰기 위해 몸을 숙였다. 어리고 발랄하며, 매끄러운 올리브색 피부와 약간 검은 기운이 도는 눈을 가졌다. 제복인 검은 새틴 바지로 둘러싸인 꽤나 유혹적인 그녀의 히프를 가볍게 두드려 보고 싶어서 그는 손이 근질근질했다. 그러나 지금은 짐짓 점잔을 떨어야만 하므로 여전히 사무적인 어조로 말했다.
"주소와 사회보장 관련을 써. 그리고 전화번호도 써두는 편이 좋겠지, 급할 때 연락을 해야 할 경우를 위해서 말야."
그녀는 다 쓴 다음 허리를 폈으나 곧장 소파로 돌아가지 않았다. 그렇기는커녕 책상 모서리에 기대어 그에게로 얼굴을 향하고 물었다.
"필요한 것은 이것뿐인가요, 세라피노 씨?"
조는 서류로 눈을 보냈다.
"으음, 앞으로 가끔 자넬 쓰게 될지도 몰라. 넬리가 목요일이 아닌 날에도 휴가를 썼으면 한 적이 있었으니까. 그렇게 되면 아이들과 좀더 함께 있을 시간이 생기거든."
"어머, 세라피노 씨, 그렇게만 된다면 고맙겠어요."
"음, 뭐 어떻게든 해보지. 그런데 자동차는 여기에 있나?"
"아뇨, 버스로 왔어요."
"그럼 어떻게 집으로 돌아갈 생각이지?"
"12시 직전에 돌아가도 된다고 레너드 씨가 말했어요. 그러면 막차를 탈 수 있거든요."
"그렇게 밤늦게 혼자서 가는 게 무섭지 않은가? 그건 좋지 않은 방법이로군. 어떤가, 오늘밤은 내가 차로 데려다줄 테니, 다음엔 좀더 나은 방법을 생각해 보자구. 주차장 담당이 어떻게든 택시를 마련해 줄 거야."
"어머, 그렇게까지 해주지 않으셔도 돼요, 세라피노 씨."
"어째서?"
"저어, 레너드 씨에게서 들었는데······."
조는 손을 들었다. 그의 목소리는 허물없고, 달래는 듯한 어조였다.
"누가 알까 걱정할 필요는 없어. 이 문에서 직접 주차장으로 나갈 수가 있거든. 자넨 12시 15분 전에 나가서 버스 정류장까지 걸어가서 나를 기다리면 되는 거야. 난 차로 가서 자넬 태우겠어."
"하지만 레너드 씨가······."
"레니는 용무가 있을 때만 여길 와. 문이 잠겨 있으면 내가 잠깐 쉬는 걸로 생각할 거야. 자는 걸 깨울 정도로 그는 바보가 아니야. 오케이? 그리고 일 문제로 이야기를 해야만 하잖아?"
그녀는 고개를 끄덕이면서 깜박깜박 속눈썹을 깜박여 보였다.
"오케이. 그럼 가봐, 이따가 보자구."
그는 갈팡질팡 미적대고 있는 그녀를 아버지 같은 어조로 말하면서 살며시 두드렸다.

'시프스 캐빈'은 낮에는 샌드위치, 도넛, 커피를 판다. 밤에는 미트볼 스파게티, 대합구이, 프랑스식 감자튀김, 구운 콩, 프랑크푸르트 소시지 등의 요리를 내는데, 이들 메뉴는 기름때에 절고 파리똥 얼룩이 진 카드에 적혀 바의 거울 틀에 끼워져 있다. 요리에는 각각 번호가 매겨져 있으며, 스탠리 같은 단골은 빨리 먹으려고 번호로 주문을 한다.

낮이나 초저녁에는 독한 술은 없다. 낮에 들르는 고객은 대개 샌드위치가 잘 넘어가도록 에일이나 맥주를 마신다. 더 있다가 오는 사람들은 저녁식사 전에 위스키를 한 잔 걸칠 때도 있다. 그러나 스탠리처럼 늘 오는 사람은 대개 9시쯤에 다시 돌아온다. '시프스 캐빈'이 본격적으로 활기를 띠는 것은 그 무렵이다.

랍비의 집을 나온 뒤에 스탠리는 그의 노란색 고물차를 운전해 '시프스 캐빈'으로 가서 늘 먹는 저녁인 일품요리 3가지와 에일 몇 잔을 마셨다. 바에 걸터앉아 게걸스럽게 먹어대는 그의 턱은 기계처럼 리드미컬하게 움직였다. 그는 포크에 요리를 얹는 동안 접시에 주의를 집중한다. 그런 다음 우적우적 씹으면서 홀 한쪽 구석에 높이 설치된 텔레비전을 보기 위해 고개를 돌린다. 가끔 컵으로 팔을 뻗는데 눈은 여전히 스크린에 고정시킨 채로 꿀꺽 한 모금 들이켠다.

바텐더가 처음 요리를 내놓을 때 그와 날씨에 관해 뭐라고 얘기를 나누는 것 외에 스탠리는 아무하고도 말하지 않는다. 보던 프로가 끝나면 두 잔 째의 나머지를 비우고, 식사 중에 내내 접혀 있는 채로 앞에 놓여 있던 종이 냅킨으로 입을 닦고 훌쩍 계산대로 가서 돈을 지불한다.

바텐더에게 손을 흔들며 가게를 나서서 몇 블록 지난 곳의 마마 스코필드네 아파트까지 차로 달렸다. 빈둥거렸댔자 의미도 없거니와 앞으로 한두 시간은 아무 할 일도 없을 것이었다.

그가 "안녕하슈"라고 하려고 고개를 들이밀었을 때, 스코필드 부인은 거실에 앉아 있었다. 2층 자기 방으로 올라가 그는 구두와 데님 작업복과 셔츠를 벗고 침대에 누워 베개 대신 두 팔을 깍지끼고 천장을 쳐다보았다. 이곳 벽에는 교회 지하실에 붙어 있는 것 같은 사진은 없다. 그런 것을 붙였다가는 마마 스코필드가 그냥 두지 않으리라. 이곳의 유일한 장식이라 해봐야 배너스 클로싱 석회회사에 친근감을 느끼게 하려는 게 목적인 듯한, 남자아이와 작은 개의 사진이 붙은 달력뿐이었다.

평소 같으면 한 시간쯤 선잠을 자는 게 보통이지만, 오늘밤은 무슨 까닭에선지 잠이 오질 않는다. 시도 때도 없이 엄습해 오던 고독감이 오늘밤도 덮쳐왔음을 알았다. 그를 아는 사람들 사이에서는 그가 독신인 것을 지나치게 영리해서 여자에게 붙잡히지 않은 증거로 보고 있다. 그는 지금 자기 자신이 스스로를 속여왔던 게 아닌가하는 불안한 마음으로 되돌아보았다. 나의 삶이란 대체 어떤 것인가? 저녁식사, 카운터의 둥근 의자에 걸터앉아서 먹는 기름진 식사. 그리고 가구가 딸린 아파트 방으로 돌아온다. 다음은 '시프스 캐빈'의 술주정꾼들과의 교제가 유일한 낙이다. 만약 지금 결혼을 했더라면…… 그의 마음은 결혼생활의 행복한 백일몽으로 미끄러져 들어갔다. 이내 그는 잠에 곯아떨어졌다.

잠이 깬 것은 10시가 다 되어서였다. 일어나서 한 벌뿐인 외출복을 입고 차로 '시프스 캐빈'을 향했다. 아직 꿈이 남아 있었다. 그것을 술로 달래보려고 평소보다 많이 마셨지만, 이야기가 막히거나, 한 순간 소음이 잠잠해질 때마다 꿈은 다시 홀연히 날아오르는 것이었다.

한밤이 되면서 손님이 차츰 줄어들자 스탠리는 돌아가려고 일어섰다. 고독감은 전보다도 훨씬 강했다. 오늘은 목요일임이 떠올랐다. 아마도 오크나 바인에서 막차를 타고 와 내리는 여자가 있을 것이었다. 그녀는 피곤해서 집까지 남은 길을 차로 태워주겠다고 하면 고마워하지 않겠는가.

엘스페스는 자동차의 뒷좌석에 앉아 있었다. 비는 얼마쯤 줄어들긴 했지만 아직도 굵은 빗줄기가 아스팔트 위로 튀어 올라 미끄러지기 쉬운 검은 물웅덩이를 만들어내고 있었다. 그녀는 이제 완전히 마음을 놓았으며, 그 증거로 여배우인양 담배를 천천히 아주 맛있게 피우고 있었다. 그녀는 똑바로 가는 길을 쳐다보며 말했고, 아주 잠깐 동행하는 남자가 어떤 반응을 보이는지 보려고 힐끗 재빠른 시선을 던졌을 뿐이었다.

　남자는 막대처럼 긴장하고 있었다. 눈은 크게 벌어진 채로 한 번도 깜박이지 않은 채 턱을 잡아당기고 입술을 꽉 다물고 있다. 화가 난 것일까? 욕구불만? 절망한 것일까? 그녀는 모른다. 그녀는 앞좌석의 등에 달려 있는 재떨이에 담배를 끄려고 몸을 앞으로 내밀었다. 마치 동작 하나 하나를 강조하기라도 하는 것처럼, 꽤나 거드름을 피우는 몸짓으로 작은 금속 재떨이에 담배를 콕콕 박아 껐다.

　남자의 팔이 뻗쳐오는 것을 그녀는 보았다기보다도 느낌으로 알았다. 그 손을 목덜미에서 느끼고 남자에게 빙긋 웃어주려는 순간 남자의 손가락이 그녀의 은목걸이에 얽혀왔다. 힘을 너무 주었다며 불평을 하려고 했지만, 그 순간 남자의 손이 무거운 사슬을 한 번 비틀었다. 이미 한 발 늦었다. 반항할 수도 비명을 지를 수도 없었다. 비명소리는 목에서 억눌려 나오지 않았고, 그녀는 붉은 안개에 휩싸였다. 그리고는 온통 암흑이 되었다.

　그는 아직 팔을 뻗고 있었고, 버릇이 나쁜 개를 억누르기 위해서 하는 것처럼 은목걸이를 쥔 채로 앉아 있었다. 한참 지나서 손을 느슨히 하자 그녀가 앞으로 고꾸라지려고 했으므로 어깨를 붙들어 시트에 편안한 자세가 되게 했다. 그는 기다렸다. 그리고는 주의 깊게 차문을 열고 밖을 내다봤다. 인기척이 없음을 확인하자 밖으로 나가서 차안으로 몸을 숙여 두 팔로 여자의 몸을 안아들고 살며시 나왔다. 그녀의 목이 뒤로 축 늘어졌다.

　그는 여자를 보지 않았다. 허리의 반동으로 문을 닫았다. 그리고는 담장이 3피트가 될까말까한 가장 낮은 곳으로 운반해 갔다. 담 너머로 몸을 굽혀 여자를 맞은편 풀밭에 살짝 내려놓으려 했지만 여자는 무거워서 훌렁 그의 팔에서 굴러 떨어졌다. 그는 비를 맞지 않도록 여자의 눈을 감기려고 아래쪽 어두운 곳으로 팔을 뻗었으나 손에 닿은 것은 여자의 머리칼이었다. 그녀를 돌아 눕히는 것은 무의미한 일인 것 같았다.

8

랍비 스몰의 침대 옆 나이트 테이블에 놓여 있는 알람시계가 7시 15분 전을 알렸다. 샤워를 하고 수염을 깎은 다음 7시 30분부터 교회에서 시작되는 아침예배를 준비할 시간임을 알리는 것이다.

그는 팔을 뻗어 벨을 멈추게 했으나, 일어나는 대신 기분 좋은 동물처럼 소리를 내면서 돌아누웠다. 그의 아내가 흔들어 깨웠다.

"예배에 늦겠어요, 데이비드."

"오늘 아침은 그냥 넘어갈 거요."

남편의 기분을 알 것 같아서 그녀도 더 이상은 강요하지 않았다. 게다가 남편은 어젯밤 그녀가 잠자리에 들고도 한참이 지나서야, 꽤 늦게 돌아왔음도 알고 있었다.

그 뒤 한참 지나서 랍비 스몰은 서재에서 아침 기도를 읊었고, 그 동안 부엌에선 미리엄이 아침식사를 준비하고 있었다. 남편의 목소리가 시마(일상적인 예배에 쓰이는 유대인의 신앙고백)로 높아지면서 "들으라! 오오, 이스라엘! 주는 우리의 신, 주는 단 한 분"의 대목에 이르자 그녀는 물을 끓이기 시작했다. 아미다의 중얼중얼하는 말을 듣자 남편의 달걀에 불을 켜고, 아레누를 읊는 소리가 들릴 때까지 삶은 다음, 끓는 물에서 꺼냈다.

몇 분 뒤에 그는 와이셔츠의 왼쪽 소매를 내려 소맷부리의 단추를 채우면서 서재에서 나왔다. 언제나처럼 그는 자신을 위해 준비된 식탁을 난처한 듯 쳐다봤다.

"이렇게 많이?"

"건강을 위해서예요, 여보. 아침이 하루 중에서 가장 중요한 식사라고 다들 그래요."

그녀의 시어머니는 그에 관해 시시콜콜 당부를 했다.

"식사를 잘 준비해 주렴, 미리엄. 뭐가 먹고 싶은지 그 애한테 물어도 안 된다. 왜냐하면 걔는 눈앞에 책이 휙 나타나거나, 무슨 생각이 머릿속에 빙빙 떠다니거나 하면 딱딱해진 빵을 깨물면서 만족하기 때문이야. 그 애가 규칙적으로 먹고, 비타민이 풍부한 균형 있는 식사를 하도록 네가 신경을 써줘야만 한단다."

미리엄은 이미 아침식사——토스트와 커피와 담배 한 개비——를 마쳤기 때문에 옆에서 어슬렁거리면서 그가 자몽을 다 먹기를 지켜보다가, 거절은 절대 용납되지 않는다는 기세로 그의 앞에 샐러리를 놓았다. 그가 마지막 한 숟가락을 먹자마자 이번에는 버터를 바른 토스트에 곁들여 달걀을 내놓았다. 이 수법은 조금이라도 그의 마음이 다른 일로 옮겨가 식사에 흥미를 잃을 틈을 주지 않기 위해서이다. 그가 달걀과 토스트를 먹기 시작하자 비로소 그녀는 자신의 커피를 한 잔 더 따르고서 그와 마주 앉았다.

"워서맨 씨는 내가 나간 뒤에 오래 머물렀나?"

"한 시간쯤. 내가 좀더 당신을 잘 보살피고, 옷은 언제나 다림질을 잘 하고, 머리칼은 빗으로 말끔히 빗도록 마음을 써야만 한다고 생각하는 것 같았어요."

"나 스스로가 좀더 차림에 조심을 해야만 하겠어. 지금은 어때, 괜찮아? 넥타이에 달걀 얼룩은 없어?"

그는 걱정스러운 듯 물었다.

"아주 좋아요, 데이비드. 하지만 그대로 계속될지가 문제예요."

그녀는 남편을 물끄러미 쳐다봤다.
"색깔있는 핀 가운데 하나를 쓰면 넥타이를 똑바르게 고정시킬 수 있지 않을까요?"
"그러려면 특제 깃이 달린 와이셔츠가 필요해. 한 번 핀을 써봤는데 말야, 목이 너무 죄어서."
"그리고 머리를 차분하게 가라앉힐 만한 것을 뭔가 써야만 하지 않겠어요?"
"여자들이 내 엉덩이를 쫓아다니길 바라는 거야? 그렇게 됐으면 좋겠어?"
"여자들에게 매력적이고 싶은 심정을 초월한 것처럼 말하지 말아요."
그는 꽤나 열심인 척 물었다.
"그렇게 하면 효과가 있을 것 같아? 탭 칼라 와이셔츠와 머리에 핀을 꽂아서 말야."
"잘 들어요, 데이비드. 중요한 문제예요. 워서맨 씨는 중대한 일이라고 생각하는 것 같아요. 어때요, 교회는 당신의 계약 갱신을 하지 않을 것 같은가요?"
그는 고개를 끄덕였다.
"그렇게 될 것 같아. 만일 그렇지 않다면 어제 그가 굳이 만나러 오지는 않았겠지."
"어떻게 하죠?"
그는 어깨를 으쓱했다.
"자유의 몸이 된 것을 신학교에 알리고 다른 교회를 찾아달라지 뭐."
"그렇게 했는데도 다시 똑같은 경우가 된다면?"
그는 웃었다.

"또 부탁해야지. 마니 카츠를 기억해? 랍비 엠마뉴엘 카츠? 그 말괄량이 같은 부인이 있는 사람 말야. 그는 부인 때문에 세 차례나 실직을 했지. 그녀는 여름내 집에서 쇼트팬츠를 입었고, 해수욕을 갈 때는 비키니를 입었어. 신도회의 그 정도 나이의 부인이라면 누구든지 입을 만한 것이었는데 말야. 하지만 젊은 부인이라면 참을 수 있지만, 랍비의 부인이 입는 것은 안 된다는 것이지. 게다가 마니는 아내에게 바꾸라고 요청하지 않았어. 그는 결국 캘리포니아의 교회에 자리를 얻었지. 거기서는 모두가 그런 복장을 하는 모양이야. 그 이후로 그는 줄곧 그곳에 있었는데?"

"그는 운이 좋았던 거라구요. 지도자들이 칠칠치 못한 옷을 입고, 게으르며 약속시간을 지키지 않는 그런 교회를 쉽게 찾을 수 있을 것 같아요?"

"으음, 안되겠지. 하지만 찾다가 못 찾으면 언제든 교사 일을 하겠어. 교사라면 어떤 옷매무새를 하든 아무도 문제삼지 않아."

"반 다스나 되는 교회에서 쫓겨나기를 기다리지 말고 지금 곧장 그렇게 하면 어때요? 난 선생님의 부인이 되고 싶어요. 셈학이라면 어딘가 대학에 취직할 수 있겠죠, 어쩌면 신학교라도 말예요. 생각 좀 해 봐요, 데이비드. 그렇게 되면 교회 부인회 회장이 우리 가정을 인정하건 말건, 지역의 하다사 부인회 회장이 내 드레스의 취향을 좋게 보건 말건 마음을 쓸 필요는 없어지지 않겠어요?"

랍비는 빙긋 웃었다.

"학부장의 부인만 그렇지. 그럼 난 지역 조찬회에 출석하지 않아도 돼."

"그리고 신도회 회원이 우리를 쳐다볼 때마다 방긋방긋 웃을 필요도 없지요."

"당신은 방긋방긋 웃어?"

"물론이에요. 얼굴 근육이 아파질 때까지요. 그렇게 해요, 우리. 데이비드?"

그는 깜짝 놀라 아내를 보았다. 그는 정색을 했다.

"진심이 아니겠지? 내가 지금 나의 실패를 느끼지 못하고 있다고는 생각하지 말아 줘, 미리엄. 시작한 일이 좌절될 뿐만 아니라, 교회에는 내가 필요하다는 것을 알기 때문에 곤란해. 어쩌면 누군가 나 같은 사람이 없다면 이런 교회는 어떻게 될지 알잖아? 종교단으로서, 즉 유대교단으로서는 고갈되고 말아. 교회가 활동적이지 않다는 의미가 아니야. 그렇기는커녕, 교회는 다양한 그룹이나 클럽, 위원회가 분립하고, 그야말로 벌집처럼 와자지껄 모여드는 곳이어야 해. 사교클럽도 있고 미술클럽도 있으며, 연구클럽에 자선단체, 스포츠클럽이 있는 그런 모든 것이 유대색을 나타내는 것이니까. 댄스클럽이 우애주간에 그리스도교 교회에서 노래할 수 있도록 '화이트 크리스마스'를 레퍼토리에 추가하고, 그리스도교 교회는 그곳 제일가는 테너에게 '엘리, 엘리'를 부르게 해 그에 응답하는 식이지. 랍비는 매우 품위 있고 풍채 있는 태도로 휴일예배를 올리고, 가끔 노래로 기도서를 읽는 외에 랍비와 켄터(기도서를 읽는 사람)는 예배 전체를 수행하지. 말로는 다 못하겠지만, 이곳은 30년 이상이나 신께 봉사를 맹세한 신도 집단이라 자처해온 민족의 혼이 깃든 가정들이야. 왜냐하면 이 유대교회는 교회나 랍비의 정력 모두가 지역의 다른 어떤 교회와도 다르다는 것을 나타내기 위해 쏟아 부어지기 때문이지."

현관에서 벨소리가 났다. 미리엄이 문을 열자 쾌활한 아일랜드계의 얼굴과 눈 같은 백발의 땅딸막한 남자가 서 있었다.

"랍비 데이비드 스몰 씨시죠?"

"그렇습니다만?"

랍비는 의아하게 사내를 쳐다보면서 명찰을 보니 배너스 클로싱의 경찰서장 휴 래니건이라고 쓰여 있었다.

"조용히 이야기할 수 있을까요?"

"물론입니다."

랍비는 경찰서장을 서재로 안내했다. 그러면서 아내에게 방해가 되지 않게 주의해 달라고 부탁했다.

손님에게 의자를 권하고 그도 자리에 앉아서 무슨 일이냐는 듯 손님에게 기대의 눈길을 향했다.

"당신 자동차는 밤새 교회 주차장에 주차되어 있었지요, 랍비?"

"허가되어 있지 않은가요?"

"물론 허가되어 있습니다. 그 주차장은 사유지이므로, 누구에게 권리가 있는가 하면, 당신이 되겠지요. 사실 겨울철에 폭설이 내려서 제설차의 방해가 되지만 않는다면 차가 노상에 밤새 주차되어 있어도 평소에는 그리 문제될 것 없습니다만."

"그런데요?"

"그런데 당신이 차를 차고에 넣지 않고 그곳에 놔둔 것은 왜인가 싶어서요."

"도난의 위험이 있다고 생각되신 게로군요? 이유는 매우 간단합니다. 차를 교회에 두고 온 것은 마침 열쇠를 갖고 있지 않았기 때문에."

그는 약간 당혹스런 기분으로 미소를 지었다.

"그다지 명쾌하지 않은 것 같군요. 그러니까 말입니다, 어젯밤 당신은 교회에 가서 서재에서 밤을 보냈습니다. 읽고 싶어 고대하던 책이 배달되어서요. 그래서 돌아오는 길에 서재문을 닫고, 즉 문단속을 했습니다. 그렇죠?"

랍비는 고개를 끄덕였다.

"문의 스프링 걸쇠지요. 교회 서재의 열쇠를 포함해 내 열쇠는 모두 서재 내 책상 위 고리에 매달려 있습니다. 그것을 꺼내려 해도 문을 열 수가 없어서 걸어서 돌아와야만 했던 것입니다. 이것으로 의혹의 해명이 되겠습니까?"
래니건은 반사적으로 고개를 끄덕였다.
"당신은 매일 아침 기도를 하시는 것으로 알고 있습니다만, 오늘 아침엔 가지 않았더군요, 랍비?"
"그렇습니다. 신도회 회원 중에는 랍비가 매일의 예배를 한 번이라도 빠뜨리면 나쁘게 보는 사람이 있기는 합니다만, 설마 경찰에 불만을 호소할 줄은 몰랐습니다."
래니건은 잠깐 웃음소리를 냈다.
"아니, 아무도 고자질은 하지 않았습니다. 적어도 내게는요. 서장인 내가 아는 한은……."
"자, 래니건 씨, 뭔가 일어난 것은 분명하군요. 내 차가 관계가 있는 일인가요? 아니, 나 자신이 관계되어 있는 게 틀림없군요. 그게 아니라면 내가 아침 예배에 가지 않은 까닭을 알고 싶어할 리가 없겠지요. 만약 무슨 일이 있었는지 말씀하신다면 알고 싶어하시는 바를 말씀드릴 수 있을지도 모르거니와, 적어도 좀더 나은 형태로 도움이 될지도 모릅니다."
"말씀하신 대로입니다, 랍비. 아시는 바와 같이 우리는 규칙에 얽매여 있습니다. 상식적으로 말해서 성직자인 당신은 결코 사건에 관계가 없다는 건 압니다만, 경찰관으로서는……."
"경찰관으로서는 상식과 타협해서는 안 되게 되어 있다, 그렇게 말씀하고 싶으신 거죠?"
"그 비슷한 이야기입니다! 하지만 거기엔 분명한 이유가 있습니다. 우리는 연루 가능성이 있는 사람은 남김없이 조사할 의무를 가지고 있으니까요. 랍비도 목사와 마찬가지로 지금 조사하는 그런 범죄를 저지르는 일은 있을 수 없다는 것은 아닙니다만, 어떤 사람이든 철저하게 조사해 보아야만 하니까요."
"성직자가 무엇을 하고 하지 않는지 밝힐 생각은 없습니다만, 사람이 할 수 있는 일은 무엇이든 랍비도 하지 않는다고는 할 수 없지요. 우리도 보통 사람과 다른 것은 없습니다. 우리들 랍비는 흔히 말하는 성직자도 아닙니다. 신도회 회원에게 없는 의무나 특권은 제게도 없습니다. 저는 단지 우리가 생활하는 데 지켜야만 할 율법에 더 능통하다고 생각할 따름입니다."
"그렇게 말씀해 주시니 감사하군요, 랍비. 그렇다면 있는 그대로 말하겠습니다. 오늘 아침, 열아홉 내지 스무 살쯤 되는 여인의 사체가 교회 안에, 그러니까 주차장과 잔디밭을 경계하는 낮은 담그늘에서 발견되었습니다. 간밤에 살해된 것이 분명합니다. 감식이 끝나면 사망 추정시각은 상당 부분 확실해지겠지만."
"살인인가요? 사고입니까?"
"사고가 아닙니다, 랍비. 그녀는 목에 차고 있던 은목걸이로 교살되었습니다. 보통 사진을 넣는 장신구가 달린 둥근 고리로 이어진 사슬입니다. 사고 가능성은 전혀 없습니다."
"이 무슨 무서운 일입니까! 그러면 피해자는 이 교회 신도입니까? 누군가, 제가 아는 사람인가요?"
"엘스페스 블리치라는 사람을 아십니까?"
랍비는 고개를 저었다.
"독특한 이름이군요, 엘스페스라니."
"물론 영어의 엘리자베스에서 변한 것입니다. 피해자는 노바 스코샤 출신입니다."
"노바 스코샤? 여행자인가요?"

래니건은 빙긋 웃었다.

"여행자가 아닙니다, 고용인입니다. 아시겠지만 독립전쟁이 한창인 때에 식민지, 특히 이곳 매사추세츠의 요인이나 부유한 시민이 주로 캐나다 노바 스코샤로 피신했습니다. 왕당파라 불리던 사람들이죠. 지금 그들의 자손들이 고용인이 되어 이곳으로 돌아와 있습니다. 선조들로서는 가슴을 칠 일이겠지요. 이 피해자는 세라피노 씨네 집에 고용되어 있었습니다. 세라피노 씨는 아십니까, 랍비?"

랍비는 빙긋 웃었다.

"이탈리아계 이름인 것 같군요. 신도회에 이탈리아계 사람이 있어도 저는 모릅니다."

래니건은 비죽 되받았다.

"분명 이탈리아계이며, 당신의 교회에는 다니지 않는다는 것도 압니다. 그 가족은 우리 교회인 '더 스타 오브 더 씨'에 다니기 때문이죠."

"당신은 가톨릭입니까? 야아, 이거 놀랐습니다. 배너스 클로싱이 가톨릭 신자가 경찰서장이 될 수 있는 그런 도시인 줄은 몰랐습니다."

"독립전쟁 이래로 여기에는 가톨릭 가족이 몇 집 있습니다. 만약 도시의 역사를 아신다면 여기가 청교도색이 강한 매사추세츠 주 가운데서 가톨릭이라도 안심하고 살 수 있는 몇 안 되는 거주지의 하나란 것을 이해하실 것입니다. 이 도시는 청교도를 그리 개의치 않는 그룹의 손으로 시작되었습니다."

"그건 매우 흥미롭군요. 언젠가 조사해보아야만 하겠어요. 그 여인은 피습을 당한 겁니까, 아니면 폭행을 당한 걸까요?"

래니건은 잠깐 망설이다가 모른다는 표시로 두 팔을 벌렸다.

"그렇지는 않겠습니다만, 검시관이 뭔가 사실을 발견할지도 모릅니다. 저항한 흔적도 할퀸 상처도 옷이 찢어지지도 않았어요. 단지 피해자는 드레스를 입고 있지 않았습니다. 그냥 속치마 한 장에다 위에 얇은 톱코트와 속이 비치는 비닐 레인코트를 걸쳤을 뿐이었어요. 지금까지 알아낸 바로는 저항한 흔적은 없습니다. 불쌍하게도 저항할 틈이 없었던 것이죠. 그녀가 착용하고 있던 사슬은 틀림없이 쵸커(목을 조른다는 의미의 꽉 죄는 목걸이)라 불리는 것입니다. 목에 꼭 죄게 두르죠. 범인은 그것을 붙잡고 뒤로 잡아당겨 비틀기만 하면 되었을 것입니다."

랍비는 중얼거렸다.

"무섭군요! 그런데 범행은 교회 안에서 일어난 것으로 생각하시는 것입니까?"

래니건은 입술을 오므렸다.

"범행 장소는 확실치가 않습니다. 아마 어딘가 밖에서 살해했다고 보면 되겠지요."

"그렇다면 어째서 여기로 운반한 것일까요?"

랍비는 의식적(儀式的) 살인인 듯한 엉뚱한 의도로 유대인 거주구역의 신뢰를 떨어뜨리려는 범행은 아닐까, 괜한 의심을 하는 자신이 부끄러웠다.

"생각해보면 아시는 바와 같이 그런 목적에는 나쁘지 않은 장소이기 때문입니다. 이런 교외에선 얼마든지 사체를 버릴 장소가 있을 텐데라고 생각하실지도 모릅니다만, 실제로는 없습니다. 대개의 장소는 남의 눈에 띄기 쉽지요. 인가가 없는 곳은 연인들의 데이트 장소가 되기 십상이고요. 뭐 제 생각으로는 교회야말로 절호의 장소가 아닐까 싶습니다. 어둡지, 가까이에 인가도 없지, 게다가 대개의 경우 밤에는 사람이 없는 곳이니까요."

그는 한숨을 쉬었다.

"그런데 몇 시부터 몇 시 사이에 그곳에 계셨습니까?"
"제가 뭔가 듣거나 보았거나 하지 않았을까 생각하고 계시는 거로군요?"
"그렇습니다."
랍비는 빙긋 웃었다.
"그리고 문제의 시간에 제가 뭘 하고 있었는지도 알고 싶으시겠지요, 좋습니다. 저는 7시 30분인가 8시 무렵에 집을 나왔습니다. 저는 시계를 보는 습관이 없기 때문에 시간은 부정확합니다. 보통 시계도 차지 않지요. 그때까지 아내와 신도회장인 워서맨 씨와 함께 차를 마시고 있었습니다. 그때 교회 잡역부인 스탠리가 와서 제가 기다리던 책상자가 배달되어 서재에 갖다 놓았다고 알려주었습니다. 저는 실례를 무릅쓰고 자리를 떠나 차를 타고 교회로 갔습니다. 스탠리가 떠난 뒤 바로 몇 분 뒤에 나갔으니까 아내와 워서맨 씨, 그리고 스탠리에게 물어보면 보다 정확한 시간을 알 수 있지 않겠습니까? 저는 차를 주차시키고 교회로 들어가 곧장 2층 서재로 올라갔습니다. 거기에 12시 지나서까지 있었습니다. 가끔 책상 위의 시계를 보고, 이제 밤이 늦었으니 집으로 돌아가야겠다는 생각을 했기 때문에 시간을 알고 있는 것입니다. 하지만 어떤 장(章)의 중간이었기 때문에 금방 나오지는 않았습니다."
거기서 문득 어떤 생각이 떠올랐다.
"이걸 말씀드리면 좀더 정확하게 시간을 구분하는데 도움이 될 지도 모르겠군요. 제가 집에 도착하기 직전입니다만, 갑자기 비가 억수같이 쏟아져서 집까지 쏜살같이 달려야만 했습니다. 누군가가, 틀림없이 기상청이 그 때의 정확한 기록을 갖고 있을 겁니다."
"12시 45분입니다. 피해자가 레인코트를 입고 있었으므로 그 점은 곧바로 문의해 확인했습니다."

"그랬군요. 그런데 평소 같으면 교회에서 집까지 걸어서 20분 걸립니다. 매주 금요일 저녁과 토요일에 걷기 때문에 압니다. 그러나 어젯밤은 그보다 천천히 걸은 것 같습니다. 읽던 책 생각을 하면서 걸었거든요."
"하지만 그 대신 중도에서부터는 뛰셨습니다."
"에이, 그건 마지막 100야드나 그 어귀에서였어요. 그러니까 25분이라면 얼추 정확할 겁니다. 그렇다면 교회를 나온 것이 20분 지나서가 되겠군요."
"도중에 누군가와 만나셨습니까?"
"아뇨, 단지 경찰뿐입니다. 인사를 했으니 나를 알고 있겠지요."
그는 빙긋 웃었다.
"순찰 경관 노먼이겠군요. 인사를 했다고 당신을 안다고는 할 수 없지만 말입니다. 그는 교회 바로 맞은편 바인거리에 있는 파출소에서 언제나 1시에 전화로 보고를 하게 되어 있습니다. 그를 만난 시간은 나중에 물어보겠습니다."
"기록을 해놓았다는 것인가요?"
"아마도 그렇진 않겠지만 생각은 나겠지요. 매우 빈틈없는 사람이니까요. 그런데 당신이 교회에 들어갔을 때 전등을 켰겠지요."
"아뇨, 아직 어둡지 않았습니다."
"그러나 서재에서는 전등을 켰겠지요."
"물론입니다."
"그렇다면 누군가 지나가던 사람이 있었다면 그게 보였겠군요."
랍비는 생각했다. 그리고는 고개를 저었다.
"아뇨, 천장의 전등이 아니라 책상 스탠드를 켜 창을 열었지만 발을 내렸습니다."
"어째서요?"

"사실은 방해를 받지 않기 위해서입니다. 신도회 회원이 지나는 길에 불빛을 보고 얘기를 나누러 들를지도 모르기 때문에요."
"그러면 교회에 가까이 와도 그곳에 누군가 있는 줄은 모르겠군요? 그렇습니까, 랍비?"
랍비는 잠깐 생각하다가 고개를 끄덕였다.
서장은 빙긋 웃었다.
"이 사실은 뭔가 참고가 되시나요?"
"글쎄요, 시간을 명확히 하는데 도움이 될지도 모르겠습니다. 가령 불빛이 보였다고 하면 주차장에 당신의 차를 발견하고 아직 누군가 교회에 있으며, 언제 나올지 모른다는 암시가 되겠지요. 만일 그랬다고 한다면 사체는 당신이 교회를 나온 뒤에 담그늘에 버려졌다고 추정해도 그리 틀리지 않겠습니다. 하지만 불빛이 새어나오지 않았다고 한다면 당신의 차는 시동이 걸리지 않거나 해서 밤새 그곳에 그냥 팽개쳐져 있는 것으로 생각했을 가능성이 있습니다. 그 경우에는 당신이 아직 2층에 있는 동안에 사체가 버려졌다고 볼 수도 있습니다. 그런데 검시관의 최초 추정에 의하면 피해자는 1시 무렵에 살해되었다고 합니다. 검시의 이 단계에서는 아직 단순한 추정에 지나지 않습니다. 만일 당신의 불빛이 보였다면 그의 추정을 거의 뒷받침하게 됩니다만, 불빛은 보이지 않았으므로 사체는 당신이 아직 서재에 머문 동안에 버려졌다고도 볼 수 있으며, 그렇게 되면 초저녁부터 몇 시라도 상관이 없게 됩니다."
"그렇겠군요."
"그런데 깊이 생각해 보십시오, 랍비. 뭔가 이상한 소리를 듣거나 보거나 하지 않았습니까? 비명이라든가 주차장에 차가 오르는 소리 같은 건?"
랍비는 고개를 흔들었다.

"그리고 서재에 계신 동안이나 귀가 도중에 아무와도 마주치지 않았지요?"

"아까 그 경찰뿐입니다."

"그런데 엘스페스 블리치란 사람은 모른다고 하셨는데, 얼굴은 알지만 이름은 모른다거나 그렇지는 않은가요? 어쨌거나 교회에서 그리 멀지 않은 세라피노 씨네집에 사는 사람이었으니까요."

"모릅니다."

"열아홉이나 스무 살쯤 된 아가씨로, 금발에 5피트 4인치가량이고 약간 통통한 편입니다만 못생기지는 않았어요. 아마 나중에 사진으로 보시게 될 것입니다."

랍비는 고개를 저었다. "지금의 설명으로는 모르겠습니다. 그것만으로도 만난 적이 있는 듯한 여러 처녀들과 맞춰볼 수 있겠지만 아무래도 떠오르지 않는군요."

"그럼 이렇게 말하면 어떨까요. 지난 하루 이틀 사이에 그 사람의 인상착의와 일치할 만한 사람을 차에 태워준 적은 없습니까?"

랍비는 빙긋 웃으며 고개를 저었다.

"랍비는 신부나 목사에 못지않게 그런 일에는 신중해야만 하거든요. 성직자나 마찬가지로 저도 낯선 아가씨에게 차에 타라고 하는 경우는 우선 없습니다. 신도회 회원이 보면 오해하기 십상이거든요. 아뇨, 단 한 번도 동승시킨 적이 없습니다."

"어쩌면 부인께서……."

"아내는 운전할 줄 모릅니다."

래니건은 일어나서 손을 내밀었다.

"협조해 주셔서 대단히 감사합니다, 랍비."

"언제라도, 그럼."

문에서 래니건은 멈춰 섰다.

"한동안 차를 쓰지 못할 것입니다. 지금 경찰이 검사 중이어서."
랍비는 깜짝 놀라는 표정을 지었다.
"실은 피해자의 핸드백이 차안에서 발견되었거든요."

9

휴 래니건은 옛날 마을사람들을 모두 알기 때문에 스탠리도 알고 있었다. 부속실에서 일하는 그를 붙들었다. 금요일 저녁 예배 뒤에는 언제나처럼 간단한 회식이 있기 때문에 부인회가 케이크와 차를 내기 위한 긴 테이블을 놓는 중이었다.
"그 사건으로 잠깐 물어볼 게 있는데, 스탠리?"
"좋고 말고, 휴. 하지만 내가 아는 것은 에번 제닝스에게 모조리 얘기했는데?"
"그러니까 그걸 나한테도 얘기해줘도 되지 않겠어. 어젯밤에 책이 왔음을 알리기 위해 랍비의 집에 갔지. 책은 몇 시에 도착했나?"
"로빈슨운송 급행편으로 6시쯤 배달되었지. 아니, 그보다 좀 더 늦었으려나, 마지막 배달이었으니까."
"그럼 랍비의 집에는 몇 시에 갔지?"
"7시 30분쯤이었나. 꽤 커다란 나무상자였고 랍비 앞으로 왔는데, 내가 받았지. 처음엔 책인 줄 몰랐어. 그런데 랍비가 말이지, 책을 기다린다고 말하긴 했지만 나무상자에 들어 있는 줄은 몰랐거든. 하지만 그때, 그게 드롭시 대학에서 보낸 것임을 알았어. 그래, 랍비가 책은 드롭시 대학에서 올 거라고 말했거든. 그래서 대학치고는 이상한 이름이기도 했고, 내 숙모인 매티가——그녀를 기억하겠지?——그러니까, 그녀가 자주 그렇게 말했거든. 수종증(水腫症, dropsy)이라고. 그래서 기억하고 있지. 그녀는 이미 완전히 부풀어서 눈이 보이지……."

"그런 건 됐으니까 그 상자 얘길 해봐."
"아 참, 그렇지! 그래서 이름을 보고 책을 보내온 곳이 그곳이라는 생각이 난 거야. 그런데, 설마 싫겠지만 그 랍비가 말이지──좋은 사람이긴 하지만──쇠망치의 어느 쪽으로 때려야 상자가 열리는지도 모를 것 같더군. 그러니 상자 안에 뭐가 들었든 어차피 내가 열어줘야만 하겠지. 그렇잖아? 그래서 어차피 할거라면 빨리 하는 게 좋겠다고 생각했어. 그래서 상자인지 뭔지──엄청나게 무거웠어──서재로 운반했지. 그가 무척 기다리고 있었고, 어차피 돌아가는 길이니까 자질구레한 여기 일을 마친 다음에 책이 도착했다고 알려줘야겠다고 생각했지."
"지금 어디서 살고 있지, 스탠리?"
"마마 스코필드의 집에 방을 빌렸어."
"전에는 교회에서 살지 않았던가?"
"아, 그 낡은 건물 다락에 방을 갖고 있었지. 괜찮았어. 일하는 곳에서 사는 건 꽤나 좋은 거니까. 하지만 그러다가 그만 살게 되었지. 매달 방세로 몇 달러를 더 받았고, 그래서 줄곧 마마 스코필드의 집에서 지냈던 거야."
"어째서 그만 살게 되었지?"
"사실은 가끔 친구들을 부른 것이 발각되었거든. 불량배들이 아니야. 알지, 휴? 난 결코 그런 짓은 할 리가 없거니와 교회를 사용하는 동안은 절대로 하지 않았어. 단지 약간 얘기를 나누거나 맥주를 마시는 사람 둘 정도였지. 하지만 교회는 내가 여자를 데려오거나 할까봐 걱정이 되었던 모양이야."

그는 득의에 차서 높게 웃으며 허벅지게를 딱 때렸다.
"자기들이 밑에서 한창 기도를 올리는 때에 내가 여자를 2층으로 데리고 들어가지나 않을까, 게다가 도중에 기도에 방해가 되지나 않을까 걱정했던 모양이야."
"그래서?"
"그래서 방을 찾으라고 하기에 그렇게 한 거야. 전혀 서로 언성을 높이거나 하지 않았어."
"이 새 건물에서는 어떻게 하고 있지? 묵는 일은 없는 거야?"
"글쎄, 겨울에 큰 눈이 와서 아침 일찍 보도 제설작업을 해야만 하는 때에는. 밑에 보일러실에 간단한 침대를 놔뒀어."
"그걸 보여줄 수 있겠나?"
"좋고말고, 휴."
스탠리는 먼저 일어나서 짧은 철제 사다리를 내려 래니건이 철판이 깔린 방화문을 밀어 여는 동안 옆으로 피해 서 있었다. 보일러실은 스탠리가 간이침대를 놓은 한쪽 구석을 제외하면 먼지 하나 없었다. 래니건은 모포가 뒤범벅이 되어 있는 것을 지적했다.
"지난 번 눈이 왔을 때부터 저렇게 되어 있는 것인가?"
"날마다 대개 오후에 낮잠을 잘 때 쓰거든."
스탠리는 아무 일도 아니라는 듯 말했다. 래니건이 재떨이의 담배꽁초를 태평스레 휘젓는 것을 보고 있었다.
"아까도 말했다시피 여기엔 아무도 데리고 들어온 적이 없어."
래니건은 잔가지 세공을 한 의자에 앉아서 스탠리의 예술 사진전으로 눈을 돌렸다. 스탠리는 겁쟁이처럼 거북살스런 웃음을 짓고 있었다. 서장이 앉으라고 몸짓으로 명령했으므로 그는 순순히 침대에 앉았다.
"그럼, 얘기를 계속하도록 하지. 7시 30분쯤 상자의 도착을 알리러 랍비의 집에 들렀다. 어째서 아침까지 기다리지 않았지? 랍비가 밤에 집을 비우기라도 할 거라고 생각했나?"
스탠리는 그 질문을 받자 의외인 모양이었다.

"하지만 랍비는 늘 밤이면 저 2층에서 책을 읽거나 공부를 하는 걸."

"그런 다음에 뭘 했지?"

"집으로 돌아갔어."

"어디 들르지 않고?"

"아, '시프스 캐빈'에 들러서 저녁식사와 맥주 두 잔을 마셨어. 그런 다음 마마 스코필드의 집으로 돌아갔지."

"그 다음에 줄곧 그곳에 있었던 거야?"

"초저녁부터 줄곧 그곳에 있었어."

"그러다가 잠을 잤겠지?"

"아니, 잠들기 전에 맥주를 한 잔 마실까 해서 나갔어. 그러니까 '시프스 캐빈'에 말야."

"그래서 이번엔 몇 시에 그곳을 나왔지?"

"12시 무렵이었을 거야. 그보다 좀더 늦었을지도 모르지만."

"그래서 곧장 스코필드로 돌아갔나?"

순간 그는 입을 다물었다.

"음, 그렇지."

"돌아가는 것을 누군가 보았나?"

"아니, 볼 리가 없지 않아. 난 열쇠를 갖고 있거든."

"좋아. 오늘 아침은 몇 시에 출근했지?"

"평소와 똑같아. 7시 조금 전."

"그래서 뭘 했지?"

"7시 30분부터 예배당에서 예배가 있어. 그래서 난 불을 켜고 환기를 시키려고 창을 두 개만 열지. 그런 다음 늘 하는 일을 해. 해마다 이맘때면 주로 잔디 손질이긴 하지만. 요즘은 줄곧 깎아낸 풀을 긁어모으는 일을 해. 어제부터 메이플 거리 옆을 손질하기 시작했기 때문에 차츰 뒤쪽으로 돌아서 반대쪽까지 해왔어. 여자를 본 것은 그때였지. 모두가 예배를 마치고 나와서 차에 타려고 했을 때, 벽돌담에 여자가 기대 있는 것을 발견한 거야. 옆으로 가서 보고 죽었다는 것을 알았지. 담 너머를 보니 뮤신스키 씨가──이 사람은 늘 오는 사람이야, 즉 매일 아침 온다고──아직 차에 타지 않았기에 큰 소리로 불렀어. 그는 힐끗 보더니 곧 교회로 돌아가 사람들을 불렀던 거야."

"오늘 아침에 여기 도착했을 때, 랍비의 차가 있다는 걸 알았나?"

"아, 물론 알았고말고."

"놀랐나?"

"아니, 별로. 랍비는 아침 기도에 온 거로구나, 일찍도 왔네, 그렇게 생각했지. 예배당에 랍비가 보이지 않았을 때는 서재에 있는 거라고 생각했고."

"2층으로 보러 올라가지 않았나?"

"그런 일을 할 이유가 없잖아?"

"좋아."

래니건은 일어났고, 스탠리도 그렇게 했다. 서장은 스탠리를 바로 뒤를 따르게 하고 뚜벅뚜벅 복도로 나왔다. 얼굴을 뒤로 향하면서 아무렇지도 않게 말했다.

"그 아가씨를 본 기억은 있겠지, 물론?"

"아니." 스탠리는 빠른 말로 말했다.

래니건은 휙 돌아서서 얼굴을 마주보면서 물었다.

"전에 본 적이 없다는 거야?"

"당신이 말하는 것은 그, 아까 그 여자……."

"다른 여자 얘기를 할 턱이 없잖아?"

래니건은 차갑게 대꾸했다.

"글쎄, 이 교회 주변에서 일을 했다면 물론 많은 사람 눈에 띄었겠지. 아! 그녀를 본 적이 있다. 그러니까 맡아보는 꼬마 둘하고 걸어가는 걸 본 적이 있어."
"알고 지냈나?"
"본 적이 있다고 했을 뿐인데?"
스탠리의 말투에 짜증이 섞였다.
"그녀와 가까이서 말한 적이 있어?"
"내가 그런 일을 할 리가 없잖아."
스탠리는 강한 어조로 바뀌었다.
"자넨 밍크처럼 발정했기 때문이야."
"어쨌거나 난 그런 적 없어."
"말을 건 적은 있나?"
스탠리는 바지 주머니에서 지저분한 손수건을 끄집어내 이마를 닦기 시작했다.
"왜 그래, 더워?"
스탠리는 폭발했다.
"대강대강 하시지 그래, 휴. 나를 이 사건과 얽어보려고 하는 모양인데, 아, 그래, 얘기한 적이 있고말고. 내가 서 있는데 젊은 여자가 조무래기를 둘 끌고 왔어. 꼬마 하나가 관목을 잡아 뜯길래 내가 뭐라고 한 건 당연하잖아."
"당연하지."
"하지만 그녀와 외출을 하거나 뭐 그런 적은 한 번도 없어."
"지하실의 저 돼지우리를 그녀에게 보인 적도 한 번도 없어?"
"그냥 안녕하시오 라든가, 오늘 아침은 날씨가 좋군요, 그랬을 뿐이야. 그것도 그녀는 두 번에 한 번은 대꾸조차 하지 않았어"
스탠리는 고집스럽게 말했다.

"그랬었군. 좋아, 그런데 아이들이 이탈리아계라는 건 어떻게 알았지?"
"아버지인 세라피노와 함께 있는 걸 본 적이 있고, 한 번은 그 집에서 일을 한 적이 있어서 그 애들 아버지를 알기 때문이야."
"그건 언제지?"
"그를 언제 만났느냐고? 이삼 일 전일 거야. 그가 컨버터블을 타고 와서 그 여자와 아이들을 보더니 아이스크림을 사줄까 물었어. 그러자 모두 앞좌석에 타서는, 여자와 아이들이 서로 문 옆에 앉겠다고 다퉜는데, 여자가 몸을 꼬아 자리를 비워주자 그 남자가 살짝 여자의 엉덩이를 만지는 게 아니겠어? 망측하게도!"
"그게 네가 아니니까 망측했겠지?"
"뭐, 어쨌든 난 자유의 몸이야. 꼬마가 둘이나 있는 집안의 가장이 아니라고."

10

세라피노 씨네는 아침부터 난리 법석이었다. 세라피노 부인은 언제나 목요일 밤이면 일찍 잠자리에 들지만, 금요일 아침에 10시 훨씬 전에 일어나는 일은 거의 없다. 그러나 이날 아침은 아이들 때문에 잠이 깨고 말았다. 아이들은 엘스페스의 방문을 아무리 두드려도 반응이 없자 엄마의 침실로 뛰어들어 옷을 입혀 달라고 졸라댄 것이었다.

가정부가 늦잠을 자는 것에 화가 나서 그녀는 실내복을 두르고 아래층으로 내려왔다. 문을 세게 노크하면서 이름을 불렀다. 대답이 없어서 혹시 엘스페스가 방에 없는 건 아닐까, 그렇다면 어젯밤부터 귀가하지 않았다고 밖엔 생각할 수가 없다. 문득 그런 생각이 떠올랐다. 남의집살이 가정부 주제에 이건 도저히 용서하지 못할 잘못이며 즉각 해고하는 것이 당연한 벌이다. 그녀가 창문으로 들여다보기 위해 밖으로 뛰어나가려 했을 때, 그녀의 의혹을 뒷받침하기라도 하듯 현관벨이 울렸다.

틀림없이 엘스페스가 열쇠를 잃어버렸거나 해서 적당히 둘러대는 말을 할 작정임이 틀림없다고 여겨 그녀는 복도를 뛰어가 현관문을 벌컥 열었다. 그러나 제복 차림의 경찰이었다. 그녀의 실내복은 앞가슴이 벌어져 있었고, 순간 경찰을 발견하자 우뚝 멈춰 섰다. 경찰이 당황해 살짝 얼굴을 붉히는 것을 보고서야 급히 자신의 숙녀답지 못한 몰골을 깨닫고 서둘러 실내복을 여몄다.

그 뒤로는 마치 악몽의 연속과도 같은 아침이었다. 제복, 사복차림의 경찰관들이 왔다. 전화는 쉴새없이 울려댔고, 모두 경찰과 관계된 것들뿐이었다. 경찰은 그녀에게 남편을 깨워 사체의 정식 신원확인을 하기 위해 경찰 한 명과 동행할 수 있도록 준비를 해달라고 했다.

"내가 확인하러 가면 안 되나요? 남편은 자게 내버려두지 않으면 안 되거든요."

경찰을 그렇다면 안될 것도 없다는 어조였다.

"이런 와중에 잠잘 수 있다니 대단하군요. 나쁜 말은 하지 않겠습니다, 부인. 바깥양반이 가는 편이 좋을 겁니다. 사체는 그리 아름답지 못하니까요."

그럭저럭 아이들의 식사와 옷 갈아입히기를 마치고 그녀는 자신의 아침식사 준비까지 했다. 식사를 하는 내내 질문공세가 펼쳐졌다. 경관 하나가 식탁 맞은편에 앉고, 다른 한 명이 메모를 하는 정식 취조였다. 가정부 방의 크기를 재거나 사진을 찍기도 하면서 질문을 했다. 마치 허를 찌르기라도 하려는 듯한 느닷없는 질문을.

한참 지나서야 그들은 물러갔다. 당장은 아이들이 뒤뜰에 나가 있었으므로 그녀는 소파에 누워서 잠깐 쉬려고 마음먹은 찰나, 다시 현관벨이 울렸다. 이번엔 남편 조였다.
  그녀는 걱정스럽게 남편의 안색을 살폈다.
  "엘스페스였어요?"
  "으음, 그래. 잘못 볼 리가 없잖아. 설마 내가 확인할 때까지 경찰이 피해자의 신원을 몰랐을 것 같아?"
  "그럼 어째서 당신이 필요했던 거죠?"
  "법률로 그렇게 되어 있기 때문이지. 반드시 밟아야만 할 절차 같은 것이라고."
  "뭔가 질문을 하던가요, 조?"
  "경찰은 언제나 질문을 하는 법이지."
  "예를 들면, 어떤? 어떤 걸 물었어요?"
  "이를테면 그녀에게 원한이 있는 사람이 있었느냐, 그녀의 남자친구 이름은 뭐냐, 친구는 누구냐, 최근 그녀의 행동이 이상했느냐, 내가 마지막으로 그녀를 본 게 언제냐, 그런 거였어."
  "그래서 뭐라고 대답했어요?"
  "뭐라고 대답했을 것 같아? 남자친구 문젠 몰라. 내가 아는 건 호스킹스 씨네에서 일하는 시리아라는 여자가 유일한 친구다, 내가 본 바로 달라진 것은 없었으며 불안한 느낌은 받지 못했다, 라고 대답해 주었지."
  "마지막으로 그녀를 본 시간도 묻던가요?"
  "당연한 거 아냐. 어제 1, 2시쯤이었어. 이봐, 어째서 그렇게 물어대는 거야. 경찰도 진저리나게 물어대던데 집에 돌아오니 마누라한테도 질문을 받아야 하나? 아침부터 지금까지 커피 한 잔도 마시지 못했어."
  "커피를 끓여 드릴게요, 조. 토스트라도 좀 드시겠어요? 달걀은? 셀러리는요?"

"아니, 커피만 줘. 완전히 흥분해서 위장이 꽁꽁 뭉쳐버렸어."
그녀는 부지런히 커피를 데웠다. 뒤돌아보지도 않고 물었다.
"마지막으로 그녀를 본 것은 1시, 아니면 2시, 어느 쪽이에요, 죠?"
그는 고개를 갸우뚱하면서 천장을 보았다.
"음, 2층에서 내려와 아침을 먹은 게…… 정오 무렵이 아니었을까? 그 때 봤어. 본 것 같아……. 어쨌든 그녀가 애들한테 점심을 주고 나서 낮잠 준비를 시키는 소리는 들었어. 그 다음에 난 위로 올라가 준비를 했고, 돌아왔을 때는 이미 나가고 없었어."
그는 모호하게 대답했다.
"그 다음엔 만나지 않았어요?"
"무슨 뜻이야? 대체 무슨 소릴 하고 싶은 거냐고."
"왜냐면, 린까지 태워다줄 생각이었잖아요. 기억해요?"
"그래서?"
"혹시 그녀가 버스를 타기 전에 만났나 하는 거죠 뭐. 그게 아니라도 린에서 우연히 마주치거나 하지 않았을까 해서."
그의 가무잡잡한 얼굴에 붉은 기운이 돌았다. 천천히 부엌 식탁에서 일어섰다.
"알았어. 말해, 분명히 해두자구. 대체 무슨 얘기가 하고싶은 거야?"
그녀는 막상 일이 이렇게 되자 약간 두려웠지만, 여기까지 온 바에야 이제 주워담을 도리도 없었다.
"그녀를 보는 당신 표정을 내가 몰랐을 거라고 생각해요? 그녀가 쉬는 날에 어딘가에서 만나지 않았다는 확신을 내가 어떻게 가질 수 있겠어요? 그게 아니라도 내가 집에 없는 동안에, 이 집에서일지도 모르고."

"아, 그런 거였어? 내가 어리고 예쁘장한 여자만 쳐다보면, 그게 그녀와 자는 게 되는 거로군. 그러다 싫증나면 죽이고 말야. 그렇게 말하고 싶은 거겠지? 그래서 선량한 시민답게 경찰에 신고라도 하려고?"
"내가 그렇게 할 리가 없지 않아요, 조. 난 그냥 누군가가 당신을 보았을지도 모르고, 또 만약 그랬다면, 예를 들어 그녀는 내 심부름을 가는 길이었다고라도 하면 당신을 감쌀 수 있지 않을까 해서 생각한 것뿐이에요."
"이걸 얼굴에 확 뿌려버릴까보다."
그는 설탕 그릇을 집어 올리면서 말했다.
"뭐, 뭐라고? 날 장님으로 만들면 안 돼, 조 세라피노!"
그녀는 절규했다.
"같은 집에 사는 여자에게 추파를 던지지 않았다고 해도 소용없어. 내가 보았으니까. 당신이 그 여자와 아이들을 차에 태운 것이랑, 그 여자를 내려줄 때 어떻게 몸을 비벼댔는지를 말야. 내가 차에서 내릴 때는 단 한 번도 손을 내민 적이 없으면서, 그건 왜지? 난 이곳 부엌 창문으로 다 보았어. 그리고 또 한 여자, 글라디스는 어땠지? 당신이 부엌에 앉아 있고, 문이 반이나 열려 있는데도 그녀는 알몸이나 다름없는 몸으로 자기 방안을 돌아다니고 있었어. 그런데도 그녀와 아무 일도 없었다니 날 놀리는 거야? 그래서 대체 몇 번쯤……."
현관벨이 울렸다. 휴 래니건이었다.
"세라피노 부인이시죠? 몇 가지 물어보고 싶은 것이 있어서요."

11

브린 모어 57번지, 두 아이의 어머니로, 세 번째 아이를 가졌음이 언뜻 보기에도 분명한 앨리스 호스킹스는 서장을 거실로 맞아들였다. 바닥에는 초록이 섞인 밝은 회색의, 문양이 들어간 폭넓은 카펫이 깔려 있다. 가구는 광택을 낸 티크와 검고 두꺼운 천을 사용한 덴마크풍의 현대적이고 독특한 디자인의 세트이며, 굴곡져 있는 것이 다른 쪽으로 기울어져 있는 것 같은데 그것이 이상하게 앉았을 때 편안한 느낌을 주었다. 검은빛을 띤 두꺼운 호두나무 판자를 네 개의 유리 다리로 떠받친 커피 테이블이 있다. 한쪽 벽에는 어딘지 모르게 여자의 얼굴을 떠올리게 하는 커다란 추상화가 걸려 있고, 다른 벽에는 날카롭게 조각된 하얗고 과장된 이목구비의 그로테스크한 흑단 마스크가 걸려 있다. 가장자리를 예리하게 깎아낸 크리스털 재떨이가 여기저기 놓여 있는데 그 대부분이 꽁초로 넘칠 듯이 가득 차 있다. 이런 방은 모든 것이 있어야할 곳에 자리잡고, 빈틈없이 정돈되어 있어야만 비로소 매력적인 그런 타입이다. 그러나 이 방은 온통 어질러져 있다. 장난감이 바닥에 흩어져 있다. 어린아이의 빨간 스웨터가 주철과 흰 가죽으로 된 의자 위에 내던져져 있다. 4분의 1가량 우유가 담긴 컵이 맨틀피스 위에 놓여 있다. 잔뜩 구겨진 신문이 소파 위에 있다.

튀어나온 배를 제외하면 야위고 쭈그러든 느낌의 호스킹스 부인은 신문을 바닥에 떨어뜨린 다음 소파에 앉았다. 이리 앉으라며 자기 옆을 두드리고, 커피 테이블 위의 크리스털 함에서 담배를 꺼내 래니건에게 권하고 자기도 한 개피 집어들었다. 탁상용 라이터가 있어서 그가 그리로 팔을 뻗자 그녀가 "들어오지 않아요"라면서 그를 위해 성냥을 그었다.

"시리아는 지금 막 아이들과 밖에 나갔습니다만 곧 돌아올 거예요."

"오히려 괜찮습니다. 그녀는 엘스페스와 매우 친했나요?"

래니건은 곧장 용건으로 들어갔다.

"시리아는 누구하고나 친해요, 래니건 씨. 생김새가 별로인 대신 매우 붙임성이 있거든요. 못생긴 사람은 달리 뭔가가 있어야만 하지 않겠어요. 머리를 갈고 닦거나 주의주장을 갖거나 사람들과 잘 사귄다거나 스포츠에 뛰어난다거나 그런 거죠. 시리아가 바로 그래요. 쾌활하고 스포츠를 좋아하며, 아이들을 돌보는 덴 명수죠. 그래서 아이들은 굉장히 좋아한답니다. 전 그냥 여기서 아이를 낳기만 할 뿐, 나머진 시리아가 뒤치다꺼리를 해주죠."

"이 댁엔 오래 있었나요?"

"첫아이가 태어나기 전부터 줄곧 있었어요. 제가 해산달이던 때에 왔지요."

"그럼 엘스페스보다는 꽤 나이가 위로군요."

"물론이고말고요. 시리아는 스물 여덟인지 아홉인걸요."

"부인께 엘스페스 얘기를 한 적이 있습니까?"

"그럼요. 우린 뭐든지 서로 얘기한답니다. 매우 사이가 좋거든요. 시리아는 그다지 교육은 받지 않았지만 매우 상식이 있는 편이에요. 고등학교 2학년 때인가 중퇴한 것 같은데, 다양한 것들을 봐왔기 때문에 세상을 잘 알아요. 엘스페스를 동정하더군요. 시리아는 늘 남을 동정하곤 하죠. 이 점을 분명히 말할 수 있습니다만, 엘스페스는 전혀 타입이 달라요. 그녀는 내성적이었죠. 나다니거나, 이것저것 하는 것도 좋아하지 않고요. 시리아는 정기적으로 볼링을 하고, 또 댄스에 여름엔 바닷가의 파티, 겨울엔 스케이트를 갑니다만, 한 번도 엘스페스를 데리고 나가지 못했어요. 가끔 함께 영화를 보러 가는 적은 있었는데, 물론 매일 오후에는 대개 아이들을 데리고 함께 외출을 했지만, 시리아는 한 번도 그녀를 볼링이나 댄스에 데리고 나가지 못했죠. 다시 말해 남자와 만날 수 있는 장소에 말예요."

"물론 그 이유에 관해 서로 이야기한 적도 있겠군요?"

"물론, 있죠. 시리아의 생각으로는 타고난 내성적인 성격 탓이고──그런 사람이 있잖아요──어쩌면 춤추러 갈 옷이 마땅치 않았는지도 모르죠. 그리고 저는 시리아의 친구들이 아마도 엘스페스에게는 너무 나이가 위가 아니었을까 싶군요."

래니건은 호주머니 속을 뒤져 엘스페스와 세라피노 씨네의 두 아이들이 찍은 사진을 꺼냈다.

"세라피노 부인이 준 것입니다. 엘스페스의 유일한 사진이라고 하더군요. 비슷한 것 같습니까?"

"네, 틀림없어요."

"제 말뜻은 말이죠, 특징이 나타나 있는 것 같으냐는 겁니다만? 어쩌면 그것을 신문에 게재해서……."

"두 아이도 함께 그렇게 한다는 건가요?"

"아, 아닙니다. 그건 삭제합니다."

"분명 대중의 호기심은 만족시킬 게 틀림없지만, 경찰이 그 정도로 협력적일 줄은 몰랐는데요."

호스킹스 부인의 빈정거림에 래니건은 웃으며 말했다.

"아닙니다, 부인. 오히려 신문이 그 사진을 게재해 협력해줄 것을 기대하는 것이죠. 그렇게 하면 피해자의 어제 발자취를 알 수 있을지도 모르기 때문에."

"아유, 실례했어요."

"그런데 그 표정은 본인의 특징이 잘 나와 있다고 보십니까?"

그가 거듭 묻자 그녀는 사진을 다시 들여다보았다.

"네, 그런 것 같군요. 정말이지 무척이나 매력적인 아가씨였어요. 약간 땅딸막하긴 하지만, 그래도 뚱뚱하진 않았어요. 말하자면 옥

수수처럼 통통하진 않았다는 거죠. 토실토실하다는 편이 맞겠네요. 물론 저는 그녀가 거의, 아니면 전혀 화장을 하지 않고, 머리를 질끈 묶고 아이들과 같이 있는 모습만 보긴 했지만, 그렇다고 집안일이나 아이들을 돌볼 때 어떤 여자가 예쁘게 치장하고 있겠어요? 그녀가 하이힐과 파티 드레스에 머리를 말고 완벽하게 치장한 것을 본 적이 한 번 있는데 굉장히 예쁘더군요. 그것은 그녀가 세라피노 씨네집에 일하러 온 지 채 며칠도 지나지 않은 때였어요. 그래, 맞아! 기억났어요. 금요일인데 워싱턴의 생일이었어요. 남편이 경찰과 소방관들의 댄스파티 티켓을 두 장 사왔더군요. 물론 나는 시리아에게 줘서……"
"물론."
래니건은 작은 소리로 말했다.
"저어……. 어머나, 실례했어요."
그녀는 입을 다물고 얼굴이 새빨개졌다.
"사과하실 것은 없습니다, 부인. 다들 남에게 줘버리죠. 대개 가정부에게요."
"그게, 제가 말하려던 것은 남자친구가 아니라 그녀에게 가자고 권한 것이 너무나도 시리아다웠다는 것이었어요. 남편이 차로 데려다주기로 되어 있었기 때문에 엘스페스는 여기까지 왔지요."
갑자기 현관이 시끄러워지자 호스킹스 부인이 말했다.
"시리아와 아이들이 돌아왔나 봐요."
문은 열렸다기보다는 오히려 안쪽으로 폭발한 느낌이었고, 다음 순간 래니건은 자신이 두 아이와 호스킹스 부인, 그리고 키가 커다랗고 못생긴 시리아의 소용돌이에 휘말려 있음을 깨달았다. 두 여자는 아이들의 스웨터와 모자를 벗기느라 정신이 없었다.
"아이들의 점심은 내가 주겠어, 시리아. 그렇게 하면 이 사람하고 이야기를 할 수 있겠죠? 불쌍한 엘스페스 때문에 오셨어."
"나는 배너스 클로싱의 래니건 경찰서장입니다."
거실에 두 사람만 남게 되자, 그는 말을 꺼냈다.
"네, 알고 있어요. 경찰관과 소방관 댄스파티에서 뵈었어요. 부인과 함께 그랜드 마치를 지휘하셨었죠. 매우 아름다운 분이더군요."
"고맙습니다."
"게다가 머리도 좋으신 것 같았고요. 그러니까 2층(머리를 뜻함)에 뭔가 갖고 계시다는 것을 한눈에 알아본 분이었어요."
"2층에? 아! 그래, 그렇군요. 그 말이 맞아요. 당신은 사람을 보는 눈이 있다는 것을 한눈에 알 수 있군, 시리아. 그런데 어떤가, 엘스페스의 인상은?"
시리아는 대답하기 전에 잠깐 생각하는 모습이었다.
"글쎄요, 대개의 사람들은 그녀를 얌전하고 쥐처럼 조용한 타입이라고 보지만, 그건 단지 겉모습뿐이기도 해요."
"무슨 말이지?"
"엘스페스는 차가운 데가 있었어요. 거만하다는 게 아니에요. 수줍음을 잘 타는 사람이죠. 불쌍하게도 여기서는 외톨이였고, 이 근처에선 내가 선배였으므로 그녀를 껍질에서 꺼내주는 것은 내 의무라고 생각했어요. 때마침 주인아저씨가 주신 경찰과 소방관의 댄스파티 티켓이 두 장 있어서 데려갔더니, 그녀는 매우 즐거워했어요. 어떤 번호든지 춤을 추었고, 쉬는 시간에는 남자와 함께였어요."
"그래서 그녀는 기뻐했나?"
"그렇죠. 밤새도록 깔깔대고 쿡쿡 웃어댄 건 아니지만, 그녀 나름으로 조용히 즐기는 모습을 볼 수 있었어요."
"전망이 밝은 출발이었겠군."
"그게 마지막이기도 했어요. 그 뒤로는 댄스가 있을 때마다 권유했지만 그녀는 한 번도 가겠다고 하지 않았어요. 나는 많은 신사 친구들이 있기 때문에 목요일 밤에는 언제든지 상대를 붙여줄 수 있었지만, 그녀는 언제나 거절했어요."
"그녀에게 이유를 물은 적이 있나?"
"물론 물었지만 늘 마음이 내키지 않는다거나, 피곤해서 일찍 집에 돌아가고 싶다거나, 머리가 아프다거나 하면서."
"건강이 좋지 않았나?" 래니건은 물을 마셨다.
"그렇지는 않아요. 두통 때문에 데이트를 포기하는 여잔 없어요. 저는 그녀가 입고 갈 옷이 없는 게 아닐까, 게다가 부끄러움을 타기 때문이라고 생각했는데, 그러다가 달리 이유가 있는 게 아닐까 생각했어요."
시리아는 고개를 저었다. 그리고는 목소리를 낮춰 말하기 시작했다.
"한 번은 함께 영화를 보러 갈 때 그녀의 방에서 기다린 적이 있었어요. 그녀가 옷을 갈아입고 머리를 만지는 동안 경대 위의 것들을 그냥 보고 있었는데, 그녀는 핀이며 구슬, 머리핀 같은 소품이 잔뜩 들어 있는 보석상자 같은 것을 갖고 있었어요. 그래서 나는 속을 들여다보면서 어떤 게 있는지 보았는데——탐색할 생각은 없었어요. 그냥 보고 있었을 뿐이에요——그런데 상자 안에 결혼반지가 들어 있었어요. 그래서 나는, "엘, 머지않아 결혼 소식이라도 있는 거야?"라고 물었어요. 농담삼아서요. 그러자 그녀는 잠깐 얼굴을 붉히면서 상자를 닫더니 어머니 것이라고 하던가 뭐라던가 하더군요."
"그녀가 이미 비밀리에 결혼한 게 아닐까 생각하지 않았나?"
"그랬다면 남자친구들과 외출하지 않았던 것이 설명되겠군요."
"그래, 가능성은 있어. 주인아주머니는 그 일을 어떻게 생각했지?"

"아줌마한테는 말하지 않았어요. 그것은 엘의 비밀이라고 생각했으니까요. 만일 아줌마한테 얘기했다가는 누군가에게 떠벌릴지도 모르거니와 그것이 세라피노 씨네 귀에 들어가지 않는다는 보장도 없고, 그렇게 되면 엘이 일자리를 잃을 수도 있지 않겠어요? 물론 그렇게 된다 해도 난처할 것은 없으며, 차라리 다른 집으로 바꾸라고 권한 적도 꽤 여러 번 있긴 했지만서도요."

"세라피노 부인은 그녀를 친절하게 대했나?"

"대우는 나쁘지 않았겠죠. 물론 제가 있는 이 집 아주머니처럼 사이가 좋은 건 아니지만, 그렇지 않은 게 보통이잖아요. 내가 곤란한 일이라고 생각한 것은 그녀가 매일 밤마다 아이들만 상대로 홀로 집에 있어야만 한다는 것, 게다가 그녀의 방이 1층에 있다는 사실이었어요."

"무서웠을 거라는 것인가?"

"분명히 처음엔 그랬던 것 같은데, 그러다 익숙해진 모양이에요. 그 주변은 한적한 곳이기 때문에 시간이 지나면서 그녀도 태연해졌겠지요."

"과연 그렇겠군. 그런데 어제 일인데, 그녀는 무엇을 할 예정이었는지 알고 있나?"

시리아는 천천히 고개를 저었다.

"1주일 동안 줄곧 만나지 않았어요. 함께 아이들을 산책에 데리고 나갔던 화요일부터 내내요."

그녀의 얼굴이 활짝 밝아졌다.

"언젠가 몸이 좋지 않다면서 의사에게 예약을 하고 진찰을 받을지도 모르겠다던가 한 적이 있어요. 그 다음에 영화를 보러 갈지도 모른다고 했어요. 그리고 보니 엘리지암 극장에 갈 듯한 말을 해서 내가 굉장히 긴 영화라고 했더니 그녀는 그래도 마지막 버스를 탈 수 있으며, 그렇게 늦은 시간에 버스 정류장에서 걸어도 아무렇지도 않다고 했어요. 내가 걱정이 되어서 조심하라고 한 것은 바로 그거였는데."

눈물이 시리아의 눈에 떠올랐고 그녀는 손수건으로 눈물을 닦았다.

아이들이 돌아와 커다란 눈으로 두 어른을 쳐다보며 서 있었다. 시리아가 울기 시작하자 한 명은 다가가서 그녀를 꼭 끌어안고, 다른 하나는 작은 주먹으로 래니건을 때리기 시작했다.

그는 팔을 뻗어 아이를 제지하고 떼어놓으며 웃으면서 말했다.

"걱정하지 않아도 된단다, 애들아."

호스킨스 부인이 문에 나타났다.

"당신이 시리아를 울렸다고 생각했나봐요, 그렇죠? 이리 오너라, 스티븐. 엄마한테 오렴."

아이들을 달래서 다시 방에서 데리고 나갈 때까지 족히 몇 분은 걸렸다. 래니건은 다시 둘만 있게 되자 말했다.

"그런데, 시리아. 뭐가 걱정이 돼서, 어떤 것을 주의하라고 했다는 거지?"

시리아가 멍하니 그를 쳐다보다가 이내 생각이 났는지 대답했다.

"밤늦게 혼자서 집에 돌아가는 것 말이에요. 나라면 싫을 거라고 했어요. 너무 어둡고, 버스 정류장에서 두 블록은 계속해서 나무나 그런 것뿐이어서."

"하지만 특별한 뭔가가 있었던 것은 아니겠지?"

"그냥, 그게 특별한 거라고 생각해요."

다시 눈물이 핑 돌았다.

"엘스페스는 어리고, 정말로 순진했어요. 먼저 일했던 글라디스도 엘보다 그렇게 나이가 많진 않았지만, 여러 곳에 함께 갔는데도 그리 친하진 않았거든요. 글라디스는 이것저것 세상사를 아는 영리한 사람이었지만, 엘스페스는……."

그녀는 거기서 말을 멈췄다가 갑자기 서두르는 어조로 말을 이었다.

"있잖아요, 엘은 발견 당시 괜찮았나요? 그러니까 저…… 폭행을 당했던가요? 발견되었을 때는 알몸이었다고 하던데?"

래니건은 고개를 흔들었다.

"아니, 그녀가 당한 흔적은 없었어. 게다가 옷도 제대로 입고 있었고."

"다행이다."

그는 일어서며 말했다.

"어쨌거나 석간에 나올 거야. 많은 참고가 되었어. 만약 뭔가 달리 생각나는 것이 있으면 꼭 알려주었으면 좋겠군."

"네, 꼭 그럴게요."

시리아는 그렇게 말하면서 손을 내밀었다. 래니건은 그 손을 잡고 그녀가 남자 같은 손힘을 지녔음을 알고 약간 놀랐다. 그는 문 쪽으로 걷다가 문득 뭔가 생각났는지 멈춰 섰다.

"그런데, 세라피노 씨는 엘스페스를 어떻게 대했지? 그녀에 대해 신사적이었던가?"

그녀는 공감의 표정, 아니 칭찬의 표정을 보냈다.

"그랬어요."

"그랬나?"

그녀는 끄덕였다.

"엘을 좋아했어요. 겉으로는 그녀가 한집에 사는 것도 모르는 것처럼 행동하면서 제대로 말도 걸지 않았지만, 아무도 모르는 줄 알지만 언제나 엘을 가만히 보고 있었어요. 여자를 볼 때면 알몸을 상상하는 그런 타입이에요. 그건 글라디스도 늘 말했던 거죠. 하긴 글라디스는 자기가 좋아서 그렇게 만들기도 했지만."
"그래서 그녀는 어떻게 되었지?"
"네, 세라피노 부인이 질투를 해서 그녀를 그만두게 했어요. 부인이 질투를 할 때는 반드시 이유가 있는 법이잖아요."
"그랬다면 좀더 나이가 든 여자를 고용하면 좋았을 텐데."
"주 6일, 새벽 두세 시까지 아이 보는 일을 해줄 나이든 사람은 찾을 수가 없었을 테죠?"
"그것도 그렇겠군."
"게다가 누굴 고용해도 그는 고용된 사람과 어떤 관계를 가졌을 거라고 생각하지 않으세요?"

12

배너스 클로싱의 에번 제닝스 형사는 오십대 후반의 빼빼 마른 남자로, 푸른 눈엔 언제나 눈물이 차 있어서 그것을 손수건으로 쉴새없이 누른다.
"6월 첫째 주가 되면 눈물이 나오기 시작해서 9월이 끝날 때까지 계속 이어진단 말입니다."
그는 휴 래니건이 경찰서로 들어오자마자 말했다.
"틀림없이 알레르기성일 거야, 에번. 검진을 해보지 그래."
"2년쯤 전에 진찰을 받아보았어요. 의사 말로는 제가 다양한 물질에 민감한 체질이긴 하지만 정확히 지금 이렇다할 원인은 찾을 수가 없다고 하더군요. 어쩌면 피서객 알레르기가 아닐까 싶습니다만."
"그럴지도 모르겠군. 하지만 피서객은 대개 6월말까지는 오지 않는데?"

"예, 하지만 오리라는 예상은 하지요. 피해자에 관해 뭔가 알아냈습니까?"
래니건은 세라피노 부인에게서 받아온 사진을 책상 위에 던졌다.
"그걸 신문사에 건네도록. 어쩌면 뭔가 실마리가 잡힐지도 모르지."
제닝스는 사진을 주의 깊게 관찰했다.
"생김새가 나쁘지는 않군. 오늘 아침에 본 것보다 훨씬 미인인데. 약간 살집이 있는 이런 체형의 여자가 좋지, 요즘 자주 볼 수 있는 가냘픈 여자들은 끌리지가 않아. 쿠션이 있는 여자가 좋지요, 이 뜻을 아시겠죠?"
"알아, 안다고."
그는 상사에게 한 장의 종이를 건넸다.
"그런데 저에게도 뭔가 있습니다, 서장님. 검시관의 보고서가 왔습니다. 마지막 단락을 봐보십시오."
래니건은 낮게 휘파람 소리를 냈다.
"피해자는 임신 2개월이었군!"
"그래요, 어떻습니까? 누군가가 우리의 귀여운 아가씨를 난처하게 만든 겁니다."
"이걸로 얼마간 새로운 전망이 나오지 않을까? 그녀를 알았던 사람들——세라피노 부인, 친구인 시리아, 호스킹스 부인은 입을 모아서 그녀가 매우 내성적이며 남자친구는 단 한 명도 없다고 했는데."
마침 그 때 순찰경관 하나가 문 앞을 지나고 있어 래니건은 그를 불러들였다.
"잠깐 할 얘기가 있는데, 빌."
"네."

순찰경관 윌리엄 노먼은 새까만 머리칼을 지닌 성실하고 사무적인 청년이었다. 그는 오래 전부터 휴 래니건을 알았고, 이름을 서로 부르는 사이였지만, 그답게 차렷자세로 긴장하고 서장을 대했다.

"앉게나, 빌."

노먼은 아직 차렷자세를 풀지 않은 인상을 주면서 사무용 의자에 앉았다.

"어젯밤엔 비번으로 빼주지 못해서 미안했네만 대신할 사람이 없어서 말야. 약혼 피로연날 밤에 일을 하게 돼서."

"아뇨, 괜찮습니다. 엘리스는 이해를 하니까요."

"그녀는 훌륭한 여성이니 좋은 아내가 될걸세. 게다가 라무제 일가도 좋은 사람들이고."

"네, 감사합니다."

"나는 버드 라무제와 죽마고우이고, 갈래머리의 패기를 기억하지. 그 집안은 보수적이어서 약간 완고한 데가 있지만 땅위의 소금 (사회의 건전한 사람)이야. 그런데 어떤가, 자네가 정시 순찰임무를 하는 것에 불평을 하거나 반대를 하지 않던가?"

그는 약간 얼굴을 붉혔다.

"엘리스의 말로는 파티는 그 다음에 곧바로 끝났다고 하니까 저는 별로 자리를 비우지 않았던 것 같습니다. 어차피 라무제 일가는 밤늦게까지 오래 머물 계획은 없었을 것입니다."

래니건은 책상으로 방향을 바꾸어 근무당번표로 눈을 돌렸다.

"음, 자넨 어젯밤에 11시부터 근무했겠군."

"예, 그렇습니다. 제복으로 갈아입기 위해 10시 30분에 라무제가를 나왔습니다. 순찰차가 태워주어서 11시 2분 전쯤에 엘름 거리에서 내렸습니다."

"자넨 메이플 거리에서 바인 방향으로 향했겠지."

"그렇습니다."
"오전 1시에 바인 거리 파출소에서 경찰서로 전화를 걸었고?"
"예, 그렇게 했습니다."
그는 바지 옆 주머니에 손을 넣어 작은 수첩을 꺼냈다.
"1시와 3시에 전화를 걸었습니다."
"메이플에서 바인까지 이상은 없었나?"
"없었습니다."
"순찰 도중에 누군가와 마주쳤나?"
"누구를 만났느냐고요?"
"음, 자네가 메이플 거리를 걸어갈 때 누군가가 걸어오는 것을 발견했는가?"
"아닙니다."
"랍비 스몰은 알고 있지?"
"한 번 그 사람이라고 말한 적이 있어서 본 적은 있습니다."
"어젯밤에 그를 만나지 않았나? 교회에서 집으로 걸어서 돌아갈 때 자넬 만났다고 했는데. 12시 30분 좀 지나서?"
"아뇨, 고든 블록의 집들이 문단속을 잘했나 살펴보고 난 게 12시 15분을 지났을 무렵인데 전화를 걸 때까지 아무도 만나지 않았습니다."
"거 이상하군! 랍비는 자넬 만나서 인사까지 받았다고 하던데?"
"아뇨, 어젯밤엔 만나지 않았습니다. 이틀 전 밤에 교회에서 늦게 돌아오는 것을 보고 말을 걸었습니다만 어젯밤엔 만나지 않았어요."
"알겠네. 그래 교회는 어떻던가?"
"문이 잠겨 있는 것을 확인했습니다. 주차장에 차가 한 대 있어서 플래시로 비춰보았습니다. 그런 다음 전화를 걸었지요."

"그때 이상한 것을 보지도 듣지도 못했다는 말인가?"
"그렇습니다. 주차장에 차가 있는 정도여서, 그다지 이상하게 생각지 않았습니다."
"오케이, 빌. 고맙네." 래니건은 그를 보냈다.
"랍비가 빌을 만났다고 하던가요?"
제닝스는 노면이 물러간 다음에 물었다.
래니건은 고개를 끄덕였다.
"그렇다면 그가 거짓말을 하고 있는 거군요. 그럼 어떻게 되는 겁니까, 서장님? 그가 했을 가능성도 있다는 것인가요?"
래니건은 천천히 고개를 저었다.
"랍비가? 아니, 가능성은 없어."
"어째서죠? 빌을 만났다는 거짓말을 하지 않았습니까. 즉, 그가 있었다는 곳에 있지 않았다는 것은, 있지 말아야 할 곳에 있었을 가능성도 있다는 것이죠."
"조사하면 금방 알게 될텐데 거짓말할 리가 없지. 그건 앞뒤가 맞지 않아. 그가 약간 혼동을 했다고 보는 편이 맞을 것 같군. 그는 학자야. 대개는 늘 머리가 책에 가 있지. 사실은 신도회 회장이 그의 집에 와 있을 때에 스탠리가 찾아와 기다리던 책이 배달되었다고 알렸어. 그래서 그는 책을 보러 교회로 뛰어갔고, 밤늦게까지 서재에서 책과 씨름했지. 그런 사람이니까 이틀이나 전에 순찰 경관과 우연히 마주친 것을 약간 착각할 가능성은 얼마든지 있어. 실제로는 일주일 전인데 어젯밤의 일이었던 것처럼 뒤죽박죽이 되는 수도 있고."
"손님을, 더구나 신도회 회장을 팽개쳐두고 외출했다는 것 자체가 상당히 이상하지 않습니까? 밤새도록 공부를 했다고 본인은 말하지만, 서재에서 그 여자와 만난 게 아니란 걸 어떻게 압니까? 그 증거를 보십시오, 서장님. 검시관은 사망시각을 1시라고 결론을 내렸어요. 앞뒤로 20분을 생각하면, 그 무렵에 그곳에 있었다고 랍비도 제 입으로 인정하고 있지 않습니까?"

"아니, 1시 20분 전이란 것은 그 무렵에 귀가를 했다고 생각하고 그가 추정한 시간이야."

"하지만 그는 시간을 약간, 아니, 5분이나 10분쯤 속이는지도 모르죠. 아무도 만나지 않았다, 피해자의 핸드백이 그의 차안에 있었다, 그리고 또 한 가지……," 제닝스는 검지를 세웠다. "오늘 그는 아침예배에도 가지 않았어요. 왜죠? 사체가 발견될 즈음에 근처에 있고 싶지 않았기 때문이 아닙니까?"

"이봐, 그 사람은 랍비야! 종교인이라니까."

"그게 어쨌다는 겁니까? 그도 남자가 아닌가요? 2년쯤 전에 세일렘의 그 목사는 어땠죠? 다마트파울로스 신부는요? 그는 여자와 문제를 일으켰던 게 아닌가요?"

래니건은 지긋지긋하다는 표정이었다.

"그건 전혀 경우가 달라. 우선, 다마트파울로스 신부는 여자와 구질구질하게 행동하지 않았어. 두 번째로, 그는 그리스 정교회의 신부로 결혼해도 괜찮아. 아니, 오히려 결혼하길 권하는 편이지. 그런데 문제는 여자의 가족이 결혼을 강요하려 했다는 것이지."

에반은 좀처럼 물러서지 않았다.

"글쎄요, 자세한 내용은 기억나지 않지만, 뭔가 스캔들이 있었던 것은 틀림없습니다."

"유일한 스캔들은 로마 가톨릭 신부처럼, 그도 신부니까 결혼하면 안 된다고 많은 사람들이 오해했다는 점이야. 신부가 여자에게 구혼을 하다니 있을 수 없는 일이라고 여긴 것이지. 하지만 실제로는 그리스 정교회의 신부이므로 결혼할 권리는 분명 있었어."

"제가 말하고자 하는 것은, 여자문제는 어떤 남자에게든 일어날 수 있다는 것입니다. 제 생각으론 그 문제만큼은 성직도 몸을 지키는 데 도움이 되지는 않아요. 절도, 강도, 가택침입, 사기, 살인, 뭐 그런 다른 범죄라면 신부라든가 목사, 랍비 같은 사람은 그런 짓을 할 리가 없다고 단정할 수도 있겠지만 말입니다. 돈에 그다지 집착하지 않는다거나 자제력이 두 배쯤 강할 수도 있겠지만, 여자문제는 어떤 남자에게든 일어납니다. 로마교의 신부라도요. 제 견해는 그렇습니다."
"그것도 일리는 있어, 에번."
"게다가 랍비가 아니면 지금 누가 있습니까?"
"그 점은 아직 겨우 시작에 불과해. 하지만 용의자야 많지. 예를 들면 스탠리야. 그는 교회의 열쇠를 갖고 있지. 지하실에 간이침대도 갖고 있고, 게다가 침대 위 벽에는 알몸의 여자 사진이 덕지덕지 붙어 있어."
"스탠리는 호색한입니다."
에번도 맞장구를 쳤다.
"그리고, 그녀가 마지막으로 버려진 곳까지 옮기는 일은 어떻지? 그 여잔 경량급이 아니고, 랍비는 덩치가 큰 사내가 아니야. 하지만 스탠리라면 일도 아니겠지."
"네, 하지만 그였다면 여자의 핸드백을 랍비의 차에 넣을까요?"
"그거야 모르지. 어쩌면 비를 피하기 위해 그의 차 안에 있었을지도 몰라. 그가 운전하는 그 고물차에는 지붕이 없으니까 말야. 그래! 또 있어. 그 여자를 살해한 남자는 오래 전부터, 그러니까 임신시킬 만한 기간 동안 그녀와 관계가 지속되었다고 가정하면, 어떨까? 그렇다면 서재에서 랍비와 여자, 지하실에서 스탠리와 여자, 어느 쪽이 발견될 가능성이 크지? 만일 랍비가 여자와 만났다면 틀림없이 스탠리가 일주일 이내에 냄새를 맡아버렸을걸. 왜냐하면 그는 매일 아침 청소를 하니까 말야. 하지만, 만약 스탠리가 상대였다면, 랍비는 1년이 지나도 알 턱이 없지."
"그건 일리가 있군요. 심문할 때, 스탠리는 뭐라고 대답하던가요?"
래니건은 어깨를 으쓱했다.
"그는 '시프스 캐빈'에서 맥주를 약간 마시고 집으로 돌아갔다고 주장하고 있어. 그는 마마 스코필드의 아파트에 살고 있는데, 그가 들어가는 것을 아무도 보지 못했다는군. 그가 '시프스 캐빈'을 나온 뒤에 여자를 만났더라도 아무도 모르지."
"저한테 말한 것하고 똑같아요. 어째서 그를 끌어다가 좀더 추궁하지 않습니까?"
"그라고 단정할 결정적인 게 없기 때문이지. 만약 랍비가 아니라면 누구냐고 자네가 묻기에 가능한 선에서 그를 들었던 거야. 용의자라면 아직 있어. 조 세라피노는 어떻지? 그라면, 다름 아닌 자기 집에서 그 여자와 줄곧 관계를 지속해 올 수도 있었을 거야. 세라피노 부인이 쇼핑도 하고 집안일도 해왔어. 그 여자는 애 보는 사람에 지나지 않았지. 그러니까 부인이 집에 없을 때, 조가 그 여자와 관계를 계속하려고 마음만 먹으면 얼마든지 시간이 있었을 거야. 만일 부인이 불시에 돌아와도 말야, 여자 방의 문에는 빗장이 걸려 있었어. 세라피노 부인은 부엌을 지나서 들어갈 수가 없기 때문에 조는 뒷문으로 살며시 빠져나갈 수가 있지. 그렇다면 그 여자에게 남자친구가 없었던 이유도 납득이 가는군. 자기가 사는 곳에 남자가 하나 있으면 달리 필요하지 않겠지. 게다가 우리가 그녀를 발견했을 때, 여자가 그런 차림을 하고 있었던 까닭도 설명이 돼. 드레스가 찬장에 걸려 있었으니까 그녀는 귀가를 했던 게 틀림없어. 그 직후에 조가 그녀의 방으로 들어와서 잠깐 산책을 하자고 이끌었어. 비가 내리고 있었고, 어차피 레인코트를 입을 거니까 굳이 드레스를 다시 입을 필요도 없었겠지. 게다가 만약 그들이 그런 친밀한 관계였다면, 그는 속치마 차림이 아닌 그녀를 이미 본 적이 있었을 거야. 세라피노 부인은 자고 있었으니 그런 것쯤 아무것도 몰랐을 거고."
"아, 그건 가능성이 충분합니다."
에번은 열의를 가지고 힘주어 말했다.
"두 사람은 산책을 나갔고, 교회까지 갔을 때 비가 본격적으로 내리기 시작했다. 그래서 랍비의 차에서 비를 피하려고 했던 것은 매우 자연스런 흐름이지요."
"게다가 스탠리도 그렇고 엘스페스와 특별히 사이가 좋았던 시리아도 세라피노의 여자관계를 은근히 흘리더군. 더욱이 세라피노 부인은 남편이 사건과 관계가 있는 게 아닐까 적잖이 걱정하는 느낌을 받았어. 아침에 제일 먼저 그를 만날 기회가 없었던 것은 정말 유감이야."
"제가 만났습니다. 자고 있던 그를 데리고 나와서 사체의 신원확인을 시켰습니다. 그는 깜짝 놀라 어쩔 줄 몰라했지만, 사정이 사정이니 만큼 당연히 예상했었어요."
"그가 운전하는 차는 어떤 차지?"
"뷰익 컨버터블입니다."
"그건 보지 못했는데."
"그는 좀 더 조사를 해야 되겠군요."
래니건은 웃었다.
"그리고, 그는 목요일 밤 8시쯤부터 금요일 오전 2시까지 그의 레스토랑에 있었고, 그것도 필경 종업원과 식사중인 손님들이 잘 보이는 곳에 줄곧 있었을 거야. 내가 말하고자 하는 것은 말야, 그럴 가능성이 있을 법한 용의자의 수는 끝도 없다는 거야. 또 한 사람 들어보면, 시리아야. 그녀는 피해자의 유일한 친구이기도 하지, 키가 크고 억센."
"엘스페스는 임신한 상태였다는 걸 잊으셨군요. 시리아가 아무리 힘세고 덩치가 좋은 여자라도 그것만큼은 무리라구요."
"아냐, 잊어선 안 돼. 자넨 여자를 임신시킨 녀석이 그녀를 죽인 놈이라고 단정짓고 있어. 반드시 인과관계가 있는 것은 아냐. 가령 시리아가 어떤 남자에게 빠졌는데, 엘스페스가 그를 가로챘다면 어떨 것 같아? 거기다가 여잘 임신시킨 것이 그이고, 그것을 시리아가 냄새를 맡았다면 어떨까? 그녀는 엘스페스가 의사의 진찰을 받으러 간다던가 하는 말을 했다고 인정했어. 때문에, 가령이지만 그녀가 엘스페스의 진정한 고민을 알았거나, 엘스페스가 털어놓았다면 어떨까? 그녀는 외톨이였으니까 전혀 무리도 아니야. 그녀는 손위의 여자에게 털어놓고 싶어했을 테고, 그럴 상대는 시리아밖에 없었어. 그녀는 시리아가 같은 남자에게 어떤 감정을 갖고 있는지 모른 채, 임신 상대를 시리아에게 털어놓기까지 했을지도 몰라."
"하지만 엘스페스에게는 사귀는 남자가 없었어요."
"그건 시리아의 증언이야. 세라피노 부인은 그녀에게 사귀는 남자가 없다고 보지 않아. 엘스페스에게 늘 캐나다 소인이 찍힌 편지가 왔다는 비슷한 말을 언뜻 비췄어. 게다가 이 점도 지적할 수 있어. 시리아는 밤에 나가서 분명히 늦게 귀가했을 거야. 호스킹스 부인은 대개 자기 때문에 시리아가 언제 돌아오는지 모르지. 시리아가 엘스페스의 방에 불이 들어와 있는 것을 알았다고 가정할까? 그녀는 엘스페스가 의사에게 갈 예정이었던 것을 알고 있었으니까 결과가 어떤지 물어보러 들른다. 여자는 걱정하던 일이 사실임이 판명되었으므로 누군가에게 그 사실을 얘기하고 싶었던 찰나였지. 만약 그녀가 여자친구와 함께였다면 그녀의 차림도 수긍이 가지. 시리아에게 코트를 걸치라고 하고 산책을 나선다. 두 사람이 교회까지 왔을 즈음에 비가 세차져서 둘은 랍비의 차로 들어갔다. 거기서 엘스페스가 상대 남자의 이름을 털어놓고, 시리아가 왈칵 화가 치밀어서 그녀의 목을 졸랐다."
"아직 또 있습니까?"
휴는 빙긋 웃었다. "일의 시작으로는 이 정도면 충분하겠지."
"난 역시, 랍비에게 표를 던지겠어요."
에번은 말했다.

래니건이 나가자 그 길로 랍비는 교회로 갔다. 그렇게 하는 것이 좋을 것 같아서였지 자신이 뭔가 도움이 될 수 있다고 생각한 때문은 아니었다. 공교롭게도 가련한 여자를 위해 할 수 있는 것은 아무것도 없었다. 게다가 경찰과 관련된 일이니 그로서는 어쩔 도리가 없다. 그래서 집에 있는 것보다 교회에 있는 편이 뭔가 할 일이 많지 않을까 생각한 것인지도 모르지만, 어쨌든 교회와 관련된 이상 자기도 그곳에 있어야 할 것 같았다.

서재에서 그는 경찰이 거리를 재거나 사진을 찍고, 뭔가를 찾느라 분주하게 움직이는 것을 지켜보았다. 한가한 사람들이——여자도 몇 명 있지만 대개는 남자다——경찰을 따라다니며 주차장을 돌거나, 이야기를 할 때면 반드시 이마를 마주대고 소근대고 있다. 이런 시간에 어째서 저토록 많은 사람들이 어슬렁대고 있을 수 있는지 랍비는 의아하게 생각했지만, 이윽고 구경꾼들이 쉴새없이 교체되고 있음을 알았다. 한 남자가 차를 세우고 무슨 일이 있나 둘러본다. 누군가가 가르쳐주면 남자는 한참을 구경꾼들 틈에 섞여 있다가 사라진다. 구경꾼의 숫자는 그리 늘지도 줄지도 않았다.

실제로는 볼 것이 거의 없었지만, 랍비는 창문에서 자신을 떼어놓을 수가 없었다. 그는 주차장에서 보이지 않게 밖을 내다볼 수 있도록 블라인드를 내리고 틈새를 조절했다. 제복경찰 하나가 그의 차 있는 곳에 서서 지나치게 접근하는 사람이 있으면 떨어지라고 지시를 한다. 이미 현장에는 기자와 카메라맨이 와 있었는데, 그들이 서재의 랍비를 발견하고 인터뷰를 하러 올라오는 것은 언제쯤이 될까 생각했다. 무슨 말을 하면 좋을까? 아니, 대체 말을 해야 할 것인가 말 것인가, 감이 잡히질 않았다. 분명히 가장 좋은 것은 워서맨 씨를 끌어대는 것이리라. 그는 아마도 교회의 법률문제를 다루는 변호사를 대신 끌어대겠지. 하지만 사건에 관해 이야기하는 것을 거부하면 의심을 받지 않을까?

문에서 노크소리가 나서 가보니 기자가 아니라 경찰이었다. 키가 크고 눈물이 고인 남자로, 제닝스라고 자기소개를 했다.

"스탠리에게서 여기 계신다는 말을 들어서……"

랍비는 의자에 앉으라고 몸짓으로 권했다.

"당신의 차를 경찰서로 가져가려고 합니다, 랍비. 철저히 조사했으면 하고요. 그러는 편이 좋겠지요?"

"괜찮고말고요."

"대리 변호사는 있습니까?"

랍비는 고개를 저었다.

"그럴 필요가 있습니까?"

"이런 얘길 하는 것은 저의 임무가 아닐지도 모릅니다만, 우리는 우호적으로 일을 하고자 합니다. 만일 변호사가 있으면 당신에게 이롭지 않으니 동의할 필요는 없다는 등의 조언을 하는 경우도 있을 테니까요. 물론 동의하지 않는다 해도 재판소의 영장을 받는 것은 간단한 일입니다만."
"전혀 지장이 없습니다. 만일 내 차를 가져가는 것이 이 충격적인 사건에 참고가 된다고 생각하신다면 어려워 마시고……."
"열쇠를 갖고 계시면……."
"물론입니다. 이게 엔진용이고, 이것은 트렁크용입니다."
랍비는 아직 책상 위에 놓여 있는 열쇠다발에서 차 열쇠를 떼어냈다.
"차를 맡았다는 증명서를 드리지요."
"그럴 필요는 없습니다."
경찰이 그의 차를 타고 사라지는 것을 랍비는 창문에서 지켜보았고, 그와 동시에 구경꾼의 대부분이 사라지는 것을 보고 기쁘게 생각했다.
낮에 몇 번이나 랍비는 아내에게 전화를 걸어보았으나 그 때마다 통화중이었다. 워서맨의 사무실에 걸었지만 그는 자리에 없으며, 돌아오지 않을 거라고 했다.
그는 책상 위의 책 한 권을 펴고 펄럭펄럭 페이지를 넘겼다. 이윽고 카드에 메모를 했다. 다시 다른 책의 한 구절을 조합해 다른 메모를 했다. 어느새 그는 연구에 푹 빠져 있었다.
전화벨이 울렸다. 아내 미리엄이었다.
"서너 차례 걸었지만 통화중이었어."
"수화기를 내려놓았어요. 당신이 나간 뒤 곧바로 이런저런 사람들이 뉴스를 들었느냐고 확인하러 오거나, 뭔가 도움이 될 일은 없느냐고 하는 등 너무 전화가 많았어요. 당신이 체포되었다고 알려주는 사람까지 있었죠. 그래서 수화기를 내려놓고 있었는데, 저럭저럭 긁는 이상한 소리가 나서 이번엔 어쩌면 중요한 전화가 아닐까 싶어서 조마조마했어요. 당신한테는 아무도 전화를 않던가요?"

랍비는 쿡쿡 웃었다.

"전혀, 한 번도, 배너스 클로싱의 민중의 적 넘버원과 얘기를 나눌 사이란 걸 아무도 인정하고 싶지 않았겠지."

"부탁이에요, 그만해요! 농담이 아니라구요. 그런데, 어떻게 하죠, 데이비드?"

"어떻게 하다니? 그럼 뭔가 할 일이 있다는 건가?"

"저어, 워서맨 씨가 전화로 자기 집에서 함께 지내지 않겠느냐고 하셨어요. 생각해보니 차라리 그 편이……"

"하지만 그건 좋지 않아, 미리엄. 오늘밤은 안식일이야. 난 우리 집에서, 내 식탁에서 맞을 생각이야. 걱정하지 마, 괜찮으니까. 저녁식사 시간에 맞춰 돌아갈 테니 언제나처럼 예배를 가자고."

"지금 뭘 하고 계세요?"

"뭘 하느냐고? 마이모니데스의 논문을 쓰는 중이야."

"그런 걸 꼭 지금 하지 않으면 안되나요?"

목소리에 가시가 있어서 그는 잠깐 당황했다.

"달리 뭘 하지?" 랍비는 간단히 되받았다.

13

저녁예배에는 평소보다 네다섯 배의 사람들이 몰려들어서 부인회를 허둥대게 했다. 예배 뒤 부속실에서 행해지는 회식용 케이크와 차를 평소처럼 준비했기 때문이다.

이렇게 많은 예상 밖의 출석 이유를 생각하면 랍비는 조금도 기쁘지 않았다. 제단 위 성스러운 상자 옆에 앉아서 그 비참한 사건에 관해서는 일체 언급하지 않겠다고 속으로 굳게 다짐했다. 기도서로 눈길을 보내는 척하면서 그는 지금까지 한 번도 금요일 저녁예배에 출석한 적이 없던 사람들을 차례로 한사람씩 눈썹 아래로 흘겨보았다.

그러나 얼마 안 되는 낯익은 얼굴 가운데 한 명이 눈에 들어왔을 때에야 비로소, 비겁한 호기심때문이 아니라 예배를 위해 왔다는 것을 안다는 듯 빙긋 웃었다.

부인회 회원인 마일라와 슈워츠 씨네 사람들도 그런 부류였는데, 그들은 대개 꽤 뒤쪽 대여섯째 줄에 자리한다. 그러나 오늘밤은 벤은 평소의 자리로 미끄러져 들어갔지만, 마일라는 조금씩 앞으로 나오더니 아내가 앉아 있는 둘째 줄까지 왔다. 그녀의 옆에 앉더니 몸을 기울여 아내의 손을 가볍게 두드리면서 귓가에 대고 뭐라고 속삭였. 미리엄이 몸을 쭉 폈고, 그 다음 어떻게든 웃는 표정을 지었다.

랍비는 그 사소한 행위를 보고, 그것이 뜻밖이었던 만큼 한층 부인회 회장의 마음씀씀이에 감동을 받았다. 그러나 차츰 그 진정한 의미를 깨달았다. 그것은 기운을 차리라는 의미, 즉 혐의가 있는 사람의 아내에게 남이 뻗쳐오는 동정인 것이다. 따라서 이 많은 출석자에 관해서도 다른 해석이 가능했다. 이 중에는 그가 이 범죄사건에 관해 무슨 말을 하지 않을까 기대하고 온 사람도 있겠지만, 나머지는 그가 뒤가 켕기는 듯한 모습을 보일지 어떨지가 보고싶어서 온 것이다. 만약 침묵을 지키고 사건에 관해 언급하지 않으면 그가 말하기를 두려워하는 것처럼 오해를 할지도 모른다.

그는 설교 도중에 그 사건에 대해서 말하지 않았지만, 나중에 예배가 끝나갈 무렵이 되어서 말했다.

"상을 당한 분들이 카디시를 읊기 위해 기립하기 전에, 나는 기도의 진정한 의미를 환기하고자 합니다."

신도들은 자세를 고쳐 앉았고 각자 자리에서 몸을 앞으로 쑥 내밀었다. 드디어 그 얘기를 하는구나 싶어서였다.

"카디시를 읊는 것은 돌아가신 친지에 대해 상을 당한 자가 지니는 의무라는 의견이 있습니다. 여러분이 그 기도문을 읽어보면 아시겠지만, 카디시에는 죽음에 관한 언급이나, 죽은 자의 영혼에 호소하는 의미를 지닌 말은 한 마디도 없습니다. 오로지 신과, 신의 힘과 영광에 대한 신앙의 확인입니다. 그러면 기도의 의미는 무엇이겠습니까? 어째서 이것이 상을 당한 사람들을 위한 기도문으로 특별히 정해진 것일까요? 그리고 기도의 대부분은 입에서 웅얼거리는 게 보통인데, 어째서 이 기도문만은 낭랑하게 읊어야 하는 것입니까?

분명 우리의 읊는 방식 자체가 그 의미를 푸는 실마리를 부여해 줄 것입니다. 이것은 죽은 자를 위해서가 아니라, 살아있는 자를 위한 기도입니다. 친애하는 사람을 잃은 슬픔을 경험한 사람이, 자신은 여전히 신에의 신앙심을 갖고 있다고 공공연히 선언하는 것입니다. 그럼에도 불구하고 사람들은 카디시를 죽은 자에 대해 당연히 해야만 하는 의무라는 생각을 고집하며, 우리의 전통에서 관습은 법의 힘을 지니기 때문에 우리는 상을 당한 분들과 함께 카디시를 읊는 것입니다. 이 교회의 신도가 아니며, 신앙이 같지도 않았던 사람, 거의 면식도 없고, 그러나 그 생명이 슬픈 일을 통해 때로 이 교회와 관련을 갖는 사람을 위해……"

랍비와 그의 아내는 집으로 돌아가는 길에 거의 말을 하지 않았다. 마침내 그가 침묵을 깨뜨렸다.

"슈워츠 부인이 일부러 당신에게 동정의 뜻을 표하러 오던데?"

"그 부인은 착한 사람이에요, 데이비드. 선의로 그랬던 거라구요. 아, 데이비드, 힘든 일이 될 것 같아요."

"나도 그런 생각이 드는구려."

두 사람이 집까지 왔을 때 안에서 전화벨 소리가 들려왔다.

14

신앙부흥은 토요일 아침예배까지 지속되지 않았다. 기껏해야 평소의 스무 명 남짓 얼굴을 나타냈을 뿐이었다. 랍비가 귀가하자 래니건 서장이 기다리고 있었다.

"안식일에 방해를 하고 싶지 않습니다만, 우리도 수사를 중단하고 싶지 않아서요. 우리 경찰관에게 휴일은 없습니다."

"조금도 지장 없습니다. 우리 종교에서 비상 사태는 언제나 종교적 의식에 우선합니다."

"당신의 자동차 조사는 그럭저럭 끝나갑니다. 내일 중으로 차를 갖다 드리도록 하겠습니다. 혹시 그쪽으로 나가시면 직접 가져오셔도 괜찮습니다."

"그거 잘됐군요."

"조사로 알게 된 사항에 관해 당신께 묻고 싶은 게 있습니다."

그는 서류가방에서 프리오 필름 주머니를 꺼냈다. 모두가 검은 잉크로 표시가 되어 있다.

"먼저 앞좌석 밑에서 발견된 것입니다."

그는 내용물을 책상 위에 죽 내놓았다. 동전 몇 개, 몇 달 전 날짜가 찍힌 자동차 수리비 영수증, 5센트짜리 막대사탕 포장지, 헤브라이어와 영어로 대응하는 날짜가 표시된 작은 달력, 그리고 여성용 비닐 베레모도 있다.

랍비는 한번 죽 훑어보았다.

"모두 제것입니다. 그 베레는 분명 아내 것입니다. 하지만 확인을 위해 아내에게 물어봐 주십시오."

"이미 물었습니다."

"캔디 포장지나 동전은 단언할 수 없지만, 그 캔디를 먹은 적은 있습니다. 그것은 적법한 식품입니다. 그리고 달력은 여러 시설과 상점이 유대력으로 신년에 보내준 것입니다. 해마다 수십 가지나 받지요. 여기에도 하나 있습니다."

그는 책상 서랍을 열었다.

"알겠습니다. 이것은 계기판 밑의 박스 내용물입니다."

래니건은 주머니의 내용물을 원래대로 넣고, 다른 것을 책상 위에 펼쳤다. 이번엔 립스틱이 묻은 구겨진 휴지가 몇 장, 초콜릿을 뒤집어쓴 에스키모 파이의 막대, 그리고 구겨진 빈 담뱃갑이었다.

"문제가 없는 것 같습니다."

"부인의 립스틱인 것 같은가요?"

랍비는 빙긋 웃었다.

"아내에게 확인하는 게 어떨까요?"

"확인했습니다. 틀림없습니다."

래니건은 다시 다음 주머니의 내용물을 내놓았다. 콘솔박스에서 발견된 것들이었다. 구겨진 휴지 상자, 립스틱, 도로지도, 기도서, 연필, 플라스틱 볼펜, 3×5인치의 카드 6매, 건전지 2개용 플래시, 그리고 잔뜩 구겨진 담뱃갑이 있다.

"그것도 괜찮은 듯합니다. 그 립스틱은 단언해도 좋을 것 같군요. 왜냐하면 아내가 그것을 샀을 때, 만약 그 보석이 모두 진짜라면 임금님의 몸값 정도의 가치가 있다고 제가 한 말을 기억하기 때문입니다. 아내는 1달러인가 1달러 반을 지불한 것 같습니다만, 그렇더라도 정말로 눈이 부실 만한 보석이 온통 박혀 있지 않습니까."

"수천 개나 팔렸으니까 부인 것인지 아닌지 알 수가 없지 않을까요?"

"네, 하지만 만약 그렇지 않았다면 완전한 우연의 일치겠지만요."

"우연의 일치는 있는 법이죠, 랍비. 그 여자가 같은 립스틱을 사용했습니다. 게다가 이것은 매우 인기가 있는 제품으로, 금발의 부인들이 애용하는 색이기 때문에 우연의 일치라 하더라도 그리 특별히 내세워 말할 만큼 진기한 것은 아닙니다."

"그렇다면 피해자는 금발이었나요?"
"예, 그녀는 금발이었습니다. 그 플래시에는 말이죠, 랍비. 지문이 묻어 있지 않습니다."
랍비는 잠깐 생각했다.
"최근에 그 딥스티크를 살피기 위해서 사용했는데, 그 뒤에 물론 깨끗이 닦았기 때문이죠."
"이제 남은 것은 재떨이의 내용물뿐입니다. 뒤에 것에는 립스틱이 묻은 담배가 하나 들어 있었습니다. 앞 재떨이에는 꽁초가 열 개 있으며, 모두 같은 종류이고, 모두가 립스틱이 묻어 있었습니다. 부인 것이겠지요. 당신은 피우지 않으니까."
"만약 피우더라도 제 꽁초에 립스틱은 묻지 않겠지요."
"물론 그렇지요. 이 습득물은 잠깐 저희 쪽에서 보관하겠습니다."
"필요하다면 계속 그렇게 하십시오. 수사는 어떻습니까?"
"어제 당신을 만났던 시점보다는 상당히 여러 가지를 알게 되었습니다. 검시관은 그녀가 폭행 당한 흔적을 발견하지 못했습니다만, 묘한 사실을 발견했습니다. 그 여잔 임신 중이었어요."
"혹시 결혼한 것은?"
"그 점은 아무래도 확실치가 않습니다. 집에 있는 여자의 소지품 가운데 결혼 증명서는 발견되지 않았지만, 그녀의 핸드백 속에, 당신 차에서 발견된 핸드백입니다만 결혼반지가 들어 있었습니다. 세라피노 부인은 그녀가 독신인 줄 알았다고 하던데, 설혹 그녀가 비밀리에 결혼했다 하더라도 고용주에게 털어놓았을 리는 없겠지요. 금방 일자리를 잃을지도 모르니까요."
랍비는 새로운 선을 제시했다.
"그것으로 손가락에 끼지 않고 핸드백에 넣어둔 것은 설명이 되지 않습니까? 남편과 함께 있는 동안에는 끼고 있다가 집에 돌아오기 전에는 빼내는 것이죠."

"그것도 생각할 수 있겠군요."

"그런데 그 아가씨의 핸드백이 어째서 내 차에 들어 있는지는 추론이 세워졌습니까?"

"당신에게 혐의를 씌우기 위해 고의로 넣었다고도 생각할 수 있는데 혹시 짐작가는 사람은 없습니까, 랍비?"

랍비는 고개를 저었다.

"신도회 가운데는 저를 좋아하지 않는 사람도 있지만, 이런 일에 휘말리게 할 정도로 심하게 저를 싫어하는 사람은 없습니다. 그리고 신도회 회원 외에도 그런 사람은 달리 없고요."

"예, 뭐 그다지 가능성이 있는 이야기는 아닌 것 같군요. 하지만 누군가가 넣은 것이 아니라면 그녀가 당신 차에 들어가 있었다고밖에는 생각할 수가 없습니다. 그렇다면 어떤 이유로——틀림없이 범인은 당신의 서재 불빛을 알았겠지요——그녀는 사체 발견 현장까지 운반된 것이 됩니다."

"그렇겠군요."

래니건은 빙긋 웃었다.

"다른 추리도 있습니다, 랍비. 이것은 지금까지 얻은 사실과 정확히 들어맞기 때문에 우리로서는 직무상 고려하지 않을 수가 없습니다."

"짐작은 하고 있습니다. 즉, 스탠리가 책이 도착한 것을 알리러 왔을 때, 나는 그것을 그녀와 만나기 위해 집을 나올 구실로 이용했다는 것이겠지요. 우리는 전부터 관계가 있었고, 만나는 장소는 내 서재였다. 나는 그녀를 기다렸지만 끝내 기다리다 못해, 아니면 이제 오지 않는다고 단정하고 서재문에 빗장을 걸어버린 순간에 그녀가 나타났다. 그래서 내 차에 들어가 앉았고, 거기서 그녀는 임신한 사실을 털어놓으며 아내와 이혼하고 아기를 적자로 만들기 위해 결혼해 달라는 그런 얘기를 했다. 그래서 나는 그녀를 목 졸라 죽이고 사체를 담 저쪽 잔디까지 운반해 갔다. 그리고 아무렇지도 않은 얼굴로 집으로 돌아갔다."

"바보 같은 얘기로 들리겠지만 시간과 장소에 관한 한, 그것도 가능한 선입니다. 만일 이 사건에 관해 책을 쓰라는 주문을 받는다면 나는 지금 얘기는 아마 쓰지 않을 겁니다. 그러나 만약 당신이 지금 어떤 장기 여행을 계획중이라면 될 수 있으면 가지 않기를 바란다는 말을 꼭 해야겠군요"

"잘 알겠습니다."

래니건은 문을 열고 돌아서다가 발을 멈췄다.

"아, 또 있습니다, 랍비. 순찰경관 노먼은 그날밤 당신은 물론이거니와 그 누구도 만난 기억이 없다고 합니다."

그는 랍비의 깜짝 놀라는 표정을 보고 빙긋 웃었다.

15

엘스페스 블리치의 사진이 토요일 신문에 실리자 저녁 6시에는 휴 래니건에게도 반응이 있었다. 그다지 놀라운 일은 아니었다. 피해자는 오후 일찍 세라피노 씨네집을 나와서 하루종일 외출을 했으므로 몇 몇 사람이 그녀를 보았던 게 틀림없었다. 개중에는 신문을 보자마자 전화를 준 사람도 있었던 모양이지만, 또한 경찰과 관계되는 것은 깊이 생각한 뒤에 해야 한다는 사람도 있는지도 모른다.

최초의 전화는 린의 의사에게서였다. 그는 목요일 오후에 엘리자베스 브라운이라는 이름으로 분명히 그 젊은 부인을 만난 것 같다고 했다. 그녀는 주소와 전화번호를 기록해 놓았다. 마을 이름은 세라피노 시네 것이었으나 번지는 살짝 바꿨다. 전화번호는 호스킹스 씨네의 것이었다.
 그 의사는 진찰한 결과, 그녀가 매우 건강하며 임신 초기임을 알았다고 보고했다. 특별히 당혹해하거나 초조해하던 눈치는 없었느냐? 대부분의 환자와 다를 바 없었다. 같은 상황에 있는 대개의 사람은 임신을 알고 기뻐하지만, 개중에는 비록 정식 결혼을 했더라도 당혹해하는 사람도 있으니.
 혹시 그날 오후나 밤 시간을 어떻게 보낼 예정인지 밝혔는가? 틀림없이 하지 않았다. 혹시 어쩌면 비서에게 말했는지는 모르지만 이미 퇴근해서 지금은 없다. 만약 경찰이 중요시하는 일이라면 그녀에게 연락을 해서 물어봐야지. 중요한 일이라고 했더니 그러면 물어보겠다고 약속했다.
 이어서 즉각 다른 전화가 왔는데, 이번엔 그 비서였다. 그녀는 여자의 얼굴 사진을 신문에서 보았는데, 틀림없이 목요일 오후에 진료실에 왔다고 했다. 아니, 이상한 점은 전혀 눈치채지 못했다. 아니오, 그녀는 오후나 밤의 계획에 관해 아무 말도 하지 않았다. 아, 그래그래! 나가는 길에 어디로 가면 전화를 걸 수 있느냐고 물었다. 자기는 진료실 것을 쓰라고 했지만 그녀는 공중전화가 프라이버시가 지켜질 것이므로 그쪽을 택했다고 했다.
 그 뒤에 분명히 그녀를 보았다는 사람들로부터 앞다퉈 전화가 걸려왔다. 그 중에는 린 지역의 상점에서 보았다는 사람도 있었는데, 그곳이라면 그녀가 들렀다 해도 이상할 것이 없으며, 또한 그 중에는 이웃 마을에서 온 사람도 있어서 장소로서는 가능성이 희박했다. 어떤 주유소 급유원은 길을 물었던 오토바이의 뒤에 그녀가 타고 있었다고 했다. 또한 뉴 햄프셔의 유원지의 한 조작원에게서도 전화가 왔는데, 틀림없이 그 여자가 3시쯤에 매점에서 할 일이 없느냐고 물었다고 장황하게 늘어놓았다.

래니건은 7시까지 책상 앞에 붙어 있다가 저녁을 먹으러 귀가했으나, 엘스페스 블리치와 관계가 있는 전화는 무엇이든 집으로 돌려달라고 엄중히 명령해 두었다. 다행히 전화는 단 한 차례도 없어서 그는 마음 편히 식사할 수가 있었다. 그러나 식사가 막 끝나갈 즈음에 현관벨이 울렸다. 그가 문을 열자 '서프사이드 레스토랑'의 주인이자 경영자인 아그네스 그레셤 부인이 서 있었다.

그레셤 부인은 새하얀 머리에 예순 가량의 아름다운 부인이었다. 도시의 몇몇 여자 사업가의 한 사람에 어울리는 관록이 그녀의 몸에 배어 있었다.

"경찰서로 전화를 했더니 집으로 가셨다고 들었어요, 휴."
그녀의 어조에는 탐탁지 않은 기분이 미묘하게 섞여 있었다.
"어서 들어오십시오, 아그네스 부인. 커피를 한 잔 드릴까요?"
"일 때문에 왔어요."
"일 얘기를 편히 하면 안 된다는 법은 없습니다. 마실 것을 만들까요?"
이번에는 좀더 부드럽게 거절을 하고 그가 가리킨 의자에 앉았다.
"오케이, 아그네스. 그러면 내 일입니까, 당신 일입니까?"
"당신 일이죠, 휴 래니건. 신문에 사진이 나온 그 아가씨 말인데…… 그녀는 목요일 밤에 우리 가게에서 저녁식사를 했어요."
"몇 시쯤입니까?"
"계산담당인 메리 트럼블이 저녁을 먹도록 내가 카운터를 인계 받은 때니까 7시 30분 전에서 8시쯤 될 거예요."
"틀림없겠지요, 부인?"
"확실합니다. 그 아가씨에겐 특히 주의를 기울였으니까요."
"어째서죠?"
"그녀가 함께 있던 남자 때문에."

"그래요? 남자의 인상착의를 말씀해 주십시오."
"마흔가량, 가무잡잡한 남자였어요. 식사가 끝나자 두 사람은 현관 앞에 주차되어 있던 파란 링컨을 타더군요."
"어째서 그에게 그토록 각별한 주의를 기울였나요? 두 사람은 말다툼을 하거나 하지 않았습니까?"
그녀는 안타깝다는 듯 고개를 저었다.
"그가 아는 사람이었기 때문에 눈에 띄었어요."
"누굽니까?"
"이름은 모르지만, 근무처는 알아요. 내 차는 베커 포드 판매회사에서 산 것인데, 볼일이 있어 그곳에 갔을 때 그가 책상 저쪽에 있는 것을 한 번 본 적이 있거든요."
"많은 참고가 되었습니다. 부인, 고맙습니다."
"당연한 일을 했을 뿐이에요."
"감사합니다."
그녀가 떠나자 그는 곧 베커의 집으로 전화를 걸었다.
"남편은 없어요. 저는 미세스 베커입니다. 제가 아는 일인가요?"
래니건은 자기소개를 했다.
"아마 아실 것입니다, 베커 부인. 댁의 남편 회사 직원 가운데 파란 링컨을 타는 사람의 이름을 가르쳐주실 수 있습니까?"
"글쎄요, 남편은 검정 링컨을 타는데요."
"아니, 파란색 말입니다."
"아하, 남편의 동료인 멜빈 브론스타인 말이군요. 그는 파란 링컨을 갖고 있어요. 무슨 일 있나요?"
"아닙니다, 별일 아닙니다."
그 다음 그는 제닝스 형사에게 전화를 걸었다.
"세라피노 씨네에 뭔가 특별한 일이라도 있나?"

"별로 없었습니다만, 이런 얘길 들었습니다. 길 맞은편의 심슨 일가가 목요일 밤 12시나 아니면 그보다 늦게 세라피노 씨네 앞에 차가 서 있는 것을 보았다고 합니다."
"파란 링컨인가?"
"어떻게 알았습니까?"
"알았네, 에번. 곧장 서로 와주게. 일이 있어."

그가 도착했을 때, 에번 제닝스는 벌써 와 있었다. 휴는 아그네스 그레셤이 한 말을 모조리 그에게 들려줬다.
"그러니까 에번, 멜빈 브론스타인의 사진이 필요해. '린 이그재미너 신문사'로 가주게."
"그곳에 있다고 어떻게 그렇게 분명하게 말씀하실 수 있습니까?"
"브론스타인은 글로브 포인트에 살고 있고, 자동차 판매회사를 하고 있기 때문이야. 그렇다면 그는 명사인데, 명사가 되면 무슨 위원이 되거나, 어떤 조직의 간부가 되었을 테고, 그 다음 가장 먼저 하는 일은 사진을 찍어서 〈이그재미너〉지에 싣는 것이지. 그곳에 있는 그의 기사는 모조리 훑어보고, 그의 생김새를 확실히 알 수 있는 선명한 사진을 골라서 여섯 장가량 복사하도록 해."
"그것을 신문사에 돌릴 건가요?"
"아니. 복사되면 곧장 자네와 스미스와 헨더슨도 괜찮아, 근무 당번표를 보고 두셋 모은 다음에 14번, 69번, 119번 국도로 가도록 해. 모든 모텔에 들러서 브론스타인의 사진을 보이고, 최근 몇 달 동안에 그가 묵은 적이 있는지 조사하는 거야. 숙박부만 보고 지나치면 안 되네. 그가 본명을 쓰지 않았을 수도 있으니까 말야."
"이해할 수 없군요."
"뭐가 이해되지 않는다는 거야? 만약 자네에게 하룻밤 정답게 지내고 싶은 여자가 있다면 어디로 데려가지?"

"가축우리 뒤로 가죠."

"쳇. 자네도 교외로 드라이브해서 모텔로 들어갈걸? 그 여잔 임신 중이었어. 차의 뒷좌석에서 그랬는지도 모르지만, 여기서 그리 멀지 않은 어딘가의 모텔일 가능성도 있어."

16

일요일 아침은 눈이 부실만큼 날씨가 좋았다. 하늘에는 구름 한 점 없으며 물 위를 지나는 산들바람이 불었다. 골프하기에 더할 나위 없는 날씨여서 신도회 이사들이 하나둘 회의실로 들어오는 복장으로 보아 대부분이 회의가 끝나면 곧장 코스로 나가려는 것임을 알 수 있었다.

제이콥 워서맨은 이사들이 두셋 들어오는 것을 보고 자신의 패배를 깨달았다. 그는 최종적인 출석자 수로 그것을 알았다. 마흔 다섯 명, 정원의 거의 모두였다. 그들이 알 베커에게 인사하는 친근함과, 아직 생각을 결정하지 않았다고 했던 몇 사람이 자기를 피하는 것으로 패배를 알았다. 대다수가 같은 타입이라는 것을 문득 느끼고는 패배를 깨달았다. 모두가 빈틈없는 성공한 직업인과 사업가이며, 교회에 소속되어 있는 것은 무엇보다 사교적인 의리 때문이고, 무슨 일에든 최고라는 것에 익숙하며, 기대도 많이 받는 사람들이고, 자기들 회사의 무능한 애송이 간부를 대하듯 무디고 촌스러운 랍비에게도 똑같은 태도를 보이는 것을 당연하게 생각했다. 당면한 불유쾌한 일을 정리하고 한시라도 빨리 놀러가고 싶어서 노골적으로 지루해하는 그들의 모습에서 그는 그것을 확연하게 느꼈으며, 이런 사람들이 이토록 많이 이사에 지명되도록 허락한 자신의 어리석음을 책망했다. 그는 건설위원회의 간절한 요청을 받아들였던 것이다. 한 사람 한 사람이 잘 해주리라는 근거에서 위원들이 각 후보자를 추천했기 때문이다. "그를 위원회에 넣으면 상당한 기부금을 걷을 것을 충분히 예상할 수 있습니다"라는 식이었다.

그는 개회를 선언하고 의사록을 읽은 다음, 각 위원회 보고와 회의를 진행했다. 워서맨이 상투적인 의사를 마치고 랍비 계약에 관한 의안을 설명하자 한숨소리가 확연히 들려왔다.

"토론을 부탁드리기 전에……. 랍비 스몰은 다른 데로 가면 틀림없이 더 나은 지위를 얻게 될 것으로 사료되지만, 기꺼이 유임해 주실 것을 미리 밝혀두고자 합니다. (물론 랍비는 모르는 일이다)

나는 신도회의 누구보다도 친밀하게 랍비와 접해 왔습니다. 그것은 의전위원장인 나의 입장으로 볼 때 극히 자연스런 일입니다. 그리고 지금까지 랍비의 근무 태도에 충분히 만족하고 있음을 이 기회에 말해 두고자 합니다.

여러분의 대부분은 랍비가 공식적인 입장에 있을 때, 즉 휴일에 예배를 거행할 때나 집회에서 이야기하는 그의 모습만을 보았습니다. 그러나 그의 일의 일부인, 비공식적인 일도 매우 많이 있습니다. 예를 들면, 결혼식입니다. 올해는 유대인이 아닌 아가씨의 결혼이 한 번 있었습니다. 양가 부모들의 기나긴 대화 끝에 그 아가씨가 유대교를 받아들일 결심을 하자 랍비는 우리의 종교에 관해 차근차근 교육을 했습니다. 그는 바미츠바(성년 취급을 받는 13세의 소년)들과 일일이 면담을 합니다. 의전위원회의 위원장으로서 나는 여러분에게 모든 예배를 곰곰이 돌이켜보라고 요청할 수 있습니다. 그는 신학교 교장과 끊임없이 접촉했습니다. 게다가 수십, 아니 수백 번이나 외부에서 전화가 옵니다. 유대인과 이교도 양쪽에서, 개인과 단체 양쪽에서 개중에는 교회와 아무런 관계도 없는 사람도 있으며, 모두가 깊이 생각하고 검토해야만 하는 의문, 요구, 계획을 갖고 있는 것입니다. 나는 오전 내내 상대할 수 있지만, 여러분이라면 골프 코스에 절대로 나가지 못하게 됩니다."

감사의 웃음소리가 일어났다. 그는 진지하게 말을 이었다.
"여러분의 대다수는 이러한 일이나 그 외의 각종 다양한 랍비의 일을 알지 못합니다. 그러나 나는 속속들이 압니다. 그리고 랍비는 처음 고용되었을 때, 내가 기대했던 것보다 훨씬 훌륭하게 임무를 다해왔다고 말씀드리고자 합니다."

알 베커가 손을 들고 발언을 허락 받았다.

"나는 말입니다, 우리가 고용해서 급료를 지불하는 랍비가 교회와 관계없는 일로 바쁘다는 것은 아무래도 탐탁치가 않군요. 그러나 우리의 선량하신 회장께서는 약간 사실을 왜곡해 과장하고 계신지도 모릅니다."

그는 몸을 앞으로 내밀고 두 주먹으로 몸을 지탱하면서 회원 한 사람 한 사람을 둘러보며 커다란 목소리로 계속했다.

"그런데 우리 회장님 제이콥 워서맨에 대해서 나만큼 깊이 존경의 마음을 가지고 있는 사람은 여기 없을 겁니다. 나는 그를 개인으로도 존경하며, 또한 그가 교회를 위해 이룬 업적도 존경합니다. 그의 성실성을 존경하며, 그의 사려분별을 존경합니다. 평소 같으면, 만약 그가 이 사람은 훌륭한 인물이라고 했다면 나는 주저 없이 그 말을 믿었을 겁니다. 그런 그가 랍비는 훌륭한 사람이라고 말했으니 분명 그럴 것입니다."

그의 턱이 싸울 태세로 휙 치켜 올라갔다.

"그러나 그 사람 만큼은 훌륭한 인물이 아닙니다. 그가 뛰어난 랍비인지는 모르지만 이 교회에선 아니고, 그가 훌륭한 학자란 것은 나도 알지만 우리가 바라는 것이 아닙니다. 우리는 한 공동체의 일부입니다. 유대인이 아닌 근처 사람들이나 친구들의 눈으로 보면 우리는 유대인 사회에 있어서의 몇몇 종파의 통합체인 것입니다.

우리는 이러한 이교도 이웃이나 친구들에 대해 우리의 대표자로서 어울리는 사람이 필요합니다. 공적인 무대에 인상적인 등장을 할 수 있으며, 그 지위가 요구하는 다양한 대인관계의 일을 해나갈 인물이 필요한 것입니다. 어떤 고등학교 교장이 내게 슬쩍 털어놓은 바에 따르면, 우리 교회의 정신적인 지도자에게 내년엔 졸업식 연설을 할 영광을 부여할 계획이라고 합니다. 솔직히 여러분, 헐렁한 바지에 꾸깃꾸깃한 저고리, 더벅머리에 뒤틀린 넥타이 차림으로 탈무드에서 인용한 몇몇 삽화와, 생떼 같은 억지 논리로 일장 연설을 하는 우리 랍비의 단상에 선 모습을 상상해 보십시오, 솔직히 말해 나는 쥐구멍이라도 있으면 들어가고 싶은 심정입니다."
에이브 라이히가 발언을 허락 받았다.
"나는 이것을 말해두고 싶습니다. 워서맨 씨가 랍비는 그밖에도 우리 대다수가 알지 못하는 많은 활동에 관계하고 있다고 했는데, 나는 그것이 의미하는 바를 진정으로 잘 압니다. 나는 랍비의 이러한 일면을 볼 특전을 부여받았으며, 이것은 내게 중대한 일이었으므로 그 이래로 나는 랍비에 대해 언제나 감탄의 마음 가득합니다. 과연 그는 7월 4일(독립기념일)형 웅변가는 아닐지도 모릅니다만 그가 설교단에서 우리에게 말할 때, 그는 사리에 밝은 말을 하여 우리의 마음을 움직였습니다. 나는 연극을 하고 과장된 말들을 늘어놓는 사람보다는 오히려 이런 랍비가 좋습니다. 그가 이야기하면 진실되다는 것을 나는 느끼며, 그것은 지금까지 들었던 많은 열변형 랍비도 그에게는 미치지 못했다는 점을 말하고자 합니다."
펠스타인 박사가 친구인 알 베커를 지지하기 위해 일어섰다.
"일주일에 수십 번 환자를 위해 처방을 할 때면 그들은 종종 내게 묻지요, 작년에 처방해 준 같은 약이나 같은 증상이 있는 친구가 사용하는 약을 써도 좋겠느냐고 말입니다. 여기엔 설명이 필요한

데, 양심적인 의사는 환자 개개인을 위한 특별한 처방약을……."
"이미 만들어진 것이 맞을 리가 없지요, 선생님."
누군가가 큰 소리로 말하자 의사도 함께 웃었다.
"내가 말하고자 하는 것은, 알 베커가 말한 것도 이와 같다는 말입니다. 랍비가 무능하다거나 성실하지 않다고는 아무도 말하지 않았지만 문제는 그가 지금 이 교회가 바라는 랍비냐 하는 것이겠지요. 그가 특정한 환자를 위해, 특정 증상에 대해 환자가 지시하는 그런 것이냐 아니냐 하는 거지요."
"음, 하지만 의사는 한 사람뿐이 아니야."
대여섯 사람이 동시에 외쳤으므로 워서맨은 책상을 두드리며 조용하게 했다.
지금까지 단 한 번도 이사회에 출석한 적이 없는 회원 하나가 손을 들고 발언을 허락 받았다.
"에, 모두 이런 얘길해서 뭘 하겠다는 겁니까? 어떤 제안이나 계획에 관해 이야기하는 것이라면, 그거야 하면 할수록 분명해 지겠지만 인간에 관해 아무리 얘기해 봤댔자 결론이 나질 않습니다. 마음만 복잡해질 뿐이지요. 그런데 모두 랍비를 알고 있거니와 그가 필요한지 어떤지도 알고 있습니다. 어떻습니까, 더 이상 이야기는 그만두고 투표를 하지 않겠습니까?"
"그래!"
"선결 문제를 안건으로 제출해!"
"투표하자."
"잠깐 기다려."
누구라도 에이브 캐슨임을 금세 알 수 있는 커다란 목소리였다. 그는 셀 수도 없는 정치적인 회의를 통해 쉰 목소리와 어마어마한 성량을 단련해온 사람이다.

"안건을 제출하기 전에 전반적인 상황에 관해 두세 가지 말할 것이 있소."

그는 자리에서 일어나 통로를 지나 앞으로 나와서 모두와 마주했다.

"나는 랍비가 일을 훌륭하게 하는지 어쩌는지를 말할 생각은 없소. 나는 대외관계에 관해 두세 가지 말하고자 할 따름이오. 우리의 좋은 친구 알 베커가 제의한 것은 그것이니까. 잘 알다시피 가톨릭 신부가 주교에게서 어떤 교구에 임명을 받았을 때, 신부는 주교가 그를 다른 곳에 임명할 때까지 그 교구에 머뭅니다. 이것은 각종 신교(프로테스탄트) 교회도 마찬가지이지요. 그들에게는 모두 다양한 목사 임면 방법이 있는데, 일반적으로 그의 행위에 뭔가 확연한 잘못이 없는 한 그들이 목사를 자르는 경우는 없거니와 상당히 심각하고 확연한 이유가 아니면 안 되는 것입니다."

그는 목소리를 낮춰 한층 툭 터놓고 이야기했다.

"그런데 나는 그럭저럭 십 년을 군(郡) 공화당 지부 의장을 해왔으므로 유대계가 아닌 친구나 이웃의 사고방식을 안다고 해도 좋을 것 같습니다만, 그들은 우리 같은 랍비 임면 방법을 이해하지 못합니다. 랍비가 그 마을에 온 지 20분이 지나면 어느새 랍비파와 반랍비파가 생겨나는 것을 그들은 전혀 이해하지 못하는 것입니다. 교회 신도 가운데에는 랍비 아내의 모자 쓰는 방식이 마음에 들지 않는다는 이유만으로 어떻게 반랍비파가 될 수 있는지 이해하지 못합니다. 우리에게는 조금도 신기한 일이 아닌데 말입니다. 나는 정치로 살아온 사람이기 때문에 린과 세일럼에 있는 모든 교회에서 일어나는 일을 모조리 알고 있거니와, 보스턴의 대부분의 교회에서 일어나는 일도 압니다. 신임 랍비가 부임할 때, 그곳에는 전임 랍비와 친했던 사람들의 그룹이 있으며, 그들은 어떤 이유를 막론하고 신임 랍비에게 반대를 합니다. 우리들 유대인은 어찌되었건 그렇습니다. 그런데 지금도 말했다시피 그리스도교도들은 이 부분을 이해하지 못하는 것입니다. 때문에 우리가 랍비를 그만두게 할 경우, 그들이 생각하는 것은 분명히 엄청난 이유가 있는 게 틀림없다고 짐작한다는 것입니다. 그렇다면 그들은 어떤 이유를 머리에 떠올릴까요? 그것을 생각해 보지 않겠습니까? 바로 며칠 전에 어떤 젊은 여인이 우리 교회 뒷마당에서 타살된 사체로 발견되었지요. 알다시피 랍비는 그때 교회 서재에서 혼자 있었습니다. 그의 차는 주차장에 있었고, 피해자의 핸드백이 그의 차 안에 있었소. 그런데 랍비가 했을 리가 없다는 것은 나나 여러분이나 다 알고 있으며, 경찰 당국도 알고 있는······."

"랍비가 했을 리 없다는 건 어째서입니까?" 회원 하나가 물었다. 많은 회원들의 머릿속에 전혀 없었던 상상이, 이 노골적인 질문을 통해 물을 끼얹은 것처럼 졸지에 퍼져나갔다.

그러나 카슨은 반론했다.

"누가 말했든 그 사람은 스스로를 부끄러워해야 하오. 여기 계신 분들을 잘 압니다만, 랍비가 그런 무서운 일을 하지 않았을까 진심으로 생각하는 사람은 여기엔 단 한 사람도 없을 게 분명하오. 현재 지방검사의 선거 사무장으로서 나는 분명하게 말씀드릴 수 있소만, 지방검사의 심증이 어떤 것인지 또한 경찰당국의 심증이 어떤지 나는 다소나마 알고 있습니다. 분명히 말하건대, 그들은 한 사람도 랍비의 범행이라고는 생각지 않습니다. 그렇지만 말입니다."

그는 강조하기 위해 검지를 수평으로 그들에게 향했다.

"그를 생각의 울타리 밖에 놓아둘 수는 없소. 랍비가 아니었다면 그는 제일 가는 용의자였을 게 분명하오. 그녀의 백이 그의 차에서 발견되었소. 그는 그때 서재에 있었고 거기에 있었음을 확증할 수 있는 것은 자신밖엔 없소. 그가 줄곧 서재에 있었던 것은 랍비 외엔 증언하지 못하며 달리 용의자도 없소."

그는 손을 들어 손가락을 하나씩 접어 세면서 말하고는 강한 인상을 주기 위해 일동을 둘러보았다.

"그리고 지금, 사건이 있은 지 이틀이 지났고, 여러분은 그를 그만두게 하려 하고 있소. 대외적으로 그것은 어떤 의미이겠는가, 알? 랍비가 살인사건의 용의자가 된 지 이틀 뒤에 교회가 그를 그만두게 했음을 알면 당신의 이교도 친구들은 어떻게 생각할까? 당신은 그 사람들에게 어떻게 말할 작정이지, 알? '아아, 그 때문에 그만두게 한 건 아니야. 그의 바지는 늘 다림질이 되어 있질 않아서 그만두게 했던 거야'라고 할건가?"

알 베커가 일어섰다. 그는 이제 그전 같은 강한 자신감은 없었다. "저 말이지, 난 개인적으로 랍비에 반대하는 건 아무것도 없어. 그 점은 분명하게 이해해줬으면 해. 난 단지, 교회를 위해 최선의 것이 무엇인가를 생각한 것뿐이야. 그런데 지금 에이브 카슨이 한 말이 랍비에게 불리한 것은 아닐까? 우리가 그를 그만두게 하면, 그 결과로 그가 이번 살인사건에 휘말리게 되지 않을까? 즉, 지금보다 더 휘말리는 것은 아닐까 하는 것인데 그 점을 잘 생각해 보니 난 아니라고 말하고 싶네. 그래, 서로 알다시피 경찰은 이번 범행을 그와 결부짓지는 못해. 우리가 그를 버렸다고 해서 경찰이 그를 범인으로 단정짓지 않는다는 것은 확실해. 게다가 만일 그를 그만두게 하지 않으면, 다음 해에도 내내 그를 놔둬야겠지?"

다시 카슨이 말을 이었다.

"잠깐 기다려, 알. 오해를 한 것 같군. 난 랍비에 대한 반응 따위엔 관심 없어. 내가 관심을 갖고 있는 것은 교회에 대한, 신도회에 대한 반응이야. 개중에는 우리가 그를 검다고 느낀 때문에 그를 버렸다고 말하는 사람도 있겠지. 그리고 그들은 그렇게 순식간에 살인 혐의를 가지는 랍비가 있다면, 신학교에는 틀림없이 다른 훌륭한 사람이 많이 있을 게 분명하다고 말하겠지. 또한 랍비가 의혹을 받다니 얼토당토않다고 여기는 사람들도 있을 거야. 그리고 그들은 우리 유대인은 서로를 믿지 않으며, 혐의만으로 정신적인 지도자를 지체 없이 갈아치우는 사람들이라고 생각할 게 뻔해. 유죄가 확증될 때까지는 무죄로 보는 이 나라에서 그건 어울리지 않아. 알겠나, 알? 내가 걱정하는 것은 우리들인 거야."

"어쨌거나 난 그 랍비의 재계약에 투표하지 않겠어."

베커가 말하고, 이제 더 이상 이 토의에 참여하고 싶지 않다는 듯 팔짱을 끼고 의자등에 기댔다.

"무엇 때문에 말다툼을 하고 있는 거지?"

그것은 베커가 랍비에게 반대투표를 하러 오라고 권유했던 다른 회원이었다.

"에이브 카슨의 의견도 이해가 가고, 알 베커의 의견도 알겠어. 하지만 어째서 오늘 결정해야만 한다는 것인지 모르겠군. 회의는 다음 주에도 있어. 요즘엔 경찰도 일이 빨라졌어. 다음 주까지는 사건 전체가 완전히 결말이 날지도 몰라. 어떤가, 그때까지 이 의안은 그대로 두지 않겠는가? 그리고 최악의 경우에는 다시 회의를 열 수도 있지 않겠나?"

"최악의 경우에는 굳이 회의를 거듭할 것까지도 없을 걸세."

에이브 카슨은 쓸쓸하게 말했다.

17

워서맨은 랍비의 패배를 기정사실로 예상하고 있었으므로 다행스러워하는 감정이 표정에 나타나는 것을 도저히 막을 도리가 없었다.

"정말입니다, 랍비. 전망은 밝습니다. 다음 주나 다다음 주의 일을 누가 알겠습니까? 비록 경찰이 하수인을 검거하지 못한다 하더라도 우리가 회의를 연기할 수 있을 것 같습니까? 아닙니다. 나는 단호히 행동하겠어요. 아무리 다른 자리를 찾는 동안에라도 이렇게 사람을 기다리게 하는 것은 당신에게 부당하다고 그들에게 말하겠습니다. 그들도 바른 소리에는 틀림없이 귀를 기울일 게 분명합니다. 비록 경찰이 범인을 밝혀내더라도 알 베커가 과연 다음 회의에도 이번처럼 많은 인원수를 모을 수 있을까요? 나는 이 사람들을 압니다, 정말이에요. 나는 지금까지 그들을 회의에 출석시키려고 노력해 왔습니다. 그도 한 번은 잘 해냈는지 모르지만, 두 번은 안 될 겁니다. 그래서 출석자수가 평소처럼 되면 반드시 우리가 승리합니다."

랍비는 곤혹스러웠다.

"저는 마치 스스로를 강매하는 듯한 느낌이 드는군요. 저는 물러나는 게 당연한지도 모릅니다. 동정으로 유임하는 것은 기분 좋은 일이 아닙니다. 랍비의 위엄을 잃는 것이죠."

"랍비, 회원은 3백 명 이상이나 돼요. 만일 전원이 투표를 하게 되면 당신이 과반수를 얻을 것은 틀림없습니다. 어떻습니까, 회원 대다수는 당신 편이라구요. 그 이사회 회원들은 말입니다, 신도의 대표가 아닙니다. 그들은 임명된 것입니다. 내가 임명한 거예요. 적어도 후보자를 선출하는 지명추천위원은 내가 임명한 것이니까, 무슨 소린지 이해하시겠지요? 회원은 전체가 후보자를 승인해야 합니다. 그 이사들은 교회를 위해 일해줄 것을 기대하고 우리가 뽑은 사람들입니다. 혹은 다른 사람보다 얼마쯤 부유한 사람들이죠. 하지만 그들은 다른 사람의 대리인이 될 수는 없습니다. 베커가 처음으로 부탁했으므로 그들은 베커의 말대로 투표를 하려고 했습니다.

그러나 다음 회의에도 나와 달라고 부탁하면 그들 모두가 선약이 있을 것임을 베커도 알게 될 것입니다."
랍비는 웃었다.
"저, 워서맨 씨, 신학교 때 학생 토론회에서 가장 인기있던 테마 가운데 하나가 자기 지위를 확보하기 위해서 랍비는 어떻게 해야만 할까, 라는 것이었습니다. 최선의 방법은 엄청나게 부자인 여자와 결혼하는 것입니다. 그렇게 하면, 남든 그만두든 랍비는 아무렇지도 않을 거라고 신도회는 생각할 테니까요. 이것이 랍비에게 부여하는 심리적인 강점은 절대적입니다. 게다가 아내가 정말로 큰 부자라면 신도회의 사회적 지위를 차지할 것이며, 회원들 부인에게 크게 어필하게 되죠. 두 번째 방법은 잘 팔릴 책을 써서 출판하는 것입니다. 그렇게 되면 교회가 대신해서 명성을 얻게 되지요. 그들의 랍비는 이름높은 저술가니까요. 세 번째 방법은, 그리스도교도의 인기를 얻기 위해 지역 정치계에 뛰어드는 것입니다. 만약 거기서 '배짱 있는 랍비'라는 평판을 듣는다면, 그 사람을 그만두게 하는 것은 사실상 불가능하기 때문입니다. 아니, 아직도 방법은 더 있습니다. 살인사건의 용의자가 되는 것, 이것도 랍비가 지위를 확보하는 괜찮은 방법이지요"
랍비는 워서맨이 그리 편안하지 않은 모습으로 자기 차로 가는 것을 배웅하고 나서 뒤돌아보았다. 미리엄이 거실의 커피 테이블에 과일접시를 배치하거나, 소파와 안락의자의 쿠션을 두드려 부풀게 하거나, 테이블과 전등에 마지막 먼지를 털거나 하면서 일요일 저녁식사 뒤에 늘 하는 일을 열심히 처리해 나가는 것을 그는 어두운 표정으로 지켜보았다.

"누가 오나?"

"딱히 누구랄 것은 없지만, 일요일 오후에는 늘 누군가가 들르잖아요. 특히 밖이 매우 날씨가 좋을 때는 말예요. 여보, 저고리를 입는 편이 좋지 않겠어요?"
"솔직히 말해서 신도회 문제와 교회 일로 약간 언짢군. 이해하겠어, 미리엄? 우린 배너스 클로싱에 온 지 거의 1년이 되는데도 시내를 구경하며 돌아다닌 적은 한 번도 없는 것 같아. 하루 휴가를 갖지 않겠어? 어때, 걷기 편한 신발로 갈아 신고 버스를 타고 시내로 나가서 여기저기 돌아다녀 볼까?"
"뭘 하죠?"
"뭐 별로……. 만약 구실이 필요하다면 경찰에 들러서 차를 가지러 왔다고 하면 되지. 하지만 난 구시가지의 좁고 꼬불꼬불한 길을 관광객처럼 목적도 없이 어슬렁어슬렁 돌아다녔으면 하는데? 여긴 매력이 있는 곳이고, 매우 유서가 깊은 도시야. 배너스 클로싱은 초기 청교도적인 신권정치의 압력 아래서 살기를 좋아하지 않았던 무뢰배나 선원, 어부들이 주로 정착해 살았던 도시거든. 알고 있었어? 휴 래니건에게서 그 얘길 들은 뒤로 줄곧 직접 조사해 왔어. 여기서는 안식일을 그다지 철저하게 지키지 않았고, 도시가 만들어진 뒤로도 몇 년 동안 교회나 목사도 없었어. 그래서 우린 그것을 성실하고 답답한, 초보수적인 사회라고 여겨 왔어. 배너스 클로싱은 뉴잉글랜드의 보통 도시에선 볼 수 없는 일종의 독특한 독립적 기풍을 만들어 냈지. 대개의 뉴잉글랜드 도시는 독립된 전통을 지니고 있는데, 그것은 기껏해야 독립전쟁에 자진해서 참가했다는 정도의 의미밖엔 없어. 여기엔 뉴잉글랜드의 다른 도시에 견줄만한 독립된 전통도 있어. 맨 끝에 있는 땅이기 때문에 지역 사람들은 외부인을 의심의 눈길로 보는 경향이 있지. 이런 곳을 봐두지 않을 수는 없지 않겠어?"
두 사람은 구시가지 변두리에서 버스를 내렸다. 뭔가 재미있을 만한 것이 눈에 띌 때마다 발길을 멈추면서 정처 없이 걸어다녔다. 이윽고 공회당으로 들어가 벽을 따라 늘어선 유리상자에 보관된 옛날 군기(軍旗)들을 넋을 잃고 보았다. 또한 유서 있는 건물에 세워졌던 청동비를 읽으며 걸었다. 한 곳에서는 가이드의 설명을 듣고 있는 관광객들 틈에 문득 뒤섞여 있다가 일행이 버스로 돌아갈 때까지 함께 걸었다. 그런 다음 납골당, 기념품점의 쇼윈도를 보거나, 감긴 로프, 주철로 된 배 용구, 나침반, 닻 등이 늘어선 선박가게의 멋진 장식장을 들여다보거나 하면서 대로를 걸었다. 항구에 잇닿은 작은 공원을 발견하고 벤치에 앉아서 보트가 떠 있는 바다를 내려다보았다. 우아하게 돛으로 떠가는 것도 있고, 엔진을 달고 소금쟁이처럼 해면을 질주하는 것도 있었다. 두 사람은 말없이, 한가로운 광경에 멍하니 넋을 잃고 있었다.

간신히 일어나서 경찰서 차고를 찾아 차를 받으러 갔으나 이내 길을 잃었다. 한 시간가량 두 사람은 여기저기 나란히 걸을 수도 없을 만큼 좁은 보도가 딸린 막다른 골목을 드나들면서 헤맸다. 양쪽에는 판자로 지은 목조가옥이 늘어서 있고, 간격이 1피트도 안 되는 것도 많았지만 그런 좁은 틈새로 들여다보면 안뜰에 손바닥만한 고풍스런 정원이 있고, 고산식물이나 접시꽃, 해바라기, 그리고 담쟁이덩굴로 뒤덮인 작은 정자도 보였다. 두 사람이 방금 왔던 길을 되돌아가 좁은 개인 소유의 길로 들어서자 그곳에는 채색된 벽돌집이 몇 채 있었고, 말뚝으로 둘러싸인 정원이 딸려 있었다. 맞은편으로는 물결이 칠 때마다 흔들리는 선착장 옆으로 보트 한 척이 부침을 거듭하는 해면을 힐끗 볼 수가 있었다. 가끔 누워서 일광욕을 하는 수영복 차림의 사람이 눈에 들어오기라도 하면 두 사람은 방해라도 한 것처럼 서둘러 시선을 피했다. 어느새 목소리를 낮추고 있는 스스로를 문득 깨달았다.

햇볕이 뜨겁고 피로가 밀려왔다. 큰길로 돌아가는 길을 물어볼 사람도 주위에 없었다. 길가 집의 현관 포치는 대개가 길에서 쑥 들어가 있고, 어느 집이나 하얀 말뚝으로 격리되어 있었다. 나무문을 밀어 열고 자갈이 깔린 길을 50피트 가량 걸어서 현관문을 노크하는 것은 프라이버시 침해가 될 것 같았다. 그곳의 전체 분위기는 이웃사람을 멀리하는 것처럼 설계되어 있었지만, 적의에서가 아니라, 오히려 각자 자기의 뜰에 초목을 재배하는 것에 만족하기 때문인 것 같았다.

마침내, 너무나도 갑작스럽게 두 사람은 부둣가로 나왔음을 깨달았고, 한 블록 저편으로 많은 가게가 늘어선 큰길이 보였다. 또 길을 잃으면 큰일이다 싶어 두 사람은 발길을 재촉했다. 모퉁이를 돌아서 큰길로 나서려는 찰나, 현관 포치에서 쉬고 있던 휴 래니건의 큰 목소리에 발을 멈추고 말았다.

"이리로 올라와서 잠깐 앉았다 가십시오."

그가 불러들였다. 두 사람에게 거듭 권할 필요는 없었다. 랍비는 빙긋 웃으며 말했다.

"근무중인 것 같은데요? 그게 아니라면, 사건이 해결되었습니까?"

래니건이 웃는 얼굴을 거둬들였다.

"잠깐 쉬는 참이었습니다. 당신과 마찬가지로요. 다만 나는 일에서 떠난다 해도 기껏해야 전화까지랍니다."

그곳은 의자를 늘어놓은, 넓고 아늑한 포치였다. 두 사람이 막 의자에 앉으려는 찰나 스웨터에 바지 차림의 날씬한, 회색 머리의 래니건 부인이 나와서 함께 했다.

"술은 하실 수 있겠지요, 랍비?"

래니건이 걱정스럽다는 듯 물었다.

"예, 우리는 금주하지 않습니다. 당신과 같은 것을 내주실 거죠?"

"그렇습니다. 그리고 우리 에이미처럼 뛰어난 탐 칼린스를 만드는 사람은 없거든요."

"수사는 어떻습니까?"

래니건이 쟁반을 들고 돌아왔을 때 랍비는 물었다.

"순조롭게 진행되고 있습니다. 교회 쪽은 어떻지요?"

서장은 명랑하게 말했다.

"별일 없습니다."

랍비는 빙긋 웃으며 되받았다.

"신도들과 시끄럽게 된 모양이더군요?"

랍비는 네에? 라고 묻는 듯이 쳐다보았으나 아무 말도 하지 않았다.

"그런데요 랍비, 경찰의 일에 관해 좀 알려드리겠습니다. 큰 도시에는 고정된 범죄 인구라 해도 좋을 만한 사람들이 있어서 경찰이 싸워야만 할 범죄의 대부분은 그 사람들이 불씨랍니다. 그러면 그것을 어떻게 단속할까요? 대개는 밀고를 통해서입니다. 이곳 같은 마을에선 범죄 인구라 할 사람은 없습니다. 분명 화가 나 있는 몇몇 성가신 사람은 있지만, 사태를 단속하는 방법은 마찬가지여서 밀고에 의한답니다. 단지 그것이 순수한 밀고자가 아니에요. 우리 귀에 들어오는 소문, 우리가 주의 깊게 귀를 기울이는 소문은 실로 많습니다. 당신의 교회에서 지금 어떤 일이 일어나고 있는지 저도 당신 만큼은 알고 있습니다. 오늘 집회에는 약 마흔 명이 출석했어요. 그리고 그 사람들은 집으로 돌아가면 모두 아내에게 말합니다. 자, 이런 마을에서 80명의 사람이 비밀을 지킬 수 있으리라고 생각하십니까? 더구나 그것이 비밀이랄 것도 없는 경우에야 말해 뭣하겠습니까. 아, 랍비, 우리 같은 경우는 이런 일을 훨씬 잘 처리한답니다. 우리의 생각과 신부님이 하는 말이 딱 들어맞거든요."

"신부님이 여러분보다 그렇게 뛰어난 인물이라는 것인가요?"

"대개는 훌륭한 분이지요. 가려 뽑는 과정에서 무능한 사람은 거의 떨려나 버리니까요. 물론 성직자 가운데에도 얼마간은 얼토당토않은 바보도 있습니다만, 그것은 이야기의 논점이 아닙니다. 제가 말하고자 하는 것은, 만일 규율을 지키고자 한다면 의문의 여지가 없는 권위를 지닌 인물을 모셔야만 한다는 얘기지요."
"그 점이 두 조직의 차이점이겠군요. 우리는 모든 일에 의문을 가지는 것을 장려합니다."
"신앙의 문제까지도요?"
"신앙 문제로 우리가 추궁을 당하는 일은 거의 없습니다. 그리고 그 거의 없는 일, 예를 들어 전지전능하며 늘 우리 곁에 계시는 유일신의 존재에 관해서도 우리는 질문하는 것을 금지하지 않습니다. 또한 우리에게는 동의할 의무가 있는 신앙 조목도 없습니다. 예를 들어 제가 스미하를 받을 때——당신들이 말하는 서품식(성직 수여식)입니다——신앙에 관해 캐묻거나 하지 않았으며, 어떤 종류의 서약도 하지 않았습니다."
"그러니까 당신은 평생을 신께 바친 몸이 아니라는 것입니까?"
"다만 나 스스로는 바친 몸이라고 생각하고 있지요."
"그렇다면 당신 교인들과 당신은 어떤 구별이 있나요?"
랍비는 웃었다.
"첫째로, 그 사람들은 저의 교인이 아닙니다. 적어도 그들은 내가 맡은 사람이라거나, 그들의 안전이나 행동에 관해 내가 신께 책임을 진다거나 하는 의미에서는 교인이 아닙니다. 실제로 우리 교회의 교인으로서 13세 이상의 남자가 지지 않는 책임은 저 역시도 지지 않으며, 마찬가지로 그들이 지니지 않은 특권은 저에게도 역시 없습니다. 만일 제가 우리 교회의 보통 교인과 다른 점이 있다고 한다면 그것은 내가 율법과 우리 전통에 관해 보다 풍부한 지식을 가졌다는 점뿐입니다. 그뿐입니다."

"하지만 당신은 교인의 앞에서 기도하고……."

그는 손님이 고개를 젓는 것을 보고 말을 끊었다.

"성인 남자라면 누가 해도 상관없습니다. 우리의 일상 예배에서는 지나는 길에 들른 낯선 사람에게, 혹은 평소에는 오지 않던 사람에게 제일 먼저 기도하는 명예를 부여하는 것이 관례입니다."

"그러나 당신은 신도에게 축복을 내리고, 병자를 위문하며, 결혼식을 행하고, 장례를 치르는……."

"결혼식을 거행하는 것은 마을의 책임자가 나에게 그 권한을 위임했기 때문입니다. 병자를 위문하는 것은 그렇게 하라고 강요를 당하는 것은 누구라도 싫은 일이기 때문이죠. 나는 그것도 나의 일 가운데 하나라고 생각합니다. 당신들의 신부나 목사가 본보기를 보여주고 있는 것이 주된 이유입니다. 교인의 축도조차도 공식적으로는 아론(모세의 형으로 유대 최초의 제사장, 레위 사람)의 자손인 교인의 역할이며, 정통파 교회에서는 관례가 되어 있습니다. 우리 같은 보수파 교회에선 사실상 랍비의 역할을 가로챈 것이지요."

"당신이 성직자가 아니라고 했던 의미를 이제야 알겠군요."

래니건은 천천히 말했다. 그리고는 문득 생각났다는 듯 물었다.

"하지만 어떤 방법으로 신도들의 탈선을 막고 계십니까?"

랍비는 유감스럽다는 듯 미소지었다.

"그 점에서는 제가 그다지 훌륭하게 하고 있다고 할 수는 없을 것 같습니다, 그렇겠지요?"

"그런 뜻으로 한 말이 아닙니다. 당신의 당면한 어려운 문제를 생각했던 게 아니라, 그러니까 어떻게 신도들이 죄를 범하는 것을 막고 계시냐 하는 것입니다."

"어떤 방침을 세우고 있느냐는 것인가요? 각자의 행위에 대해 책임을 느끼게 하는 정도겠죠."
"자유의지? 그거라면 우리도 같습니다."
"물론입니다만, 우리 것은 약간 다릅니다. 당신들은 자유의지에 맡기지만, 사람이 미끄러져 넘어지면 도움의 손길도 뻗겠지요. 당신들에게는 고해성사를 듣고 용서를 해줄 수 있는 신부가 있습니다. 당신들에게는 죄인을 위해 중재할 수 있는 성자의 계급 조직이 있으며, 최종적으로는 속죄를 하는 연옥이 있지요. 이것은 다시 없는 기회인 것입니다. 즉, 당신들에게는 이 세상에서의 과오를 바로잡고 구원을 하는 천국과 지옥이 있습니다. 우리들에게는 단 한 번의 기회밖엔 없습니다. 우리의 선행은 이곳 지상에서, 현세에서 행해야만 합니다. 그리고 무거운 짐을 분담해 주거나 떠맡아 줄 사람은 한 사람도 없기 때문에 모두 자기 혼자의 힘으로 해야만 하는 것입니다."
"당신들은 천국의 존재를, 혹은 죽은 뒤의 내세를 믿지 않습니까?"
"사실은 말입니다, 우리의 신앙도 당신들과 마찬가지로 주위의 다양한 일들에 영향을 받아왔던 것은 말할 필요도 없습니다. 우리의 역사에서도 때로는 사후의 생존이라는 사상이 불쑥 나타났던 적이 있습니다만, 그 경우에도 우리의 견해는 상당히 독자적이었습니다. 우리에게는 사후의 생존이란 자기 자식들에게 사후에도 살아 남아 있는 영향력 속에, 그리고 사람들이 지니고 있는 기억 속에 여전히 살아 있는 우리 생명의 일부라는 의미인 것입니다."
"그렇다면 만일 누군가가 매우 나쁜 사람인데도 현세에서 부유하고 행복하며 건강하다고 할 경우, 그 사람은 계속해서 벌을 받지 않고 끝까지 그렇게 살 수 있나요?"
질문한 것은 래니건 부인이었다.

랍비는 그녀에게로 몸을 돌렸다. 방금 질문은 누군가 개인적인 체험에서 나온 게 아닐까 생각하면서 그는 느린 어조로 말했다.

"생각을 하는 생물인 사람이 대체 자신이 한 것을 '끝까지 해내는'지 어떤지 의심스럽군요. 그럼에도 불구하고 모든 종교가 그 문제와 맞서 왔습니다. 괴로움에 처한 착한 사람이 어떤 보상을 받고, 영화로운 악인이 어떤 벌을 받을까, 동양의 종교는 영혼 회귀설로 그것을 설명하고 있습니다. 잘 나가는 부정한 사람은 전생의 공덕에 의해 지금 영화로운 것이며, 지금의 나쁜 짓은 내세에서 벌을 받으리라는 것이지요. 그리스도교 교회는 천국과 지옥을 내세움으로써 그 문제에 대답하고 있습니다."

거기서 잠깐 생각하는 듯했으나, 이윽고 강하게 고개를 끄덕였다.

"만일 믿을 수만 있다면 그것은 모두가 훌륭한 해결책입니다. 그러나 우리는 믿지 못합니다. 물론 그래서 성서에도 실려 있는 것이겠지만 우리의 사고 방식은 욥기에도 나타나 있습니다. 욥은 어느 정도 쓰라린 고난의 길을 걷게 되지만 그가 내세에서 보상을 받으리란 것은 어디에도 암시되어 있지 않습니다. 유덕한 사람의 고난은 살아있음에 대한 보답의 하나인 것입니다. 영겁의 불은 부정한 인간과 마찬가지로 선인도 가차없이 가혹하게 태워 죽입니다."

"그럼 어째서 선하고자 고생을 하는 거죠?"

래니건 부인이 물었다.

"덕은 그 자체가 보답이며, 악은 그 자체가 벌이기 때문입니다. 악은 언제나 본질적으로 비천하고 부패하며, 짧은 인생에서 악이란 곧 낭비되고 오용되는 부분을 의미하며 결코 되돌이킬 수 없기 때문입니다."

휴 래니건과 이야기하는 동안은 그의 어조가 허물이 없고 담담했으나, 래니건 부인과 이야기하는 동안은 설교라도 하는 것처럼 차츰 엄숙하고 의례적으로 변했다. 미리엄이 타이르는 것처럼 기침을 했다.
"이제 돌아가야겠어요, 데이비드."
랍비는 시계를 보았다.
"어이구, 늦었네. 이렇게 많은 말을 할 생각은 없었습니다만 탐 칼린스가 효과가 있었나 보군요."
"말씀해 주셔서 기쁩니다, 랍비. 설마 싶으시겠지만 저는 종교에 대단히 흥미가 있습니다. 틈만 나면 그 방면의 책을 읽지요. 그렇더라도 그런 이야기를 할 기회는 별로 없습니다. 사람들은 그다지 종교 얘기를 하고 싶어하지 않거든요."
래니건이 말했다.
"그들에게는 이제 별로 중요하지 않아진 거겠지요."
"아마 그럴 겁니다. 하지만 오늘 오후는 즐거웠습니다. 다시 이런 기회를 갖고 싶군요."
전화벨이 울렸다. 래니건 부인이 전화를 받으러 안으로 들어갔다가 곧 돌아왔다.
"에번이래요, 휴."
그녀의 남편은 경찰 차고로 가는 지름길을 한창 알려주는 중이었다.
"내가 걸겠다고 해줘."
"집이 아니에요. 공중전화에서 건 거예요."
"아, 알았어. 갈게."
"길은 압니다."
랍비는 말했다. 래니건은 건성으로 고개를 끄덕이면서 급히 안으로 들어갔다. 포치의 계단을 내려가면서 랍비는 왠지 모르게 가슴이 울렁거렸다.

18

다음날 아침 멜빈 브론스타인이 체포되었다. 7시가 조금 넘어서 브론스타인 부부가 아직 아침식사를 하던 중에 에번 제닝스와 형사부장이 사복차림으로 집에 들이닥쳤다.
"멜빈 브론스타인입니까?"
남자가 현관으로 나오자 제닝스가 물었다.
"그렇습니다."
제닝스 형사는 배지를 보였다.
"배너스 클로싱 경찰 제닝스 형사입니다. 당신의 체포영장을 갖고 왔습니다."
"무슨 이유로?"
"엘스페스 블리치 살해사건으로 물어볼 게 있으니 출두 바랍니다."
"나를 살인죄로 기소하겠다는 것인가?"
"취조를 위해 연행하라는 지시를 받았습니다."
브론스타인 부인이 식당에서 말했다.
"누구예요, 멜?"
"잠깐 기다려."
그는 뒤에 대고 대답했다.
"부인께 말해둬야만 하지 않겠습니까?"
제닝스는 배려가 없지도 않은 말투로 말했다.
"함께 가주시겠습니까?"
브론스타인은 낮은 목소리로 말하고 앞장서서 식당으로 갔다.
브론스타인 부인은 눈이 휘둥그레져서 올려다보았다.
"이분들은 경찰에서 오셨어. 정보 제공과 질문에 답하기 위해 경찰서까지 와달라는군."
브론스타인은 침을 꿀꺽 삼켰다.

"교회 마당에서 발견된 그 가련한 아가씨 일이야."

원래가 창백한 브론스타인 부인의 얼굴이 잠깐 붉어졌으나 침착함을 잃지 않았다.

"그 아가씨의 죽음에 관해 뭔가 알아요, 멜?"

"그녀의 죽음에 관해서는 아무것도. 하지만 그 아가씨에 관해서는 아는 것도 있고, 이분들은 그게 수사에 도움이 될지도 모른다고 하는군."

브론스타인은 힘주어 말했다.

"점심때면 돌아오겠죠?"

브론스타인은 어떻게 대답해야할지 몰라 경찰들을 보았다.

제닝스는 헛기침을 했다.

"아무래도 힘들 것 같습니다, 부인."

브론스타인 부인은 테이블 가장자리를 두 손으로 단단히 붙들고 약간 미는 것처럼 보였다. 그녀가 몇 인치 뒤로 미끄러졌으므로 경관들은 그때서야 비로소 그녀가 휠체어를 타고 있음을 알았다.

"무서운 이번 사건에 뭔가 경찰 수사에 도움이 된다면 당연히 할 수 있는 모든 걸 해야만 하겠지요."

그는 고개를 끄덕였다.

"알에게 전화해서 네이트 그린스펀에게 연락해 달라고 하면 될 거야."

"물론이에요."

"침대로 가는 걸 도와줄까, 아니면 앉아 있겠어?"

"침대로 돌아가는 게 좋겠어요."

브론스타인은 몸을 굽혀 아내를 팔에 안아 올렸다. 순간, 그녀를 안은 채로 그 자리에 쭈그려 앉았다. 그녀는 물끄러미 남편의 눈 깊은 곳을 들여다보았다.

"괜찮아, 여보?"
브론스타인이 속삭이자 그녀는 살며시 대답했다.
"물론이죠."
그는 아내를 방에서 데리고 나왔다.

이 소식은 들불처럼 퍼져나갔다. 벤 슈워츠가 소식을 알리는 전화를 걸었을 때, 랍비는 교회에서의 바쁜 아침 근무를 마치고 집으로 돌아와 점심식사 자리에 앉으려던 참이었다.
"확실합니까?" 랍비는 물었다.
"아, 전혀 과장이 아닙니다. 틀림없이 다음 라디오 뉴스로 나올 것입니다."
"자세한 것을 알고 있나요?"
"아뇨, 단지 그가 취조 때문에 구류되었다는 것뿐입니다. 저 랍비, 당신이 어떻게 할지, 뭔가 예정이 있을지도 모르거니와 이 일이 거기에 어떤 영향을 줄지 모르지만, 그는 우리 교회의 교인이 아니란 것을 아셨으면 합니다."
"알겠습니다. 고맙군요."
그는 미리엄에게 지금의 대화를 전했다.
"슈워츠 씨는 내 문제로 이 사건은 무시해도 상관없다고 생각하는 모양이야. 적어도 브론스타인 씨가 교회의 신도가 아니라는 말의 의미는 그런 것이 아닐까 싶군."
"무시할 생각이에요?"
"미리엄!"
"그럼, 어떻게 할 생각이죠?"
"글쎄, 어쨌든 그를 만나야지. 당국과 그의 변호사에게도 허락을 받아야 되겠지. 틀림없이 내가 브론스타인 부인을 만나는 편이 가장 중요할 거야."
"래니건 서장에게 말해보면 어떨까요?"
랍비는 고개를 저었다.
"그에게 뭐라고 하지? 그들이 다루고 있는 사건에 관해 아무것도 모르고, 또 브론스타인 부부에 대해서도 제대로 아는 게 없는데. 아냐, 지금 당장 브론스타인 부인에게 전화해 보겠어."
여자가 나와서 브론스타인 부인은 전화를 받을 수 없다고 했다.
"저는 랍비 스몰입니다. 오늘 몇 시든 만나 뵙고 싶습니다만 시간이 어떠신지 물어봐 주시겠습니까?"
"잠깐 기다리세요."
곧 그 여자가 다시 돌아와서, 브론스타인 부인은 그의 전화를 매우 기뻐하며 이른 오후도 괜찮다고 했다.
"3시에 가겠다고 전해주십시오."
전화를 끊으려는 순간 현관벨이 울렸다. 휴 래니건이었다.
"교회에서 돌아오는 길입니다. 분명히 확인해둘 것이 있어서요. 브론스타인 얘기는 들으셨습니까?"
"예, 하지만 그가 용의자라니 정말이지 황당무계하군요."
"그를 잘 아십니까, 랍비?"
"아니오, 잘 모릅니다."
"그러면 당신이 결론으로 비약하기 전에 잠깐 얘기해 둘까요. 브론스타인 씨는 그 여자가 살해되던 밤에 그녀와 함께 있었습니다. 이것은 경찰이 때때로 범하는 엉뚱한 실수와는 다릅니다. 그녀와 함께 있었다고 그가 인정했습니다. 그녀와 저녁식사를 함께 했으며, 저녁나절에 줄곧 같이 있었다고 그가 인정했단 말입니다, 랍비."
"자발적으로요?"
래니건은 빙긋 웃었다.

"고문을 생각하시는 겁니까? 뭐랄까, 고무 호스라도 연상하셨습니까? 안심하십시오, 우리는 요즘 그런 일은 하지 않습니다."
"아니, 나는 몇 시간이나 계속해서 이어지는 취조를 생각한 것입니다. 그러다가 잠깐 말실수를 한 것이 차츰 확대되어서 범행을 인정한 것으로 해석하는 그런 과정을."
"전혀 예상이 틀렸습니다, 랍비. 그는 경찰서에 오자마자 진술을 시작했습니다. 변호사와 상담할 때까지 묵비권을 행사할 수도 있었지만 그렇게 하지 않았어요. 그는 '서프사이드 레스토랑'에 갔으며, 거기서 여자와 알게 되었다고 하더군요. 그 때까지는 그녀와 단 한 번도 만난 적이 없다고 주장하고 있습니다. 저녁식사 뒤에 보스턴의 영화관에 갔으며, 그리고 가벼운 식사를 했습니다. 그 다음에 차로 그녀를 집까지 데려다주고 헤어졌어요. 명쾌하고 솔직하게 생각되지 않습니까? 하지만 그녀의 사체는 금요일 아침에 발견되었습니다. 오늘은 월요일이에요. 나흘이 지났습니다. 만약 그가 무관하다면 어째서 경찰에 출두해서 아는 정보를 제공하지 않았단 말입니까?"
"기혼자이기 때문입니다. 그는 부정을 범했으므로 그것이 갑자기 무섭고 크게 다가온 때문입니다. 그가 경찰에 나가지 않았던 것은 정말로 그의 실수입니다. 비겁한 일이고, 불명확한 행동입니다. 그러나 그렇더라도 그가 살인죄를 범한 것이 되진 않습니다."
"그것은 첫 번째 문제점에 지나지 않습니다만, 랍비, 취조를 위해 그를 검거한 정당한 이유가 충분히 있다는 것은 인정하시겠지요? 다음으로 두 번째 문제입니다. 그녀는 임신 상태였습니다. 그녀가 일하던 세라피노 씨의 부인은 그 소리를 듣고 굉장히 놀라더군요. 왜냐하면 함부로 나다니지 않는 얌전한 아가씨였기 때문이며, 단 한 번도 남자와 데이트를 한 적이 없기 때문입니다. 세라피노 부인이 아는 한 세라피노 씨네집에 있었던 기간 중에 단 한 번도 남자에게서 전화가 걸려 온 적이 없었거니와, 단 한 차례도 밖에서 남자와 함께 있었다고 털어놓거나 비슷한 얘기를 흘린 적도 없었어요. 쉬는 날, 그러니까 목요일입니다만, 그녀는 대개 혼자나 두세 채 떨어진 집에서 일하는 여자친구와 함께 영화를 보러 갔습니다. 그 여자친구인 시리아를 취조하니, 그녀는 몇 번인가 엘스페스에게 남자를 소개해 주겠다고 했지만, 그 때마다 거절했다고 합니다. 엘스페스가 처음 이 마을에 왔을 때, 시리아가 그녀를 부추겨 경찰과 소방관의 댄스파티에 데리고 갔어요. 가정부는 모두 갑니다. 그녀가 춤추러 간 것은 이때 한 번 뿐이었습니다. 가끔 편지가 오는 걸 보고 엘스페스는 고향인 캐나다에 남자친구가 있는 게 아닐까 생각도 했지만 자세한 내막은 모른다고 시리아는 말했습니다. 이곳에서 시리아가 유일한 친구였고, 설마하니 그녀가 임신을 시켰을 리는 없습니다. 그리고 우리가 약간 얻어들은 정보로는, 당신의 친구 브론스타인씨가 적어도 여섯 차례 이상 국도 14번과 69번 도로변에 있는 여러 모텔에 숙박한 사실이 있음을 발견했습니다. 그는 대개 브라운이라는 이름으로 서명했으며, 아내라고 기입한 누군가와 늘 함께였어요. 그것으로 거의 확증이 난 셈입니다만, 그것은 언제나 목요일이었어요. 그게 그였다는 것은 사진으로 확인했으며, 한 곳에서는 연필로 쓴 그의 차번호도 발견되었습니다. 게다가 두 군데 모텔 주인은 그의 '아내'가 금발이고 우리가 보인 피해자 사진과 매우 닮았다고 상당한 자신을 갖고 증언했어요. 그게 두 번째입니다, 랍비."

"모텔 얘기를 그에게 했습니까?"

"물론이죠, 그렇지 않았다면 당신에게 말할 리가 없지 않습니까."

"그랬더니 그는 뭐라고 하던가요?"

"그는 그 모텔에 간 사실을 인정했지만 문제의 여자와 함께 간 적은 없다, 이름은 절대로 밝힐 수 없지만 다른 사람이었다고 주장하고 있습니다."
"아, 만일 그것이 사실이라면, 게다가 있을 수 있는 일입니다만 그 점은 오히려 칭찬해도 좋은 일입니다."
"예에, 만약 사실이라면 말이죠. 하지만 아직 더 얘기할 것이 있습니다. 셋째, 이것은 그다지 중요한 의미는 없지만 요점이 될지도 모릅니다. 그 여자는 목요일 오후에 산부인과 병원에 갔습니다. 틀림없이 그 핸드백 속에 있었던 결혼반지를 끼고 있었겠지요. 이유는 매우 명백합니다. 그것이 초진이었던 것을 보면, 그녀는 자신의 몸 상태를 의심했는지도 모르지만 목요일에야 비로소 임신이 확인된 셈입니다. 이름은 미세스 엘리자베스 브라운이라고 했습니다. 그런데 브론스타인이 언제나 숙박부에 미스터 앤드 미세스 브라운이라고 기입했던 것을 떠올려 주시기 바랍니다."
"그건 스미스나 마찬가지로 흔해 빠진 이름이에요."
"그야 분명 그렇지요."
"그리고 지금까지 말씀하신 것은 무엇 한 가지도 그녀가 코트와 레인코트 밑에 속치마밖엔 입고 있지 않았던 사실과 연결되지 않는군요. 그렇기는커녕 반대예요. 그는 진술대로 그녀를 집까지 데려다 준 게 틀림없습니다. 집에 그녀가 드레스를 놔두었으니까요. 코트와 레인코트가 그녀 것이었다는 사실, 혹은 그녀가 입었던 드레스가 그녀의 방에서 발견되었다는 점은 의심의 여지가 없는 것 같군요."
"맞습니다. 그리고 네 번째 문제가 발생합니다. 그것을 이해하기 위해서는 세라피노의 가게 사정을 아셔야만 합니다. 세라피노 부부에 대해선 모르실 테지요. 한 번 들은 적이 있다고요. 세라피노 씨는 일종의 클럽을 경영하고 있습니다. 매우 자그마한 곳이며, 손님은 우표딱지 만한 테이블에 빙 둘러앉아서 물 탄 술을 마시고, 그러는 동안 세라피노 씨가 피아노를 치고 부인이 노래를 부릅니다. 절박한 노래, 음란한 노래, 거침없는 외설 노래를요. 그다지 품위 있는 사람들이 아니라고 할지도 모르지만 집에선 다른 젊은 부부와 조금도 다르지 않습니다. 어린 아이들이 둘 있으며, 가족들은 일요일에 교회에 빠지는 적이 한 번도 없습니다. 이 클럽은 새벽 2시까지 문을 닫지 않기 때문에 목요일 외에는 매일 아이들을 보살필 사람이 필요합니다. 목요일만큼은 세라피노 부인이 집에 있고, 남편만 클럽에 갑니다. 목요일 밤은 손님 수가 적기 때문입니다. 가정부들이 쉬기 때문에 클럽 세라피노에 갈 만한 사람들도 집에 있거든요. 어쨌든 세라피노 부부는 거주 가정부가 필요했습니다만, 알뜰하게 살아가는 사람들에게는 간단히 고용할 수 있는 게 아닙니다. 나이트클럽 경영자가? 그렇게 생각하실지도 모르지만 세라피노 부부는 알뜰하게 살아가는 사람들이었어요. 집도 그 가족 나름의 욕구를 채워줄 정도로 만들어져 있습니다. 이층집으로 부부와 두 아이들은 모두 2층에서 잡니다. 1층 부엌 옆에 가정부용 방이 있습니다. 침실, 작은 화장실, 샤워실, 그리고 가장 중요한 점입니다만 개인용 출입구입니다. 대강 상상할 수 있으시겠습니까?"
랍비는 고개를 끄덕였다.
"그곳은 집의 다른 부분과 거의 완전하게 격리된 별실인 것입니다. 그래서 브론스타인 씨가 그 여자와 함께 집에 들어가는 것을 분명히 방해하지 않았을 것이⋯⋯."
"그럼 그녀는 브론스타인 씨가 그 방에 있는 동안 드레스를 벗었다고요?"
"물론이죠. 만약 우리 추리가 옳다면 그녀는 그때까지 자주, 이미 드레스는 고사하고 더 많은 걸 벗었을 것입니다."
"그렇다면 어째서 그녀는 다시 밖으로 나갔던 것일까요?"
래니건은 어깨를 으쓱했다.
"솔직히 말해서 그 점은 우리도 추측의 범위를 전혀 벗어나지 못합니다. 그가 거기서 그녀를 교살한 뒤에 옮겼다고 보는 것만이 가능합니다. 때마침 잘 준비를 하고 있던 맞은편 창문으로 브론스타인의 파란 링컨이 세라피노 씨집에 닿는 것을 앞집 사람이 보았습니다. 그게 12시 약간 지나서지요. 30분 뒤에도 그는 여전히 링컨이 그곳에 있는 것을 보았습니다. 그게 우리의 네 번째 이유입니다."
"그 사람은 두 사람이 차에서 내리거나 다시 차에 타거나 하는 것을 보았습니까?"
래니건은 고개를 저었다.
"저는 잘 모릅니다만, 탈무드의 학자이므로 전혀 법률 훈련이 없다고 할 수도 없습니다. 당신의 추론은 허점투성이입니다."
"예를 들면?"
"예를 들면 코트와 레인코트입니다. 만약 브론스타인 씨가 방에서 그녀를 죽였다고 한다면, 어째서 그녀를 코트와 레인코트로 치장을 했겠습니까? 그리고 왜 사체를 교회로 가져갔을까요? 게다가 어떻게 그녀의 핸드백이 제 차안에 들어 있을까요?"
"모두 예상했던 반론입니다, 랍비. 그리고 지금 나오지 않은 반론도 생각해 두었고요. 그러나 그를 검거해 여러 가지 조사할 때까지 구류를 정당화할 만한 이유는 충분히 갖고 있습니다. 늘 있는 일이어서요. 모든 사실이 정확히 설명 가능한 형태로 사건이 일어난다고 생각하십니까? 당치도 않아요. 먼저 실마리를 찾고, 거기서부터 차례로 넘어가는 겁니다. 여러 가지 반론이 있다는 것은 압니다만, 계속해서 파 내려가는 동안에 답을 찾는 것입니다. 알고 보면 대개는 매우 간단한 일이지요."

"그러다가 답이 나오지 않으면 간단히 그를 석방하고, 그의 생활은 엉망진창이 되지요."

랍비는 신랄하게 말했다.

"맞습니다, 랍비. 조직사회에서 살아가는 응분의 대가의 하나입니다."

19

네이슨 그린스펀은 느긋하게 생각하고 천천히 말하는 학자 타입이다. 사무용 책상 맞은편에 앉아서 숟가락 같은 도구로 파이프를 파내고는 한두 차례 혹 불어서 잘 뚫렸는지 확인한 다음, 한가롭고 차분하게 담배를 채우기 시작했다. 그러는 동안 베커는 언제나처럼 시가를 주먹 밖으로 내놓고 뚜벅뚜벅 방안을 왔다갔다하면서 사건의 경과와, 그의 생각과, 그린스펀에게 기대하는 것을 차례로 말했다. 마지막으로 든 것은 브론스타인을 즉각 석방시켜라, 그렇지 않으면 잘못된 체포에 대한 소송으로 맞서겠다는 항의를 경찰에 들이대겠다는 건에 관해서였다.

변호사는 파이프로 성냥을 가져가 표면 전체에 불이 붙을 때까지 뻑뻑 빨다가 담배통 속에서 타오르고 있는 불붙은 담배를 단단히 쥐었다. 그 다음엔 의자 등받이에 기대어 파이프를 빼는 짬짬이 말을 했다.

"만약 그가 부당하게 구류되어 있다면 인신보호 영장을 내세울 수는 있습니다만……."

"물론 이치에 닿지 않아요. 그는 사건과 아무런 관계도 없으니까."

"어떻게 아십니까?"

"그가 그렇게 말했기 때문이고, 나는 그를 아니까요. 당신도 브론스타인이 어떤 사내인지 알 거 아니오. 사람을 죽이거나 할 사람으로 보이던가?"

"지금까지의 얘기로 보면 경찰은 살인 용의자로 그를 체포한 것은 아니군요. 단지 참고인으로서 불렀을 뿐입니다. 경찰이 당연히 알아둬야 할 정보를 그가 갖고 있다는 뜻이지요. 그는 여자가 살해되던 밤에 그녀와 함께 있었다고 하니까요. 비록 그렇지 않았다 하더라도, 설령 그녀를 단지 알기만 했다거나 전에 함께 외출한 적이 있기만 하더라도 경찰로서는 그를 취조하려고 할 것입니다."

"하지만 경찰은 경관을 둘이나 보내서 그를 체포하게 했소."

"그가 자발적으로 가지 않기 때문이지요. 갔더라면 좋았을 텐데 말입니다."

"알았소. 그렇다면 가야만 했다고 칩시다. 가면 어떻게 되는지 알잖소? 가지 않으면 지금쯤 밖에서 편히 있을 수 있으리라고 생각하겠지. 물론 그의 착각이지만, 그가 체포되어 이런 식의 굴욕을 당해야만 할 까닭은 어디에도 없소. 경찰 졸개가 집까지 와서 아내의 눈앞에서 끌고 갔으니까 말이야."

"그게 보통의 방식입니다, 알. 어쨌든 그것은 끝난 일이고."

"그래서 어떻게 할 작정이오?"

"물론 그를 만나겠습니다. 경찰은 틀림없이 그를 하룻밤 유치하겠지만, 만일 그 이상 구류하고자 할 경우에는 그를 판사 앞으로 데려가서 그래야만 할 이유를 보여야 할 겁니다. 내 추측으로는 만약 경찰이 그렇게 하고자 한다면 구류할 만한 이유를 충분히 갖고 있을 것입니다. 따라서 제가 할 수 있는 최선의 방법은 지방검사에게 가서 경찰이 무엇을 포착하고 있는지, 정확한 사실을 아는지 여부를 알아보는 것이겠지요."

"경찰이 그의 범행임을 증명하지 못한다면 그의 석방을 강행해도 되지 않겠나?"

그린스펀은 희미하게 한숨을 내쉬었다. 파이프를 재떨이에 놓고 안경을 벗었다.

"그걸 아십니까, 알? 한 여자가 살해되었어요. 현재 모두가 그녀를 죽인 사람을 찾아내려 하고 있습니다. 그렇다는 것은 모든 법률 관계가 경찰에 동정적이며, 법률이나 규칙 모두가 경찰에 유리하게 확대 해석될 수 있으리란 것입니다. 그런데 지금 내가 그를 석방시키고자 법적인 대책을 강구하기 시작하면 신문을 포함한 모두가 분개할 것입니다. 그렇게 되면 멜은 신문에 좋게 나오지 않을 테고, 어떤 결과가 되든지 그에게 득이 되진 않습니다. 반대로, 만약 우리가 협조적으로 나온다면 지방검사는 되도록 기회를 부여해줄 것입니다."

"그럼 난 뭘 해야 하지?"

"아무것도 하지 않아도 됩니다, 알. 당신은 그저 참을성 있게 관망하는 연습이나 해주십시오."

그러나 참을성이란 것은 알 베커에게 가장 결여된 성격이었다. 그는 수사가 지방검사의 태도 여하에 달렸다면 친구인 에이브 카슨에게 압력을 넣으면 보다 빠르게 행동을 취할 수 있으리라고 판단했다. 검사를 그 자리에 앉힌 것은 카슨이었기 때문이다.

"내가 어떻게 해주었으면 좋겠나, 알? 분명히 말하는데 그들은 현재 멜에 대해 매우 훌륭하게 준비해 놓았어. 사실상 지금 상태에서 기소 배심까지 가져가지 못할 것도 없는데, 그런데도 빈틈없이 준비하고 있네."

"하지만 그가 한 게 아니란 말이야, 에이브."

"그걸 어떻게 알지?"

"그가 그렇게 말했기 때문이야. 난 그를 알아."
카슨은 여전히 말이 없었다.
"농담이 아니야. 자네도 멜 브론스타인을 알지 않는가? 그가 그런 짓을 할 만한 사람인가? 그는 처녀처럼 얌전한 사내야. 앞뒤가 맞질 않는다고."
"이런 사건은 완전히 끝날 때까지 결코 앞뒤가 맞지 않는 법이지. 그리고 끝나고 보면 실로 조리가 닿게 되고."
베커는 씁쓸하게 말했다.
"그렇고 말고. 뭔가 조금이라도 증거가 부족하면 그들은 보충을 해. 구멍이 있으면 메우지. 쳇, 자네도 그쪽 사정은 잘 알겠지. 그들은 뭔가 단서를 붙잡으면 거기서부터 차례로 넘어가기 시작해. 누구 할 것 없이 끼워 맞춰 보는 거야. 그들은 증명해야 한다는 것을 알기 때문에 줄줄이 증거를 들이대면서 마침내 그 가련한 사내를 꼼짝도 못하게 해버릴걸. 그리고는 진짜 범인은 놔두겠지."
"내가 뭘 할 수 있다는 건가, 알?"
"무슨 소릴 하는 거야! 자넨 지방검사와 잘 통하는 사이 아닌가? 그에게 눈을 똑바로 뜨고 다른 여러 가능성을 계속 찾아보게 하는 것쯤 가능하지 않은가?"
에이브 카슨은 고개를 저었다.
"현재 수사는 래니건 서장이 쥐고 있어. 자넨 그 친구를 돕고 싶겠지? 그렇다면 랍비를 만나러 가게."
"대체 무엇 때문이지? 그를 위해 기도해 달라고 하라는 건가?"
"진정하게, 알. 자넨 엄청나게 큰소리를 치고 있지만 말일세. 일을 하는 것은 자네 머리의 일부만이 아닌가 하는 생각이 드는군. 잘 듣게. 무슨 까닭인지 휴 래니건은 그 랍비를 매우 존경하고 있다네. 그들은 절친해. 최근 랍비와 그의 부인이 래니건의 집 포치에서 오후 내내 같이 보냈어. 래니건 부부와 스몰 부부는 거기 앉아서 조금씩 마시면서 이야기를 했다고."
"랍비가 우리 집 포치에 앉아서 마신 적은 단 한 번도 없는데."
"초대한 적이 없어서겠지."
"알았어. 서장이 랍비를 좋아한다고 치세. 그렇다고 랍비가 내게 무슨 도움이 된다는 거지?"
"지방검사에게 내가 해줬으면 하는 것을 그가 해줄지도 모르네."
"내가 그를 쫓아내기 위해 움직여 왔던 사람이란 걸 아는데 그렇게 해줄 것 같은가?"
"이런 문제에 그가 그 얘길 꺼내면서 거절할 것 같아? 자넨 그 랍비를 모르는군. 하지만 만약 나의 조언이 필요하다면, 그리고 진정으로 친구를 돕고 싶다면, 나쁜 말은 하지 않을 테니까 그렇게 해보게."

미리엄은 간신히 그의 방문을 기뻐하는 것처럼 가장할 수가 있었다. 랍비는 예의 바르게 그를 맞이했다. 알 베커는 서먹서먹함을 눈치채기는 했지만 그렇다고 주저할 수도 없었다. 그는 매우 도전적인 눈초리로 랍비를 쏘아보면서 말했다.
"랍비, 그런 무서운 일을 멜 브론스타인이 할 리가 없으니 당신이 어떻게든 손을 써줘야만 하겠습니다."
"누가 했다 해도 이상할 것은 없습니다." 랍비는 침착하게 말했다.
"아, 그거야 그렇지요. 내가 말하고자 하는 것은 이 세상에서 그 사람만큼 범죄를 저지를 가능성이 적은 사람도 없다는 얘깁니다. 그는 온순한 남자입니다, 랍비. 그는 부인을 사랑해요. 그 부부에게는 아이가 없어요. 부부 둘뿐인데, 그는 부인에게 실로 헌신적이지요."

베커는 안타깝다는 듯 말했다.
"그에게 어떤 증거가 나와 있는지 아십니까?"
"그가 즐기고 다녔다는 것이겠지요. 그게 어떻다는 겁니까? 그의 부인은 지난 십년 동안 다발성 경화증으로 휠체어 생활을 해왔어요. 그걸 아십니까? 십년 동안이나 그 부부는 아무런, 그 뭐랄까 부부 관계가 없었단 말입니다."
"그건 몰랐습니다."
"건강한 남자에겐 여자가 필요해요. 당신은 랍비니까 이해하지 못하겠지만……"
"랍비라도 거세된 것은 아닙니다."
"과연 그렇겠군요, 실례했습니다. 그렇다면 내가 무슨 말을 하는지 이해하시겠지요? 그가 사귀던 여성들은 멜에게는 심각한 의미가 없었단 말입니다."
거기서 딱 하고 손가락을 튕겼다.
"그 여자들은 함께 자는 상대였어요, 시합연습을 하러 체육관에 가는 그런 것이었다고요."
"글쎄요, 엄밀히 말해서 모두가 그랬는지 어쨌는지 모르지만, 어쨌든 요점 밖의 일입니다. 제가 어떻게 해드리면 좋겠습니까?"
"그러니까, 에, 당신은 그날 밤에 줄곧 서재에 있었어요. 때문에 가끔 창으로 내다보다가 한 남자가 주차장에서 차로 나가는 것을 보았지만 맹세코 파란 링컨은 아니었다고 말하는 건 할 수 있지 않을까 해서……"
"위증을 하라는 말씀인가요?"
"아닙니다, 그건 실례했습니다, 랍비. 너무 흥분해서 저 자신도 무슨 말을 하는지 몰랐습니다. 이 문제로 머리가 이상해질 것 같아요. 오늘 아침엔 지난 십 년 동안 달력처럼 꼬박꼬박, 한 해 걸러

나에게서 컨티넨탈을 사가던 단골손님을 잃기도 했어요. 토요일에 상담이 끝났고, 그 손님이 낮에 계약서에 사인을 하러 오기로 되어 있었는데, 나타나질 않아서 전화를 했더니 앞으로 한동안 지금까지 썼던 차를 쓰다가 어쩌면 좀더 소형차로 바꿀지도 모르겠다는 겁니다. 올해는 경기가 나쁘다고 생각한 모양이에요. 하지만 올해는 최고로 좋았습니다. 그런데 어째서 갑작스레 거둬들였는지 아십니까? 15년 동안 멜과 나는 이 사업을 위해 일해왔는데, 이제 하룻밤 사이에 허사가 될 것 같습니다."
"당신이 걱정하는 것은 사업입니까, 아니면 친구입니까?"
랍비는 차갑게 물었다.
"모두 다예요. 저에게는 둘 다 똑같이 중요합니다. 멜은 그냥 단순한 동업자도 친구도 아닙니다. 그는 동생 같은 사람이에요. 게다가 15년이나 같은 사업을 해오다 보니 사업은 단순히 먹고살기 위한 수단이 아니게 되었습니다. 그것은 저의 일부예요. 내 목숨이라구요. 당신의 직업과 당신의 관계처럼 마찬가집니다. 그리고 지금 나의 삶 전체가 갑자기 엉망이 되어버렸단 말입니다."
"당신의 입장은 이해합니다, 베커 씨. 그리고 저로서도 할 수 있는 일이라면 어떻게든 도와드리고 싶습니다. 하지만 당신은 친구에게 정신적인 위로를 해주라고 부탁하러 오신 게 아닙니다. 당신의 부탁은 정말 무리한 얘기입니다. 아무래도 이번 사건이 당신의 판단을 흐리게 한 것 같군요. 그게 아니라면 비록 내가 당신의 기대에 기꺼이 따랐더라도 그런 일은 아무도 진심으로 해주지 않으리란 것을 아실 테지요."
랍비는 동정하지 않는 것도 아닌 어조로 말했다.
"압니다, 알아요. 다만 내가 억지를 쓰고 있을 뿐이지요. 하지만 당신도 뭔가 할 수 있는 일 아닙니까? 당신은 그의 랍비잖아요?"

랍비는 조용히 말했다.

"내가 교회 밖의 문제에 시간을 허비하고 있다는 비판을 받아왔다고 여겨지는 점이 있습니다. 브론스타인 씨는 분명 우리 교회의 신도가 아닙니다."

베커는 화를 냈다.

"알았어! 그러니까 어쩌겠다는 거지? 결국 당신은 그를 도울 수가 없다는 뜻인가? 그는 유대인이 아닌가? 이곳 배너스 클로싱의 유대인 사회의 일원이 아니냐고? 적어도 그를 만나러 가는 정도는 할 수 있지 않아? 적어도 그의 부인을 만나는 정도는 가능할 테지. 그들은 신도가 아니라고 당신은 말했어. 그래. 난 신도야, 나를 돕는다고 생각해서."

"사실을 말하면 이미 브론스타인 부인과 만날 약속이 되어 있으며, 당신이 벨을 울렸을 때는 브론스타인 씨와 면회할 방법을 찾던 참이었습니다."

베커도 바보는 아니다. 그는 어렵사리 미소를 띠었다.

"알았습니다, 랍비. 나 혼자 지레짐작했군요. 그럼, 당신의 생각은?"

"래니건 서장이 좀전에 여기로 와서 브론스타인 씨에 대한 기소내용을 대강 말해주었습니다. 그때 그런 증거는 다른 해석도 가능하다고 생각했습니다. 그러나 브론스타인 부부를 잘 몰라서요. 그래서 우선 그들을 알아야겠다고 생각했던 것입니다."

"그런 좋은 사람들은 두 번 다시 만나지 못할 겁니다, 랍비."

"여러 관청의 방식은 잘 알고 계시겠지요, 베커 씨? 그리고 경찰도 예외는 아닌 듯합니다. 당국은 용의자를 발견할 때까지는 널리 눈을 돌리지만, 일단 용의자가 떠오르면 그 다음은 어쨌거나 그 한 사람에게 집중하기 십상입니다. 래니건 서장에게 다른 곳으로도 눈을 돌리는 것을 그만두지 말라고 설득하는 거라면 저도 가능할 것 같군요."
"내가 생각하는 것도 바로 그거였습니다, 랍비. 에이브 카슨에게 말했던 것도 바로 그거였어요. 그에게 물어보세요. 기분이 상당히 좋아졌습니다."
베커는 매우 만족스런 표정으로 말했다.

20

배너스 클로싱 경찰서 유치장은 철제 격자를 끼운 네 개의 작은 독방으로 되어 있었다. 각각의 독방에 좁은 철제 간이침대와 화장실, 세면대가 있다. 도자기 소켓에 끼운 전구가 코드에 매달려 천장으로부터 늘어뜨려져 있다. 복도에는 낮이나 밤이나 어두컴컴한 전등이 들어와 있으며, 복도 한쪽 끝에는 격자창이 있고, 반대편에 사무실이 있다. 그 맞은편이 래니건 서장실이다.
휴 래니건은 랍비에게 독방을 보인 다음, 앞장서서 서장실로 안내했다.
"유치장이라고 할 만한 것은 아니지만 그런대로 충분히 제구실을 합니다. 이 나라에서 가장 오래된 유치장의 하나가 아닐까요. 이 건물은 식민지시대 것으로, 원래는 마을 공회당으로 쓰이던 것입니다. 물론 수리도 했고 때로 개축되기도 했지만 토대와 버팀목은 처음 그대로입니다. 그리고 전기며 수세식 변소와 상하수도를 설치해 근대적이 되긴 했지만 독방 역시 애초부터 있던 것이며, 만들어진 것은 남북전쟁 이전이랍니다."
"유치되어 있는 사람들은 어디서 식사를 합니까?"
래니건은 웃었다.
"가끔 몇몇 술주정뱅이나 무법자를 잡아다가 하룻밤 재워야하는 토요일 외에는 대개 여러 명의 손님이 있는 일은 드뭅니다. 가끔 식사시간에 누군가 있을 경우에는 근처 음식점, 대개는 바니 브레이크에서 도시락을 들여옵니다. 옛날엔 유치인을 제물 삼아 서장이 상당한 돈을 벌기도 했어요. 1인 1박에 얼마, 그리고 식사 한 번에 얼마라는 액수를 시가 서장에게 청구하게 했거든요. 내가 경찰에 들어왔을 무렵, 서장은 언제나 우리들에게 술주정뱅이를 데려오라고 닦달을 해댔습니다. 거리에서 조금만 비틀거려도 하룻밤 유치장 신세를 지는 일이 자주 있었지요. 하지만 한참 전에, 내가 서장이 되기 훨씬 전입니다만 시가 서장의 급료를 올려주었고 유치인의 식비를 정식으로 계산하게 되면서부터는 주정뱅이 체포에 눈을 번들거리는 서장은 없어졌지요."
"그래서 유치인은 재판을 받을 때까지 저기 좁은 독방에 감금되어 있는 것인가요?"
"아, 아닙니다. 만일 우리가 당신 친구를 기소하기로 결정하게 되면 다음 날 중으로 판사 앞으로 데려가거니와, 만약 판사가 구류해 놓으라고 한다면 유치인은 세일럼이나 린의 구치소로 이송됩니다."
"그런데, 그를 기소할 예정입니까?"
"그것은 전적으로 지방검사의 판단으로 결정됩니다. 우리가 포착한 증거를 판사에게 보이면 그가 몇 가지 질문을 하는 일도 있지만, 그 다음은 그가 결정합니다. 살인죄로 기소는 하지 않지만 참고인으로 구치하라는 결정이 날 때도 있어요."
"언제 그를 면회할 수 있습니까?"
"괜찮으시다면 지금 당장이라도요. 그의 독방에서 만날 수도, 이 사무실에서 만날 수도 있습니다."
"지장이 없다면 그 혼자만 만나고 싶습니다만?"

"예, 좋습니다, 랍비. 그를 여기로 데려오게 하고 둘만 있게 해드리지요. 무기를 휴대하고 있지는 않겠지요. 끌이라든가 쇠톱 같은 것?"

레니건이 웃으며 묻자 랍비는 빙긋 웃으며 저고리 주머니를 두드려 보였다. 래니건은 사무실로 이어진 문으로 가서 한 경찰에게 유치인을 자기 방으로 데려오라고 고함을 쳤다. 그리고는 문을 닫고 랍비를 홀로 남겨두고 나갔다. 곧 이어서 브론스타인이 들어왔다.

그는 부인보다 훨씬 젊은 것 같았는데, 나이보다도 건강의 차이라고 랍비는 생각했다. 브론스타인은 얼떨떨해 하고 있었다.

"면회를 와주신 것은 대단히 감사합니다만, 어딘가 다른 장소에서 만났더라면 얼마를 지불해도 아깝지 않았을텐데 말입니다."

"나도 유감스럽게 생각합니다."

"양친께서 돌아가셔서 다행이라는 생각을 문득 했습니다. 예, 그리고 자식이 없는 것도요. 언젠가 경찰이 범인을 잡아서 나를 석방하더라도 볼 낯이 없습니다."

"잘 압니다만, 불행은 누구에게나 일어날 수 있는 것임을 알아야 합니다. 불행에 휘말리지 않아도 되는 것은 죽은 사람뿐이지요."

"하지만 이건 너무나도 추해서……."

"불행한 일은 모두가 추악한 법입니다. 그 생각만 해서는 안됩니다. 그 아가씨 얘기를 해주십시오."

브론스타인은 즉각적인 대답을 피했다. 의자에서 일어나더니 생각을 정리하기 위해서인지, 아니면 감정을 다스리려 함인지 방안을 왔다갔다했다. 이윽고 갑작스레 발을 멈추더니 랍비에게로 얼굴을 향했다. 그리고는 빠르게 말을 이어갔다.

"그때까지 그녀를 만난 적은 단 한 번도 없었습니다. 어머니의 묘에 맹세코 사실입니다. 여자와 놀러 다닌 적은 있습니다. 그것은 인정하겠어요. 만일 아내를 사랑한다면 사정이 어쨌거나 아내에 대해 완벽하게 성실했을 거라고 말하는 사람도 있을지 모릅니다. 만약 자식이 있었다면 그랬을지도 모르거니와, 좀더 의지가 강한 인간이었다면 그것도 가능했겠지요. 하지만 제가 한 일은 솔직하게 인정하겠습니다. 분명 여자관계는 여럿 있었습니다만 심각해지거나 진심이었던 적은 한 번도 없어요. 게다가 여자들에게는 신사적인 태도로 대해 왔습니다. 결혼한 사실을 감추려 한 적은 한 번도 없습니다. 아내가 나를 이해해 주지 않는다는 둥 하는 구실로 결코 여자들의 마음을 끌지는 않았습니다. 아내와 이혼할 가능성이 있다는 얘기를 넌지시 비춘 적도 없어요. 언제나 솔직하고 공명정대했습니다. 도저히 어찌할 바 없는 욕구가 있었습니다. 육체적인 욕구지요. 그런데 같은 처지에 있으면서, 같은 처리법을 쓰는 여자는 많이 있습니다. 두 번가량 모텔에서 함께 잤던 여자는——물론 살해된 아가씨가 아닙니다——남편에게 버림을 받아서 이혼소송을 하던 기혼 여자입니다."

"만약 그 사람의 이름을 경찰에 말한다면……."

브론스타인은 세차게 고개를 흔들었다.

"그렇게 했다가는 그녀의 이혼에 지장을 줍니다. 아이들까지 빼앗겨버릴지도 모릅니다. 걱정 마십시오. 만일 제가 실제로 재판에 회부된다면, 그래서 그것이 중대한 기로가 된다면 그때는 그녀의 이름도 나오겠지요."

"그 사람과는 목요일마다 만났습니까?"

"아닙니다. 지난 주 목요일은 만나지 않았고, 그 전 목요일에도 두 번가량 만나지 않았습니다. 솔직히 말하면 그녀가 둘의 만남을 두려워하게 되었어요. 어쩌면 남편이 사립탐정을 시켜 미행을 하고 있는 게 아닐까 생각하기 시작했거든요."

"그래서 그 아가씨를 대타로 붙들었던 것입니까?"
"숨김없이 말하면, 그녀를 붙들었을 때 나는 플라토닉한 교제 같은 생각은 없었습니다. 레스토랑 '서프사이드'에서 만났어요. 만일 경찰이 나를 범인으로 결정하는 것보다 진상을 밝히는 일에 진정으로 관심이 있다면, 그때 그곳에 있었던 웨이트리스나 손님들에게 물어보았을 것입니다. 그랬다면 나와 그녀가 각각 다른 테이블에 앉아 있었던 것, 내가 다가가서 자기소개를 했다는 것을 기억하는 사람이 분명 몇 명쯤은 있을 게 틀림없습니다. 낯모르는 여성에게 말을 건넨다는 것은 누가 봐도 알 수 있으니까요. 아니 내가 말하고자 하는 것은, 함께 식사를 하고 한동안 얘기를 나누다 보니 나는 불쌍하게도 그 아가씨가 무서워하고 있음을 알았습니다. 심하게 두려워하고 있는데도 애써 밝음을 가장하고 겉으로 나타내지 않으려는 것을 알았어요. 그것은 그녀가 어떤 나쁜 일이 일어날 것 같다는 생각을 한 증거가 아니겠습니까?"
"어쩌면요. 어쨌거나 한 번 생각할 가치는 있는 일이군요."
"나는 그녀가 가여워졌어요. 접근하려던 사실을 까맣게 잊고 말았습니다. 그녀에게 육체적인 흥미는 없어졌지요. 그냥 즐겁게 하룻밤 지낸다는 생각밖엔 머릿속에 없었습니다. 우리는 보스턴까지 차로 가서 영화를 봤습니다."
그는 거기서 망설였다가 갑자기 결심한 것 같았다. 앞으로 몸을 쑥 내밀더니 누가 엿들을까 저어하는 것처럼 목소리를 낮췄다.
"아직 경찰에 하지 않은 말을 하겠습니다. 그녀가 걸고 있던 은사슬, 그녀가 목을 졸린 목걸이 말입니다만——신이시여, 용서하옵소서!——그건 영화를 보러 들어가기 직전에 제가 사준 것입니다."
"아직 경찰에 말하지 않았다고요?"
"그렇습니다. 경찰이 나를 범인으로 결정하는 데 이용될 만한 것을 말할 생각은 없어요. 취조방식으로 보건대, 그들은 그걸 알면 내가 저녁나절부터 줄곧 살인을 계획했다는 부동의 증거라고 생각할 겁니다. 당신에게 말하는 것은, 아무것도 감추지 않는다는 것을 아셨으면 해서입니다."
"알았습니다. 그런 다음 어디로 갔습니까?"
"영화가 끝난 뒤에 레스토랑에 들러서 핫케이크와 커피를 마셨고, 그 다음에 차로 그녀를 집까지 데려다 주었어요. 그녀의 집 앞까지 가서 그곳에 주차했습니다. 정말이지 툭 터놓고 말하건대 공명정대했어요."
"당신은 집안으로 들어갔습니까?"
"물론 들어가지 않았지요. 차안에 앉아서 한동안 애기를 했을 뿐입니다. 그녀의 어깨에 팔을 두르거나 하지도 않았어요. 우리는 그냥 거기 앉아서 애기를 했을 따름이에요. 마침내 그녀는 인사를 하고 차에서 내려 집으로 들어갔습니다."
"다시 만날 약속을 했었나요?"
브론스타인은 고개를 저었다. "나는 즐겁게 하룻밤을 보냈고, 그녀도 그런 것 같았어요. 집까지 데려다줄 즈음에는 그녀도 식사 때보다 훨씬 브드러워져 있었지만 나로서는 같은 일을 두 번 반복할 이유가 없었지요."
"그 다음에 당신은 곧장 집으로 돌아갔습니까?"
"그렇습니다."
"그럼, 부인은 그때 자고 있었나요?"
"그랬던 것 같습니다. 내가 늦게 돌아올 때면 가끔 자는 척하는 게 아닐까 여겨지는 적이 있습니다. 그녀는 침대에 있었고 불은 꺼져 있었어요."
랍비는 빙긋 웃었다.

"부인도 그렇게 말하더군요."
브론스타인은 재빨리 올려다보았다.
"아내를 만나셨습니까? 그녀는 어떻던가요. 이 일을 어떻게 말했습니까?"
"예, 만났습니다."
그의 마음의 눈에는, 넓고 경계가 분명치 않은 이마에서 뒤로 쓸어 넘긴 머리칼에 얼마간 회색이 섞이기 시작한 마르고 창백한 휠체어의 여자가 생생하게 보였다. 이목구비가 또렷하고, 기민해 보이는 반짝이는 회색 눈을 지닌 아름다운 부인이다.
"부인의 태도는 대단히 밝았습니다."
"밝아요?"
"의식적으로 그렇게 행동하셨겠지만, 부인은 당신의 무죄를 절대적으로 확신한다는 느낌을 받았어요. 만약 당신이 그런 행동을 했다면 부인은 단박에 눈치챘을 거라고 하셨습니다."
"그런 증언은 법정에서는 아무런 도움도 되지 않을 것 같습니다만, 우리가 서로를 친근하게 느끼는 것은 분명합니다. 대개의 결혼생활에선 여자는 아이들에게 신경을 쏟느라 많든 적든 남편과 소원해지기 십상입니다만, 아내는 십년쯤 전에 병이 났는데 오히려 우리는 보통 부부보다 거리가 없어졌습니다. 우리는 서로의 마음을 읽는다 해도 과언이 아닙니다. 이해하시겠지요, 랍비?"
랍비는 고개를 끄덕였다.
"물론입니다. 만약 그녀가 자는 척했다고 한다면……. 부인은 목요일을 제외하고는 언제나 깨어서 당신을 기다렸다고 하셨어요. 나는 아마도 부인이 브리지 클럽에서 여흥을 즐기던 흥분으로 너무 피곤한 때문이리라고 생각했습니다만, 결코 그렇지 않다고 하더군요. 부인은 당신이 어떤 여성과 함께 나갔다 온 것을 알고 있으며, 당신을 난처하게 하고 싶지 않았기 때문이었어요."
"아, 어쩌면 좋아."
그는 두 손으로 얼굴을 감쌌다.
랍비는 가련함을 느끼고 지금은 설교를 할 때가 아니라고 판단했다.
"부인은 상처받지 않았다고 하셨어요. 충분히 이해하고 계셨습니다."
"아내가 그런 말을 했습니까? 이해한다고 하던가요?"
랍비는 말투가 달라진 것을 깨닫고 화제를 바꾸려고 했다.
"예. 그런데 브론스타인 씨, 부인이 집에서 나가는 적은 없습니까?"
그의 얼굴이 누그러졌다.
"있고말고요. 날씨가 좋아서 아내가 나가고 싶은 기분일 때는 같이 드라이브를 갑니다. 나는 드라이브를 좋아하고, 옆에 아내를 태우고 가는 게 좋습니다. 그럴 때는 꼭 옛날 같거든요. 아내가 만약 건강했더라면 그랬을 것처럼 내 옆에 타고 있으니까요. 그녀가 아프다는 것을 떠올리게 하는 휠체어가 없지요. 하긴 뒤 트렁크에 접어 넣은 것이 들어 있긴 하지만 말입니다. 그리고 때때로 따뜻한 밤이면 바닷가까지 차를 달려, 아내를 휠체어에 태우고 바닷가를 걷는 적도 있어요."
"부인은 어떻게 차에 타시나요?"
"내가 안아 올려서 앞좌석에 태워줍니다."
랍비는 일어섰다.
"경찰의 주의를 끌 가치가 있을 만한 점이 한두 가지 있습니다. 만약 아직이라면 경찰은 그 점을 파고들어 보면 좋을지도 모르겠군요."

브론스타인도 일어섰다. 머뭇거리면서 손을 내밀었다.

"랍비, 와주셔서 정말 감사합니다."

"불편하신 것은 없습니까?"

그는 독방 쪽을 턱으로 가리켰다.

"예, 괜찮습니다. 취조가 끝난 뒤에는 독방 문에 자물쇠를 채우지 않고 놔둬서 마음이 내키면 복도를 왔다갔다할 수도 있었습니다. 들어와서 쓸데없는 잡담을 나누는 경찰도 있고, 읽어도 된다며 잡지를 주거나 합니다. 그런데, 저어……."

"뭡니까?"

"나는 괜찮다고 아내에게 전해주실 수 있겠습니까? 아내에게 걱정을 끼치고 싶지 않아서요……."

랍비는 빙긋 웃었다.

"부인께 연락을 취하도록 하지요, 브론스타인 씨."

21

브론스타인을 남겨놓고 자리를 떠나면서 랍비는 슬프게 뒤돌아보았다. 그를 돕는 최초의 시도는 두 가지 점을 알아내는 데 성공했지만, 그 불운한 사내에게는 둘 다 이차적인 일이고 둘 다 불리한 것이었다. 브론스타인 부인을 방문하고 알았지만, 매주 목요일 밤만은 그녀는 일어나서 남편을 맞이한 적이 없었다. 비록 그녀가 남편에게서 이상한 점은 발견할 수 없었다 해도 크게 도움은 되지 않으리라. 아내의 증언은 그다지 신용을 받지 못하며, 특히 그것은 마이너스 재료였다. 또한 그를 만난 뒤에 떠오른 것은 아내를 안아 올려서 차의 시트에 내려놓는 그의 모습이었다. 그때까지 랍비는 범인이 사체를 차에서 다른 차로 옮겨 싣는 것은 힘들어서 잘 되지 않으리라고 여겼으나, 멜 브론스타인이 실제로 그렇게 해왔으며, 조금도 어려운 기술이 아니라는 점, 그가 그것에 숙련되어 있음을 증명해 보였다.

그러나 브론스타인의 차는 대형 링컨이며, 자기 차는 소형이므로 거기에 차이가 생겨날 것이었다. 그는 집으로 돌아와 차를 차고에 넣고 내려와 학자 타입의 갸름한 얼굴을 신경질적으로 찌푸리면서 차를 꼼꼼히 살폈다. 그런 다음 집안에 대고 소리쳐서 미리엄에게 잠깐 나오라고 했다.

그녀는 그의 말대로 따랐으며, 옆에 서서 그의 시선을 눈으로 따라갔다.

"누가 긁었어요?"

대답 대신 그는 태연히 아내의 허리에 팔을 둘렀다. 그녀는 애정을 담은 미소를 보냈으나 그는 알아채지 못한 것 같았다. 그는 팔을 뻗어 차 문을 열었다.

"왜 그래요, 데이비드?"

그는 차의 내부를 관찰하면서 아랫입술을 깨물었다. 그러더니 말없이 몸을 굽혀 그녀를 안아 올렸다.

"데이비드!"

그는 비틀비틀 열린 문을 향해 걸어갔다.

그녀는 깔깔대며 웃기 시작했다.

그는 아내를 시트 위에 살며시 내려놓으려 했다.

"고개를 뒤로 젖혀봐."

그녀는 그렇게 하는 대신 다시 쿡쿡 웃으면서 그의 목을 꼭 감고 얼굴을 남편의 얼굴에 갖다댔다.

"그만해, 미리엄."

그녀는 남편의 귀를 가볍게 한 방 먹였다.

"난 지금 시험삼아서……."

그녀는 도발하듯 두 다리를 흔들어댔다.

"이런 모습을 워서맨 씨가 봤더라면 뭐라고 할지 모르겠네?"
"즐기시는 중인가요?"
두 사람이 휙 돌아보니 문에 래니건 서장의 싱글벙글하는 모습이 있었다.
랍비는 허둥대며 아내를 내려놓았다. 우스운 꼴이 되었다. 그는 변명처럼 말했다.
"잠깐 실험을 하던 참이었어요. 사체를 차의 시트에 싣는 것은 손쉬운 일이 아닙니다."
래니건은 고개를 끄덕였다.
"예, 하지만 그 아가씨도 부인보다는 꽤 나았을 테지만, 브론스타인도 당신보다 훨씬 크니까요."
"거기에 차이가 생겨나는 겁니다."
랍비는 그렇게 말하면서 집안으로 안내를 했고, 앞서서 서재로 갔다.
자리에 앉자 래니건이 브론스타인과의 면회는 어땠느냐고 물었다.
"어떤 인물인지 알았습니다. 그런 무시무시한 짓을 할 만한 타입이 아니에요……."
서장은 성미 급하게 가로막았다.
"랍비, 나처럼 많은 범죄자를 만난 적이 있다면 겉모습쯤 무의미하다는 것을 아실 겁니다. 도둑놈은 어딘가 수상쩍은 생김새를 가졌을 것 같은가요? 아니면 사기꾼은 그럴듯한 눈초리를 보인다고요? 당치도 않아요. 그의 장사 수완은 허물이 없는 정직해 보이는 겉모습과, 상대의 눈을 정면으로 바라볼 수 있는 능력입니다. 당신들은 말하자면 서재형의 사람들이고, 랍비는 특히 학구적인 타입이겠지요. 나는 책이나 학구적인 사람에게 강한 존경의 마음을 가집니다만, 이런 문제에 위력을 발휘하는 것은 어디까지나 경험입니다."

랍비는 상냥한 어조로 말했다.

"하지만 겉모습이나 태도가 거짓이 많은 사람이라고 한다면, 외면적인 것은 모두 무효가 되고 말죠. 게다가 배심제도라는 것이, 대체 본래의 역할을 다하는지 여부가 의심스럽군요. 당신들은 무엇을 확신의 기반으로 삼고 있습니까?"

"증거지요, 랍비. 수리적으로 확실한 증거가 있으면 그것을 기반으로, 없다면 확률의 크기를 기반으로 합니다."

랍비는 천천히 고개를 끄덕였다. 그런 다음 전혀 예상에 어긋나는 질문을 했다.

"우리들의 탈무드에 관해 아십니까?"

"당신들의 율법 책이지요? 그게 무슨 관계가 있습니까?"

"탈무드는 사실은 율법서가 아닙니다. 그것은 모세의 책입니다. 탈무드는 율법의 주해를 집대성한 것이지요. 그것과 당면한 사건과 직접 관계는 없는 듯합니다만, 모든 종류의 사례를 탈무드에서 찾아낼 수 있으므로 전혀 관계가 없다고 잘라 말할 수도 없습니다. 지금 저는 그 내용이 아니라 그 연구방법을 생각했습니다. 내가 젊은 시절 신학교에서 공부를 시작했을 무렵은 모든 과목——헤브라이어, 문법, 문학, 성서——은 모두 보통 방법으로 가르치고 있었습니다. 마치 여러 과목을 공립학교에서 가르치는 것처럼요. 즉, 우리는 책상에 앉고 선생님은 좀더 커다란 교단 책상에 앉는 것입니다. 선생님은 칠판에 쓰고, 질문을 하며, 숙제를 내고, 우리가 과제를 외우는 것을 듣거나 했지요. 그러나 우리가 탈무드를 시작했을 때는 교수법이 전혀 달랐습니다. 커다란 테이블을 한 무리의 학생들이 둘러싸고 있는 것을 상상해 보십시오. 테이블 상석에 선생님이 있습니다. 이 경우에는 족장다운 긴 턱수염을 기른 사람이죠. 우리는 하나의 구절, 율법의 짧은 문장을 읽습니다. 그 다음에 다른 의견, 해설, 그 구절의 적절한 해석에 관한 옛 랍비들의 의견으로 이어집니다. 우리는 자기가 하는 일을 제대로 알기도 전에 주관적인 의견, 반론, 복잡하기 짝이 없는 자잘한 정의며 논리를 잡아비틀곤 했지요. 때로는 선생님이 주어진 입장을 지키는 역할을 맡고, 우리가 질문과 반론을 선생님께 퍼붓는 역을 했습니다. 곰사냥은 틀림없이 이럴 거라고 생각합니다. 털북숭이 곰을 둘러싸고 한 떼의 개가 짖어대고, 곰이 어떻게든 한 마리를 내던지려는 찰나에 다른 개가 뛰어오르려 합니다. 논의를 시작함과 동시에 새로운 생각이 차례로 솟아오르지요. 나는 초기에 공부했던 구절을 아직도 기억합니다. 그것은 대장간의 망치 밑에서 날아오르는 불꽃이 원인이 된 화재사건에서 손해는 어떻게 사정할 것인가를 고찰하던 때였습니다. 우리는 이 구절에 꼬박 2주일을 허비했고, 마침내 섭섭해하면서 앞으로 진도를 나갔는데 아직 제대로 시작하지도 않은 듯한 기분이 남는 것이었습니다. 탈무드 연구는 우리에게 지대한 영향을 주었습니다. 위대한 학자들이 탈무드 연구에 일생을 바쳤습니다만, 그것은 율법의 정확한 해석이 가끔 당면 문제와 밀접한 관계가 있기 때문이 아니라——해당하는 율법은 이미 사문서가 된 경우가 많았지요——머리 체조에 실로 훌륭한 매력이 있었기 때문입니다. 그것이 자극이 되어서 여러 종류의 아이디어를 끌어낼 수가 있었기 때문에……."

"그래서 이 방법을 우리의 당면 문제에 이용하면 어떻겠느냐는 것이군요?"

"맞습니다. 한 가지 당신의 추론에서 여러 개연성의 무게를 음미해 보지 않겠습니까?"

"좋습니다, 시작하시지요."

랍비는 의자에서 일어나 실내를 돌아다니기 시작했다.
"출발점은 사체가 아니라 핸드백으로 하지요."
"어째서요?"
"안됩니까?"
래니건은 어깨를 으쓱했다.
"오케이, 스승은 당신이니까."
"실제로 핸드백은 세 사람과 관련이 있다는 이유만으로도 보다 수확이 많은 수사의 대상입니다. 담그늘에 쓰러져 있던 사체는 두 사람밖에 관계가 없습니다. 즉, 피해자와 범인이지요. 하지만 핸드백은 이 둘에 더해 나까지 얽혀 있습니다. 핸드백이 발견된 것은 내 차 안이었으니까요."
"과연 그렇군요."
"그런데 그 핸드백이 발견 현장에 남아 있던 것으로 어떤 것을 생각할 수 있을까요? 남겨둔 것은 피해자일까요 그녀를 살해한 남자일까요? 아니면 혐의를 받지 않은 미지의 지금까지 용의선상에 없던 제삼자일까요? 모두가 가능성이 있습니다."
"뭔가 새로운 이야기를 준비한 것이 아닌가요?"
래니건은 의아한 듯 물었다.
"아뇨, 나는 다만 모든 가능성을 생각하고자 할 따름입니다."
노크소리가 나면서 미리엄이 쟁반을 들고 들어왔다.
"커피가 좋지 않을까 싶어서요."
"감사합니다. 부인도 함께 어떠십니까?"
래니건은 쟁반 위에 잔이 둘밖에 없는 것을 보고 말했다.
"괜찮은가요?"
"그럼요, 자, 어서. 특별히 비밀이랄 것은 아무것도 없습니다. 랍비가 탈무드 첫 강의를 해주시려던 참인걸요."

그녀가 커피 잔을 들고 다시 돌아왔을 때 래니건은 말했다.
"좋아요, 랍비. 핸드백을 놓아둘 가능성이 있는 사람은 모두 열거했습니다. 그럼 거기서 어떤 해석이 나오나요?"
"물론 저에게 떠오르는 최초의 의문은, 대체 그녀는 어째서 핸드백을 들고 있었을까 하는 것입니다. 뭐, 그게 습관이 된 사람도 있겠지만."
"집 열쇠를 백 속의 고리에 이어놓는 여자들이 많아요."
스몰 부인이 말했다.
래니건은 그녀에게로 고개를 끄덕였다.
"잘 지적하셨어요. 그녀도 열쇠를 그렇게 했더군요. 안쪽 포켓의 지퍼 고리에다 짧은 사슬로요."
"그렇다면 굳이 열쇠를 떼어내는 번거로움을 피해 백 채로 들고 갔다. 그럼 그것을 내 차에 놔뒀을 가능성이 있는 사람을 한사람씩 차례로 생각해보지 않겠습니까? 우선 소거해 버리기 위해 제삼자, 용의선상에 없는 미지의 사람, 그 사람은 우연히 지나다가 백을 발견한 어떤 사람이 되겠군요. 이유는 백이 차에서 가까운 지면에 떨어져 있었기 때문이라는 것이 될까요. 그래서 그는 주인에게 돌려주고 싶어서 뭔가 신원의 단서라도 없을까 싶어 틀림없이 백을 열었을 것입니다. 그러나 대개는 호기심 때문에 여는 경우가 많겠지요. 만약 그가 부정직했다면 속에 든 귀중품을 가져가 버렸을 테지만 그는 그렇게 하지 않았어요."
"어떻게 압니까, 랍비?"
래니건이 갑자기 신중하게 물었다.
"당신이 무게가 나가는 결혼 금반지를 발견했다고 했기 때문이지요. 만일 그 사람이 부정직한 사람이었다면 가져가 버렸을 텐데, 그렇게 하지 않았다는 것은 그것 말고도 뭔가 귀중품이, 예를 들면 돈이 그대로 남아 있다는 것을 암시합니다."
래니건은 인정했다.
"백에 돈이 조금 들어 있었어요. 뭐 적은 액수입니다. 지폐 두 장에, 동전이 약간."
"그것 보십시오. 그러니까 누군가가 핸드백을 발견해서 안의 귀중품을 빼내고 단서가 남지 않도록 쓸모 없는 백은 버린 경우는 아니라고 생각해도 되겠지요."
"뭐, 괜찮겠지요. 그래서 어떻게 되나요?"
"우선 작은 실마리가 되지요. 그럼 그 사람이 정직한 사람이어서 주인에게 돌려줘야겠다고 가정해 봅시다. 발견된 것이 차 근처니까 같은 주인의 것이 아닐까 싶어서 그것을 내 차 안에 넣어뒀다, 혹은 운전자가 차 안에서 그것을 발견한다면 정당한 주인에게 되돌릴 수고를 취해 주리라고 생각했기 때문에 차 안에 넣었다고 가정합시다. 만약 그와 백과의 관계가 그것뿐이었다고 한다면, 어째서 운전자가 손쉽게 발견하게 될 앞좌석에 놓지 않고 뒤 바닥에 놨을까요? 나는 그것도 모른 채 며칠이나 차를 타고 돌아다녔다 해도 이상할 것은 없습니다."
"알겠습니다. 그럼 지금까지 상황으로 보건대 용의선상에 없는 제삼자가 백을 차에 넣은 것이 아니다. 정직한 사람도, 부정직한 사람도 이것과는 관계가 없다는 것이군요. 그런 사람이 했다는 말은 나는 한 번도 하지 않았어요."
"때문에 다음으로 나가야 합니다. 이번엔 피해자 여성입니다."
"그녀는 제외해야 합니다. 그때는 이미 죽어 있었으니까요."
"어떻게 그렇게 잘라 말할 수 있지요? 그 핸드백은 그녀 자신이 차안에 남기고 갔다는 선이 가장 가능성이 크다고도 생각할 수 있는데 말입니다."

"그런데 말예요, 그때는 따뜻한 밤이었기 때문에 당신은 서재 창을 열어놓고 있었던 게 틀림없어요. 그렇지요?"

"예. 창은 열어두었습니다만 블라인드를 내리고 있었어요."

"당신은 차에서 어느 정도 거리에 있었다고 생각합니까? 아십니까, 차는 건물에서 20피트 떨어진 곳에 있었어요. 서재는 2층에 있고, 그래요, 지상 11피트 지점이지요. 게다가 창 높이가 4피트는 될까요. 그렇다면 고등학교 시절의 기하를 떠올리면 차에서 당신에게로 잇는 선은 직각 삼각형의 사변입니다. 그것을 계산해 내면 창은 차에서 약 25피트 떨어져 있음을 알 수 있습니다. 게다가 책상에 있었던 당신까지 또 10피트를 더해야 하지요. 즉, 당신은 차에서 35피트인 곳에 앉아 있었습니다. 가령 그 차 안에 누군가가 들어가 있었다면, 하물며 그 안에서 티격태격하고 살해를 했다면, 아무리 당신이 연구에 몰두해 있었더라도 소리가 귀에 들어왔을 것입니다."

"하지만 내가 교회를 나온 뒤의 일이었는지도 모릅니다."

래니건은 고개를 흔들었다.

"그렇고 말고요. 당신은 12시가 넘어서 나왔다고 했습니다. 20분가량 지났을 거라고요. 하지만 순찰경관 노먼은 교회 쪽으로 이플 거리를 걸었고, 그 무렵 혹은 그보다 약간 뒤에는 교회에서 보이는 곳에 있었어요. 주차장은 그 시각부터 그가 모퉁이의 전화부스로 들어간 1시 3분 지나서까지 그의 감시 아래 있었습니다. 그 뒤에 그는 바인 거리를 걸었습니다. 즉, 세라피노 씨네집이 있는 길이며, 따라서 그 아가씨가 걸었을 게 틀림없는 길입니다."

"그럴싸하군요. 그럼 그 다음은?"

랍비가 다음 말을 재촉하자 래니건은 다시 고개를 저었다.

"말해봤자 소용없어요. 검시의의 최초 보고로는 그녀가 살해당한 것은 1시쯤이며, 앞뒤로 20분의 차가 있다고 했어요. 하지만 이것은 체온, 사후경직 등을 토대로 한 것입니다. 우리는 브론스타인을 취조해서 그들이 영화가 끝난 뒤에 야식을 먹었음을 알아냈기 때문에 검시의는 위 내용물을 토대로 시간을 쪼개낼 수 있었고, 그것으로 이번엔 보다 정확해진 것입니다. 추가 보고서는 기껏해야 1시로 단정하고 있습니다."

"그렇게 되면, 나는 차 바로 가까이에 있었음에도 불구하고 아무런 소리도 듣지 못했을 정도로 몰두하고 있었다는 가능성을 고려해야만 하겠군요. 기억하고 계시겠지만 차창은 닫혀 있었어요. 게다가 만약 그들이 주의 깊게 문을 여닫았다면, 그리고 만약 낮은 소리로 대화를 했다면 저에게는 들리지 않았을 게 분명합니다. 게다가 그녀를 살해한 게 교살이라면 그녀도 비명을 지르지 못했겠지요."

래니건은 랍비의 머리를 손가락으로 가리켰다.

"지금 머리에 쓰고 계신 것을 뭐라고 합니까?"

랍비는 검은 비단으로 된 모자를 만졌다.

"이거요? 키포."

래니건은 빙긋 웃으면서 말했다.

"그럼 실례지만, 당신은 그 키포 밑에서 엉터리 말을 하고 있어요. 그들은 소리가 들리는 곳에 사람이 있다고 생각할 이유도 없는데 어째서 차 문을 여닫는데 주의를 기울였겠어요? 만약 그들이 비가 내리기 시작하기 전부터 그곳에 있었다면 창을 열었겠지요. 더웠을 테니까요. 그리고 만일 비가 한창 내리던 때였다면 노먼이 발견했을 게 분명합니다. 그리고 그녀가 당신 차 안에 있었음을 나타내는 것은 아무것도 없었어요. 이걸 보십시오."

그가 공문서 송달 상자를 열고 서류를 꺼내 그것을 랍비의 책상 위에 펼쳤으므로 모두 책상으로 다가와 들여다보았다.

"이게 차 안에 있었던 것 모두입니다. 모든 물건함에 들었던 리스트입니다. 이것은 각각의 물건이 발견된 위치를 나타내는 내부 그림입니다. 여기서, 이 시트 아래 바닥에서 핸드백이 발견되었습니다. 이 플라스틱제 물건함 속에 립스틱이 묻은 휴지가 들어 있었습니다만, 그것은 부인의 립스틱이었어요. 뒤쪽 바닥 위, 앞좌석 바로 뒤에는 머리핀이 있었지만 그것도 부인 것이었습니다. 앞 재떨이에 몇 개, 뒤쪽에 한 개, 담배꽁초가 들어 있었지만 모두 부인의 립스틱이 묻은 것이며, 종류는 계기판 옆의 물건함에서 발견된 담배꽁초와 똑같았으므로 부인이 피우시는 것이었습니다."

"잠깐, 그 뒤쪽 재떨이의 하나는 제것일 리가 없어요. 그 차를 산 뒤로 단 한번도 뒷좌석에 앉은 적이 없으니까요."

미리엄이 말했다.

"뭐라고요? 단 한 차례도 뒷좌석에 앉은 적이 없다고요? 설마, 그런 일이!"

랍비는 부드럽게 되받았다.

"이상합니까? 나는 운전석 외의 어디에도 앉은 적이 없어요. 그러고 보면 사실 뒷좌석은 한 번도 사용한 적이 없네요. 1년쯤 전에 그 차를 샀으니까 틀림없어요. 나는 차를 탈 때는 운전석에 있고, 미리엄이 동승할 때는 내 옆에 타고. 그게 어째서 그렇게 이상한 일인가요? 당신은 자기 차 뒷좌석에 몇 번쯤 앉습니까?"

"하지만 그것은 어떤 까닭으로 그곳에 들어 있는 게 틀림없어요. 립스틱도 담배도 부인 거였지요. 이것을 보세요, 이건 피해자의 핸드백 내용물 리스트입니다. 담배가 없다는 것을 아시겠지요?"

랍비는 리스트로 눈을 돌렸다. 그런 다음 지적했다.

"하지만 라이터는 있군요. 그것은 그녀가 담배를 피운다는 증거겠지요. 립스틱 얘긴데, 그것은 미리엄의 것과 똑같은 상표에 같은

색이었다고 했지요? 요컨대, 두 사람 모두 금발이거든요."
"잠깐 기다려요. 머리핀은 차 뒤쪽에서 발견되었습니다. 따라서 당신은 틀림없이……."
미리엄은 고개를 저었다.
"앞좌석에 앉았더라도 머리핀이 떨어지는 곳은 뒤가 될걸요?"
"아, 그렇겠지요! 하지만 여전히 석연치가 않군요. 그녀는 담배를 갖고 있지 않았다, 적어도 그녀의 핸드백에는 들어 있지 않았다, 그렇지요?"
"그렇습니다. 그렇더라도 그녀 혼자가 아니었는걸요. 누군가가 함께였어요. 범인이, 그리고 그는 아마도 담배를 갖고 있었겠지요."
"당신은 그 아가씨가 당신 차에서 살해당했다고 생각하시는 겁니까, 랍비?"
"맞습니다. 뒤쪽 재떨이에 들어 있던 립스틱이 묻은 담배는 그 여자가 내 차 뒷좌석에 있었다는 증거예요. 바닥에 있던 핸드백은 그 여자가 엘스페스 블리치였다는 증거입니다."
"좋아요, 그녀가 거기 있었다고 칩시다. 그녀가 당신의 차에서 살해당했다는 것도 인정하기로 하지요. 그럼 그게 어째서 브론스타인을 구하는 것이 됩니까?"
"그것으로 그는 결백해지겠지요."
"그는 자기 차를 갖고 있었기 때문이라는 겁니까?"
"그렇습니다. 그가 피해자를 태우고 주차장으로 들어와 내 차 옆에 갖다대고 차를 바꿔 타거나 했을 것 같습니까?"
"그는 자기 차에서 그녀를 죽이고, 사체를 당신 차로 옮긴 것인지도 모릅니다."
"뒤쪽 재떨이의 담배를 잊으셨군요. 내 차로 들어왔을 때, 그녀는 아직 살아있었습니다."

"그가 무리하게 사체를 밀어 넣었다면?"
"어떤 이유로?"
래니건은 어깨를 으쓱했다.
"그거야 틀림없이 자기 차에서 싸운 흔적이 남는 것을 피하기 위해서이겠지요."
"그 담배를 증거품으로 중요시하지 않는군요. 만약 그녀가 내 차 뒷좌석에서 그 담배를 피웠다면 그녀는 편히 쉬고 있었던 것입니다. 아무도 그녀의 목에 손을 대지 않았고, 아무도 그녀를 위협하거나 하지 않았어요. 그렇다면 만약 그녀가 드레스를 벗은 다음 어떤 이유에서 브론스타인의 차로 돌아와야만 했다면, 어째서 레인코트를 입어야 했습니까?"
"물론 비가 내렸기 때문이죠."
랍비는 안타깝다는 듯 고개를 저었다.
"차는 집 바로 앞에 있었어요. 거리는 한 50피트? 그녀는 속치마를 가리기 위해 톱코트를 걸치고 있었으니까, 그렇게 짧은 거리라면 충분히 비를 피했을 것입니다."
래니건은 일어나서 걷기 시작했다. 랍비는 그의 사고의 흐름을 방해하고 싶지 않았으므로 잠자코 지켜보았다. 그러나 그는 계속해서 침묵했으므로 랍비는 말했다.
"브론스타인은 사건이 백일하에 드러났음을 알았을 때 곧장 경찰에 갔어야만 했습니다. 아니, 처음부터 그 아가씨와 관계가 없었더라면 좋았겠지요. 하지만 만약 당신이 그것을 너그럽게 봐줄 수 없다 하더라도 가정사정으로 보아 이해할 수 있지 않은가요? 또한 그가 경찰에 감추고 있었던 것을 용서하지는 못한다 하더라도 이해는 해 줄 수 있겠지요. 그를 취조하기 위해 체포하고, 더구나 그것을 공표한 이상, 그것만으로도 충분한 벌이 되었습니다. 그렇지 않습니까, 래니건 서장님? 나의 충고를 받아들여 그를 석방해 주십시오."
"그렇게 되면 용의자가 없어지게 되는데……."
"당신답지 못하군요."
"무슨 소립니까?" 서장의 얼굴이 시뻘개졌다.
"설마 보도기관에 수사 진행을 보고하기 위해 누군가를 구류해두는 것은 아니겠지요? 게다가 그렇게 해봤자 수사에 방해가 될 뿐입니다. 늘 브론스타인이 머릿속을 떠나지 않아서 그를 그림에 끼워 맞추는 추론을 세우려 할 것이고, 그의 과거를 씻고 새로운 증거가 생겨나면 뭐든지 그가 얽혀 있다는 견해에서 헤어날 수가 없게 되고 맙니다. 그렇게 되면 완전 헛다리를 짚는 수사가 아닌가요?"
"하지만……."
"모르시겠습니까? 그가 자진해서 먼저 말하지 않았다는 것 말고는 아무런 증거도 없지 않습니까?"
"그러나 지방검사가 오전 중에 그를 취조하러 올텐데……."
"그럼 그에게 임의출두를 하도록 하십시오. 내가 보증을 서겠습니다. 필요하다면 내가 그의 출두를 보증하겠어요."
래니건은 송달 상자를 손에 들었다.
"알겠습니다, 그를 석방하지요."
그는 문으로 가서 문고리에 손을 얹으면서 멈춰 섰다.
"물론 알고 계시겠지만, 랍비, 당신이 처한 입장도 지금 썩 좋은 편은 못됩니다."

22

알 베커는 은혜를 잊는 그런 사람은 아니었다. 그의 동료가 석방된 다음날 아침에 그는 에이브 카슨이 이번 일에 여러 가지로 돌봐 준 것에 대해 직접 고마움을 표하기 위해 만나러 갔다.

"아, 지방검사에게서 얘길 듣긴 했네만 크게 힘을 쓸 수는 없었어. 전에도 말했다시피 이 사건은 적어도 지금까지의 상황으로 보아 지역 경찰이 주로 다루고 있거든."

"언제나 그렇습니까?"

"음, 그렇기도 하고 그렇지 않기도 해. 권한의 구분은 확실하게 되어 있지 않아. 살인사건의 경우는 대개 주(州)경찰이 나서지. 지방검사는 자기 군에서 크나큰 범죄가 일어나 자기 지역에서 기소해야 할 경우에만 나선다네. 그리고 지역 경찰은 지역 사정에 밝기 때문에 커다란 몫을 하게 되지. 때문에 해당지역 경찰서장의 성격, 지방검사의 성격, 그리고 구사할 수 있는 재량의 범위나 당면 문제의 성격에 따라서 사정이 크게 달라지게 돼. 예를 들면, 보스턴처럼 대도시에서는 사건을 좌지우지하는 것은 보스턴경찰이지. 그들은 인력과 장비를 갖추고 있거든. 하지만 여기선 수사의 주도권을 휴 래니건이 쥐고 있어. 멜은 그의 명령으로 체포된 것이고, 또한 그의 명령으로 석방되었다네. 그리고 아직 더 있어. 래니건이 그를 석방한 것은 랍비가 그에게 보인 증거의 새로운 시점과 새로운 해석의 결과였지. 이것은 관례적인 것이 아니야. 즉, 경찰관이 다른 사람의 교묘한 추리를 시인한 것이니까 말야. 하지만 휴 래니건은 평범한 경찰이 아니라네."

알 베커는 에이브 카슨의 말을 액면 그대로는 받아들이지 않았다. 사건에 관해 랍비가 래니건에게 무슨 말을 했다는 것은 의심치 않았다. 말 그대로 이야기를 나누는 동안 랍비의 사소한 말이 서장에게 다른 관점을 부여한 것인지도 모른다. 하지만 랍비가 알의 친구를 변호하는 유력한 논법을 생각해냈으리라고는 믿어지지가 않았다. 그렇더라도 역시 랍비를 만나 인사를 하는 것이 마땅해 보였다.

이번에도 역시 두 사람의 만남은 어색한 분위기가 되었다. 베커는 단도직입적으로 말했다.

"멜 브론스타인의 석방에 여러 가지로 힘을 써주셨다더군요, 랍비."

만약 이때 랍비가 상대의 예상대로 겸손하게 부인을 했더라면 일은 훨씬 간단하게 끝났겠지만, 그는 그렇게 하지 않았다.

"예, 뭐 그렇지요."

"내가 멜을 어떻게 생각하는지는 아시겠지요. 그는 동생 같은 사람입니다. 때문에 내가 얼마나 고맙게 생각하고 있는지 아실 것입니다. 나는 지금까지 반드시 당신의 적극적인 지지자는 아니었고 또 ……."

랍비는 빙긋 웃었다.

"그래서 당신은 지금 적잖이 난처해하십니다. 그럴 필요는 없어요, 베커 씨. 당신의 반대가 결코 개인적인 것이 아니었다는 것은 잘 압니다. 나를 적임자가 아니라고 생각하고 계시죠. 당신은 충분히 그럴 권리가 있습니다. 당신이든 다른 누구든 나는 도움을 필요로 하는 분이 있으면 돕거니와, 당신 친구에게도 그렇게 했을 뿐입니다. 당신도 같은 입장이 되면 틀림없이 그렇게 했을 것입니다."

베커는 에이브 카슨에게 전화를 걸어 랍비와의 대화를 보고하면서 이렇게 결론지었다.

"그는 아무래도 좋아지지가 않는 사람이에요. 나는 멜을 도와준 고마움을 표해야겠고, 또 그의 계약문제로 반대운동을 펴왔던 것을 다소 사과할 마음도 있었습니다만, 그는 나의 우정을 필요로 하지 않으며, 내가 그에게 계속 반대를 하더라도 상관하지 않는다고까지 말을 하더군요."

"자네 말에서 내가 받은 인상은 그것하곤 다르군. 어떤가, 알? 자넨 머리가 지나치게 영리해서 랍비 같은 사람을 이해하지 못하는 게 아닐까 싶군. 자넨 말속에 숨은 뜻을 읽어 내거나 남의 진의를 추측하는데 익숙하니까 말야. 랍비는 말에 숨겨진 뜻을 가지고 한 말이 아닐지도 몰라. 생각한 대로를 솔직하게 말한 것이 아닐까, 그렇게는 생각하지 않는가?"

"그건 말입니다, 당신이나 제이크 워서맨, 또 에이브 라이히가 그에게 홀딱 반했다는 건 알아요. 당신네들이 보면 랍비는 실수를 저지를 리가 없는 사람이겠지만……."

"그는 자네에게도 공정하게 대해왔다고 생각하는데, 알?"

"아, 그가 나나 멜에게 호의를 보이지 않았다는 뜻은 아니에요. 나는 고마워하고 있습니다. 하지만 말이죠, 당국은 그에 대해 아무런 결정적 근거가 없기 때문에 어차피 한 이틀 지나면 석방되었을 겁니다. 당신도 그건 잘 아시리라고 생각합니다만."

"그렇게 단정할 수도 없네. 당국의 수법을 알고 있겠지? 누군가가 평범한 범죄로 재판을 받는다고 치세. 그저 그런 사건의 경우에 분명히 결백하다면 석방이 되겠지만, 이번 같은 사건은 다르지. 이것은 이미 단순히 법률상의 문제가 아냐. 정치적인 요소가 개입되어 있기 때문에 그들은 한 사내가 결백한지 어떤지에 관해서는 그리 관심이 없네. 그들은 다른 조건으로 생각하기 시작하지. 배심원 앞으로 들고 나갈만한 것을 충분히 갖고 있는가? 만일 용의자가 결백하다면 그거야 그의 변호사가 할 일이고, 만약 변호사가 해내지 못한다면 유감스러운 일이라는 식으로 말일세. 마치 풋볼 게임처럼 되어 버린다네. 한쪽은 지방검사, 다른 한쪽은 피고인측 변호인, 그리고 재판관이 심판을 보는 식이지. 그럼 피고는 뭐냐고? 그가 공이야."

"예, 하지만……."

"그리고 또 있네. 만일 자네가 진정으로 공정하게 이 사건을 보고 싶다면 실정을 자네 자신에게 물어보게나. 첫 번째 용의자는 누구지? 가르쳐줄까? 그건 랍비야. 랍비에 대한 자네의 의견이야 어떻든 간에 그를 바보라고 부를 수는 없어. 브론스타인을 용의선상에서 제외시키면 그 자신이 정면으로 표면에 떠오른다는 것을 알고 있어. 그 점을 잠깐 생각해 보게나, 알. 그런 다음에 다시 한 번, 그 랍비가 도저히 좋아질 수 없는 사람인지 아닌지 스스로에게 물어보게나."

23

일요일엔 비가 왔다. 이른 아침부터 내리기 시작해서 주일학교 복도와 교실은 젖은 레인코트와 고무장화 냄새로 가득했다. 워서맨 씨와 에이브 카슨은 반질반질한 아스팔트에 비가 튀어 오르는 주차장을 떨떠름한 표정으로 바라보고 있었다.

"10시 15분이 지났어요, 제이콥. 오늘은 집회가 이루어질 것 같지도 않군."
"비가 조금만 내려도 이내 출석 인원이 줄어드니 어쩌겠나."
그곳에 알 베커가 왔다.
"에이브 라이히와 마이어 골드파브가 와있지만, 그다지 모일 것 같지 않은걸."
"15분만 더 기다리기로 하지."
워서맨이 말했다.
"지금까지 오지 않았다면 앞으로도 오지 않아요."
카슨이 딱 잘라서 말했다.
"두세 집에 전화를 걸어보면 어떨까?"
워서맨의 제안에 베커가 말했다.

"이만한 비에 출석 인원이 줄어든대서야. 당신이 전화를 해도 생각을 고쳐먹지는 않을겁니다."
카슨이 놀리듯이 말했다.
"그들이 오지 않는 것은 그 때문인 것 같은가?"
"그럼 또 뭐야?"
"긁어 부스럼을 만들지 않겠다는 뜻일 테지. 모르겠어, 알? 아무도 말려들길 바라지 않는 거야."
"뭣에 말려든다는 거야? 대체 무슨 얘기야?"
"죽은 여자 얘기야. 그리고 랍비가 그 아가씨와 관계가 있는 것 같다는 거야. 오늘 우린 랍비 계약 문제로 투표를 하기로 되어 있었지 않은가? 사람들은 혹시나 하는 생각을 하기 시작한 게 아닐까? 랍비의 재임에 찬성투표를 했다가 만약 랍비의 범죄임이 밝혀지면 어떻게 되지, 그들의 친구들은 뭐라고 하겠어, 특히 이교도 친구들은 더하겠지, 영업에 주는 영향은 또 어떻고, 이제 알겠나?"
"그 생각은 하지 못했는걸."
베커는 천천히 말을 시작했다.
"그 얘긴, 혹 랍비가 하지 않았을까 하는 생각을 하지 못했기 때문이겠지. 어떤가, 알, 자네한테는 전화가 없었나."
카슨은 탐색의 눈길을 베커에게 향했다. 베커는 멍하니 있었으나, 워서맨의 얼굴에 핏기가 오르기 시작했다.
"아, 자네한테는 많이 있었을 거야, 제이콥."
카슨이 말을 계속했다.
"무슨 전화가?"
베커가 물었다.
"당신이 먼저 얘기하세요, 제이콥 씨."

워서맨은 어깨를 으쓱해 보였다.
"누가 귀를 기울일 줄 알아? 미친것들, 바보, 멍청이, 그런 사람들이 하는 소릴 내가 들을 것 같은가? 모두 끊어 버렸어."
"자네한텐 걸려 왔던가?"
베커가 카슨에게 물었다.
"제이콥 씨에게 건 것은 그가 회장이기 때문이겠지. 나한테 걸었던 것은 내가 정계에 있고 지명도가 있기 때문이야."
"그래서 어떻게 처리했나?"
카슨은 어깨를 으쓱했다.
"제이콥과 같아. 아무 말도 하지 않았어. 뭐라고 할 수 있겠나? 살인범이 잡히면 그만두겠지."
"하지만 어떻게 해야만 하지 않겠어? 하다못해 경찰이라든가 행정위원회 같은 데에 얘기하는 정도는?"
"그들이 뭘 할 수 있지? 전화하는 사람이 누구냐고 묻기라도 하면 얘기는 또 달라져."
"으음."
"당신에겐 처음 있는 일이겠지, 아닌가? 그리고 아마 제이콥 씨에게도 처음일 거야. 하지만 나한텐 드문 일도 아무 것도 아니야. 정치적인 운동 때마다 이런 종류의 전화는 늘 따라다니거든. 세상엔 희한한 일이 잔뜩 있어. 자신은 희망도 없는 머리가 혼란스러운 남자나 여자가 말야, 개인적으로는 대개 무해한 사람들이지만 이들이 모이면 생각하는 것조차도 불쾌한 신랄한 사람들이 되지. 신문이나, 신문에 이름이 나온 사람에게 도저히 말로는 못할 추잡한 편지를 보내거나, 상대가 자기네 지역 사람이라고 전화를 걸어대지."
워서맨은 시계를 보았다.
"그럼 여러분, 오늘은 집회가 무산될 것 같소."

"정족수에 차지 않은 것은 이번이 처음은 아니겠지요?"
베커가 말했다.
"랍비에게는 뭐라고 할건가? 앞으로 일주일을 더 기다려 달라고? 다음 주엔 틀림없이 정족수에 이를 것 같으니 기다리라고 말야."
그는 베커의 얼굴을 들여다보았다.
베커가 얼굴을 붉혔다. 그러더니 갑자기 화를 냈다.
"정족수에 이르지 않으면 다음 주가 되는 거야. 아니면 그 다음 주, 그때 안되면 다시 다음 주. 표는 모여. 그는 증서라도 필요하다던가?"
"당신이 모은 반대표 건도 있고 말야."
카슨이 찬물을 끼얹었다.
"그거라면 이제 걱정할 필요는 없어. 내가 말해 두었어. 난 랍비의 계약 갱신에 찬성이라고 말야."
베커는 무뚝뚝하게 말했다.

그날 밤, 휴 래니건이 랍비를 만나러 들렀다.
"당신의 사형집행 연기를 축하할까 해서요. 내 정보통에 따르면 반대파가 꺾였다고 하던데."
랍비는 엉거주춤한 미소를 보냈다.
"그다지 즐거운 것 같지 않군요?"
"뒷문으로 슬그머니 들어온 것 같아서요."
"그래요? 그것 참! 당신은 이번 재임인지, 재선인지, 호칭이야 아무래도 상관없지만, 그건 당신이 브론스타인을 위해 팔을 걷고 도와준 때문이라고 생각하는 거겠지요? 그런데 말입니다, 이번엔 내가 가르쳐 드릴 입장이군요, 랍비. 당신들 유대인은 회의적이고, 비판적이며, 논리적이더군요."

"매우 감정적인 줄 알았는데 말인가요?"
"그거야 당신도 그렇지만, 감정적인 문제는 그렇다는 말이지요. 당신들 유대인은 정치적인 센스가 전혀 없어요. 우리 아일랜드 인은 그 점에선 천재적이랍니다. 당신들은 직무에 관해 토론하거나 운동을 할 때는 논점을 둘러싸고 싸웁니다. 그러다가 졌을 때는 쟁점을 둘러싸고 싸웠으며, 자기 논리를 관철해 토론을 했다고 여겨 스스로를 위로하지요. 대통령이 되려 하기보다는 오히려 정론을 관철하겠다고 했던 것은 유대인이 틀림없어요. 아일랜드 인은 그렇게 생각하지 않습니다. 뽑히지 않으면 아무것도 하지 못한다는 것을 알기 때문이지요. 때문에 정치의 첫 번째 원칙은 뽑히는 것입니다. 그리고 두 번째 커다란 원칙은 후보자가 뽑히는 까닭은 그가 논리적으로 선택된 사람이기 때문이 아니라, 그의 머리 스타일, 모자를 쓰는 방식, 말씨 때문이라는 것이지요. 우리는 합중국 대통령조차도 그런 식으로 선택하며, 그러고 보니 아내를 고르는 방식도 그렇군요. 정치적인 상황이 있는 곳엔 늘 정치적인 원칙이 적용되는 법입니다. 때문에 당신이 뽑힌 이유나 경위에 관해 깊이 고민할 필요는 없지요. 뽑힌 것을 그냥 기뻐하면 되는 겁니다."
"래니건 씨 말이 맞아요, 데이비드. 만약 당신의 계약이 갱신되지 않았다 하더라도, 같거나 더 나은 다른 지위로 갔을 게 분명하지만, 당신은 이곳 배너스 클로싱에서 일하기를 좋아해요. 게다가 급여의 증액도 확실히 있을 거라고 워서맨 씨가 말했으니까 그 돈을 쓸 곳을 생각해두어도 괜찮을 거예요."
미리엄이 말했다.
"그거라면 이미 결정했어."
랍비가 빠른 말로 말하자 미리엄은 얼굴을 찌푸렸다.
"또 책?"

"이번엔 아니야. 이 사건이 정리되면 남은 돈은 새 차를 살 자금으로 쓰겠어. 그 가련한 아가씨 일이 머리에서 떠나질 않아서 차를 탈 때마다 몸서리가 쳐질 정도야. 문득 정신을 차리고 보면, 차를 타지 않고 걸어갈 구실을 생각해내려 하는 나를 발견하곤 해."
"충분히 이해합니다만, 범인이 발견되는 순간 생각이 바뀔 겁니다."
"그래요? 어떻게?"
"끊임없이 새로운 증거가 들어오고 있습니다. 우리는 시계처럼 밤낮을 가리지 않고 움직이고 있습니다. 지금도 어떤 유력한 단서를 잡고 있거든요."
"즉, 바꿔 말하면 당신들은 막다른 길에 이르렀다는 것인가요?"
랍비의 질문에 대한 래니건의 대답은 어깨를 한 번 으쓱한 것과 쓴웃음이었다.
"나의 조언이 필요하다면 그 얘긴 잊어버리고 차를 한 잔 드시는 것이?"
미리엄이 권하자 래니건이 흔쾌히 응했다.
"아주 훌륭한 조언이로군요."
그들은 차를 마시면서 그들이 사는 지역과 정치, 날씨 얘기를 했다. 마음을 무겁게 내리누르는 것이 전혀 없는 사람들의 두서 없는 그런 얘기였다. 마침내 래니건이 아무래도 마음이 무거운 듯 일어섰다.
"여기 앉아서 이야기를 나누는 것은 매우 즐겁습니다, 랍비, 부인. 이제 그만 돌아가야만 하겠어요."
그가 막 떠나려던 바로 그때 전화가 울렸다. 랍비가 가장 가까웠지만 스몰 부인이 전화를 받았다. 그녀는 "여보세요"라고 말하고 나서 수화기를 귀에 댄 채로 한동안 듣기만 했다. "실례지만 전화를 잘못

거셨어요"라고 단호하게 말하고 수화기를 내려놓았다.
 "지난 이틀 동안 잘못 오는 전화가 자주 있군."
 래니건은 문 손잡이에 손을 댄 채로 멍청한 표정의 랍비에게서 볼을 분홍빛으로 물들이고 있는 그의 아내에게로 시선을 옮겼다. 당혹 때문일까, 고통 때문일까? 묻고 싶어하는 그의 표정에 대답하기라도 하듯, 그녀의 고개가 거의 알아채지 못할 정도로 떨리는 것이 느껴져서 그는 빙긋 웃으면서 손을 흔들고 밖으로 나왔다.

 다음 날 밤도, 또 다음 날 밤에도 '시프스 캐빈'의 원형 카운터에는 거의 같은 얼굴들이 앉아 있었다. 때로는 여섯 명가량 있을 때도 있지만 대개는 서너 사람밖엔 없다. 그들은 자칭 '원탁의 기사'라며 시끄럽게 떠들고 큰소리를 치는 경향이 있었다. 이 술집의 주인 알프 켄트웰은 견실한 사람이며, 안정된 가게를 자랑으로 삼고 있긴 하지만, 이 사람들은 늘 오는 손님이어서 그들에게는 관대한 듯하며, 그리고 그들도 때로 말다툼을 하는 적은 있어도 옆 사람에게 폐를 끼치는 일은 없었다. 그렇더라도 두세 번은 그가 바텐더에게 명령해 술을 내오지 못하게 하고, 그만 나가라고 말해야 하는 경우도 있었지만, 그들은 꽁하게 생각하거나 기분나쁘게 여기지 않고 다음 날 밤이면 다시 찾아오는 것이었다.
 "어젯밤엔 좀 미터가 올라갔었나 봐, 알프. 미안해, 이제 그런 일은 없을 거야."
 월요일 9시 30분에 스탠리가 들어왔을 때 원탁에는 늘 있는 무리가 넷 있었다. 키가 크고 기다란 코를 지닌 버즈 애플베리가 커다란 소리로 그를 불렀다. 애플베리는 자기 가게를 갖고 있는 도장(塗裝) 청부업자로, 스탠리는 가끔 거기서 일을 한 적이 있었다.
 "여어, 스탠리, 이리 와서 한 잔 들지."

"글쎄……."

스탠리는 어디에다랄 것도 없이 대답을 했다. 그들은 사회적으로 훨씬 위였다. 애플베리 외에 기구류 수리점을 소유한 해리 클리브스, 소규모 식료품점을 경영하는 돈 윈터스, 부동산과 보험사무소를 가진 맬컴 래치가 있다. 그들은 모두가 상인이며, 스탠리는 노동자였다.

"아, 이리 와 앉아, 스탠리."

래치가 권하며 원형의 벤치 사이를 좁혀앉으며 그에게 자리를 비워 줬다.

"뭘 마시겠나?"

그들은 위스키를 마시고 있었고, 그가 늘 마시는 것은 에일인데, 그들이 산다고 위스키를 마시고 싶지는 않았다.

"나는 에일로 하겠어."

"훌륭하군, 스탠리. 우리를 바래다주게 될지도 모르니까 자기는 맨 정신으로 있겠다는 거로군."

"어떻게 알았지."

스탠리도 박자를 맞췄다.

동그란 동안(童顔)에 덩치 큰 금발의 해리 클리브스는 아까부터 우울한 얼굴로 자기 글라스를 쳐다볼 뿐, 스탠리에게는 눈길도 주지 않았다. 그랬는데 지금 문득 방향을 돌려 매우 진지하게 말을 걸었다.

"아직도 그 유대교회에서 일을 하는 거야?"

"교회? 아, 아직 거기서 일하고 있지."

"이제 거기도 오래 됐군." 애플베리가 말했다.

"이삼 년 되었지."

"자네도 그들이 기도할 때면 그들처럼 그 쬐그만한 모자를 쓰나?"

"그렇지. 그들이 예배를 할 때하고 내가 일을 할 때는."

애플베리가 패거리에게로 고개를 돌렸다.
"그들이 예배를 할 때하고 그가 일을 할 때라는군."
"네가 유대인이 되어버릴 것 같은 기분이 들지 않아?"
윈터스가 물었다.
스탠리는 재빠르게 네 사람의 얼굴을 훑어보았다. 그들이 농담을 하고 있음을 알아채자 그는 웃으면서 말했다.
"설마 그렇게 한다고 유대인이 되지는 않아."
애플베리가 비난하는 것처럼 그의 긴 코끝으로 상대방을 업신여기며 말했다.
"물론 그렇지 않지, 돈. 유대인이 되게 하려면 그 사람들의 뭐라던가 하는 것을 잘라내야만 한다는 것은 모두가 알잖아. 그들이 네 것도 도려냈나, 스탠리?"
스탠리는 농담으로 하는 말인 줄 알고 분위기에 맞춰 웃었다.
"흐음, 걱정도 팔자셔."
그는 농담을 십분 즐기고 있음을 나타내기 위해 그렇게 말했다.
"정신 바짝 차려, 스탠리. 유대인과 어울리면 너무 영리해져서 차츰 일을 하지 않게 될지도 몰라."
윈터스의 말에 애플베리가 대꾸했다.
"아냐, 그들은 그렇게 영리하지 않아. 포인트에서 어떤 유대인 집의 일을 한 적이 있는데 말야, 견적을 내달라고 하기에 나는 협상을 하면서 가격이 내려갈 만큼 감정에 넣었거든. 그래서 3분의 1가량 높인 숫자를 내놓았지. 그랬는데 그 유대인 집주인은 그걸로 됐으니까 일을 잘 해달라고만 하는 거야. 게다가 그의 와이프가 색깔 때문에 주문을 할 때도 말야, 이 벽은 저쪽보다 아주 조금만 진하게 해주시지 않겠어요, 애플베리 씨? 나무 부분은 완전히 평평하게 해줄 수 있을까요, 애플베리씨? 그런 식이었어. 더구나 변화를 주면 틀림없이 좋아질 텐데 말야. 그녀는 굉장히 근사했었어."
애플베리는 기억을 더듬는 듯한 말투로 덧붙였다.
"탄탄한 몸에 꽉 달라붙는 바지, 승마바지라고 하던가, 그걸 입고 있어서 고 귀여운 엉덩이가 걸을 때마다 실룩실룩 움직이는 거야. 덕택에 일은 건성건성 했지만."
"휴 래니건은 유대인이 될 생각인 모양이더군."
해리 클리브스가 말했다. 다른 패거리가 웃었으나 그는 깨닫지 못한 것 같았다. 문득 스탠리를 향했다.
"어떤가, 스탠리? 그들이 휴 래니건에게 서약을 하게 하고 자기들 집단에 넣기 위해 준비를 한다는 얘기를 듣지 못했나?"
"아니."
"참, 그래! 해리, 그 얘기로 잠깐 들은 게 있어. 휴가 그들 집단에게로 들어가려는 게 아니야. 단지 그 여자 사건 때문임에 지나지 않아. 휴는 랍비가 했다는 증거가 전혀 나오지 않게 하기 위해 랍비와 한통속이 된 게 아닐까 싶어."
맬컴 래치가 말했다.
"그가 그렇게 할 수 있겠어? 랍비가 했다고 하면 휴는 어떻게 그를 감싸지?"
클리브스가 말했다.
"음, 내가 들은 바로는 브론스타인이라는 사람이 신도가 아닌데, 그를 범인으로 내세우려 했거든. 그런데 브론스타인이 다른 당국자와 연결고리가 있다는 걸 알고 석방하지 않을 수가 없었다는 얘기야. 틀림없이 이번엔 누군가 외부 사람에게 죄를 뒤집어씌우려 할 거야. 휴는 자네한테도 귀찮게 물으러 왔던가, 스탠리?"
그는 아무렇지도 않게 스탠리를 향했다.
스탠리는 그들이 자신을 놀리려 한다는 것을 알았으나 재미있기는

커녕 불안해지기 시작했다. 그는 억지로 빙긋 웃어 보였다.
"아니, 흄는 나한텐 전혀 상관하지 않더군."
"아무래도 짐작이 가질 않아. 어째서 그 랍비가 그렇게 어린 여자를 죽이려고 했을까?"
클리브스는 깊이 생각하는 어조였다.
"종교가 얽혀 있다고 하는 사람도 있지만 아무래도 그런 것 같지는 않아."
윈터스가 설명조로 말하자 래치가 말을 받았다.
"그 애긴 어떨까 싶군, 나는. 적어도 이런 데선 무리야. 역시 유럽이나 뉴욕 같은 대도시라면 경찰도 강력하고 능숙하게 해낼지도 모르지만 여기선 무리야."
"그럼, 그 젊은 여자에게 무슨 볼일이 있어서 그랬다는 거야?"
윈터스가 다시 말문을 열었다.
"그녀는 임신한 상태였어, 그렇지? 그가 그녀에게 볼일이 있었던 것은 그 때문이 아니었을까, 스탠리?"
클리브스는 갑자기 스탠리를 향했다.
"에이, 당신들은 머리가 돌았군."
그들은 웃었지만 스탠리에게는 분위기가 누그러진 느낌은 들지 않았다. 앉아 있기가 거북했다.
래치가 말했다.
"어이, 해리, 전화를 걸지 않아도 되나?"
클리브스는 힐끗 시계를 보았다.
"좀 늦지 않았나?"
"늦을수록 좋은 거야, 해리. 그렇지 않아, 스탠리?"
그는 패거리에게 윙크를 하면서 말했다.
"뭐, 글쎄."

이 말이 다시 새로운 웃음을 불러일으켰다. 스탠리는 지어낸 웃음을 멈추지 않았다. 도망치고 싶었지만 그럴듯한 생각이 떠오르지 않았다. 모두가 이제는 이야기를 멈추고 지켜보는 동안, 클리브스가 다이얼을 돌리더니 전화에 대고 말을 했다. 몇 분 뒤에 그가 나와서 전화가 성공적이었다는 신호로 엄지와 검지로 동그라미를 만들어 보였다.

스탠리는 클리브스가 원래 자리에 앉도록 엉거주춤 일어섰다. 일어선 김에 도망칠 거라면 지금이라는 생각이 들었다.

"이제 가야겠어."

"에이, 좋잖아, 스탠리. 한 잔 더해."

"아직 초저녁인데 뭘 그래, 스탠리."

"밤늦게……."

애플베리가 어깨를 붙들었으나 스탠리는 뿌리치고 출구로 향했다.

24

배너스 클로싱의 행정위원회 위원장 칼 맥코머는 타고난 노심초사형이었다. 장신에 마른 체구, 회색 머리칼의 사내로 지역에 종사한지 어언 40년, 행정위원이 된 지도 그 반의 세월이 흘렀다. 위원장으로서 다른 위원보다 50달러가 많은 250달러의 연봉을 받고 있기는 하지만 일년 내내, 위원회에 출석하기 위해 쓰는 주 3시간 이상과 지역의 일에 소비하는 십여 시간, 그리고 그가 재선을 희망한다면 1년 걸러 선거운동에 쓰이는 수주 동안의 희생은 도저히 그런 금액으로는 보상이 턱에도 닿을 리가 없다.

그는 작은 남성 전용 잡화점을 운영하고 있는데 그의 장사가 정치를 향한 헌신 때문에 손해를 감수하고 있음은 의심의 여지가 없었다. 선거 때마다 그와 아내는, 재출마 할 것인가 여부를 놓고 언제나 큰 말다툼을 하기 때문에, 그가 종종 말하다시피 그녀를 설득하는 것은 선거운동의 최대 난관이었다.

"하지만 마사, 토지수용권에 의해 '댈럽 부동산'을 이어받는 안건이 올라와 있는 지금 나는 반드시 위원회에 남아 있어야만 해. 나말고 이 문제를 상세하게 아는 사람은 아무도 없기 때문이야. 만일 조니 라이트가 입후보해 주겠다고 한다면 내가 위원회에 없어도 괜찮겠지만, 그는 추운 겨울 동안 플로리다로 가기로 되어 있어. 52년에 상속인들과의 교섭에 참가했던 사람이라면 나말고는 그 사람밖엔 없어. 그래서 만일 내가 이번에 낙선하거나 하면 우리 지역에 얼마나 손실이 클지 생각만 해도 괴로워."

요전번에는 학교 신설이 이유였고, 그 전에는 위생보건부의 신설, 그 전에는 지역 공무원 급여문제, 그 전에는 그전 나름대로 뭔가 다른 일이 있었다. 때로는 그 스스로도 고개를 갸웃할 때가 있다. 지역을 향한 애정 같은 감상적인 기분은 그의 내부에 있는 불요불굴의 양키 정신이 전혀 인정하려 들지 않았다. 대신에 그는 스스로에게 되뇌었다. 자신은 무슨 일에 대해서든 그 중심에 있으며, 사태의 흐름을 알고 싶어하는 성격이다. 그래서 다른 어떤 후보자보다도 자신은 그 일을 잘 해낼 수 있으며, 그것은 자신의 의무라고.

지역 정치를 주관하는 것은 단순히 다양한 문제가 생겨날 때마다 그것을 처리해 나가면 되는 것이 아니라고 그는 늘 말한다. 그래서는 이미 늦다는 것이다. 그게 아니라, 어떤 위기를 미연에 알아내고 기선을 제압하는 것이 필요하다. 신문이 이름을 붙인 '랍비 스몰과 교회 살인사건'에 관한 작금의 상황이야말로 실로 그러했다. 아무래도 정례위원회에서 토의에 붙일 만한 일은 아니다. 의안을 공식회의에 내고, 최소한의 심의로 통과시키기에는 3표의 차가 있기만 하면 다수결로 가능하므로, 다섯 명의 위원조차도 너무 많았다.

그는 피버 뉴트와 조지 콜린스를 불렀다. 두 사람 다 그보다 나이가 많고, 위원생활은 그에 이어서 가장 고참이다. 지금 그들은 그의 집 거실에 앉아서 마사 맥코머가 쟁반에 얹어 가져온 아이스티를 마시면서 생강이 들어간 케이크를 먹는 참이었다.

"함께 오시라고 한 것은 틸튼 지구의 교회 건에 관해서입니다. 약간 걱정이 되어서요. 며칠 전 밤에 시프스 캐빈에 갔을 때 마음에 걸리는 얘기를 들었습니다. 나는 박스 안에 앉아 있었으므로 저쪽에서는 보이지 않았겠지만, 거기엔 자주 눈에 띄는 늘 같은 일행들이 몇몇 있었는데 맥주를 마시면서 각자 제멋대로 얘기를 하고 있더군요. 랍비가 하수인에 틀림없다거니, 경찰이 유대인한테 매수되어 있어서 수사가 전혀 진전되지 않는다는 둥, 휴 래니건과 랍비는 매우 사이가 좋아서 늘 왕래가 있다거나 하는 그런 얘기였어요."

"주로 말한 것은 버즈 애플베리가 아니었나요? 이틀쯤 전에 집에 와서 도장 견적을 시켰을 때, 그가 그런 얘기를 했어요. 물론 나는 바보 같은 소리 말라며 일소에 붙이긴 했지만 말입니다."

대범한 성격에 언제나 웃는 얼굴의 조지 콜린스가 물었다.

"분명 버즈 애플베리였어요. 하지만 그 외에도 서너 사람 있었고, 모두가 얼추 같은 의견이었던 것 같아요."

"당신이 걱정하는 것은 그건가요, 칼?"

피버 뉴트가 물었다. 그는 언제나 뭔가에 화가 난 듯한, 신경질적이고 다혈질인 사람이다. 대머리에 피부가 팽팽하게 당겨진 느낌이며, 화를 내면 굵은 핏줄이 곤두선다.

"바보스럽군. 그런 녀석이 하는 말 따윈 놔둬요."

뉴트는 그런 하찮은 일로 불려온 것에 분개하는 어조다.

"그건 아니야, 피버. 단지 애플베리 같은, 불량한 사람만이 아니야. 다른 사람들도 모두 그럴듯한 얘기라고 생각하는 것 같았어.

이런 종류의 소문은 전부터 떠다니고 있었고, 매우 중대한 문제야."
"손을 쓸 도리가 없는 일 아닌가, 칼. 헛소리 말라고 타이르는 정도가 좋아."
콜린스가 분별이 있는 척하며 의견을 폈다.
"그게 도움이 될 줄은 몰랐는걸. 자네가 걱정하고 있는 것은 그것 말고도 뭔가 있을 거야, 칼. 자넨 애플베리처럼 남을 헐뜯고 다니는 사람이 아니야. 사실은 뭔가?"
뉴트는 불쾌한 말투였다.
"애플베리뿐만이 아니야. 그것 말고도 우리 가게에 오는 손님들에게서 이런저런 소릴 들었어. 그게 아무래도 마음에 걸리는군. 사건 발생 이래로 줄곧 그런 소문이 귀에 들어오고 있거든. 브론스타인의 체포로 약간 잦아들긴 했지만 그가 석방된 뒤로는 점점 더 강해지고 있어. 만약 브론스타인이 아니라면 랍비가 틀림없다, 그와 휴래니건이 친구여서 랍비에 대한 기소가 이루어지지 않고 있다는 것이 대체로 공통된 의견이야."
"휴는 사건에는 귀재야. 자기 아들이라도 죄가 있으면 체포할걸."
뉴트가 껴들었다.
"브론스타인을 석방시킨 것은 랍비가 아니었나?"
콜린스가 물었다.
"그건 그렇지만 세상 사람들은 몰라."
"에이, 진짜 살인범이 잡히는 순간에 불은 꺼지게 될 거야."
"범인이 랍비가 아니란 걸 어떻게 알지?"
뉴트가 날카롭게 물어오자 맥코머가 되물으며 말을 이었다.
"그러고 보면, 경찰이 범인을 잡을 거라는 걸 어떻게 알지? 이런 종류의 사건으로 미해결 건은 엄청나게 많아. 게다가 한편으로는 대단한 손해가 예상돼."
"어떤 손해가?"
콜린스가 물었다.
"갖가지 성가신 일이 일어날 우려가 있어. 유대인은 특히 신경이 과민해서 초조해하는 경향이 있고, 게다가 문제의 인물은 그들의 랍비야."
"그건 공교롭지만, 그들의 신경이 과민하다는 것 때문에 미적지근한 수단을 쓰는 일은 없겠지."
뉴트가 말했다.
"배너스 클로싱에는 3백 세대 이상의 유대인 가정이 있어. 그들 대부분이 틸튼 지구에 살고 있기 때문에 그 집들의 시장가치는 가구당 2만 달러 정도로 평가할 수 있지. 그만한 액수에 이르지 않는 것도 많지만 지금 시장 평균가격으로는 그 정도의 가치야. 우리의 감정가액은 시장가치의 50퍼센트, 즉, 1만 달러의 3백 배니까 3백만 달러가 돼. 3백만 달러에 부과하는 세금은 엄청난 액수야."
맥코머가 말했다.
"그렇지만 만일 유대인이 나가는 일이 생기면 크리스천이 들어오겠지. 난 곤란하지 않아."
뉴트가 말했다.
"당신은 유대인에게 호의를 갖고 있지 않아, 그렇지? 피버?"
맥코머는 물었다.
"음, 갖고 있다고는 할 수 없겠지."
"가톨릭이나 유색인종은 어떻지?"
"그들도 특별히 좋을 것은 없어."
"양키는 어떤가?"
콜린스가 빙긋 웃으며 말하자 맥코머도 역시 빙글빙글 웃으면서 말했다.

"그는 양키도 좋아하지 않아. 때문에 그는 외톨이 늑대야. 우리들 양키는 서로를 포함해서 아무도 좋아하지 않지만 누구에게나 관대하지."

피버마저도 킥킥 웃었다.

맥코머가 계속했다.

"오늘밤 이렇게 오시라고 한 것은 그 때문이야. 난 배너스 클로싱을, 그리고 지난 15 내지 20년 동안에 어떤 변화가 있었는지를 생각해 봤어. 오늘날 우리의 학교는 주의 어떤 학교에도 뒤지지 않아. 우리는 이만한 크기의 도시치고는 최고로 불리는 도서관을 가지고 있어. 새 병원도 지었지. 몇 마일이나 되는 하수도를 만들었고, 몇 마일이나 하는 도로도 포장했어. 15년 전보다 큰 도시가 되었을 뿐만 아니라 보다 나은 지역이 되었지. 그리고 그 일을 한 것은 틸튼 사람들, 유대인 및 크리스천이야. 사실을 호도해서는 안 돼. 틸튼 지구의 사람들은——지금 여기서는 크리스천을 말하는 것인데——이곳 구시가지에 있는 우리와는 달라. 그들은 훨씬 많이 유대인 이웃들과 닮았어. 그들은 젊은 경영자나 과학자, 그리고 기술자와 같은 전문가가 많아. 모두가 대학 출신이고, 그들의 부인들은 대학 졸업생이며 자녀들도 대학에 보낼 계획이야. 알겠지만 그렇게 된 원인은……"

"그리 된 원인은 말이지. 보스턴에서 30분이고, 여름엔 바다가 가깝기 때문이지."

뉴트가 퉁명스럽게 말을 받았다.

"바다에 잇닿은 도시는 많이 있지만, 우리가 해온 것의 반만큼도 해낸 도시는 없거니와 어떤 도시나 우리 도시보다 세율이 높아. 아냐, 원인은 뭔가 다른 데 있어. 그 늙은 무뢰한 쟝 피에르 베르나

르가 우리에게 남겨준 정신인지도 몰라. 그들이 세일렘에서 마녀사냥을 하던 때에 몇 사람인가가 이리로 와서 우리가 숨겨 주었지. 우린 여기서 한 번도 마녀사냥을 한 적이 없고 또 앞으로도 사양이야."

맥코머가 목소리를 낮췄다.

"무슨 일이 있군. 자네에게 몹시도 난처한 일이 뭔가 있어. 하지만 그것은 버즈 애플베리의 헛소리가 아니며, 또한 자네 가게의 손님 말도 아닌 것 같군. 도대체 뭔가, 칼?"

콜린스의 말에 맥코머는 고개를 끄덕였다.

"가끔 전화가 걸려 온단 말야, 미친 전화가. 때로는 밤늦게도 말야. 링컨 포드 판매회사를 갖고 있는 베커가 새 경찰 순찰차의 입찰을 한다면서 날 만나러 왔었어. 용건은 그거라고 했지만, 얘기를 하는 동안에 그가 말을 꺼냈고, 그들 교회의 회장 워서맨과 에이브 카슨——아는 사람이지?——그들의 집에도 끊임없이 전화가 걸려온다는 거야. 내가 그 얘길 휴한테 했더니 그는 처음 듣는 소리라고 했는데, 만일 랍비의 집에는 전화가 많이 걸려오지 않는다 하더라도 조금도 의외로 생각지 않는다고도 했어."

"우리로서는 손을 써볼 도리가 없네, 칼." 뉴트가 말했다.

"그렇게 잘라 말할 수도 없어. 만일 우리 위원회가 이런 종류의 사건에 대해 정면으로 반대하고 있다는 것을 시민에게 알릴 수가 있다면 도움이 되지 않을까? 그리고 그들 대부분이 랍비에게 집중되어 있는 것 같으니까. 하기야 그는 단지, 버즈 애플베리가 자신을 두드러지게 나타내기 위한 적당한 표적에 지나지 않지만, 우리로서는 랍비를 의심할 만한 꼴사나운 일에는 찬성할 수 없다는 의사표시로서 2, 3년 전에 상공회의소가 시작했던 그 넌센스, 즉 레이스 주간의 시작으로 배를 축복하는 행사를 이용하는 것도 좋지 않을까 생각했어. 오브라이언 신부도 어느 해인가 그걸 했고, 닥터 스키너도 언젠가 했으니 말야……."
"밀러 목사는 작년에 했지."
콜린스가 말했다.
"그래, 결국 두 사람은 신교도, 한 사람은 가톨릭이야. 어떤가, 올해는 랍비 스몰이 그걸 한다고 공표해 보면?"
"농담 마, 칼. 그자는 무리야. 유대인들은 보트클럽조차 갖고 있질 않아. 아고노트 클럽에는 많은 가톨릭 신도가 있으니까 그들은 오브라이언 신부에게 부탁했던 거야. 노잔 클럽이나 애틀란틱 클럽은 어떤가 하면, 거기에는 가톨릭 신자는 단 한 명도 없어. 하물며 유대인이야 말할 것도 없지. 그들이 그걸 묵인할 리가 없네. 그들은 성직자를 두는 것을 방기하기까지 했는걸."
"시는 그 요트 클럽을 위해 이것저것 해주고 있어. 그리고 만일 행정위원회가 만장일치로 이 일을 찬성한다는 소릴 들으면 그들도 묵인하지 않을 수가 없을 거야."
다시 맥코머가 말을 이었다.
"하지만, 유대인 랍비에게 그 보트를 축복해달라고 요트 클럽에 부탁할 수는 없어. 그들 자녀의 세례를 랍비에게 하게 해달라고 부탁하지 못하는 것과 똑같은 것이지."
뉴트가 말했다.
"어째서 안 된다는 거지? 상공회의소가 이 행사를 생각해내기 전에는 그럼 누가 축복을 주었는데?"
"아무도."
"그렇다면, 보트는 아무런 축복도 요구하지는 않아. 그리고 나는 몰랐지만 우리가 축복을 주도록 한 이래 보트 속도가 얼마쯤인가는 빨라지고 있어. 때문에 누군가가 나쁘게 말해봤자 기껏해야 랍비의 축복이 효과가 없는 것 같다는 정도일 거야. 나도 효과가 있으리라고는 생각지 않아. 목사나 신부의 축복이 효과가 없는 것하고 마찬가지로 말야. 하지만 아무도 해가 된다면서 반대하지는 않을 거야."
"알겠네, 알겠어. 우리한테 뭘 해달라는 것이지?"
뉴트가 말했다.
"아무것도 없어, 피버. 내가 랍비를 만나러 가서 초대장을 건네고 오겠어. 만일 다른 위원과 시끄러운 일이 생겼을 경우에 나를 지지해 주기만 하면 되네."

조 세라피노는 식당 입구에 쭈그려 앉아서 가게 안을 바라보았다.
"많이 들어왔는걸, 레니."
"예, 상당히 좋아요. 경찰이 있어요, 창에서 세 번째 테이블."
입술을 움직이지 않으면서 우두머리 웨이터는 덧붙였다.
"어떻게 알아?"
"경찰은 냄새로 압니다. 어쨌든 저 사람은 알아요. 저건 주 경찰의 형삽니다."
"너한테 뭔가 묻던가?"
레니는 어깨를 으쓱했다.
"그 여자 사건 이래로 줄곧 어슬렁대긴 하지만 가게 안으로 들어와서 술을 주문한 건 이번이 처음이에요."
"같이 있는 여잔 누구지?"
"틀림없이 와이프일 겁니다."
"그렇다면야 잠깐 기분전환을 하는지도. 저 앤 뭘 하고 있는 거지? 저 스텔라 말야."
그는 갑자기 딱딱한 표정이 되었다.

"아, 말씀드리려던 참이었습니다만 그녀는 당신을 만나고 싶어해요. 당신이 오시면 알려주겠다고 해두었습니다만?"
"무슨 일로?"
"상시 고용 건으로 얘기를 하고 싶은가 봐요. 뭣하면 제가 쫓아내겠어요. 당신은 오늘밤 바빠서 만날 수 없으니까 다음에 전화하겠다고 말해 두세요."
"자네가 말하면 어떨까? 아냐, 기다려. 내가 말하지."

그는 문을 떠나 테이블 사이를 빠져나가 빈둥빈둥 걷기 시작하다가 때로는 발길을 멈추고 오래된 낯익은 손님에게 인사를 했다. 서두르지도 않고 그녀 쪽을 보지도 않으면서, 그는 그녀가 앉아 있는 테이블로 다가갔다.

"어떻게 된 거야? 일 얘기로 온 거라면 테이블에 앉으면 안 돼."
"레너드 씨가 그렇게 하라고 말씀하셨어요. 로비에서 기다리는 것보다 모양새가 나을 거라고 하면서."
"그래? 됐어. 용건은?"
"긴히 드릴 말씀이 있어요, 내밀하게."

그녀의 목소리에 협박조의 분위기가 느껴지는 것 같아서 그는 말했다. "알았어. 네 코트는 어디 있지?"
"코트를 맡아두는 곳에요."
"코트를 갖고 와. 내 차가 있는 곳, 알고 있겠지?"
"늘 두시는 곳이겠죠?"
"음, 그리로 가서 기다려. 뒤따라가겠어."

그는 계속해서 테이블 사이를 돌다가 마침내 조리실 문까지 와서, 미끄러지듯 홀쩍 빠져나와 어느새 주차장을 빠른 걸음으로 가로지르고 있었다.

운전석에 오르더니 그는 말했다.

"그래, 얘기란 뭐지? 별로 시간이 없어."

"오늘 아침에 경찰이 날 만나러 왔어요, 세라피노 씨."

"그들에게 무슨 말을 지껄였지?"

그는 빠른 말로 말했다. 그러더니 자신의 실수를 깨닫고는 태연한 어조로 바꾸어 무슨 용건으로 왔더냐고 다시 물었다.

"몰라요, 난 집에 없었거든요. 같이 사는 여자한테 얘기를 했어요, 나더러 전화를 하라면서 이름하고 전화번호를 남겨놓았는데, 혹 전화가 오면 나는 하루 종일 계속해서 집에 없었다고 말해달라고 그녀에게 부탁해 놓았어요. 먼저 당신께 얘기하고 싶었어요. 난 무서워서."

"뭘 무서워하는 거야? 그들이 너한테 무슨 볼일이 있는 건지도 모르면서."

어둠 속에서 그녀가 고개를 끄덕이는 것이 느껴졌다.

"짐작은 하고 있어요. 왜냐하면 그녀한테 그날 밤에 내가 몇 시쯤 집에 돌아왔는지 아느냐고 물었대요."

그는 전혀 관심이 없는 것처럼 꾸며낸 몸짓으로 어깨를 으쓱했다.

"넌 그날 밤에 여기서 일을 했으니까 너한테 물어보았을 거야. 그들은 여기 있는 사람 모두에게 물었어. 그저 임무일 뿐이야. 만일 그들이 다시 오거든 사실 그대로 얘기해. 그 밤엔 처음으로 여기에 왔기 때문에 혼자서 돌아가는 것이 무서웠고, 내가 차로 데려다 주어서 1시 15분 지났을 무렵에 내렸다고 말야."

"어머, 틀렸어요. 좀더 빨랐어요, 세라피노 씨."

"그랬나? 1시쯤인가?"

"난 집에 들어갔을 때 시계를 보았거든요, 세라피노 씨. 아직 12시 30분이었어요."

여기서 그는 화를 냈다. 화가 났고, 약간 두렵기도 했다.

"너 뭔가 책략이라도 있는 거야? 날 살인사건에 끌어넣으려고 하는 거냐고?"
"난 아무것도 책략 같은 건 없어요, 세라피노 씨. 다만, 집 앞에서 내려주신 것은 분명히 12시 30분이었어요. 아니면 그보다 좀더 일렀는지도……. 왜냐하면 집에 들어갔을 때 12시 30분이었으니까요. 난 거짓말을 잘 하지 못해요, 세라피노 씨. 그래서 얘긴데 만일 뉴욕에 가서 거기엔 결혼한 언니가 있거든요. 어딘가 쇼 같은 곳에서 일을 찾아보면 어떨까 싶어서요. 만일 당신이 말씀하신 것처럼 단지 형식적인 질문에 지나지 않는다면, 내가 없으면 더 이상은 나를 귀찮게 따라다니는 일은 없지 않을까 해서."
"뭐, 그거야 그렇겠군."
"그러려면 돈이 좀 필요해요, 세라피노 씨. 생활비가 들고, 그리고 만일 언니 집에서 같이 살게 되더라도, 그렇게 하지 않는 편이 낫지 않을까 싶지만, 적어도 처음엔 말예요. 역시 식비나 방값을 언니한테 내야만 할 거예요."
"무슨 생각을 하는 거야?"
"곧 취직을 하게 되면 큰 문제가 되지 않겠지만 만약을 위해 5백 달러쯤은 갖고 있어야만……."
"협박하는 거야, 엉? 알겠나? 난 그 여자하고 아무 관계가 없었으니까."
그는 스텔라 쪽으로 몸을 기울였다.
"어떻게 생각해야 좋을지 난 모르겠네요, 세라피노 씨."
"아니, 알아."
그는 스텔라가 뭔가 말하기를 기다렸으나 그녀는 잠자코 있기만 했다. 그는 목소리의 분위기를 바꿨다.
"뉴욕에 가는 얘긴데 그건 좋지 않아. 만약 네가 자취를 감추면 경찰은 금세 그걸 알아챌걸. 그리곤 기필코 널 찾아낼 거야. 그리고 5백 달러 얘긴데 포기해. 그런 돈 난 갖고 있지 않아."
그는 지갑을 꺼내 10달러 지폐를 다섯 장 꺼내며 말을 계속했다.
"도와주는 건 상관없어. 필요하다면 가끔 10달러 정도는 줄 수 있지만 큰돈은 안 돼. 됐지, 그리고 얌전히 있으면 우리 클럽의 상시 고용에 넣어줄 수도 있어. 하지만 그 뿐이야. 그리고 경찰이 그날 밤 몇 시쯤 집에 돌아갔느냐고 묻거든, 잘 기억나지 않지만 늦었다, 아마 1시가 지난 것 같다고 대답해. 거짓말을 잘 못한다는 건 걱정할 것 없어. 허둥대는 것이 당연하다고 경찰은 생각할 테니까."
그녀는 고개를 흔들고 있었다.
"왜 그래?"
클럽 네온사인의 어슴푸레한 빛을 받아 그녀의 얼굴에 꺼림칙한 엷은 미소가 어려 있는 것이 보였다.
"만약 당신이 아무 관계도 없다면 세라피노 씨, 나한테 아무것도 줄 이유가 없다고 생각해요. 그리고 만약 관계가 있다고 한다면 그런 조건으로는 불충분하죠."
"알겠어? 난 그 여자와 아무 관계도 없었어. 이 사실을 머릿속에 잘 새겨두도록 해. 그럼 어째서 그렇게 하느냐고? 말해 두지. 나이트클럽의 경영자란 말야, 경찰의 좋은 먹잇감이야. 만약 그들이 나를 겨누기 시작하면 장사는 그 길로 끝장이라고. 그들이 체포했다가 석방한 그 브론스타인이란 놈 말야, 그는 차를 파는 장사꾼이야. 그러니까 만일 장사에 상처를 입었다는 걸 알면, 한동안 값을 내리거나 보상가격을 잘해주거나 하면 그걸로 끝나. 하지만 만약 내가 같은 경우를 당했다면 영원히 가게문을 닫아야만 할걸. 게다가 아내도 있고, 아이들도 둘 있어. 때문에 성가신 일을 없애는데 약간의 돈으로 끝나는 거라면 고맙다는 것이지. 그 이상의 의미는 없어."

그녀는 고개를 저었다.

그는 잠자코 앉아 있었으나 손가락 끝만은 핸들을 드럼을 치듯이 까닥까닥 튕기고 있었다. 마침내 누군가 다른 사람에게 말을 걸기라도 하는 것처럼 그녀에게서 고개를 돌렸다.

"이런 장사를 하다보면 갖가지 사람들과 부딪치게 돼. 뭔가 마음 놓아야 할 일이 생길 때를 대비해 아무래도 보험 같은 게 있어야만 한단 말야. 누군가가 난처하게 하면 어떻게든 말로 해보는 거야. 그래도 안되면 보험 대리업자에게 연락을 취해. 5백 달러로 어떤 서비스를 받을 수 있는지 시켜보면 깜짝 놀랄걸? 그런데 그런 거래가 너처럼 예쁘장하게 생긴 여자일 경우엔 특별할인을 해주는 업자가 적지 않아. 전혀 돈을 받지 않을는지도 모르지. 그런 패거리 가운데에는 놀기를 좋아하는 자도 있어. 특히 예쁘고 어린 여자야 말할 것도 없지. 그런 사람들은 자극과 흥분을 찾아서 놀거든. 아까도 말했다시피 난 도와주고 싶어해. 가끔 친구를 돕는 것은 전혀 어렵지 않아. 친구가 꼭 직장이 필요하다고 하면 대개는 형편껏 도와주지. 친구가, 예를 들면 새 사업을 위해 돈이 필요하다면 얘기에 응하고 말야."

힐끗 곁눈질로 그녀를 훔쳐보고는 자신이 한 말이 효과가 있음을 알았다. 그는 다시 돈을 내밀었다.

이번엔, 그녀도 받아들였다.

25

랍비가 틀림없이 집에 있도록 맥코머는 찾아가기 전에 미리 전화를 걸어두었다.

"맥코머? 아는 사람 중에 맥코머라고 있었나?"

미리엄이 전화가 왔다는 얘기를 했을 때, 랍비는 고개를 갸웃했다.

"지역 행정에 관련된 일이라더군요."

"행정위원이 아닐까? 분명히 위원장은 맥코머라는 이름이었어."

"오시거든 물어보세요."

그녀는 쌀쌀맞게 말했다. 그리고는 말이 당돌했음을 알아챘는지 이렇게 덧붙였다.

"7시라고 했어요."

랍비는 이상한 듯이 아내를 보았으나 아무 말도 하지 않았다. 그녀는 지난 며칠 동안 기분이 고르지 않았지만 그는 꼬치꼬치 캐묻고 싶지 않았다.

랍비는 맥코머를 보자마자 금세 교회나 유대인 지구에 관한 일로 왔음을 알아채고는 서재로 안내하려고 했다. 그러나 맥코머는 거실에 있고 싶어하는 눈치였다.

"길게는 방해하지 않겠습니다. 요트 레이스 주간에 랍비께서 개회식에 나와주실 수 있는지 여쭤보려고 들렀습니다."

"나오라는 얘기는, 어떤 식으로 말인가요?"

"사실은 지난 몇 년 전부터 대단한 성황을 이루어서요. 아시다시피 각처에서, 즉 북쪽 해안의 모든 요트 클럽에서 보트를 모읍니다. 그리고 남쪽 해안과 훨씬 먼 곳에서도 무척 많이들 옵니다. 첫 번째 레이스를 하기 전에 결승점인 기슭 벽에서 식을 거행합니다. 밴드 연주, 대회기 게양, 그리고 마지막으로 참가 요트에 축복을 내립니다. 지난 2년 동안은 신교의 목사를 불렀고, 그 전엔 가톨릭 신부를 초빙한 적도 있습니다. 그래서 올해는 랍비가 지역에 계시니까 랍비를 초청하는 것이 당연하다고 사료됩니다만."

"축복을 내려달라는 말이 무슨 뜻인지 잘 이해가 되지 않는군요.

경주에 참가하는 것은 갖가지 종류의 오락용 배이겠지요. 어떤 위험을 수반하기라도 하나요?"
"아닙니다, 특별히는. 물론 돌아오는 반환점에 부딪쳐서 바다로 떨어질뻔한 일은 있습니다만 그런 일은 거의 일어나지 않습니다."
랍비는 까닭을 알 수 없어서 마음이 가라앉질 않았다.
"그럼 승리를 기원해달라고 하시는 겁니까?"
"저, 당연히 우리편이 이기기를 바랍니다만, 지역 대항경기를 하는 것은 아닙니다. 만약 그 말씀을 하시는 거라면."
"그렇다면 전 무슨 말씀인지 모르겠군요. 단지 보트 그 자체에 축복을 받게 하고 싶다, 그런 얘긴가요?"
"바로 그겁니다, 랍비. 당신이 보트 전체에 축복을 내리는 것입니다. 우리 보트뿐만이 아니라 당일 항구에 있는 모든 보트에요."
"난처하군요. 나는 그런 일에 그다지 경험이 없어서요. 사실은 말입니다. 우리는 뭔가를 청원하는 기도는 거의 하지 않습니다. 없는 것을 달라고 조르기보다는 차라리 주어진 것에 감사하는 기도를 올리지요."
랍비는 어쩐지 불안하다는 듯 말했다.
"모르겠군요."
랍비는 빙긋 웃었다.
"예를 들면 이런 식이죠. 당신들 크리스천은 '하늘에 계신 우리 아버지여, 오늘도 우리에게 일용할 양식을 주옵소서'라고 기도하지요. 그에 상응하는 우리의 기도는, '오, 주여, 땅에서 양식을 내어주신 주의 축복에 감사드립니다'가 됩니다. 이것은 약간 지나치게 간략합니다만, 우리의 기도는 대개 주어진 것에 대해 감사하는 기도입니다. 물론 돛배가 달리는 즐거움을 부여해 주는 보트에 감사를 표하는 것도 불가능하지는 않습니다만, 좀 억지스럽군요. 나로서는 생각을 해야만 하겠습니다. 사실 축복을 주는 것이 제 임무는 아니거든요."
맥코머는 웃었다.
"그건 묘한 말씀이군요. 2년쯤 전에 축복을 했던 오브라이언 신부나, 언제였던가 개회식에 나와 주셨던 스키너 박사도, 생각해 보면 축복을 주는 것이 임무인 것 같지는 않았습니다. 하지만 해주었어요."
"내 직업보다는 오히려 그분들의 직업에 어울리는 일입니다."
"당신들은 모두 같은 직업이 아닙니까?"
"당치도 않습니다. 세 사람 다 각기 다른 전통에서 출발한 것입니다. 오브라이언 신부는 성서의 성직자이며, 아론의 아들들의 전통에 따른 신부입니다. 그가 봉헌하는 미사는 어떤 신비의 힘을 지니고 있습니다. 예를 들면 빵과 포도주가 그리스도의 몸과 피로 성변화(聖變化)하는 것이지요. 신교의 목사인 스키너 박사는 예언자의 전통에 입각합니다. 그는 신의 말씀을 전도하는 사명을 받은 것이지요. 랍비인 나는 본질적으로는 세속의 인간이지 신부의 성사 집행도, 목사의 '사명'도 없습니다. 혹 뭔가 있다고 한다면 우리가 가장 성서의 심판자에 가깝다는 정도일까요."
"저어, 말씀하시는 뜻은 알 것 같습니다만 실은 아무도, 그러니까 우리의 주된 관심은 개회식이 아니거든요."
맥코머는 느린 어조로 말했다.
"어차피 아무도 기도에 귀를 기울이지 않는다고 말씀하시려는 건가요?"
맥코머는 짧게 웃음소리를 냈다.
"송구합니다만, 그렇게 말할 생각이었어요. 무척 마음이 상하셨겠습니다."

"아닙니다, 전혀. 랍비로서, 나는 사람들이 나의 기도에 귀를 기울이지 않는다는 것을 알고 있습니다. 마치 당신이 당신들의 가장 진지한 논의에 사람들이 귀를 기울이지 않는 것을 알고 계신 것처럼요. 나는 그곳에 모인 사람들이 경건한 마음가짐을 지니게 될까 여부보다도 오히려 기도의 목적이 하찮은 것이 아닐지 그게 걱정입니다."

맥코머는 실망한 모습이었다.

"제 남편에게 그렇게나 기도를 드리게 하고 싶어서 오셨나요?"

미리엄이 물었다.

맥코머는 힐끗 랍비에게서 그녀에게로 눈길을 돌려, 그녀의 차분한 눈빛과 날카로운 턱을 보고는 일시적인 발뺌을 해도 소용이 없음을 깨달았다. 그는 감연히 사실을 말하려고 결심을 했다.

"지난번 교회에서 있었던 사건에 대한 좋지 못한 반응 때문입니다. 특히 지난 며칠 동안 소문이 나돌고 있습니다. 좋지 못한 소문이지요. 이런 일은 과거에 없던 일이거니와 탐탁지 않습니다. 그래서 우리는 행정위원회가 요트의 축복에 당신을 초청한 것을 공표할 수 있으면 어떤 도움이 되지 않을까 생각한 것입니다. 나도 동감이지만 사실 꽤 멍청한 일이긴 합니다. 상공회의소 의장이 몇 년 전에 느닷없이 떠올린 발상이었거든요. 물론 가톨릭 국가의 작은 어촌에서는 행해지고 있습니다만, 거기서는 배가 중요한 장사 도구이며 고기잡이가 경제 전체에 영향을 주는데다 상당한 위험도 있기 때문이지요. 대규모의 선대가 출항하는 클러스터에서도 일리가 있는 일이지요. 그러나 여기서 그런 일을 하는 것은 틀림없이 무의미하지만 당신에게는 의미가 다릅니다, 랍비. 행정위원회, 즉 마을의 책임있는 사람들이 절대로 당신은 그런 부끄러운 짓을 할 리가 없다는 보증을 서는 것이나 마찬가지니까요."

"그건 대단히 친절하신 일입니다만, 맥코머 씨, 사태를 지나치게 과장되게 생각하고 계신 것은 아닙니까?"
랍비는 말했다.
"아니, 사실입니다. 당신 개인은 아무런 고통도 불편도 받지 않았는지도 모르고, 만약 받는다 하더라도 진짜 범인이 잡히면 끝나버린다, 한두 가지 정신 없는 헛소문이라면서 일소에 부쳐버릴는지도 모릅니다. 하지만 이런 종류의 사건이야말로 가장 해결하기 힘들고, 왕왕 미해결로 끝나곤 하지요. 그 사이에 선량한 사람들이 상처를 입을 위험이 있습니다. 이 계획이 사태를 해결할 거라고는 말하지 않겠습니다만 틀림없이 다소 도움은 될 것입니다."
"하시려는 의도와 그것을 촉구하는 마음은 매우 감사히 생각하겠습니다."
"그럼 동의해 주시는 겁니까?"
랍비는 천천히 고개를 저었다.
"어째서 안됩니까, 당신들의 종교의 뜻에 반합니까?"
"사실을 말하면 그렇습니다. 이런 일은 특별히 명기되어 있습니다. '너희는 함부로 너희의 신, 주의 이름을 대지 말라'고."
맥코머는 일어섰다.
"더 이상 드릴 말씀은 없는 것 같습니다만, 깊이 생각해주시면 고맙겠습니다. 당신만의 일이 아닙니다. 아시겠지요? 유대인 지구 전체와 관련된 일입니다."
그가 떠나자 미리엄이 감격해서 말했다.
"아, 데이비드, 모두 선량한 사람들이에요."
그는 고개를 끄덕였지만 아무 말도 하지 않았다.
전화가 울렸고 그가 수화기를 들었다. "랍비 스몰입니다"라고 말한 다음 귀를 기울였다. 그녀는 남편의 얼굴에 붉은 기운이 도는 것을 보고 걱정스레 지켜보았다. 그는 수화기를 내려놓더니 아내를 돌아보고는 부드럽게 말했다.
"지금까지 당신이 받았던 미친 전화란 것이 바로 이런 것이었나?"
그녀는 고개를 끄덕였다.
"매번 같은 사람이었어?"
"때로는 남자 목소리고 가끔은 여자 목소리예요. 같은 목소리가 두 번인 적은 한 번도 없었어요. 몇 번인가는 외설스러운 말을 늘어놓기만 했는데, 대개는 무서운 말을 했어요."
"방금 전화 건 사람은 목소리가 굉장히 좋군. 이번 축제에 산제물로 바칠 사람은 준비되었는지 묻는군. '유월절' 얘기겠지."
"설마!"
"아냐, 정말이야."
"무서워요. 이 사랑스러운 도시에는 휴 래니건이나 맥코머 씨 같은 좋은 사람들이 있는가 하면, 전화를 건 그 사람들은……."
"미친 사람이야. 겨우 몇몇의, 도저히 어쩌지 못할 미친 사람이야."
그는 업신여기는 듯한 어조로 말을 내뱉었다.
"전화뿐만이 아니에요, 데이비드."
"그래? 그럼 또 뭐가?"
"전에는 가게에 들어가면 점원들이 무척 친절했거든요. 그런데 지금은 지나치게 정중해요. 그리고 얼굴을 아는 다른 손님들도 나를 피하는 것 같고."
"틀림없어? 당신이 잘못 본 걸 거야."
그러나 자신 없는 말투였다.
"물론이에요, 데이비드. 어떻게 할 수 없을까요?"
"예를 들면 어떤?"

"글쎄요. 당신은 랍비니까 알겠지요. 지금까지 일어났던 일을 휴래니건에게 말해야만 하지 않을까요? 변호사에게 말해야만 할 것 같아요. 맥코머의 요청을 받아들여야만 하지 않을까요?"

그는 대답하지 않고 거실로 돌아갔다. 그녀가 쳐다보니 남편은 팔걸이의자에 앉아서 가만히 맞은편 벽을 바라보고 있었다. 그녀가 차를 마실지 물어보았을 때, 그는 귀찮다는 듯 고개를 저었다. 나중에 그녀가 다시 쳐다보니 그는 아직도 팔걸이의자에 앉은 채로 물끄러미 앞만 바라보고 있었다.

"지퍼를 내려주지 않겠어요?"

일어나지 않고, 매우 기계적으로 그는 아내의 등 지퍼를 잡아 내렸다. 그러다가 갑자기 정신이 든 것 같았다.

"어째서 옷을 벗는 거지?"

"이제 피곤해서 자려고요."

그는 웃었다.

"참, 그렇지. 우문이었군. 옷을 입은 채로는 편히 잠잘 수가 없는 법이지. 괜찮다면 난 좀 더 있다가 자겠어."

이때, 현관에 차가 다가와 멎는 소리가 들려왔다.

"누가 왔나보군. 이 시간에 대체 누굴까?"

기다리고 있으려니 이내 벨이 울렸다. 재빠르게 지퍼를 올리고 있던 미리엄이 현관으로 나갔다. 그러나 채 닿기도 전에 엔진의 굉음소리와 타이어가 자갈 위에서 헛도는 소리가 났다. 그녀는 문을 열고 내다보았다. 어두운 거리를 세차게 달려 사라지는 차의 미등이 보였다.

등뒤에서 남편의 커다란 목소리가 들렸다.

"앗, 이건 너무 지독해!"

그녀도 뒤돌아 보았다. 문에 만(卍) 표시가, 빨간 페인트는 아직도 생생하게 피처럼 뚝뚝 떨어지고 있었다.
 그는 조심성 있게 검지를 뻗어 손가락 끝의 붉은 얼룩을 그저 벙어리처럼 쳐다보았다. 갑자기 미리엄이 와락 울음을 터뜨렸다.
 "미안해요, 데이비드."
 그녀는 흐느껴 울었다.
 그는 아내가 안정을 되찾았다고 느낄 때까지 꼭 끌어안고 있었다. 그런 다음, 갈라진 목소리로 말했다.
 "세제하고 걸레를 갖다주지 않겠어?"
 그녀는 남편의 어깨에 얼굴을 묻었다.
 "무서워요, 데이비드. 무서워요."

26

 사건 관계자의 한사람으로 랍비의 얼굴사진이 종종 신문에 실리고 있었지만, 세라피노 부인은 랍비가 찾아왔을 때까지 그를 본 기억이 없었다.
 "랍비 스몰입니다. 2, 3분가량 부인과 이야기를 하고싶습니다만?"
 그녀는 선뜻 결정할 수가 없어서 남편에게 물어보고 싶었지만 그는 아직 자고 있었다.
 "사건에 관한 얘긴가요? 그렇다면 할 얘기가 없을 것 같은데요."
 "그녀의 방을 보러 왔습니다."
 그의 어조에는 단호한 울림이 있었기 때문에 거절하는 것은 생각없는 행동처럼 여겨졌다.
 그녀는 망설였으나, 이윽고, 안내에 나섰다.
 "괜찮을 것 같군요. 뒤쪽, 부엌 맞은편이에요."
 두 사람이 부엌으로 가려 했을 때 전화가 울렸다. 그녀가 뛰어가 첫 벨소리에 수화기를 들었다. 한참을 이야기하더니 간신히 전화를 끊었다.

"실례했습니다. 우리 침대 옆에 내선 전화가 있어서 조를 깨우고 싶지 않아서요."

"그랬군요."

그녀는 부엌에서 들어가는 문을 열고 그가 들어갈 수 있도록 길을 열었다. 그는 실내를 둘러보았다. 침대와 그 옆의 나이트 테이블, 화장대, 작은 팔걸이 의자. 그는 나이트 테이블로 다가가 선반에 있는 몇 권의 책 표제를 읽었다. 그리고는 테이블 위에 있는 플라스틱 소형 라디오를 힐끗 보았다. 취급 방법을 확인한 다음에 손잡이를 돌리고 기다리는 사이 아나운서의 목소리가 들려왔다.

"여러분의 방송국, 세일렘의 WSAM입니다. 지금부터 음악을……."

"아무것도 손을 대서는 안 될 것 같은데요?"

랍비는 스위치를 끄고 겸연쩍은 미소를 지었다.

"그녀는 자주 틀었나요?"

"하루종일이었어요. 그 미친 소리 같은 록큰롤을."

장식장의 문은 열려진 채였다. 그는 허락을 받은 뒤 안을 들여다보았다. 세라피노 부인이 직접 욕실문을 열었다.

"고맙습니다, 충분합니다."

그녀가 앞장서서 거실로 돌아갔다.

"뭔가 특별한 것이라도 발견하셨나요?"

"애초부터 기대하지 않습니다. 다만 그 아가씨의 윤곽을 알고 싶었기 때문이지요. 어떻습니까, 그녀는 아름다웠나요?"

"미인은 아니었어요. 어느 신문이나 '금발 미녀'라고 쓰긴 했지만. 신문은 어떤 여자든지 그렇게 부르는 모양이에요. 그 아가씨는 옥수수를 먹고 자란 농가의 아가씨라는 의미에서 약간 매력적이었어요. 이해하시겠지요? 굵은 허리, 굵은 다리와 발목. 어머, 죄송해요."
"괜찮습니다, 세라피노 부인. 발목과 다리는 압니다. 어땠나요, 그녀는 행복해 보였습니까?"
"그랬던 것 같아요."
"그렇지만 친구는 없었던 모양이더군요."
"저기 두 집가량 떨어진 호스킹스 씨네집에서 일하는 시리아하고 가끔 함께 영화를 보러 갔어요."
"남자친구는 있었나요? 그렇더라도 부인께서는 모르셨을 테지요."
"데이트가 있었다면 나한테 얘기했을 거라고 생각해요. 한집에 두 여자가 함께 있으면 어떤 이야기를 하는지 아시지 않아요? 하지만 남자친구가 없었던 것은 확실해요. 그 아이가 영화를 보러 갈 때는 목요일 밤인데, 대개는 혼자거나 시리아하고 함께였어요. 그런데도 신문에선 그 아이가 임신했었다고 쓴 걸 보면 적어도 한 명은 남자를 알았던 게 틀림없어요."
"그 목요일엔 그녀의 거동에 뭔가 평소와 다른 데가 없었습니까?"
"아뇨. 여느 목요일과 다름없었어요. 내가 바빠서 그 아이가 아이들을 보살펴 주었어요. 하지만 그런 다음 바로 외출했어요. 평소 같으면 대개 그 전에 나갔는데."
"그래도 그 시간에 나가는 것이 이상하지는 않았다는 건가요?"
"그렇게 말할 수 있겠네요."
"감사했습니다, 세라피노 부인. 매우 친절하시군요."
그녀는 현관까지 배웅을 하고 그가 걸어서 사라지는 뒷모습을 바라보다가 그의 등에 대고 말을 했다.
"랍비 스몰, 만약 시리아와 얘기를 나누고 싶다면 내려가세요. 아,

거기, 아이를 둘 데리고 있는 사람이에요."

랍비가 급한 걸음으로 다가가 그녀를 붙드는 게 보였다.

랍비 스몰은 2, 3분 시리아와 이야기를 한 다음에 길모퉁이로 가서 힐끗 우편함을 보았다. 그런 다음 차에 올라타고 세일렘으로 달려가 거기서 한참 시간을 보낸 다음에 차로 귀가했다.

세라피노는 정오 조금 지나서 일어났다. 세수를 하고 짙푸르게 자라난 수염을 쓰다듬고는 저녁나절까지 깎지 않기로 하고 부엌으로 내려갔다. 뒤뜰에서 아내가 아이들과 놀고 있는 것을 보고 손을 흔들었다. 그녀가 남편에게 아침식사를 주려고 들어와서 레인지로 느릿느릿 요리를 하는 동안, 그는 부엌 테이블에서 조간 만화를 읽었다.

아침식사가 끝날 때까지 두 사람 사이에는 한 마디도 오가지 않았다. 마침내 그녀가 말했다.

"오늘 아침에 여기 누가 왔는지 절대로 짐작이 가지 않을걸요?"

그는 대답이 없다.

"유대교회의 그 랍비 스몰이었어요. 그 있잖아요, 자기 차에서 핸드백이 발견된 그 사람."

"무슨 볼일로?"

"그 아이에 대해 나한테 묻고 싶다면서."

"배짱도 좋군. 아무 말도 하지 않았겠지?"

"얘기를 했어요. 안 되나요?"

그는 깜짝 놀라는 표정으로 아내를 쳐다봤다.

"그는 사건의 당사자이고, 당신이 알고 있는 것은 증거가 될 사안이기 때문이야. 그래서 안 된다는 것이지."

"그래도 랍비는 무척 괜찮아 보이는 젊은 사람 같았어요. 랍비라고 하면 머리에 떠오를 만한 타입이 아니던데요. 턱수염이나 뭐 그런 것도 기르지 않고요."
"요즘 랍비는 어디나 기르지 않아. 생각해 봐, 작년에 금혼식에 갔을 때도 랍비에게 턱수염은 없지 않았어?"
"그 사람하고도 달라요, 위엄을 부리는 느낌도 없고, 아주 보통 젊은 사람으로, 꼭 보험 외판원이나 자동차 세일즈맨이라 해도 이상할 것이 없는 느낌이었는데, 술술 막힘 없이 지껄이지도 않고 매우 좋은 인상에 예의가 발랐어요. 그 아이의 방을 보여달라고 해서."
"그래서, 보여줬어?"
"물론 보여줬죠."
"경찰이 문을 닫아놓으라고 말하지 않았어. 그가 뭘 가져가려 하거나, 지문을 지우려 하거나, 뭔가를 남기려 하지 않았다는 걸 어떻게 알지?"
"줄곧 함께 따라다녔는걸요. 기껏해야 2초 정도밖엔 있지 않았어요."
"알았어. 어쨌든 이렇게 하기로 하지, 내가 경찰을 불러서 보고하겠어."
그는 일어섰다.
"어째서죠?"
"이건 살인사건이고, 그 방에 있는 것은 증거물이거니와, 그는 사건의 당사자이니 증거에 부정한 변경을 가하려 했는지도 모르기 때문이야. 그리고 앞으로는 아무하고도 사건에 관해 이야기하면 안 돼, 알겠어?"
"알았어요."
"아무하고도야, 알겠냐고?"
"알았다니까요!"
"단 일언반구도 지껄여선 곤란해, 알아듣겠지?"

"알았다니까 왜 자꾸 그래요. 뭣땜에 그렇게 흥분을 하죠? 얼굴이 새빨갛군요."
"누구나 제 집의 평화와 평정을 유지할 권리가 있어."
그가 벌컥 화를 내며 말했다.
그녀는 빙긋 웃었다.
"신경질적이군요, 조, 앉아요, 베이비, 커피를 한 잔 더 드릴게요."
그는 앉아서 신문 그늘에 얼굴을 묻었고, 그녀는 새 잔과 받침을 꺼내서 커피를 따랐다. 그녀는 까닭 모르게 불안하고 걱정스러웠다.

27

그날 저녁 휴 래니건이 들렀을 때 랍비는 특별히 놀라지 않았다.
"오늘 아침에 세라피노 씨네를 방문했다더군요?"
젊은 랍비는 얼굴을 붉히며 고개를 끄덕였다.
"수상한 흔적을 찾으려 했나요, 랍비?"
래니건은 분명히 사태를 재미있어하고 있었지만 위엄을 보이고자 입술을 질끈 깨물었다.
"안됩니다, 랍비. 그 때문에 흔적이 애매해질 수도 있고, 지금도 상당히 애매하니까요. 세라피노 씨가 그 사실을 경찰서에 전화로 알렸습니다만 그는 당신이 그녀의 방에서 뭔가를, 틀림없이 죄의 증거가 될만한 뭔가를 없애기 위해 온 게 아닐까 생각하더군요."
"생각도 못했습니다."
그는 깊이 후회하는 투로 말했다.
"미안합니다, 확인해 보고 싶은 것이 있었기 때문에."
그는 우물거리다가 머뭇머뭇 말을 이었다.
래니건은 재빨리 그를 훑어보았다.

"그렇습니까?"
랍비는 고개를 끄덕이고 서둘러 말을 이었다.
"모든 사건에는 시작과 중간과 종말이 있습니다. 지난번에 우리가 이 사건에 관해서 서로 이야기했을 때는 결과부터, 즉 핸드백에서 부터 시작했지요. 만약 출발점에서 시작해 보았더라면 좀더 앞으로 갈 수 있었을 것입니다."
"그럼, 출발점이란 것은 무엇이죠? 그녀가 임신한 부분입니까?"
"그것도 출발점이 될 수 있겠지만, 그것이 그녀의 죽음과 관련이 있다는 확증은 없습니다."
"그렇다면 어디서부터 시작하겠습니까, 당신이라면?"
"만일 내가 수사를 지휘한다면 브론스타인이 집으로 데려다준 다음에 어째서 그녀가 집을 나섰는지 그 이유부터 먼저 알고싶습니다."
래니건은 이 제안을 깊이 생각하다가 마침내 어깨를 으쓱했다.
"집을 나간 이유는 얼마든지 있을 수 있겠지요. 우체통에 편지를 넣으러 갔는지도 모르고."
"그럼, 어째서 드레스를 벗었을까요?"
"그때는 비가 내리고 있었어요. 드레스를 적시고싶지 않았는지도."
"그렇다면 코트나 레인코트를 걸쳤더라면 좋았겠지요. 지금 걸치고 있었던 것처럼. 그리고 우체부는 다음 날 아침 9시 반까지는 수집하러 오지 않아요. 우체통을 보고 왔습니다."
"그렇겠군요. 그럼 편지를 부치러 간 게 아니라고 칩시다. 혹시 어쩌면 잠깐 산책을 하고 싶었을 뿐인지도 모르지요. 기분 전환을 하러."
"빗속을요? 오후와 밤에 줄곧 외출한 뒤인데도 말입니까? 게다가 같은 반론을 여기서도 적용할 수 있습니다. 어째서 드레스를 벗었느냐 하는 것이죠. 이것은 실로 기본적인 의문입니다. 어째서 그녀는 드레스를 벗었을까요?"
"좋습니다, 왜 벗었을까요?"
"왜냐하면 자기 위해서입니다."
랍비는 단호하게 툭 내뱉었다.
래니건은 그의 얼굴에서 자랑스러운 승리감을 읽었다. 잠깐 사이를 두었다가 말했다.
"모르겠군요. 당신은 무슨 말을 하려는 것입니까?"
랍비는 조금 초조해 했다.
"아가씨는 외출에서 집으로 돌아왔습니다. 이미 늦었고, 다음 날 아침엔 일찍 일어나야만 합니다. 때문에 잘 준비를 시작했어요. 드레스를 벗어 옷장에 흐트러짐 없이 겁니다. 평소 같으면 나머지 옷들도 이어서 벗었겠지만 뭔가가 도중에 방해를 했어요. 그것은 어떤 메시지가 아니었을까요?"
"그녀에게 전화가 걸려왔다는 겁니까?"
랍비 스몰은 고개를 저었다.
"내선전화가 2층에 있기 때문에 전화가 울리면 세라피노 부인에게 들렸을 테니까 그건 아닐 겁니다."
"그렇다면 어떤?"
"라디오입니다. 세라피노 부인에 따르면 그 아가씨는 늘 라디오를 틀어놓는다고 합니다. 그 나이 무렵의 아가씨라면 라디오를 켜는 것은 조건반사입니다. 호흡처럼 자동적이지요. 그녀는 방으로 들어가자마자 켰던 게 아닐까요?"
"좋습니다. 그렇다면 라디오를 켰다고 합시다. 그래서 어떤 메시지를 받았다는 겁니까?"
"WSAM방송 세일렘 지국에서 12시 35분부터 오늘의 뉴스가 방송됩니다. 마지막 몇 분은 그 지역 뉴스지요."

"그래서 그녀를 빗속으로 뛰쳐나가게 할 만한 지역 뉴스를 들었다고 생각하는 겁니까? 어째서죠?"
"그녀는 누군가를 만나야만 했기 때문입니다."
"그런 시간에? 그 누군가를 어디서 만나야 될지 알 턱이 없지요. 나도 그 프로는 압니다. 개인용 통신은 나오지 않습니다. 게다가 그녀가 누군가를 만날 작정이었다면 먼저 드레스를 입지 않았던 것은 왜입니까? 정말이지, 랍비……"
"그녀는 1시까지 그곳에 도착해야만 했기 때문에 드레스를 입을 여유가 없었던 것입니다. 그리고 그녀는 파출소에서 전화연락을 취하기로 되어 있는 시간이기 때문에 그가 그곳에 있을 것을 알고 있었던 것입니다."
래니건은 가만히 마주보았다.
"그렇다면…… 빌 노먼?"
랍비는 고개를 끄덕였다.
"하지만 그런 일은 있을 수 없어요. 그는 버드 라무제의 딸과 막 약혼을 한 직후였습니다. 나도 약혼 피로연에 갔었어요. 그게 사건이 나던 당일 밤이었습니다. 나도 손님의 하나였지요."
"예, 알고 있습니다. 바로 그게 문제의 라디오 방송입니다. 오늘 방송국에 전화로 물어서 확인했습니다. 생각해 보시기 바랍니다. 그 아가씨는 임신한 상태였다는 사실을 잊지 마시길. 그녀를 아는 사람들 모두가 말한 것처럼, 그녀가 남자가 많이 있는 자리에 나갔던 것은, 즉 사교로서 말이지요, 전무후무하게 구시가지에서 열렸던 경찰관 댄스파티 단 한 번뿐입니다. 그녀는 거기서 노먼과 만난 것 같습니다."
"그녀라는 작은 배의 용골이, 그 댄스파티에서 선대(船臺)에 가로 놓였다고는 보지 않는군요?"

"잘 기억나지 않습니다. 그것은 2월의 일이었으니까요. 하지만 그녀가 처음으로 노먼과 알게 된 것은 거기입니다. 그 뒤에 어떤 형태로 교제가 거듭되었는지는 확실하지 않지만 상상은 할 수 있어요. 순회중인 순찰경관이 일정한 간격을 두고 경찰서에 전화연락을 하게 되어 있다는 것은 저도 잘 압니다. 전엔 공장의 야간경비원처럼 전화연락에서 다음 연락까지의 시간은 박스에서 박스까지 걸어가는데 필요한 시간의 길이에 의해서 결정된다는 것으로 전엔 생각했습니다만."
"아닙니다, 꼭 그렇지만도 않아요. 어느 정도 여유는 주어집니다."
"나도 2주일 전에 그것을 알았습니다. 우리 신도회의 두 신도 사이의 분쟁을 조정해 달라는 부탁을 받았을 때입니다만, 그 중 한 명은 밤늦게 어떤 집에 꼭 들어가야만 했는데 열쇠를 갖고 있지 않았어요. 그래서 타고 온 택시 운전사가 근무중인 순찰경관을 찾으러 다녔는데, 그 경관은 근처 가게에 들러서 커피를 마시고 몰래 잠깐 쉬는 것이 습관이었더군요."
"8시간을 줄곧 순회해야 하니까요. 한 번도 쉬지 말고 계속 걸어다니라고 하는 것도 무리입니다. 게다가 겨울철엔 가끔 몸을 따뜻하게 해야만 하고요."
래니건은 변호를 했다.
"물론이죠. 게다가 잘 생각해 보면, 길마다 살펴볼 곳도 있을 테고, 그 때문에라도 상당한 여유를 인정해 주는 것은 극히 상식적인 일임을 알았습니다. 낮에 이 지역을 순찰하는 존슨 경관과 이야기를 해봤습니다만, 그의 말에 따르면 야간 순찰경관은 대개 스스로 이런저런 친분관계를 만든다고 하더군요. 예를 들면 이 순회 루트의 경우, 고든 구역의 야간경비가 있는 곳에서 한동안 쉰다고 합니다. 다음으로 착유장이 있고, 그리고 스탠리가 교회에서 숙직을 할 때는 교회도 잠깐 쉬는 장소가 되었어요. 그런데 여기에 세라피노 씨네집이 있고, 2층에 아이들이 자고 있는 것 외에는 매일 오전 2시 혹은 더 늦게까지 엘스페스가 홀로 집을 지키고 있었어요. 그곳으로 위풍도 당당한 젊은 순찰경관이 찾아옵니다. 더구나 독신이죠. 그는 잠깐 메이플 거리와 바인 거리 교차점의 모퉁이 박스에서 전화연락을 취한 다음, 담당구역인 바인 거리를 지나 세라피노 씨네 바로 근처까지 옵니다. 따라서 추위가 혹독한 밤 같은 때는 그녀에게 들러서 뜨거운 커피를 한 잔 얻어 마시고 30분가량 즐겁게 담소를 나누다가 다시 나갑니다. 이만큼 괜찮은 스토리는 없겠지요."
"하지만 목요일은 어땠지요? 그녀는 모처럼의 휴가인데 그가 밖으로 나가게 해줄 것을 기대하지 않았을까요?"
"그럴 필요는 없었겠지요. 목요일 외에는 매일 밤마다 그를 만났으니까요. 게다가 그는 야간근무를 하므로 낮에는 잠을 자야만 할겁니다. 그녀는 그를 사랑했고, 그도 자신을 사랑하고 있다고 생각했던 것 같습니다. 틀림없이 그와 결혼할 작정이었던 게지요. 그녀가 몸가짐이 나쁜 아가씨였음을 나타내는 것은 아무것도 없습니다. 그렇기는커녕, 그녀가 다른 남자들과 나가 다니지 않고 시리아와의 더블 데이트를 거절했던 것은 아마도 그게 이유였을 것입니다. 스스로는 이미 약혼을 한 것이나 마찬가지인 기분이었던 거죠."
"멋진 추리입니다. 하지만 완전한 억측이군요."
"그렇다 하더라도 줄거리는 완전하게 통합니다. 게다가 앞뒤가 모순되지 않는 유일한 추론이고, 그 운명의 목요일 사건을 순서에 따라 재구성하는 것도 이거라면 가능합니다. 그녀는 임신한 것이 아닐까 짐작하고 휴일에 산부인과 의사에게로 갔습니다. 깔끔하게 몸치장을 하고 결혼반지를 끼는 것도 잊지 않았어요. 그것은 어머니의 것이었거나, 아니면 언젠가 가까운 시일 내에 끼게 되리라는 희망적 관측에서 직접 산 것이 아닐까요? 병원에서 그녀는 미세스 엘리자베스 브라운이라고 이름을 댔습니다. 여태까지 만난 적도 없는 브론스타인을 염두에 두어서가 아니라, 그게 스미스와 마찬가지로 흔해빠진 이름이기 때문이거니와, 같은 이니셜로 하는 것이 자연스럽기 때문입니다. 그녀는 진찰을 받았고, 의사는 임신이라고 진단했습니다.

그런데 브론스타인에 따르면, 그녀를 레스토랑에서 처음 보았을 때 누군가를 기다리는지 줄곧 시계를 보고 있었다고 합니다. 그녀가 레스토랑에 들어왔을 때 곧바로 주문을 하지 않았던 것은 웨이트리스들의 증언으로 확인이 끝난 것으로 압니다. 내 추측으로는 평소 같으면 목요일은 만나지 않는 날이므로 그녀가 애인에게 전화를 걸어서 특별한 약속을 했던 것이겠지요."

"그녀가 건물 안에 공중전화가 있느냐고 물었다고 의사의 비서가 말했어요."

래니건이 말을 첨가하자 랍비는 고개를 끄덕였다.

"노먼은 동의했던 게 틀림없어요. 아니면 적어도 어떻게든 가도록 해보겠다고 했기 때문에 그녀는 '서프 사이드'로 가서 기다렸습니다."

"그런데도 그녀는 브론스타인과 나갔어요."

"분명 상대가 나타나지 않아서 기분이 상했겠지요. 마음에 상처를 받았고, 또 틀림없이 걱정도 했을 것입니다. 브론스타인은 그녀가 바람을 맞았음을 분명히 알았을 때에야 비로소 그녀에게로 가서 혼자서 식사를 하는 게 싫으니 함께 식사하지 않겠느냐고 권했을 뿐이라고 합니다. 그는 훨씬 나이가 많은 남자여서 그녀도 아마 위험을 느끼지 않았을 것입니다. 어쨌든 레스토랑이라는 공공연한 장소에 있었으니까요. 식사를 하는 동안에 그녀는 분명 상대가 착실한 타입이라는 결론에 도달했을 겁니다. 그래서 기꺼이 그날 저녁을 함께 지내기로 했습니다. 틀림없이 그녀로서도 무척이나 상대가 필요했겠지요. 우울한 기분이었음이 분명하니까요. 그는 그녀를 집까지 데려다주었고, 그녀는 잘 준비를 했어요. 노먼의 약혼을 라디오 방송으로 들은 것은 이미 드레스를 벗은 뒤였어요."

"그래서 노먼이 메이플 거리와 바인 거리 모퉁이에서 1시에 전화를 건다는 것은 알고 있었고, 시각은 바로 5분전이었으므로 그녀는 뛰쳐나가야만 했다. 그래서 코트를 걸쳤고, 게다가 비가 내리고 있었고, 또 몇 블록의 거리가 있으므로 그 위에다 레인코트를 걸치고 그를 만나러 갔다. 그런 것인가요, 랍비?"

"그렇게 되겠지요."

"그럼, 그 다음에 어떻게 되었다는 겁니까?"

"글쎄요, 비가 내리고 있었고, 더구나 꽤나 세찬 빗줄기였어요. 그는 교회 바깥 주차장에 내 차가 주차되어 있는 것을 보고 왔기 때문에 거기 들어가서 조용히 얘기하지 않겠느냐고 했을 겁니다. 두 사람은 뒷좌석으로 들어갔고, 그가 담배를 권했어요. 둘은 한참 얘기를 했지요. 아마도 말다툼이었겠지요. 그러다가 그는 그녀가 목에 감고 있던 사슬을 붙잡고 세게 비틀었어요. 물론 사체를 차에 남겨둘 수는 없었어요. 왜냐하면 밤새 밖에 주차되어 있는 차는 순찰 도중에 적어도 잠깐은 들여다보게 되어 있으니까요. 만약 사체가 그 안에서 발견되면 그는 다소라도 해명을 해야만 하게 되지요. 그래서 사체를 잔디밭으로 운반했고, 담장 그늘에 감췄어요. 핸드백이 바닥에 미끄러져 떨어져 있었지만 그는 눈치채지 못했지요."

"물론 잘 알겠습니다만, 랍비, 이 추리의 어떤 부분도 증거를 내세울 것은 전혀 나와 있질 않아요."

랍비는 고개를 끄덕였다. 래니건은 가만히 생각에 잠기는 모습으로 말했다.

"하지만 분명히 이치에 맞는군요. 만약 그녀가 그 얘기를 라무제 씨네에 했더라면 그와 엘리스의 약혼은 취소되었겠지요. 나는 라무제 씨네를 압니다. 분별이 있는 사람들입니다만 프라이드가 엄청나지요. 그리고 나는 노먼도 잘 안다고 생각했는데."

그는 랍비에게 눈썹을 치켜올려 보였다.

"당신은 이 추리가 완전히 완성된 다음에 그걸 확인하기 위해 세라피노 씨네집에 갔었던 건가요?"

"그렇지도 않습니다. 막연한 생각은 있었지만 그녀의 방에서 라디오를 보았을 때, 비로소 확실한 추리가 형태를 이루기 시작했던 겁니다. 물론 처음부터 노먼 경관을 의심할 만한 이유가 나에게 있었기 때문에 당신보다 내 쪽이 한 발 유리했던 겁니다."

"그건 무슨 얘깁니까?"

"그는 나를 만났던 것을 부인했습니다만 만난 사실은 분명합니다. 부인한 이유가 뭘까? 그는 나를 모르기 때문에 개인적으로 좋고 싫은 감정 때문일 리는 없어요. 만일 그가 나를 만난 것을 인정하게 되면, 어찌 되었든 그의 입장이 나아지는데 도움이 될 게 없지요. 단지 내 입장을 좋게 할 뿐이죠. 살인이 일어나기 훨씬 전에, 이미 내가 교회에서 떠나고 없었다는 사실을 입증하게 될 테니까요. 하지만 만약 그가 혐의가 있거나, 어떤 의미에서든 관계가 있다고 한다면 누군가 다른 사람에게 혐의가 가게 하는 것이 그의 이익이 되지 않을까요?"

"어째서 좀더 일찍 이 사실을 내게 말하지 않았습니까, 랍비?"

"그건 단지 혹시나 하는 느낌에 지나지 않았고요, 게다가 랍비라는 자가 누군가를 지목해 그를 살인범으로 몰아세우는 것도 그리 쉬운 일은 아니니까요."

래니건은 잠자코 있었다.

"물론 여전히 확증은 없지만 말입니다."

"확증을 잡는 것에 관해서는 걱정하지 마십시오."

"어떻게 하실 생각입니까?"

"글쎄요, 목요일 오후에 전화로 엘스페스 블리치가 무슨 말을 했는지, 아니면 노먼이 '서프 사이드' 레스토랑에서 그녀와 만날 약속을 어째서 지키지 않았는지를 노먼에게 물어야 하는지 어떤지가 지금 당장은 확실하지 않습니다. 그렇지만 시리아라는 아가씨에게 그가 목실험을 하도록 손을 쓸 겁니다. 댄스파티에서 엘스페스는 거의 내내 한 남자와 함께 있었다고 시리아는 말했습니다. 만약 당신의 추리가 맞다면, 그 남자가 노먼이리라는 생각이 듭니다. 그리고 세라피노 씨네와 길을 사이에 두고 맞은편에 살고 있는 심슨 씨네 사람들에게 물어보겠습니다. 만약 당신이 생각하는 것처럼 빈번하게 그녀를 만났다고 한다면 심슨 씨네 사람들은 그가 밤늦게 드나드는 것을 알았을지도 모르니까요."

그의 입술이 약간 풀리면서 희미하게 미소가 떠올랐다.

"목표는 알고 있으니까 찾아내는 데 큰 품은 들지 않을 것 같군요, 랍비."

28

랍비가 이사회에 출석하는 것은 이례적인 일이었다. 워서맨이 와서 이번 정기회의에 기쁘게 동석해 주지 않겠느냐고 타진했을 때, 그는 만족했고 감사하게 생각했다.

"억지로 강요하는 것은 아닙니다. 그리고 어느 정기회의, 아니 어떤 정기회의 때도 마찬가지지만 당신이 오지 않았다고 결코 비난할 생각도 없습니다. 그렇지만 참석하고 싶은 생각이 들면 언제든지 참석하십시오. 우리는 늘 기쁘게 환영할 것입니다."

그래서 그는 지금 처음으로 이사회에 출석해 있다. 서기가 전번 회의의 의사록을 읽는 것에 주의 깊게 귀를 기울였다. 다양한 위원회 위원장의 보고가 있는 동안 그는 특별히 주의를 쏟고 있었다. 주된 안건은 주차장에 조명을 달자는 건의였다.

이 건의는 맨 먼저 알 베커가 제출했기 때문에 지금 그가 일어나서 발언을 하고 있었다.

"약간 사전 조사를 하러 다녔습니다. 우리 회사에도 이런저런 일을 하는 전기공사 청부업자가 있어서 그를 오라고 해서 현장을 미리 보여주고 대강 견적을 내게 했어요. 그에 따르면 방법은 두 가지 있습니다. 하나는 조명탑을 세 개 세우는 것입니다. 이렇게 되면 한 개당 약 1천 2백 달러가 듭니다. 다른 한 가지는 교회 자체에 특제 조명등을 다는 것도 가능하다고 하는데, 이 방법이 싸게 먹히긴 하지만 건물의 외관을 손상시키게 됩니다. 한 개당 5백 달러면 달 수 있으므로 앞에 것이 3천 6백 달러인데 비해 3천 달러면 됩니다. 그리고 조명을 자동적으로 켜고 끄기 위해 시계 장치를 달 필요도 있겠지요. 비용은 그리 들지 않지만 전기요금은 생각해야만 할 겁니다. 이것저것 합쳐서 5천 달러만 있으면 공사가 가능하다고 합니다."

베커는 이내 테이블을 둘러싼 사람들로부터 터져 나오는 신음소리에 둘러싸였다.

"물론 엄청난 금액이지만, 이건 반드시 필요합니다. 오늘 이 자리에 랍비가 계신 것은 다행입니다. 왜냐하면 주차장에 야간조명을 다는 것이 얼마나 중요한지는 랍비께서 누구보다도 잘 아실 테니까요."

"하지만 계속해서 거기에 드는 비용을 생각해 보세요, 알. 거기에 6천 와트의 전구를 달 수는 없을 테고 말이죠. 겨울엔 약 14시간을 켜놓아야 합니다."
"당신은 그곳을 연인들의 만남의 장소로 만들거나, 아니면 또다시 이번 같은 사건을 겪는 편이 낫다는 것입니까?"
베커는 반격했다.
"여름에는 그 조명에 구름처럼 모기떼가 몰려들 겁니다."
"그렇지요, 모기는 위쪽 조명에 모입니다. 그렇지 않은가요? 그렇다면 지면에서 모기를 쫓아주겠군요."
"그건 뜻대로 되지 않을 걸요. 조명이 생기면 그곳이 모기 천지가 돼요."
"그리고 그 주차장만큼 넓은 장소를 밤새도록 휘황하게 밝히면 근처에 사는 사람들이 좋아할 것 같습니까?"
랍비가 뭐라고 중얼거렸다.
"뭡니까, 랍비? 이 건에 관해 뭔가 발언을 하고 싶으신가요?"
워서맨이 물었다.
"잠깐 생각해 봤습니다만, 그 주차장은 차가 들어가는 입구가 한 군데밖에 없습니다. 거기에 문을 달면 안될까요?"
랍비는 조심스럽게 말을 꺼냈다.
갑자기 쥐 죽은 듯 조용해졌다. 그리고는 모두 저마다 이야기를 하기 시작했다.
"과연! 거기는 아스팔트니까 차를 타지 않으면 아무도 그곳에는 가지 않아."
"현관 주위에는 빼곡하게 관목이 있지. 막는다면 차가 드나드는 곳이면 충분해."
"스탠리가 매일 밤 문을 닫고, 아침에 제일 먼저 열면 되지."

"스탠리가 없는 날이 있더라도, 위원회를 열고자 하는 경우에는 길거리에 주차할 수도 있고 말야."

그들은 느닷없이 말을 멈추고 존경과 경탄의 눈길로 젊은 랍비를 쳐다보았다.

아내가 서재로 왔을 때, 랍비는 책상 위의 두툼한 책을 앞에 두고 조용히 쉬고 있었다.

"래니건 서장께서 오셨어요, 여보."

"아! 그대로 계십시오, 랍비."

랍비는 일어서려 했으나, 래니건이 말했다. 그리고는 책상 위의 책으로 눈길을 주었다.

"방해가 되었습니까?"

"아닙니다, 전혀."

"뭐 별로 이렇다 할 것은 없습니다만, 사건이 해결된 이후로 이야기를 나눌 수 없어서 섭섭하게 생각했습니다. 근처에 왔다가 습관처럼 들렀습니다, 인사라도 할까 해서요."

랍비는 기뻐서 미소를 지었다.

"당신이 재미있어 할 만한 약간 어려운 문제에 부딪쳐서요. 아시겠지만 나는 2주일마다 경찰서의 급료 일람표를 시의 회계감사관에게 제출해 감사를 받아야만 합니다. 각 직원의 정규 근무시간과, 혹 무슨 일이 있으면 초과근무수당, 특별출근수당, 그런 것의 총액을 표시하게 되어 있지요. 이해가 가십니까?"

래니건의 말에 랍비는 끄덕였다.

"실은 말이죠, 그게 완전히 엉망진창이 되어 버려서요."

지긋지긋한 심정이 목소리에 드러나는 것을 래니건은 억누를 수가 없었다.

"왜냐하면 순찰경관 노먼의 근무시간이 전부 들어가 버렸기 때문이에요. 그는 범죄자이며 경찰관으로서의 급료를 받을 자격이 이미 없으므로, 그가 여자를 살해한 시점 이후의 시간만큼은 모두 삭감해야 한다는 게 감사관의 말인데 어떻게 해야 할까요? 끝까지 버티고 받아줘야 하는 것인지, 아니면 깨끗하게 그 항목을 삭제하고 잊어버려야 될지 나는 모르겠습니다."

랍비는 입술을 오므리더니 책상 위의 커다란 책을 힐끗 보았다. 그는 빙긋 웃었다.

"이 탈무드에 뭐라고 쓰여 있는지 살펴보면 어떨까요?"

MIDNIGHT BLUE
미드나이트 블루
로스 맥도널드

미드나이트 블루

 간밤에 골짜기에는 비가 내렸다. 세상은 마치 번데기 속에서 막 나온 신선하고 화려한 나비처럼 햇빛을 받아 하늘거리고 있었다. 나비들은 이 나무에서 저 나무로 하늘을 자유롭게 날며 술래잡기를 하고 있었다. 이곳은 고도가 높은 곳이라서 유칼리 나무들 사이에 소나무 거목들이 솟아 있었다.
 나는 이곳에 오면 늘 오래된 이 산장 대문 바로 안쪽 석조 건물 그늘 아래에 자동차를 세워 둔다. 산장에 들어서면 문들이 모두 삭고 녹슨 돌쩌귀에서 떨어져 나와 있는 것을 볼 수 있다. 그 산장 주인은 유럽에서 죽었고, 전쟁이 일어난 이래 그 집은 비어 있었다. 내가 할리우드의 다람쥐 쳇바퀴 돌 듯하는 생활에서 벗어나고 싶어 가끔 휴일에 그곳을 찾는 것은 그 때문이었다. 산장 주변 3킬로미터 이내에는 아무도 살고 있지 않았다.
 어떻든 그날까지는 사람이 살고 있지 않았다. 전번에 내가 왔을 때는 도로가 내려다보이는 바깥채의 유리창이 깨진 채로 방치돼 있었다. 그런데 이번에는 두꺼운 마분지로 발라져 있었다.

그 마분지 한복판에 뚫린 구멍의 어둠 속에서 반짝이는 사람의 눈 같은 것이 나를 내다보고 있었다.

"여보세요." 나는 목소리를 높여 사람을 불러 보았다.

"누구시오?" 마지못해 대답하는 것 같은 목소리가 들려왔다.

바깥채 문이 열리면서 백발이 성성한 노인이 나왔다. 쭈글쭈글한 얼굴에 이상한 미소를 짓고 있었다. 낙엽을 밟고 걸어오는 그의 기계적인 걸음걸이는 이 세상과는 왠지 어울리지 않는 것이었다. 노인의 빛이 바랜 데님천 옷 밑의 근육은 주머니 속에 든 동물처럼 부자연스럽게 불거져 나왔다. 게다가 그는 맨발이었다.

내 앞에 다가선 것을 보니 그는 나보다도 머리 하나는 더 크고 어깨도 30센티미터 정도는 더 넓은 기골이 장대한 노인이었다. 얼굴에 띤 미소는 인사도 아니었고 나를 호의적으로 맞아주는 것과도 거리가 멀었다. 그 미소는 나 같은 사람은 설 자리가 없는, 특이한 자기만의 세계에 살면서 현실을 외면하는 사람의 일그러진 표정에 불과했다.

"여기서 나가 주시오. 말썽이 생기는 것은 싫소. 아무도 여기서 쓸데없이 쏘다니는 것을 원치 않소."

"말썽날 것 없어요. 난 사격 연습을 좀 하러 왔을 뿐입니다. 나도 영감님처럼 얼마든지 여기에 올 권리가 있으니까요." 내가 말했다.

영감은 눈을 크게 떴다. 두 눈은 푸르고 공허하여 이마 밑에 뚫린 큰 구멍 같았다. 푸른 하늘이 그 구멍으로 보일 것 같은 느낌을 주었다.

"여기서 나와 동등한 권리를 가진 사람은 아무도 없소. 눈을 들어 이 산을 보았더니 목소리가 들렸소. 그래서 여기에 이 성스러운 피난처를 마련한 거요. 아무도 나를 이곳에서 쫓아낼 수는 없소."

나는 소름이 끼쳐 목 뒤의 짧은 털들이 곤두서는 것을 느꼈다. 나는 본능적으로는 위험을 느꼈지만 애써 아무 해를 끼치지 않을, 실성한 사람일 거라고 생각했다. 그래서 나는 되도록이면 침착하게 말하려고 노력했다.
 "나는 영감님을 괴롭힐 생각이 조금도 없습니다. 그러니 영감님도 나를 괴롭히지 않으면 되는 거 아닙니까?"
 "당신은 여기 온 것만으로도 나를 괴롭히고 있는 거요. 나는 사람들이 싫어요. 자동차들이 싫어요. 당신은 오늘 벌써 두 번이나 여기 와서 나를 괴롭히고 짜증나게 하고 있잖소."
 "나는 여기 왔다 간 지 한 달이나 되는데요."
 "당신은 천벌을 받아 마땅한 거짓말쟁이로군."
 영감의 목소리는 거세게 부는 바람소리처럼 거칠었다. 그는 두 주먹을 불끈 쥐고 마치 덤벼들 것같이 부르르 떨기까지 했다.
 "진정하세요, 영감님. 세상에는 우리 두 사람이 같이 있을 공간이 얼마든지 있으니까." 내가 말했다.
 영감은 내 말에 꿈속에서 깨어난 듯 그 높은 산 주위를 둘러보았다.
 "그래, 당신 말이 맞아. 나는 복받은 사람이야. 그러니 기뻐할 줄 알아야지. 기뻐해야지. 하느님의 창조물은 우리 가엾은 인간들이 모두 함께 나눠가져야 하는 거니까." 영감은 딴 사람이 된 것처럼 말했다. 그러고는 영감은 씩하고 미소를 지었는데 그의 이빨을 보니 늙은 말 이빨과 같이 길고 누랬다. 이어 그는 고개를 돌려 내 차를 눈여겨 보더니 이렇게 말했다. "그러고 보니 어제저녁 여기 왔던 것은 당신이 아니었군. 그 차는 이것하고는 달랐어. 인제 보니 생각나는군."
 영감은 양말을 빨아야겠다고 혼잣말로 중얼거리면서 돌아서서는 깡마른 다리를 끌고 바깥채로 다시 들어갔다. 나는 자동차 트렁크에서 사격연습용 표적과 권총 그리고 탄약을 꺼낸 뒤 자동차 문을 단단히 잠갔다. 영감은 또다시 그 구멍을 통해 밖을 내다보고 있었지만 다시 문밖으로 나오려는 생각이 전혀 없는 것 같았다.

험한 골짜기 속, 길 아래쪽은 무너져 내릴 것 같은 산장 담들이 세워져 있는 깎아지른 듯한 절벽으로 이어져 있다. 내가 사격연습하는 사격장이다. 나는 젖어 있는 풀 위를 미끄러져 내려가 떡갈나무 하나에 구경 22인치인 내 권총 자루를 망치삼아 표적을 박았다.

이어 권총에 탄약을 재고 있는데 나뭇잎 속에 뭔가 반짝이는 것이 보였다. 루비 같은 보석이었다. 나는 몸을 구부려 그것을 주우려 했다. 그러나 보석은 무엇엔가 붙어 있었다. 하얀 손가락 끝에 달린 빨갛게 칠한 손톱이었다. 손은 차고 뻣뻣했다.

나는 그 순간 비명을 질렀는데 그 소리가 적막한 산 속에서 꽤 크게 울려퍼진 모양이었다. 어치새 한 마리가 만자니타 나무에서 팔짝 날아올라 높은 떡갈나무 꼭대기로 옮겨 앉더니 나에게 마구 욕을 퍼부었다. 여러 마리의 치카디 새들이 가까운 떡갈나무에서 풀밭 저쪽 끝 다른 떡갈나무에 옮겨 앉았다.

나는 강아지처럼 헐떡이면서 시체 위에 허술하게 덮여 있는 흙과 나무 잎사귀들을 걷어냈다. 이윽고 짙은 청색 스웨터와 스커트를 입은 한 젊은 여자의 시체가 나타났다. 금발의 여자는 17살 정도 되어 보였다. 얼굴에 잔뜩 묻은 피가 검게 변해 나이 들어 보였다. 목에는 하얀 끈이 감겨 있었는데 살을 파고 들어가 거의 보이지 않을 정도였다. 끈은 목덜미 쪽에서 양쪽이 묶여 있었다. 그 묶은 모양을 보니 소위 '할머니식 매듭'으로 열십자형이었는데 보통 어린애들도 묶을 수 있는 쉬운 매듭이었다.

나는 시체를 그 자리에 놓아둔 채 떨리는 다리로 조금 전에 내려왔던 길을 되돌아 올라갔다. 올라가면서 보니 누군가 시체를 끌고 내려간 자국이 풀 위에 나 있었다. 나는 길에 올라가 갓길과 길 위에 혹시 자동차 타이어 자국이 나 있지 않나 살펴보았다. 그러나 타이어 자국이 생겼더라도 간밤의 비에 다 씻겨 나간 모양이었다.

나는 터벅터벅 걸어 산장 바깥채까지 가서 문을 두드렸다. 문이 삐거덕 소리를 내며 안으로 조금 열렸다. 안에는 낮고 검은 서까래에 줄을 치고 매달려 있는 거미 몇 마리를 빼놓고는 살아 있는 것이라곤 아무 것도 보이지 않았다. 돌로 쌓아올린 벽난로 앞에는 누가 누워 잤던 것이 분명해 보이는 흔적이 남아 있었다. 네모난 자리에는 먼지가 쌓여 있지 않았다. 시커멓게 불에 그을은 깡통들이 몇 개 널려 있었는데 아마도 누가 음식을 끓여먹고 버린 것들이 분명했다. 깊숙이 팬 벽난로에는 타고 남은 회색빛 잿더미가 쌓여 있었다. 그 벽난로 위 못에는 한 켤레의 무명 양말이 걸려 있었다. 양말은 아직 젖어 있었다. 양말 주인은 아마 급히 떠난 모양이었다.

그 사람을 쫓는 것은 내 일이 아니라고 생각되었다. 그래서 나는 자동차에 올라타고 협곡을 빠져 나가 큰 도로를 달렸다. 협곡을 따라 몇 마일 달리자 가장 가까운 읍 교외에 다다랐다. 그곳에서 문 앞에 기를 단 우중충하게 생긴 초록색 건물을 찾아갔다. 고속도로 순찰대가 있는 곳이었다. 큰길 저쪽에는 재목들을 쌓아 두는 곳이 있었는데 일요일이라 텅 비어 있었다.

"지니 그 아이 참 안됐어요."

연락담당 여순경은 그 지방 보안관실에 무전을 치고 나서 말했다. 거무스레한 피부에 눈동자가 검은 여자였는데 손톱에 때가 끼어 있었다. 평범한 하얀 블라우스를 입은 여자의 몸매는 풍만해 보였다.

"지니라는 처녀를 알고 있었나요?"

"내 여동생이 알고 있죠. 그 애와 같은 학교에 다녔거든요. 그렇게 새파랗게 젊은 사람이 그런 변을 당하다니 참 안됐어요. 나는 그 애가 실종되었다는 걸 알고 있었죠. 내가 여덟 시에 근무교대를 했을 때 보고가 들어왔거든요. 그래도 그 애가 주말에 어딜 갔다가 돌아오지 못했으려니 하고 낙관적으로 생각하고 있었죠. 그러나 이제는 그런 희망도 사라졌군요, 안 그래요? 가엾은 지니. 그리고 가엾은 그린 씨." 여순경의 눈에는 눈물이 그렁그렁했다.

"그린 씨라니, 그 학생의 아버지입니까?"

"그래요. 한 시간 전쯤에 그 아이의 담임선생과 같이 여기 왔었어요. 그 양반 그새 또 오지 않으면 좋겠어요. 내가 제일 먼저 소식을 전하는 사람이 되고 싶지 않거든요."

"그래 그 처녀가 실종된 지 얼마나 되죠?"

"바로 어제저녁부터였어요. 우리가 보고받은 것이 아마 새벽 세 시쯤이었을 거예요. 캐번 비치에서 파티를 하다가 일행과 헤어진 것 같아요. 도로 저쪽으로 간 모양이에요."

여순경은 협곡 입구 쪽을 가리키며 말했다.

"무슨 파티였죠?"

"유니언 고등학교 학생들이 연 파티였지요. 소시지 같은 것들을 가지고 가 불에 구워 먹는 파티였어요. 졸업하기 전 마지막 야유회였죠. 내 여동생 앨리스도 거기 갔기 때문에 알아요. 그 파티를 선생님들이 인솔한다고 듣긴 했지만 내 동생은 안 가기를 바랐어요. 밤에는 위험한 곳이거든요. 어느 날 저녁에는 달밤이었는데 발가벗은 사람이 튀어나오는 것을 보았어요. 여자하고 같이 있는 것도 아니었는데 말이에요."

여순경은 이렇게 말하다가 자기 말이 옆길로 새는 것을 깨닫고 얼른 입을 다물며 얼굴을 약간 붉혔다. 이렇게 여순경의 수다는 끝이 났다. 나는 여순경과 나 사이에 있던 합판으로 된 카운터에 기대고 섰다.

"그래 지니 그린이란 아이는 도대체 어떤 아이였나요?"

"글쎄, 나는 잘 몰라요. 난 그 애를 실제로 만난 적이 없으니까요."
"그럼 당신 동생은 알겠네요."
"난 내 동생이 지니 그린과 같은 여자애들과 어울리는 걸 원치 않아요. 이것으로 댁의 질문에는 대답이 된 거죠, 그렇죠?"
"자세한 대답이라곤 볼 수 없죠."
"가만 보니 당신은 질문이 너무 많군요."
"내가 그 아이를 발견했으니 당연히 관심이 있죠. 게다가 나는 직업이 사립 탐정이니까요."
"그래 일거리를 구하고 있는 건가요?"
"일거리가 있으면 언제라도……."
"나 역시 같아요. 그리고 나는 지금 일자리를 갖고 있으니 이 일자리를 놓치고 싶지 않단 말이에요." 여순경은 이렇게 말하고 약간 미소를 지었다. "실례합니다. 난 할 일이 있어서요." 그녀는 이렇게 말하며 돌아섰다.

여순경은 단파 송수신기에 돌아앉아 순찰대원들에게 버지니아 그린의 시체가 발견되었다는 것을 알리기 시작했다.

그때 마침 버지니아 그린의 아버지가 들어서면서 그 소리를 들었다. 그는 살이 찌고 얼굴이 회색에 가까운 데다 눈 가장자리에 붉은 주름이 테두리처럼 잡혀 있었다. 줄무늬 파자마의 바지 자락이 양복 바지 밖에까지 삐져나와 있었다. 그의 구두에는 흙이 잔뜩 묻어 있었고 걷는 것을 보니 마치 밤새도록 걸어다닌 것 같은 몰골이었다.

그는 카운터 끝에 기대고 서서 물에서 건져 올린 물고기처럼 입을 열었다 닫았다 했다. 이윽고 충격으로 목이 멘 소리로 말하기 시작했다.

"애니타, 방금 그 애가 죽었다고 말하는 것을 들었는데……."

여순경은 그를 보며 말했다. "그래요. 참 안됐습니다, 그린 씨."

그는 카운터에 머리를 숙이고 성당에 온 고해자처럼 꼼짝 않고 서 있었다. 어디선가 시계바늘 소리가 째깍째깍 들려왔다. 뒷방에 있는 무전기에서 로스앤젤레스 경찰이 교신하는 소리가 마치 다른 행성에서 보낸 송신음처럼 들려오고 있었다. 끊임없는 폭력으로 점철되고 있는 이 지구와 비슷한 어느 행성에서 오는 소리처럼 들렸다.

"모두 내 잘못이야. 내가 그 애를 제대로 기르지 못한 탓이지. 나는 아비 노릇을 못한 인간이야." 그린은 아래의 합판을 내려다보며 말했다.

여순경은 반짝이는 검은 눈으로 그 사람을 지켜보고 있었다. 눈에서는 금방 눈물이 쏟아질 것 같았다. 그 여자는 자기도 모르는 사이에 손을 내밀어 그린을 어루만져주며 위로해 주려는데 어떤 사람이 사무실에 들어서는 바람에 얼른 멈췄다. 사무실에 들어선 사람은 하와이안 셔츠를 입고 머리를 짧게 깎은, 얼굴이 햇빛에 그을린 건장하게 생긴 청년이었다. 건장하게 생기긴 했어도 두 눈은 잠이 부족했던지 피로해 보이는 데다 눈 주위에는 근심스러운 듯한 잔주름들이 잡혀 있었다.

"그래 어떻게 됐소, 미스 브로코? 무슨 소식은 없나요?"

"나쁜 소식이에요. 어떤 자가 지니 그린을 죽였어요. 여기 계신 이 양반은 탐정인데 방금 트럼불 캐넌에서 그 아가씨의 시체를 발견했어요." 여순경의 목소리는 아까와는 달리 화가 난 것 같이 퉁명스러웠다.

젊은이는 그의 짧은 머리에 손가락을 가져가 잡으려 했으나 잡히지 않는 것 같았다. 머리만 잡히지 않는 게 아니라 자기 자신도 잡히지 않는 것 같았다. "오, 하느님 맙소사! 어떻게 그런 일이."

"그래요. 당신은 그 아이를 돌볼 의무가 있는 사람 아녜요?" 여순경은 말했다.

젊은이와 그 여순경은 카운터를 사이에 두고 서로를 노려보았다. 여순경의 블라우스 아래로 튀어나온 젖꼭지가 그를 비난하는 손가락질처럼 느껴졌다. 젊은이는 여순경과의 눈싸움에서 졌다.

젊은이는 풀이 죽은 시선을 나에게로 돌렸다.

"제 이름은 코너, 프랭클린 코너입니다. 이 사건은 제게 책임이 있는 것 같습니다. 저는 지니 그린의 담임입니다. 미스 브로코의 말처럼 저는 그 파티의 인솔교사였으니까요."

"그럼 왜 감독을 잘 못했죠?"

"저는 그런 일이 생길 줄은……. 제 말은 그 아이들이 모두 좋아하며 잘 놀았기 때문에 안전하다고 생각했던 거죠. 남학생과 여학생들은 모두 불을 둘러싸고 짝을 지어 잘 놀고 있었으니까요. 솔직히 말씀드려 제가 그 자리에 함께 있기가 좀 어색했습니다. 학생들은 이제 어린애들이 아니잖습니까. 모두 졸업반 학생들이고 자동차도 다 가지고 있고요. 그래서 저는 즐겁게 놀라고 당부하고 해안길로 해서 집에 돌아갔죠. 솔직히 말씀드리자면 저는 집사람의 전화를 기다리고 있었거든요."

"그래 파티 장소를 떠난 것은 몇 시였지요?"

"아마 11시 가까이 됐을 겁니다. 짝이 없는 학생들은 이미 가버린 뒤였으니까요."

"지니는 누구하고 짝이 됐었나요?"

"모르겠습니다. 저는 거기까지는 신경을 쓰지 않았습니다. 이번 주일은 졸업식을 앞두고 있어서 할 일이 너무 많았기 때문입니다."

지니의 아버지 그린은 우리 말을 들으면서 얼굴이 이상하게 변하고 있었다. 그러다가 갑자기 속에서 이글이글 끓고 있던 분노가 바깥으로 폭발하는 듯 소리쳤다.

"그런 것을 파악하는 게 당신 직책 아니오? 이 일로 다시는 교단에 서지 못하게 되는 줄이나 아쇼. 무슨 일이 있어도 내가 이 고장에서 내쫓고 말겠소!"

코너는 고개를 떨군 채 때묻은 마룻바닥을 내려다보았다. 그의 갈색 머리는 여기저기 빠진 데가 있었으며 머리 속이 하얀 뼈처럼 들여다보였다. 그날은 일진이 좋지 않은 사람들이 많은 것 같았다. 나는 다른 사람들 일에 공연히 끌려 들어가는 것처럼 느껴졌다. 마치 앓던 이가 다시 쑤시기 시작해 어찌 해야 좋을지 알 수 없는 기분이었다.

보안관이 몇 사람의 경관과 고속도로 순찰대 경사 한 명과 함께 도착했다. 보안관은 카우보이 모자를 쓰고 가죽 넥타이를 맨 데다 청색 개버딘 제복을 입고 있어서 살벌한 분위기를 자아냈다. 보안관의 이름은 피어설이었다.

나는 피어설의 검정 뷰익차 오른편 자리에 앉아 협곡으로 가면서 본 것을 대강 얘기해 주었다. 다른 경관들이 탄 포드차와 고속도로 순찰대 차가 우리 뒤를 따랐고, 그린의 덥개를 열었다 닫았다 하는 새 올즈모빌 컨버터블이 맨 뒤에 쫓아왔다.

보안관은 나에게 말했다.

"빈 집에서 보았다는 그 늙은이는 실성한 사람 같은데요."

"글쎄 어찌 됐든 외톨이인 것만은 틀림없습니다."

"그런 떠돌이들은 무슨 짓을 저지를지 몰라요. 내가 부하들에게 그런 자들을 단속하라고 이르는 것도 그 때문이죠. 어찌 되었든 이 사건은 간단히 해결될 것 같습니다."

"글쎄올시다. 좌우간 여러 각도에서 조사해 보십시오, 보안관."

"물론이죠. 그런데 그 늙은이가 도망가버렸다는 말씀이군요. 분명히 그 늙은이가 지은 죄가 있기 때문에 도망갔겠지요. 걱정 마세요, 우리가 결국 찾아내고 말 테니. 이 산속을 당신이 당신 부인 몸을 알 듯 샅샅이 잘 아는 경관들이 있으니까요."
"난 결혼하지 않았는데요."
"그럼 당신 여자 친구 몸을 알 듯 말이오." 그는 나에게 곁눈질을 하면서 말했다. "그리고 만약 도보 수색대로 발견하지 못한다면 비행대를 동원해서라도 찾아낼 겁니다."
"비행대도 가지고 있나요?"
"자원 비행대죠. 대부분이 이 지방 농장 주인들입니다. 어쨌든 우리는 그 늙은이를 찾아내고 말 겁니다."
이때 마침 자동차가 커브를 돌면서 타이어가 끼익 하고 소리를 냈다.
"그 여학생은 강간당했습니까?"
"아니요, 살펴보지 않았습니다. 난 의사가 아니니까요. 손대지 않은 채로 놔두고 왔죠."
보안관은 낮은 목소리로 말했다.
"정말 잘한 거요."

그 언덕 위의 풀밭에는 하나도 변한 것 없이 그대로 있었다. 죽은 소녀의 시체는 있던 자리에 그대로 있었다. 우리는 시체의 사진을 찍었다. 여러 각도에서 여러 장을 찍었다. 새들이 푸드득거리며 날아갔다. 소녀의 아버지는 나무에 기대고 서서 새들이 날아가는 것을 보고 있었다. 그러고는 땅에 주저앉았다.
나는 그린을 집에 태워다 주겠다고 자원하고 나섰다. 그것은 순전한 애타주의에서가 아니었다. 나는 호의를 베풀 줄 모르는 사람이다. 나는 그의 올즈모빌을 바라보며 물었다.
"왜 이번 일이 당신 탓이라고 했죠, 그린 씨?"

그린은 내 질문에 귀를 기울이지 않았다. 길 아래에서 네 명의 정복 경관이 육중한 알루미늄 사다리를 가파른 언덕에 갖다 대고 있었다. 그린은 날아가는 새들을 바라보듯 그들을 물끄러미 쳐다보았다. 그는 경관들이 모퉁이를 돌아 사라질 때까지 쳐다보고 있었다.

"그 애는 장래가 구만리 같은 청춘인데." 그린은 중얼거렸다.

나는 약간 기다렸다 또다시 같은 질문을 해 보았다.

"왜 따님의 죽음이 당신 잘못이라 했죠?"

그린은 그제서야 정신이 돌아온 듯 "내가 그런 말을 했던가요?" 하고 되물었다.

"고속도로 순찰대 사무실에서 그런 말을 하시더군요."

그린은 내 팔에 손을 대고 말했다.

"내가 딸아이를 죽였다는 뜻으로 말한 것은 아닙니다."

"나도 당신이 그런 뜻으로 얘기했다고는 생각지 않았죠. 나는 누가 그 애를 죽였는지 알고 싶은 겁니다."

"당신은 경찰인가요?"

"전직 경찰관입니다."

"이 지방 경찰은 아닌 것 같은데······."

"나는 로스앤젤레스에서 온 사립 탐정입니다. 이름은 아처라고 합니다."

그는 자리에 앉아 생각에 잠겼다. 우리 앞쪽에 있는 골짜기 입구 너머로 파도가 넘실거리는 바다가 보였다.

"당신은 그 늙은이가 한 짓이라 생각하진 않나요?"

그린이 물었다.

"그 늙은이가 그런 짓을 할 수 있었으리라는 생각은 들지 않는데요. 영감이 힘이 센 것처럼 보이긴 했소만 바닷가에서 따님을 끌고 그곳까지 갈 수 있었을 것 같지는 않습니다. 그리고 따님이 순순히 그 영감을 따라갔을 리도 없었을 테고 말입니다."

사실 이런 가정도 일말의 가능성은 있었다.

"글쎄올시다. 지니는 약간 야생마 같은 여자아이였으니까요. 때때로 나쁜 일이나 위험한 일을 보란 듯이 하는 애였거든요. 도전을 받고 물러서는 아이가 아니었죠. 특히 상대가 남자라면 말입니다." 그린이 말했다.

"따님에게는 평소 친하게 지내는 남자친구가 여럿 있었나요?"

"남자들에게는 매력이 있는 아이였죠. 당신도 보지 않았소? 그런 꼴이 돼 있었지만." 그는 침을 꿀꺽 삼키고 말을 계속했다. "그러나 오해는 마시오. 지니는 절대 나쁜 애는 아니었으니까. 약간 고집이 센 아이였을 뿐이에요. 게다가 내 잘못도 많고. 그래서 나는 자책감을 느끼는 겁니다."

"잘못이라니 무슨 잘못이죠, 그린 씨?"

"그저 평범한 잘못이죠. 일부는 내가 자청해서 했던 잘못도 있고요. 지니에게는 엄마가 없었죠. 아시겠습니까? 그 아이의 엄마는 여러 해 전 나를 떠났습니다. 우리가 헤어진 것은 그 여자 잘못도 있었지만 내 잘못도 있었죠. 나는 그 애를 나 혼자서 키우면서 제대로 돌보지 못했던 겁니다. 나는 읍내에서 식당을 경영하고 있어서 매일 밤 자정이 넘어서야 집에 돌아갈 수 있었습니다. 그래서 지니는 초등학교 때부터 혼자 사는 거나 다름 없었죠. 내가 집에 있을 때는 함께 사이좋게 지냈지만 나는 평소에 집에 있는 날이 별로 없었으니까요.

내가 저지른 가장 큰 잘못은 그 애를 주말에 식당에서 일하게 한 거였습니다. 대략 1년 전부터 식당일을 시키기 시작했죠. 그 아이는 옷가지를 사 입기 위해 돈이 필요했던 데다 나는 일을 하는 것이 그 애를 위해 좋을 거라고 생각했었죠. 그 애를 감시할 수 있으리라 생각했던 겁니다. 그러나 내 생각대로 되질 않은 거죠. 그 아이는 조숙

한 데다 밤일 때문에 공부에 지장을 받았습니다. 나는 마침내 학교 선생들로부터 이야기를 듣고서야 식당일을 그만두게 했죠. 그게 두어 달 전입니다. 그러나 때는 이미 늦었더군요. 그때부터 우리는 사이가 나빠졌습니다. 내가 이랬다 저랬다 줏대가 없다고 원망한다는 것을 담임인 코너가 내게 말했습니다. 내가 너무 많은 책임을 주었다가 뺏은 데 대해 그 애는 나를 원망한 것입니다." 그의 목소리는 회한에 젖어 있었다.

"그래 따님에 관한 일로 코너와 얘기해 보았던가요?"

"한두 번이 아니라 여러 번 해 보았죠. 어제저녁에도 했고요. 그 사람은 딸아이의 담임으로 그 애의 성적을 걱정해주었어요. 우리 둘이 다 걱정했죠. 그 사람 덕택에 지니는 결국 성적이 좋아졌어요. 그래서 졸업할 수 있었지요. 물론 지금은 모두 부질없는 일이 됐지만요."

그린은 잠시 침묵을 지켰다. 우리 아래쪽에는 푸른 바다가 펼쳐져 있었다. 고속도로에서는 차들이 달리는 소리가 들려왔다. 그린은 마치 사람과의 접촉이 필요한 듯이 내 팔꿈치를 건드렸다.

"내가 코너한테 그렇게 화를 내는 게 아니었는데……. 그 사람은 점잖은 사람입니다. 마음씨가 착하지요. 지난달에도 여러 시간 돈도 안 받고 딸애에게 공부를 시켜 주었죠. 자기 자신의 걱정거리도 많았는데 말입니다."

"무슨 걱정거리였죠?"

"그 사람도 나처럼 아내가 나가버린 거죠. 그 사람한테 그렇게 심한 말을 하는 게 아니었는데. 나는 항상 성미가 못돼서 말입니다."

그린은 이렇게 말하고 약간 주저하더니 마치 신부 앞에서 고백할 것이 있는 사람같이 뱉어내듯 말했다.

"어제저녁에 나는 저녁을 먹으면서 지니에게 무서운 말을 했습니다. 지니는 늘 식당에서 나하고 같이 저녁식사를 했죠. 나는 그 애에게 만약 밤에 내가 집에 돌아갈 때까지 집에 돌아와 있지 않으면 목을 비틀어 죽이겠다고 말했거든요."

"그런데 집에 돌아와 있지 않았다 이거죠?"

나는 그의 말에 대꾸했다. 그리고 '누군가가 그 애의 목을 졸라 죽였다는 얘기군요' 하고 덧붙일 뻔했으나 간신히 참고 입밖에 내지 않았다.

도로의 가로등 불이 붉게 보였다. 나는 그린을 쳐다보았다. 그의 얼굴에는 눈물 자국이 조그만 길같이 나 있었다.

"그래 어제저녁에 어떤 일이 있었는지 말씀해 보시지요."

"뭐 별로 말씀드릴 만한 일은 없었습니다. 12시 반쯤 집에 돌아갔더니 당신 말대로 그 애가 아직 돌아오지 않았더군요. 그래서 앨 브로코의 집에 전화를 걸었죠. 앨 브로코는 내 식당 야간 담당 요리사인데 그 사람의 막내딸 앨리스도 그날밤 해변가의 파티에 갔다는 것을 알고 있었기 때문이었죠. 앨리스는 집에 돌아와 있더군요."

"그래 앨리스와 얘기해 보았던가요?"

"그 아이는 벌써 자고 있더군요. 앨이 깨웠지만 난 그 애하고는 통화하지 않았죠. 앨리스는 자기 아버지에게 지니가 어디 있는지 모르겠다고 하더랍니다. 나는 잠자리에 들었으나 도무지 잠이 오지 않더군요. 그래서 결국 다시 일어나서 담임선생인 코너 씨에게 전화를 걸었소. 그것이 밤 한 시 반쯤 됐을 때였어요. 나는 경찰에 알릴까 생각도 해 보았지만 코너가 말리더군요. 지니는 이미 그렇지 않아도 행실이 좋지 않은 아이로 찍혀 있으니 경찰에 신고하지 말라는 거였어요. 코너 씨는 우리 집에 와 조금 기다리다가 둘이 함께 캐번 비치로 가보았습니다. 지니의 행방을 찾을 수 없었죠.

내가 할 수 없이 경찰에 신고해야 되겠다고 말했더니 코너 씨도 동의하더군요. 그래서 우리는 바닷가에 있는 그 사람 집으로 같이 갔습니다. 그 집이 우리 집보다 가까웠기 때문이었죠. 거기서 우리는 보안관 사무실에 전화를 했습니다. 그 뒤 우리는 손전등 두 개를 들고 다시 바닷가로 나가 동굴이란 동굴은 모조리 다 들여다보았습니다. 코너 씨는 나하고 같이 밤을 새웠죠. 나는 그 점을 고맙게 생각합니다."

"그 동굴들은 어디 있죠?"

"조금만 더 가면 볼 수 있습니다. 원하신다면 보여드리죠. 그러나 세 개의 동굴 안에는 아무 것도 없었어요."

우리는 동굴로 가보았으나 그늘과 빈 맥주 깡통들과 버려진 피임기구들과 해초 썩는 냄새 외에는 아무 것도 없었다. 공연히 동굴 안을 뒤지느라 구두에 모래가 들어가고 목은 땀으로 흠뻑 젖었다. 마지막 동굴에서 반은 걷고 반은 기면서 나오니 햇빛에 눈이 부셨다.

그린은 잿더미 옆에 앉아서 기다리고 있었다.

"여기가 그 아이들이 소시지를 구워 먹던 곳이죠."

나는 잿더미를 발로 찼다. 반쯤 탄 소시지가 모래 위를 굴러갔다. 모래 벼룩들이 프라이팬 위의 기름처럼 튀어올라 달아났다. 그린과 나는 잿더미를 사이에 두고 서로를 쳐다보았다. 그는 이어 바다를 바라보았다. 파도 너머에 물개 한 마리가 머리만 내민 채 떠다니고 있었다. 그 너머에는 수상 스키를 즐기는 사람 하나가 양쪽에 날개 같은 물보라를 일으키면서 달리고 있었다.

바닷가 저쪽에서 두 사람이 우리 쪽을 향해 걸어오고 있었다. 먼 거리에서 걸어오는 그들의 모습이 작고 외로워 보였으나 가까이 올수록 하얀 모래사장 위에 모습이 점점 뚜렷해졌다.

그린은 햇빛에 눈을 찌푸리고 그들을 쳐다보았다. 잠을 못 자 눈동자가 충혈되긴 했어도 그의 시력은 여전히 좋았다.

"코너 씨 같은데, 같이 오는 여자는 누구일까?" 그린이 말했다.

두 사람은 하얀 파도 바로 위를 서로 사랑하는 사람들처럼 가까이 붙어 걸어오고 있었다. 그들은 우리를 발견하자 약간 떨어졌지만 여전히 손을 잡고 우리에게 다가왔다.

"코너 씨 부인입니다." 그린이 낮은 목소리로 말했다.

"저 여자는 남편을 떠났다고 들은 것 같은데요."

"코너 씨가 어제저녁에 나에게 그렇게 말했었죠. 약 2주일 전에 자기가 싫다고 떠났다고요. 고등학교 선생의 퇴근 시간이 항상 늦는 것을 견딜 수 없다고 하면서요. 아마 생각이 달라졌는지 모르죠."

그 부인은 변덕이 심할 것 같았다. 머리는 금발이었으나 철면피 같은 느낌을 주는 용모에 걸음걸이는 남자 같았다. 네모진 얼굴에 약간 예쁜 구석도 있었다. 그녀는 남자 같은 스타일의 마드라스 무명 셔츠를 입고 있었다. 그녀의 검은 카프리 바지가 길고 호리호리한 두 다리에 딱 달라붙어 있었다. 각선미가 좋은 편이었다.

코너는 착잡하고 어색한 표정으로 우리를 쳐다보았다.

"멀리서도 댁인 줄 알았죠, 그린 씨. 혹시 제 집사람과 만난 적이 있으신지?"

"우리 식당에서 뵌 일이 있죠. 저는 읍내에서 하이웨이 레스토랑을 경영하고 있습니다." 그린이 말했다.

"안녕하세요." 코너 부인은 약간 서먹서먹한 표정으로 인사하고는 어조를 완전히 바꾸어서 말했다. "아! 버지니아의 아버님 되시는군요, 그렇지요? 정말 안됐습니다."

그 여자의 말은 이상하게 들렸다. 아마 주변상황 때문이었는지도 모른다. 바닷가에 쌓인 잿더미와 동굴로 들어가는 길, 그리고 바다와 텅 빈 듯이 느껴지는 하늘, 그 모든 것이 우리 자신이 왜소한 존재라는 것을 느끼도록 만든 것 같다. 그린은 그 여자의 인사말에 엄숙히 대답했다.

"감사합니다, 부인. 코너 씨는 어제저녁 저의 오른팔 노릇을 단단히 해 주셨지요. 정말 고맙게 생각하고 있습니다."

그는 사과하듯 이렇게 말했다. 그러자 코너가 말했다.

"저희 집에 들러 술이나 한잔 하는 게 어떻겠습니까? 바로 가까이 있으니까요. 그린 씨, 한잔 하실 필요가 있으신 것같이 보이는데요. 그리고 댁도 함께 가시지요. 아직 선생님 성함을 듣지 못했습니다."

"아처입니다. 루 아처라고 합니다."

코너는 내 손을 꽉 잡고 악수를 했다.

그러자 그의 부인이 말을 가로챘다. "그린 씨와 친구분께서 이런 날 우리와 함께 시간을 보내기를 원하실 것 같지 않아요. 게다가 아직 점심 때도 되지 않았어요, 여보."

우리와 같이 시간을 보내고 싶지 않은 쪽은 그 여자 쪽인 것 같았다. 우리는 잠깐 동안 함께 서서 날씨가 참 좋다느니 하며 쓸데없는 말 몇 마디를 더 나누었다. 그리고 나서 그 여자는 남편을 끌고 왔던 길로 다시 끌고갔다. 그 여자의 얼굴에는 '개인 땅임. 무단 출입자는 그대로 얼려 죽일 것임'이라는 내용의 경고문이 쓰여 있는 듯했다.

나는 그린을 고속도로 순찰대로 데려다 주었다. 그는 이제 기분이 좀 나아졌다고 말하며 혼자서 집에 돌아갈 수 있겠다고 말했다. 그는 필요한 때에 내가 친구가 되어 주었다며 몇 번이나 고맙다고 인사를 했다. 그는 순찰대 문까지 배웅하면서 인사를 했다.

연락담당 여순경은 의자에 앉아 손잡이가 상아로 된 줄로 손톱을 다듬고 있었다. 여순경은 눈을 들어 걱정스러운 듯 물었다.

"그래 범인을 아직 못 잡았나요?"

"내가 당신에게 똑같은 질문을 하려 했었는데요, 브로코 양."

"아직 못잡았어요. 그러나 잡힐 거예요. 보안관이 비행수색대까지 불렀어요. 그리고 벤투라에 경찰견들을 보내 달라고 요청했거든요."
그 여자는 여성 특유의 복수심을 나타내며 말했다.

"대단하군요."

"그게 무슨 뜻이죠?" 여순경은 말꼬리를 잡으며 물었다.

"난 그 산속의 영감이 그 여학생을 죽였다고 생각하진 않아요. 그 영감이 만약 죽였다면 오늘 아침까지 있다가 도망갔을 리가 없어요. 죽이고 나서 즉시 도망갔지."

"그럼 도대체 왜 도망간 거죠?"

브로코가 입을 거의 다문 채 말하는 바람에 말소리가 이상하게 들렸다.

"아마 내가 시체를 발견한 것을 보고 자기가 죄를 뒤집어 쓸까봐 도망간 것 같습니다."

브로코는 내 말을 잠시 생각해 보더니 기다란 손톱 다듬는 줄을 두 손가락으로 구부리면서 물었다.

"그 늙은이가 죽이지 않았다면 누가 죽였죠?"

"그 의문을 푸는 데는 당신의 도움이 필요합니다."

"내가 돕는다고요? 어떻게요."

"우선 당신은 프랭크 코너를 알지 않습니까?"

"알긴 압니다. 내 동생 성적 때문에 몇 번 만난 적이 있어요."

"당신은 그 사람을 별로 좋아하지 않는 것 같군요."

"난 그 사람을 좋아하지도 싫어하지도 않아요. 그 사람은 내가 보기에 사기꾼 같은 사람일 뿐이죠."

"왜죠? 그 사람이 무엇을 잘못했길래?"

내 말에 브로코의 굳게 다문 입술이 약간 떨렸다.

"그 사람은 어딘가 잘못된 것 같아요. 여자애들을 상습적으로 집적 거리는 게 탈인 것 같아요."

"당신은 그걸 어떻게 알았습니까?"

"소문을 들었어요."

"당신 동생 앨리스한테서 말입니까?"

"그래요. 동생이 말하는데 학교에 그런 소문이 떠돌고 있대요."

"그 소문에는 지니 그린의 이름도 오르내리고 있었나요?"

브로코는 내 말에 대꾸하는 대신 고개를 끄덕였다. 그 순간 그 여자의 눈동자는 지문 채취용 잉크만큼이나 새카맣게 보였다.

"코너 부인이 집을 떠난 것도 그 때문이었던가요?"

"그런 건 몰라요. 난 코너 부인을 한번도 본 적이 없는걸요."

"별로 관심이 없었다는 말씀이군요."

밖에서 큰 소리가 들려왔다. 무슨 동물이 목이 메어 짖는 소리 같았다. 동물이 짖는 소리 같기도 하고 사람의 고함소리 같기도 했다. 내다보니 그린이었다. 문간에 나가보니 그는 차에서 막 내리는 중이었다. 손에는 권총을 들고 있었다.

"나는 살인자를 보았어요." 그는 흥분해서 말했다.

"어디서요?"

그는 권총으로 길 건너 목재를 쌓아두는 야적장을 가리켰다.

"그놈이 저 하얀 소나무 목재더미 뒤에서 머리를 내밀고 엿보고 있었어요. 나를 보더니 질겁을 하고 도망갔어요. 쫓아가서 그놈을 잡아올 겁니다."

"그러면 안 됩니다. 그러지 말고 그 총 이리 주세요."

"왜요? 난 이 총을 소지할 수 있는 허가증이 있어요. 또 쏘는 것도 인정하는 허가증 말이에요."

그린은 4차선 고속도로를 쌩쌩 달려오는 차들을 요리조리 피하며 건너기 시작했다. 자동차들이 브레이크를 밟는 소리와 사람들의 욕지거리 소리가 들려왔다. 내가 쫓아가니 그는 벌써 자물쇠로 잠근 목재 야적장 문을 뛰어 넘어간 뒤였다. 나는 그 문을 뛰어 넘어 그의 뒤를 따랐다.

그린은 높게 쌓아 놓은 목재더미 뒤로 사라졌다. 그 뒤를 쫓아 골목을 돌아가니 그는 높게 쌓인 목재더미 사이로 나 있는 통로를 따라 거의 절반이나 뛰어간 상태였다. 통로의 땅은 다져져 단단했다. 그의 앞쪽에는 내가 산속에서 본 노인이 뛰어가고 있었다.

뛰어가는 영감의 흰 머리가 바람에 나부꼈다. 삼베로 된 보따리가 '슬픔과 수치의 짐'처럼 그의 두 어깨 위에서 덜렁거렸다.

"거기 서! 안 서면 쏠 테다." 그린이 소리쳤다.

그러나 영감은 뒤에서 악마라도 쫓아오는 것같이 필사적으로 달아났다. 그는 바람막이용 담에 도달하자 보따리를 내던지고 넘어가려 했다. 담을 거의 올라간 그는 담 위에 쳐 있는 세 겹으로 된 철조망에 걸려 어찌할 바를 모르고 허둥댔다.

이어 무엇이 찢어지는 것 같은 비명소리가 들렸고 뒤이어 총소리가 났다. 담 위에 엎혀 있던 그 거대한 노인은 몸을 뒤틀며 곧 힘이 빠지는 것 같더니 땅 위에 털썩 떨어졌다. 그린은 가쁜 숨을 몰아쉬며 쓰러진 노인에게 다가가 내려다보았다.

나는 그린을 떠밀어내고 노인을 살펴보았다. 노인은 입에서 피를 토하고 있었지만 아직 살아 있었다. 머리를 받쳐주자 노인은 입 안에 있던 피를 내뱉았다.

"당신들 내게 이래서는 안 됩니다. 나는 자수하러 갔었는데 막상 가보니 겁이 나서……."

"왜 겁이 났죠?"

"난 당신이 나뭇잎 아래에서 그 여자아이의 시체를 찾아내는 것을 보았기 때문이죠. 내가 또 죄를 뒤집어쓸 것이라 생각했소. 나는 선택된 사람들 중 하나입니다. 사람들은 항상 선택된 사람들에게 죄를 뒤집어 씌우거든요. 나는 그래서 이전에도 곤경에 빠진 적이 있었죠."
"무슨 문제? 여자들과의 문제였던가요?"
"경찰과 문제가 생겼던 거죠."
"사람들을 죽였기 때문이었습니까?"
"허가 없이 길거리에서 설교를 했거든요. 목소리가 나에게 사악한 족속들을 상대로 설교하라고 했습니다. 그런데 그 목소리가 오늘 아침에는 경찰에 나가 증언을 하라고 했어요."
"무슨 목소리가 말이오?"
"그 위대한 목소리 말입니다."
노인의 목소리는 힘이 빠져 한결 작아졌다.
"이 늙은이는 형편없는 미치광이예요." 그린이 끼어들었다.
"잠자코 있어요."
나는 다시 죽어가는 그 노인에게 돌아서서 물었다.
"그래 영감님은 무슨 증언을 하려 했죠."
"내가 본 자동차에 대해서요. 나는 그 자동차 때문에 한밤중에 잠을 깼어요. 그 자동차가 내 성스러운 피난처 아래 길가에 와 섰었죠."
"자동차는 어떤 종류였습니까?"
"난 자동차를 잘 모릅니다. 아마 흔히 보는 외제 차였던 것 같소. 죽은 사람도 깰 정도로 요란한 소리를 내던걸요."
"그래 누가 그 자동차를 몰고 왔는지 보셨나요?"
"아뇨, 난 가까이 가지 않았소. 무서워서요."
"그 자동차가 나타난 것은 몇 시였죠?"

"난 시계를 보지 않았어요. 달이 나무들 뒤로 졌을 때였죠."
 이 말은 그 영감이 남긴 마지막 말이었다. 영감은 하늘색 눈으로 하늘을 쳐다보았다. 그의 눈은 똑바로 태양을 쳐다보았다. 이어 그의 눈빛이 변해 갔다.
 노인이 죽어가는 것을 본 그린은 말했다.
 "사람들에게 말하지 말아요. 만약 사람들에게 내가 이 영감을 죽였다고 말하면 당신을 거짓말쟁이로 몰아붙일 테니까. 나는 이 마을에서 사람들의 존경을 받고 있는 사람이오. 나는 장사를 하고 있어요. 만약 이 일이 탄로나면 그 장사도 끝장이 납니다. 어쨌든 사람들은 당신 말보다 내 말을 더 믿을 겁니다."
 "입 닥쳐요!"
 그러나 그는 입을 다물지 않고 말을 계속했다.
 "이 영감은 어차피 거짓말을 한 거니까. 당신도 그것만은 알고 있죠? 이 영감이 무슨 소리를 들었다고 하는 말을 들었죠? 이 영감은 정신병자예요. 사람을 죽이는 정신병자였죠. 그래서 나는 이 영감을 미친 개처럼 쏘아 죽인거요. 그러니까 나는 옳은 일을 한 겁니다."
 "그린 씨, 당신은 옳은 일을 한 게 아닙니다. 당신도 그것을 알고 있죠. 어서 그 총을 이리 내놓으세요, 또 다른 사람을 죽이기 전에."
 그는 갑자기 총을 내 손에 쥐어 주었다. 나는 그 총에서 총알을 다 뽑았다. 총알을 뽑다가 손톱을 다쳤다. 나는 빈 총을 다시 그에게 돌려 주었다. 그는 나에게 가까이 다가서며 말했다.
 "그래, 내가 설사 잘못했다 합시다. 그러나 내가 이 영감을 죽인 것은 영감이 나를 건드렸기 때문이오. 그러니까 사람들에게 이 사실을 알릴 필요는 없는 것 아니오? 그래 봐야 내 식당 영업에만 지장을 주게 될 테니까."

그린은 바지 뒷주머니에서 두툼한 상어가죽 지갑을 꺼내면서 말했다.

"자, 여기 상당한 액수의 돈이 있소. 당신은 사립 탐정이라 했죠? 그러니까 입을 다물 줄도 알 거라고 생각합니다."

나는 노인의 시체 옆에서 알아듣기 어려운 말을 계속 지껄이고 있는 그를 내버려 두고 그곳을 떠났다. 그들 두 사람 모두 희생자였다. 그러나 오직 한 사람만이 사람을 죽인 살인자였다.

여경관 브로코는 고속도로 순찰대 주차장에 나와 있었다. 흥분한 그녀의 가슴이 벌렁거리며 오르내리는 것을 볼 수 있었다.

"총소리가 들리던데요."

"그린이 그 영감을 쏘았어요. 영감은 죽었습니다. 시체를 실어갈 구급차를 빨리 부르고 사나운 경찰견들이 가까이 가지 못하게 해요."

내가 이렇게 말하자 그 여자는 마치 따귀라도 얻어맞은 것 같은 표정을 지었다. 그리고 손을 올려 얼굴을 가리고 말했다.

"선생님은 저에게 화가 나셨나요? 왜 저에게 화를 내시죠?"

"난 모든 사람에게 화가 납니다."

"그럼 아직도 그 영감이 지니를 죽였다고 생각하지 않는군요."

"난 절대 그 영감이 죽이지 않았다는 것을 압니다. 당신 동생하고 얘기를 하고 싶소."

"앨리스 말이죠? 무엇 때문에요?"

"정보를 얻기 위해서죠. 당신 동생은 어제 밤 지니와 같이 해변가에 있었죠. 그러니까 뭔가 아는 것이 있을지도 모르니까요."

"앨리스만은 건드리지 마세요."

"점잖게 대하겠소. 당신 사는 데가 어디죠?"

"난 내 동생이 이 추잡한 사건에 말려드는 것을 원하지 않아요."
"하지만 나는 단지 지니가 누구와 짝이 되어 놀았는지를 알고 싶을 따름입니다."
"그럼 내가 앨리스에게 물어보고 알려드리죠."
"그러지 맙시다, 브로코 양. 우리는 공연히 시간만 낭비하고 있는 거요. 솔직히 얘기해서 내가 당신 동생하고 얘기하는 데 당신 허락이 필요한 것은 아니지 않소? 당신 주소는 전화번호부를 찾으면 알 수도 있으니까."

브로코는 이 말을 듣자 버럭 화를 내더니 다시 진정한 다음 말했다.

"알았어요, 할 수 없군요. 우리는 올랜도스트리트 224번지에 살고 있어요. 읍내 저쪽이죠. 앨리스에게 친절하게 대해주실 거죠, 그렇죠? 그 아이는 지니가 죽은 것 때문에 벌써 귀찮은 일을 많이 당했거든요."
"그럼 당신 동생은 진짜 지니와 친했던 모양이군요?"
"그랬어요. 난 두 사람 사이를 떼어놓으려 했습니다. 그렇지만 애들은 왜 아시잖아요? 특히 둘이 다 엄마가 없는 처지라 붙어서 떨어지지를 않았죠. 나는 앨리스에겐 엄마 노릇을 하려고 했죠."
"그런데 당신 어머니는 어떻게 된 거요?"
"아버지가, 아니 어머니는 돌아가셨어요." 브로코의 얼굴은 순간 초록색에 가까울 정도로 창백해져 청동색으로 변했다. 그녀는 말을 계속했다. "제발 그 얘기는 그만둡시다. 난 엄마에 대해 얘기하고 싶지 않아요. 엄마가 돌아가실 때 난 어린애였으니까요."

브로코는 무슨 소리인지 계속 지껄여대는 무전기로 돌아갔다. 나는 그곳을 떠나 자동차를 몰면서 브로코가 대단한 여자라고 생각했다. 혼기가 됐는데도 결혼을 안 했다. 지중해 지방 사람 특유의 정열이 배출구를 찾지 못하고 있는 것 같았다. 저 처녀가 8시간 근무를 한다 치고 8시에 일을 시작했다면 4시에는 근무가 끝날 것이다.

큰 읍이 아니라 끝에서 끝까지의 거리도 별로 멀지 않았다. 고속도로가 읍내의 중심부를 지나고 있었다. 나는 유니언 고등학교를 지나게 되었다. 운동장에서 각모를 쓰고 가운을 입은 학생들이 졸업식 연습을 하고 있었다. 운동장에는 어쩐지 음산한 분위기가 감돌고 있는 것 같았다. 아마 내 기분이 그렇게 느껴지는 것인지도 몰랐다.

좀더 차를 달리자 그린의 '하이웨이식당'이 나타났다. 주차장에는 10여 대의 차가 서 있었다. 하얀 제복을 입은 웨이트리스 두 명이 판유리로 된 창문 안에서 바삐 움직이고 있었다.

올랜도스트리트는 고속도로에 의해 양쪽으로 나뉘어 있었는데 하위 중산층 주거지였다. 자카란다 나무는 꽃이 만발하여 치장벽토를 바른 목조 건물들 위에 작은 자줏빛 구름들이 낮게 깔린 것처럼 보였다. 브로코의 집을 찾아가니 대문 앞 좁은 정원에 자줏빛 꽃잎들이 떨어져 깔려 있었다.

깡마르고 호리호리한 남자가 티셔츠만 입고 현관문 바로 옆 차도에 소형 피아트 차를 세워 놓고 세차하고 있었다. 50살은 넘어보였지만 머리는 인디언 계통처럼 짙은 검은색이었다. 시칠리아 사람 특유의 코 한가운데가 오래전에 입은 상처로 굽어 있었다.

"브로코 씨입니까?"

"맞소만."

"따님 앨리스는 집에 있나요?"

"예, 집에 있습니다만."

"따님하고 얘기 좀 하고 싶은데요."

그 사람은 호스의 물을 잠그고 그 물이 줄줄 흐르는 노즐을 총처럼 나에게 겨냥했다.

"당신은 우리 딸아이의 상대로서는 좀 늙어 보이는데, 안 그렇소?"
"저는 지니 그린의 사망 원인을 조사하고 있는 사립 탐정입니다."
"앨리스는 그 일에 대해 아무 것도 아는 게 없소이다."
"조금 전 고속도로 순찰대에서 댁의 큰 따님과 만났는데 큰 따님 생각으로는 앨리스가 약간 아는 것이 있는 것 같다고 하던데요."
그는 그제서야 약간 몸을 움직이면서 말했다.
"글쎄올시다. 애니타가 괜찮다고 한다면……."
"아빠, 괜찮아요. 애니타 언니가 방금 전화를 걸었어요. 들어오세요, 아처, 아처 씨 맞죠?" 여자아이가 현관문을 열고 말했다.
"그래요, 아처라고 합니다."
앨리스는 나를 위해 방충문을 열어 주었다. 방충문을 들어서니 바로 조그맣게 네모난 응접실로 통했다. 응접실에는 낡은 장식용 가구가 하나 있었고 텔레비전도 한 대 있었다. 우리가 들어서자 앨리스는 텔레비전을 껐다. 앨리스는 예쁘장한 얼굴에 표정이 진지했다. 자기 언니를 많이 닮았지만 언니보다 나이가 10살은 어리고 몸무게도 5킬로그램은 적을 것같이 보였다. 게다가 긴 머리를 많아 뒤로 늘어뜨리고 있었다. 앨리스는 소파 가장자리에 스스럼없이 걸터앉아서 체스터필드 담배를 피우며 손을 흔들어 연기를 날려 보냈다. 그녀의 행동은 생기가 없었다. 움푹 꺼진 눈두덩이는 퍼런 색이었다. 얼굴색은 누르스름했다.
"그래 저에게 무슨 질문을 하려고 그러시죠? 언니는 그것에 대해선 아무 말 안 하던데요."
"지니가 어제저녁에 누구하고 같이 있었지?"
"아무도 없었어요. 아니 그 애는 나하고 같이 있었죠. 남학생과는 아무하고도 짝이 되지 못했죠."

앨리스는 마치 자기가 나와 텔레비전 사이에서 약간 어설픈 입장에 있는 것처럼 느꼈는지 나와 꺼져 있는 텔레비전을 번갈아 쳐다보면서 이렇게 말했다.

"텔레비전 보도는 지니가 남자하고 같이 있었고 그 사실을 입증할 수 있는 의학적 증거도 있다고 하더군요. 하지만 나는 그 애가 남자하고, 어떤 남자하고도 같이 있는 것은 못 봤어요."

"지니가 여러 남자들과 나돌아다니는 것을 본 적 있니?"

앨리스는 고개를 흔들었다. 조랑말 꼬리같이 땋아 드리운 머리가 한쪽으로 휙 돌아가더니 멈췄다. 앨리스는 금방이라도 울음을 터뜨릴 것 같은 표정이었다.

"지니가 여러 남자와 어울린다고 네가 애니타 언니에게 말했다던데."

"아뇨, 난 그런 말 안 했어요."

"네 언니가 거짓말을 할 리 없잖아? 네가 소문을 전해 주더라고 하던데. 지니가 어떤 남자와 관계를 맺고 있다는 소문이 학교 안에 떠돈다고 네가 애니타에게 말했다면서?"

소녀는 넋을 잃은 사람처럼 나를 쳐다보았다. 눈을 보니 마치 새눈 같았다. 깊지 않은 밝은 눈동자에는 두려워하는 빛이 서려 있었다.

"그래 그 소문이 사실이냐?"

앨리스는 이 질문에 가냘픈 어깨를 으쓱하면서 대꾸했다.

"내가 어떻게 알아요?"

"너는 그 애와 가까운 친구였다면서?"

"그래요, 가까운 친구였죠." 지나간 일임을 분명히 하는 앨리스의 목소리가 약간 떨렸다. "남자라면 사족을 못 써서 그랬지 참 좋은 애였어요."

"그래, 그 애는 남자라면 사족을 못 쓰는 아이였다. 그런데 어제저녁에는 어떤 남자와도 어울리지 않았다 이건가?"
"내가 함께 있는 동안에는 그랬죠."
"혹시 코너 선생님과 같이 간 건 아닐까?"
"아뇨. 그분은 거기 없었어요. 그 선생님은 집에 가겠다고 했어요. 집이 바닷가 저 위쪽에 있거든요."
"그럼 지니는 무엇을 하고 있었지?"
"몰라요. 무엇을 하고 있었는지 눈에 띄지 않았죠."
"그 애는 너하고 같이 있었다고 했잖니? 그래 저녁 내내 같이 있었니?"
"예." 앨리스는 대답을 하면서 약간 이상하다는 느낌이 든 듯 이렇게 덧붙였다. "아니, 그렇진 않았어요."
"그래 지니도 자리를 비운 적이 있단 말이구나."
앨리스는 고개를 끄덕였다.
"코너 씨가 가던 쪽으로 갔니? 그 선생님 집 쪽으로?"
이 질문에 앨리스의 머리는 거의 눈에 보이지 않을 정도로 밑으로 수그러졌다.
"그게 몇 시였지, 앨리스?"
"열한 시쯤이었던 것 같아요."
"그리고 지니는 코너 선생님 집에 간 뒤 다시는 돌아오지 않았단 말이지?"
"난 모르겠어요. 그 아이가 코너 선생님댁에 갔는지 확실히는 모르겠어요."
"그러나 여하간 지니와 코너 선생님은 서로 친한 사이였지?"
"그랬던 것 같아요."
"얼마나 친한 사이였지? 보이프렌드와 걸프렌드 사이쯤 됐나?"
앨리스는 새의 눈을 연상시키는 눈을 한번도 깜빡이지 않고 아무

말 없이 앉아 있었다.
"앨리스, 말해 봐. 코너 선생님이 두려워서 그래?"
"아뇨, 그 분은 아녜요."
"혹시 누가 너를 협박했니? 말하면 안 된다고?"
앨리스는 다시 한번 보일듯 말듯 머리를 밑으로 숙였다.
"앨리스, 누가 협박했니? 너는 네 자신을 보호하기 위해서 나에게 말해야 해. 너를 협박한 사람이 누구인지 몰라도 그 사람이 바로 살인자란 말이야."

내가 이렇게 말하자 앨리스는 와락 울음을 터뜨렸다. 그러자 앨리스의 아버지가 문간에 나타나 소리쳤다.
"도대체 무슨 일이요?"
"따님이 속이 상해서 그럽니다. 미안합니다."
"그래요? 그런데 누가 그 아이 속을 그렇게 상하게 했는지 난 알아요. 당장 여기서 나가시오. 안 나가면 경을 칠 거요."

그는 방충문을 열고 머리를 들이민 채 시커먼 도끼처럼 쳐들고 썩 물러나라는 시늉을 했다. 나는 밖으로 나갔다. 그는 내 뒤에 대고 침을 탁 뱉았다. 이 집안 사람들은 모두 성미가 급한 사람들이다.

나는 차를 몰고 읍내 남쪽 바닷가에 있는 코너의 집으로 향했다. 가는 도중에 그린의 식당이 눈에 띄어 그 식당에 먼저 들르기로 했다. 그린의 차가 식당 옆에 서 있었다. 나는 식당 안으로 들어갔다.

식당에 들어가니 기름 냄새가 났다. 식당에는 일요일 날 늦게 점심 먹으러 온 손님들이 테이블과 식당 한복판에 V자형으로 마련된 바의 좌석을 거의 다 채우다시피 하고 있었다. 그린 자신은 카운터 뒤 금전 등록기 앞에 앉아 돈을 세고 있었다. 자신의 목숨과 천당에 갈 희망이 온통 그 돈에 달린 것처럼 열심히 세고 있었다.

내가 다가가자 그는 "예, 손님" 하고 말하면서 올려다보았다. 그러더니 나를 알아보고 나서 얼굴 표정이 재빨리 변하면서 술취해 창피스러워하는 사람처럼 말했다.
"이런 날 나와서 이렇게 일해서는 안 된다는 걸 알면서도 나왔죠. 그러나 이렇게 일을 해야 골치아픈 일을 잊게 되죠. 뿐만 아니라 웨이트리스들을 감시하지 않으면 속이거든요. 게다가 나는 돈이 필요하단 말입니다."
"무엇 때문에요, 그린 씨?"
"재판 때문이죠." 그는 자기 말에 씁쓸하면서도 만족을 느끼는 것 같았다.
"무슨 재판 말입니까?"
"내 재판 말이죠. 난 보안관을 만나 그 늙은이가 한 말을 전했죠. 그리고 내가 한 행동도 이야기했어요. 나는 내가 어떤 일을 했는지 압니다. 그 영감을 개처럼 쏘아 죽였다는 걸 말입니다. 나에겐 그런 권한이 없는데도. 말하자면 딸이 죽어 슬퍼서 미쳐버렸던 거죠."
그린은 이제 광기가 한결 가신 사람처럼 보였다. 그의 두 눈에서 부끄러워하는 기색이 가시기 시작했다. 그러나 슬픔은 여전히 우물 속 돌처럼 남아 있었다.
"그린 씨, 보안관에게 사실을 고백한 것은 잘한 일이라고 나는 생각합니다."
"나도 그렇게 생각합니다. 사실을 고백한다고 그 영감이나 지니를 되살리지도 못하는 줄 압니다. 그러나 적어도 나 자신은 떳떳하게 살 수 있으니까요."
"지니 얘기가 나왔으니 말인데 지니는 프랭크 코너와 자주 만났던가요?"
"예, 자주 만났다고 할 수 있죠. 그 사람은 집에 여러 번 와서 지니의 공부를 도와주었어요. 집에도 오고 또 도서관에서도 공부를 도와주었죠. 그런데도 돈 한푼 안 받았습니다."

"참 친절한 사람이군요. 지니도 그 사람을 좋아했던가요?"

"그럼요. 그 아이는 코너 선생을 아주 높이 평가하고 있었죠."

"그 아이는 코너를 사랑하고 있던가요?"

"사랑했냐고요? 그게 무슨 소리죠? 난 그런 식으로는 한번도 생각해 본 일이 없었는데. 왜 그러시죠?"

"지니는 그 사람과 데이트하는 사이였던가요?"

"내가 아는 한 그런 일은 없었습니다." 그는 곧 이렇게 덧붙였다. "만약 데이트를 했다면 나 모르게 했을지 모르지만요."

그린은 이어 붉게 부은 눈을 가느다랗게 감고 물었다.

"혹시 프랭크 코너가 내 딸의 죽음과 무슨 관련이 있다고 생각하는 거 아닙니까?"

"그것도 하나의 가능성이죠. 어쨌든 일을 무리하게 너무 많이 하지 마십시오. 그러다가 정말 병이라도 나면 어쩌려구요."

"걱정 마십시오. 그런데 코너 선생 말입니다. 혹시 무슨 증거라도 발견하셨나요? 어제저녁에 그 친구 행동이 좀 수상한 데가 있던데."

"어떤 점에서 수상했죠?"

"처음 집에 왔을 때는 상당히 취해 있었죠. 그러다 내가 한번 호통을 쳤더니 잠시 정신이 드는 것 같았어요. 그러나 나중에 바닷가에 갔을 때는 거의 제정신이 아닌 것처럼 행동하더군요. 마치 대가리가 잘린 수탉처럼 이리저리 뛰어다니면서요."

"그 사람 술을 많이 마십니까?"

"글쎄, 알 수 없죠. 어제저녁 우리 집에 왔을 때까지 그 사람이 술 마시는 것을 본 일이 없었으니까요."

그린은 눈을 가늘게 뜨고 말을 계속했다.

"그런데 어제저녁에는 버본을 술잔 가득 따라 물같이 마시더군요. 그리고 오늘 아침에도 보셨죠? 바닷가에서 만나 술 한잔 하자고 하는 거 말이에요. 아침에 술이라니요. 특히 고등학교 선생이 말입니다."

"나도 이상하게 생각했습니다."

"그 밖에 발견한 것이 또 있습니까?"

"지금은 더 이상 얘기하지 맙시다. 확실한 증거가 나타나기 전에 공연히 그 사람의 신세를 망칠 얘기를 해서는 곤란하니까요."

그린은 자기 의자에 앉아 고개를 밑으로 숙였다. 그리고 눈살을 찌푸리고 뭔가 곰곰이 생각했다. 이어 손에 들고 있는 돈에 시선이 떨어졌다. 그리고 10달러짜리를 세기 시작하면서 말했다.

"이거 보시오, 아처 씨. 댁에선 자발적으로 이 사건을 조사하고 있는 거죠, 그렇죠? 그것도 무료로 말입니다."

"지금까지는 그랬지요."

"그럼 나를 위해 일해 주시오. 코너의 꼬리를 잡아 주세요. 돈은 당신이 요구하는 대로 얼마든지 낼 용의가 있습니다."

"그렇게 서두르지 마십시오. 아직 코너가 죄를 지었는지 확실하지 않으니까요. 다른 가능성들도 있습니다."

"어떤 가능성 말입니까?"

"내가 말해 줄 경우 또 총을 쏘지 않겠다고 약속할 수 있습니까?"

"걱정 마십시오. 그건 이미 졸업했으니까요." 그린이 순순히 대답했다.

"당신, 권총은 어쨌소?"

"피어설 보안관에게 주었죠. 그 사람이 달라고 해서요."

우리는 식사를 마치고 일어서는 한 가족 때문에 대화가 중단되었다. 그들은 그린에게 돈을 주고 딸이 죽은 데 대한 조의를 표했다. 그들이 나가자 나는 말을 다시 시작했다.

"당신은 당신 딸이 이 식당에서 잠깐 일했었다고 했지요? 앨 브로코도 같은 때에 여기서 일했었요?"

"그럼요. 그 사람은 약 6, 7년 동안 우리 식당의 야간 주방장으로 일했지요. 앨 브로코는 아주 훌륭한 주방장이에요. 이탈리아 음식 요리사로 실력을 쌓았거든요."

이렇게 말한 그린은 그의 둔한 머리가 슬픔 때문에 더욱 느려졌기 때문인지 뒤늦게 물었다.

"혹시 선생님은 그 친구가 지니와 무슨 관계를 가졌다고 말하려는 것은 아니겠죠?"

"아니, 그저 물어본 것뿐입니다."

"쓸데 없는 소리! 앨은 지니에게 아버지뻘 나이인걸요. 게다가 그 친구는 딸들을 무척 사랑합니다. 특히 애니타를 아끼지요. 애니타라면 깜빡 죽을 정도죠. 애니타는 그 집 기둥이에요."

"그 사람과 지니와의 관계는 어땠지요?"

"사이가 아주 좋았죠. 둘이 마주앉으면 서로 농담을 주고받곤 했었죠. 지니는 그 친구를 웃길 수 있는 유일한 사람이었죠. 앨은 깊은 슬픔에 잠겨 있었죠. 가정에 비극이 일어났기 때문에."

"무슨 비극이죠? 부인이 죽은 것 말입니까?"

"부인이 그저 죽은 것이 아니었죠. 앨 브로코는 자기 손으로 부인을 죽인 사람입니다. 부인이 딴 남자와 자고 있는 것을 보고 칼로 찔러 살해했던 겁니다."

"아니 그런데도 감옥에 안 가고 저렇게 버젓이 나돌아다닌단 말인가요?"

"그 친구 부인과 동침하다 들킨 자는 멕시코인이었죠. 영어도 하지 못하는 자였어요. 그래서 이 고장 사람들은 앨을 욕하는 사람이 별로 없었습니다. 그런데도 배심원들은 그에게 살인죄를 선고했었죠. 그 친구가 감옥에서 풀려 나오자 그 친구가 요리사로 일했던 핑크 플라밍고 식당은 그 친구를 받아 주지 않았죠. 그래서 내가 그를 채용했습니다. 그 사람 딸들이 불쌍해서였죠. 게다가 그 친구는 일을 잘하거든요. 또 사람은 그런 짓을 두 번 다시 안 하는 법이니까요."

그는 말을 마치자 다시 생각에 잠겼다. 생각에 잠겨 입을 크게 벌린 그의 입안에 있는 금니들이 보였다.

"그러지 않기를 바랍시다."

내가 이렇게 말하자 그린은 말했다.

"이거 봐요. 나를 위해 일해 주지 않겠소? 어떤 놈의 짓이건 그놈을 잡아 주시오. 내 돈을 드릴 테니. 얼마를 원하십니까?"

나는 그의 손에서 100달러만 빼내고 나머지는 당신이 잘 쓰라고 말했다. 나는 식당을 나왔다. 코 속에서는 여전히 기름 냄새가 났다.

프랭크 코너의 집은 고속도로 순찰대와 사건이 일어났던 골짜기 중간쯤에 있는 낮은 절벽 끝에 붙어 있었다. 미국 삼나무로 지은 목조 건물로서 자동차 두 대가 들어갈 수 있는 차고가 길 쪽으로 나 있었는데 문은 닫혀 있었다. 차고와 대문 사이에 있는, 포도나무가 자라는 마당에서 시작된 나무 계단이 햇빛을 많이 받도록 설계된 납작한 지붕까지 이어져 있었다. 또 하나의 계단이 지붕에서 4.5 내지 6m 정도 되는 바닷가까지 나 있었다.

나는 마당에서 차고 문까지 걸어가다가 풀 깎는 큰 가위에 걸려 넘어졌다. 넘어진 김에 차고 안을 들여다보았다. 돛이 내려진 채트

레일러에 실려 있는 돛배와 자동차가 나의 관심을 끌었다. 돛배가 나의 눈을 끈 것은 거기에 달린 끈이 지니가 목졸려 죽은 밧줄과 비슷했기 때문이었다. 자동차가 내 눈길을 끈 것은 그것이 2인용 외제차인 트라이엄프였기 때문이다.

그것들을 다시 한번 자세히 살펴보려고 하는데 머리 위에서 갈매기 우는 소리와 비슷한 여자 목소리가 날카롭게 들렸다.

"당신 거기서 뭘하고 있는 거예요?"

코너 부인이 지붕 위 난간에 엎드려 내려다보고 있는 것이었다. 머리를 보니 곱슬곱슬했다. 마치 쳐다보기만 해도 사람들이 돌로 변했다는 금발의 고르곤 같이 생긴 여자였다. 나는 그 여자를 올려다보고, 지금은 그 이름이 생각나지 않는 그리스 사람이 지었다는 미소를 지어 보려고 애썼다.

"댁의 남편께서 오늘 아침 술 한잔 하자고 초대했죠. 기억 나세요? 아무 때나 들러도 된다는 뜻이었는지는 모르지만."

"아무 때나 와도 된다는 뜻이 아니었어요. 그러니 나가 주세요! 지금 남편은 자고 있으니까요."

"쉬, 남편께서 깨겠소. 그렇게 떠들면 세상 사람들이 모조리 다 깨겠어요."

부인은 손을 입에 갖다 댔다. 표정을 보니 자기 손을 입으로 깨물고 있는 것 같았다. 이어 부인은 잠시 사라졌다가 머리에 여러 가지 색깔의 실크 스카프를 두르고 계단을 내려왔다. 몸에는 하얀 비단 수영복을 입고 있었다. 피부는 갈색 나무 같았다.

"여기서 나가 주세요. 안 나가면 경찰을 부르겠어요." 그 여자는 말했다.

"좋아요, 부를 테면 불러 보세요. 나는 감출 것이 아무 것도 없으니까."

"우리는 뭔가 감출 것이 있다는 뜻인가요?"
"두고 봐야죠. 댁은 왜 남편을 두고 떠났었죠?"
"그건 당신이 참견할 일이 아녜요."
"나는 참견하기로 했소, 코너 부인. 나는 지니 그린 살해 사건을 조사하고 있는 사립 탐정이니까요. 부인께선 지니 그린 때문에 남편을 떠났던가요?"
"아녜요, 그렇지 않아요. 나는 그걸 알지도 못했던······." 그 여자의 손이 다시 입으로 올라갔다. 그리고 손을 깨물기 시작했다.
"부인께서는 남편이 지니 그린과 관계를 갖고 있는 것을 몰랐다고 말하는 겁니까?"
"그런 사실 없어요."
"부인께선 그렇게 말하지만 다른 사람들은 다르게 얘기하던데요."
"어떤 다른 사람들 말예요? 애니타 브로코 말예요? 그 여자 말하는 것은 아무 것도 믿을 수 없어요. 그리고 그 여자 자신의 아버지가 살인자인걸요. 이 마을 사람들은 다 알고 있죠."
"부인의 남편도 살인자인지 모릅니다, 코너 부인. 늦기 전에 나에게 다 말씀하세요."
"그렇지만 나로선 말할 게 아무 것도 없어요."
"그럼 왜 남편을 떠나 친정에 가 있었는지 말해 보세요."
"그건 남편과 나 사이의 사적인 문제였죠. 우리 둘 말고 다른 사람과는 아무 관계도 없는 문제예요."
부인은 냉정한 태도로 자기 자신을 완강히 지키기 위해 도덕적인 힘을 되찾는 눈치였다.
"여자가 남편을 떠날 때는 단 한가지 이유밖에 없는 법이죠."
"나로선 나름대로의 이유가 있었어요. 그리고 그것은 당신이 관여할 문제가 아니죠. 나는 개인적인 이유 때문에 한 달 동안 롱아일랜드의 부모님과 같이 지내기로 했던 겁니다."

"그런데 언제 돌아왔습니까?"

"오늘 아침에요. 남편이 전화를 걸었어요. 내가 필요하다며 돌아오라고 말했어요."

코너 부인은 남편이 그 전에는 자기를 필요로 하지 않았던 것처럼 슬픈 표정을 짓고 손을 자신의 납작한 가슴에 갖다 댔다.

"부인이 왜 필요하다고 했습니까?"

"아내로서죠." 부인은 이렇게 덧붙였다. "그이는 무슨 어려운……" 하고 말하고는 또다시 손을 입에다 갖다 댔다. 그리고 억지로 "어려운 문제가 생길 것 같다고 해서……"라고 말했다.

"어려운 문제가 무엇인지 얘기하던가요?"

"아뇨."

"전화는 몇 시에 걸었습니까?"

"아침 일찍이었어요. 일곱 시경에요."

"그건 내가 지니의 시체를 발견하기 한 시간쯤 전이군요."

"그이는 그 학생이 없어진 것을 알고 있었던 거죠. 밤새도록 그 학생을 찾아다녔던 거예요."

"왜 밤새도록 찾아다녔답니까?"

"그 아이는 남편의 학생이었으니까요. 남편은 그 아이를 좋아했거든요. 게다가 그 아이에 대해 어느 정도 책임도 있었구요."

"남편이 그 애의 죽음에 대해 책임이 있단 말인가요?"

"당신 어떻게 그따위 말을 함부로!"

"댁의 남편이 감히 그런 짓을 했다면 나도 감히 그런 말을 할 수 있죠."

"남편은 그런 짓 안 했어요." 코너 부인은 소리를 버럭 질렀다. "남편은 착한 사람이에요. 결점은 있을지 몰라도 사람을 죽일 사람은 아녜요, 나는 알아요."
"그래 남편의 결점은 무엇이죠?"
"여기서 밝힐 순 없어요."
"그럼 댁의 차고를 살펴봐도 될까요?"
"무엇 때문에요? 무엇을 찾고 있는 겁니까?"
"그걸 찾으면 알게 될 겁니다." 나는 차고 문을 향해 걸었다.
"거기 들어가면 안 돼요. 남편의 허락 없이 들어가선 안 돼요." 부인은 언성을 높여 단호히 말했다.
"가서 남편을 깨우세요. 내가 허락을 받을 테니."
"안 돼요, 남편은 어젯밤 한잠도 못잤어요."
"그럼 남편 허가 없이 그냥 잠깐 들여다보기만 하겠소."
"당신이 만약 차고 안에 들어가면 내가 죽일 거예요."
코너 부인은 풀 깎는 가위를 집어들고 나를 향해 휘둘렀다. 그녀의 모습은 다 자란 새끼 사자를 보호하러 나선 병든 암사자와도 같았다. 다 자란 그 새끼 사자가 그 순간 대문간에 나타났다. 그는 비틀거리면서 쪼그리고 앉았다. 하얀 팬티 외에는 아무 것도 걸치지 않은 알몸이었다.
"무슨 일이지, 스텔라?"
"이 사람이 당신에게 지독한 죄명을 뒤집어 씌우려고 하는군요, 글쎄."
코너는 흐릿한 눈초리로 나와 자기 아내를 번갈아 보더니 아내에게 물었다.
"이 사람이 뭐라고 했길래 그렇게 말하는 거요?"
"난 이 사람이 한 말을 옮기기도 싫어요."
"그럼 내가 되풀이하겠소. 난 당신이 지니 그린의 애인, 애인이라는 말이 옳은지는 몰라도, 애인이라 생각합니다. 그 아이가 어제저녁 자정쯤 당신을 뒤쫓아 이 집으로 왔다가 밧줄로 목이 졸려 살해된 뒤 산속으로 옮겨진 것 같은데, 그렇지 않소?"

코너는 고개를 번쩍 들었다. 그리고 코너는 내 쪽을 향해 달려들 기세였다. 그러나 보이지 않는 뭔가에 묶여 오지 못하는 것 같았다. 그는 내쪽으로 몸을 굽힌 채 얼어붙은 듯이 움직이지 않았다. 그의 모든 근육이 뻣뻣해진 것 같았다. 그는 껍질이 벗겨진 해부용 표본동물처럼 보였다. 얼굴조차도 뼈와 이빨밖에 없는 느낌을 주었다.

나는 코너가 나에게 덤벼들어 주먹으로 후려쳐 주기를 바랐다. 그러나 그는 덤벼들지 않았다. 스텔라 부인은 풀 깎는 가위를 떨어뜨렸다. 가위가 떨어지면서 파멸을 알리는 듯한 둔탁한 소리를 냈다.

"여보, 당신. 이 사람 주장을 부인하지 않을 거예요?"
"나는 그 아이를 죽이지 않았어. 맹세코 죽이지 않았어. 어제저녁에 우리가 같이 있었다는 것, 지니와 내가 같이 있었다는 것은 사실이지만."

"지니와 당신이……." 코너 부인은 믿지 않는 듯 되풀이했다.
코너의 머리는 수그러졌다.

"미안해요, 스텔라. 나는 이미 당신의 마음을 너무도 많이 상하게 했으니 더 이상 고통을 주고 싶지 않소. 그러나 사실은 사실대로 밝혀져야 하니 어쩌겠소? 당신이 떠난 다음 나는 그 아이와 사귀게 됐어요. 나는 외로웠고 내 자신이 가련하다는 생각이 들었어요. 그런데 지니는 자꾸 내 주위를 맴도는 거였소. 그러다 어느 날 저녁 술을 많이 마신 김에 그만 일을 저지르게 되었소. 거기서 끝냈어야 하는데……. 예쁜 여자아이가 나를 그렇게 좋아하는 바람에 나는 그만……."

"이 바보 같은 사람!" 부인이 소리를 질렀다.
"그래요, 나는 도덕적인 바보요. 당신에겐 놀라운 일이 아니지. 그렇지 않소?"

"나는 당신이 최소한 학생들만은 존중할 줄 알았어요. 그래 당신은 그 아이를 우리 집에, 우리 침대에 데리고 들어왔다는 말인가요?"

"당신은 떠났고 침대는 이미 당신과 내 것이 아니었잖소? 뿐만 아니라 그 아이는 나를 사랑한다면서 스스로 원해서 찾아오는데 낸들 어떻게 하겠소?"

"이 비겁하기 짝이 없는 천치 같으니! 그 주제에 나보고 돌아오라고까지 하다니! 그러고도 날 감쪽같이 속이다니!"

부인은 남편에 대한 경멸을 도저히 참을 수 없는 듯 내뱉았다.

내가 두 사람 사이의 대화에 끼어들면서 물었다.

"그럼 그 여자아이가 어제저녁 여기 왔었단 말이요, 코너?"

"여기 왔었어요. 내가 초대하지도 않았는데. 나는 솔직히 와 주었으면 했죠. 그러면서도 오면 어떻게 하나 두렵기도 했어요. 나는 그 아이와 무서운 모험을 하고 있다는 것을 알고 있었죠. 그래서 나는 양심의 가책을 덜어보려고 술을 상당히 많이 마셨습니다."

"양심은 무슨 양심?" 코너 부인이 비아냥거렸다.

"나에게도 양심은 있소." 코너는 스텔라를 외면한 채 말했다. "당신은 아마 내가 얼마나 많은 고민을 했는지 모를 거요. 어제저녁 그 일이 일어난 뒤 나는 의식을 잃을 정도로 혼자 술을 마셨다오."

"그 애를 죽인 뒤 말이요?" 내가 물었다.

"난 그 아이를 죽이지 않았어요. 내가 술에 취해 쓰러질 때까지는 그 애에게 아무 일도 없었죠. 그 애는 앉아서 인스턴트 커피를 마시고 있었죠. 몇 시간 후, 그 애의 아버지가 전화를 걸어와서 다시 나는 깼습니다. 그 애는 전화를 받은 뒤 가버렸어요."

"아니, 당신은 의식을 잃어 생각이 나지 않는다는, 통하지도 않을 알리바이를 주장하려는 거요? 그따위 수작을 부리면 곤란해요."

"아닙니다, 그건 사실입니다."

"당신 차고에 좀 들어가 볼 수 있겠소?"

코너는 몸을 움직일 기회가 생겼다는 듯 내 요청에 기꺼이 응했다. 차고의 자물쇠는 잠겨 있지 않았다. 그가 차고 문을 들어 올리자 햇빛이 안으로 비쳐들었다. 페인트 냄새가 물씬 났다. 범선 옆에는 배에 칠하는 페인트의 빈 깡통들이 널브러져 있었다. 범선의 선체가 하얗게 빛나고 있었다.

"지난 주 이 배에 페인트칠을 다시 했죠."

그는 뚜렷하지 않은 발음으로 말했다.

"당신은 배를 많이 타나요?"

"그전에는 많이 탔죠. 최근에는 별로 많이 타지 않았습니다."

"그래요, 많이 타지 않아요. 저 사람은 더이상 배 타는 게 취미가 아니에요. 저 사람은 취미를 여자로 바꿨어요. 술과 여자로요." 그의 부인이 문간에서 말했다.

"그러지 마, 제발." 코너는 간청하듯 말했다.

부인은 아무 말 않고 남편을 노려보기만 했다.

나는 배를 돌아가서 밧줄을 살펴보았다. 우현(右舷) 선수 삼각돛의 밧줄이 약간 잘려 나가고 없었다. 좌현 쪽 밧줄과 대 보니까 없어진 밧줄은 1미터 정도였다. 내가 출처를 확인하고 싶어하던 그 하얀 로프의 길이와 같았다.

"여보! 누가 내 배 밧줄을 건드렸지? 스텔라, 당신이 이 밧줄 잘랐소?" 코너는 로프가 잘린 데를 손에 쥐고 마치 자기 살이 잘려 나간 것처럼 아까워하며 말했다.

"난 당신의 그 대단한 배 근처에도 가지 않아요."

"잘려나간 밧줄이 어디 있는지 내가 말해줄 수 있소. 내가 지니 그린의 시체를 발견했을 때 똑같은 길이, 똑같은 색깔, 똑같은 굵기의 밧줄이 그 아이의 목에 감겨 있더군요."
"설마 내가 그 애 목을 이 밧줄로 감았다고 생각하는 것은 아니겠죠?"
나는 코너가 그 아이의 목을 조르는 데 자기의 범선 밧줄을 썼다고 생각하려 했지만 도저히 납득이 안 되는 부분이 있었다. 작은 보트를 타는 사람들은 보트의 밧줄을 자르는 법이 없기 때문이었다. 하물며 급히 사람을 죽여야 하는 다급한 상황에서 배의 밧줄을 자른다는 것은 더구나 어려운 법이다. 게다가 코너는 설사 천재는 아닐지라도 살인을 하는 데 자기 배의 돛에 달린 밧줄을 쓰면 나중에 분명한 증거가 된다는 것쯤은 알 정도로 지각이 있는 사람이었다. 그러니까 그것은 코너만큼이나 약은 다른 사람의 소행이라 단정할 수밖에 없었다.

나는 코너 부인을 향해 돌아섰다. 그 여자는 문간에 두 다리를 벌리고 서 있었다. 몸은 햇빛을 등지고 서 있어 온통 시커멓게 보였고 두 눈은 머리에 쓴 스카프로 가려져 있었다.

"코너 부인, 몇 시에 집에 돌아왔습니까?"
"오늘 아침 10시쯤에요. 남편의 전화를 받고 버스를 타고 왔죠. 그러나 나는 이 사람을 위해 알리바이를 제공할 위치에 있지 않아요."
"내가 생각하는 것은 알리바이가 아닙니다. 또다른 가능성을 생각하고 있는 거죠. 당신이 이 집에 두 번 왔을 가능성 말입니다. 어제저녁 예정에도 없이 나타났다가 그 여자아이가 남편과 같이 자는 것을 보고 바깥에서 기다렸을 수도 있습니다. 손에 로프를 들고 어둠 속에 서 있었던 거죠. 남편에 대한 복수로 남편에게 죄를 뒤집어 씌우기 위해 남편의 보트에서 그 로프를 잘라냈던 겁니다. 그러나 코너 부인, 그런 식으로 범행을 위장하려 했지만 설득력이 없는 짓이었습니다. 댁의 남편과 같이 배를 좋아하는 사람은 그 누구도 자기 자기 배에서 로프를 자르지 않는 법이니까요. 게다가 아무리 살인을 하느라 경황이 없더라도 로프를 맬 때 선매듭으로 매지는 않죠. 배를 잘 타는 남자라면 자연히 맞매듭으로 매게 돼 있어요. 그러나 여자라면 맞매듭을 매지 않게 되죠."
코너 부인은 한 팔을 꼿꼿이 뻗어 문짝을 짚고 몸을 일으켰다.
"나는 그따위 짓을 할 사람이 아녜요. 나는 남편에게 그런 짓을 할 사람이 아녜요."
"코너 부인, 아마 대낮에는 그런 짓을 못하겠지요. 그러나 밤중에는 달라지는 수도 있습니다."
"당신은 남편에게 버림받은 여자의 분노만큼 무서운 것은 없다고 생각하는 거죠? 그러나 잘못 짚고 있는 겁니다. 나는 어제저녁 롱비치의 우리 아버님 집에서 자고 있었어요. 나는 남편과 그 여자아이의 관계도 알지 못하고 있었고."
"그럼 왜 남편을 두고 떠난 거죠?"
"저 사람은 어떤 여자를 사랑하고 있었죠. 그 여자와 결혼하기 위해 나와 이혼하려 했어요. 하지만 저이는 두려워했어요. 그렇게 하면 이 고장에서 체면 유지를 할 수 없을까봐 두려웠던 거죠. 저이는 오늘 아침 전화로 그 여자와의 관계가 이제 다 끝났다고 하더군요. 그래서 나는 다시 돌아오기로 했던 거죠."
이렇게 말한 코너 부인은 팔을 다시 내렸다.
"남편께서는 지니와의 관계가 끝났다고 하던가요?"
나의 머리 속에서는 갖가지 가능성이 맴돌기 시작했다. 코너가 혹시 당구에서의 역회전과 같은 재주를 피워 곤경에서 벗어나려고 서툰 짓을 했을 가능성도 있었다. 그러나 그것은 가능성이 극히 희박했다.
"지니가 아녜요!" 코너 부인이 소리쳤다. "저이가 결혼하려던 여자는 애니타 브로코예요. 저이는 작년 봄 그 여자를 만나 사랑에 빠졌던 거예요. 소위 저이가 말하는 사랑이지요. 내 남편은 미련하고 변덕이 많은 인간이라니까요."

"스텔라, 제발. 애니타와 나는 이미 끝났다고 말하지 않았어. 벌써 끝난 일이오."

코너 부인은 조금도 누그러지는 기색이 없이 사정없이 퍼부었다.

"이제 그게 무슨 상관이에요? 이 여자든 저 여자든 마찬가지 아녜요? 여자만 보면 사족을 못 쓰는 게 당신 아녜요?"

이렇게 말한 부인은 자신이 한 잔인한 말 때문에 더욱 괴로워진 모양이었다. 남편에게 한 손을 내밀더니 갑자기 울기 시작했다.

"나만 빼놓고 어떤 여자라도 다 좋은 거죠, 여보?"

부인은 울먹이며 말했다.

그러나 코너는 자기 부인에게 전혀 신경을 쓰지 않은 채 나에게 조그만 소리로 말했다.

"세상에 그럴 수가! 난 지금까지 그런 생각을 못했는데. 어제저녁 바닷가를 걸어 집으로 돌아올 때 그 여자의 차를 보았어요."

"어떤 여자의 차 말입니까?"

"애니타의 빨간 피아트 차 말예요. 그 차가 여기서 몇백 미터 떨어진 곳에 있지 않겠어요?" 코너는 읍내 쪽을 가리키며 말했다. "조금 있다 지니가 와서 함께 있는데 차고에 누가 들어간 것 같은 느낌이 들었죠. 나는 그래도 너무 취해서 누군지 알아보려고도 하지 않았지 뭡니까." 그는 이어 내 눈을 똑바로 쳐다보면서 물었다. "그래 그 매듭은 여자가 맨 매듭 솜씨라 했지요?"

"내 생각은 그렇소만 그 여자한테 가서 물어보는 수밖에 없죠."

나는 이렇게 말하고 코너와 함께 내 차 쪽으로 걸어가기 시작했다. 그때 코너 부인이 남편을 불렀다.

"여보, 당신은 가지 말아요. 저분이 처리하도록 하세요."

코너는 어떻게 해야할지 망설였다. 그는 반대되는 두 힘 사이에 끼어 어찌할 바를 모르는 나약한 사나이였다.

"난 당신이 필요해요. 우린 서로가 필요해요." 그녀가 말했다.

나는 코너를 부인 쪽으로 떠밀었다.

고속도로 순찰대에 도착하니 4시가 다 되었다. 순찰차들이 교대하기 위해 마치 둥지로 돌아온 비둘기들처럼 모여 있었다. 제복을 입은 순경들이 웃으면서 서로 얘기하고 있었다.

애니타 브로코는 그들 가운데 없었다. 얼굴에 여드름이 잔뜩 난 남자 순경이 배차계 자리에 앉아 있었다.

"브로코 양은 어디 있죠?" 내가 물었다.

"화장실에 갔어요. 그 사람 아버지가 곧 데리러 온대요."

조금 있자니 브로코가 입에 립스틱을 바르고 베이지색 코트를 걸치고 나왔다. 그리고 내 얼굴을 보더니 얼굴이 베이지색으로 변했다. 이어 천천히 내 쪽으로 걸어와 두 손으로 카운터를 짚고 섰다. 립스틱은 꼭 시체에 묻은 피와 같이 보였다.

"애니타, 당신은 참 예쁜 여자인데 정말 안됐소."

"안됐다고요?" 그 물음은 반은 질문이고 반은 질문이 아닌 것같이 들렸다. 애니타는 이렇게 말하고 자기 손을 내려다보았다.

"당신 손톱들이 깨끗하군요. 오늘 아침엔 흙이 묻어 있더니. 당신 어제저녁에는 땅을 팠지요, 그렇지요?"

"아뇨."

"당신은 분명히 땅을 팠소. 당신은 두 사람이 같이 자는 걸 보고 도저히 참을 수가 없었던 거요. 그래서 로프를 가지고 숨어 있다가 그 아이의 목을 졸랐소. 그리고 당신 목도 조르려 했고요."

애니타는 자기 목을 만져 보았다. 조금 전까지 들리던 얘기 소리와 웃음 소리가 잠잠해졌다. 벽시계가 똑딱거리는 소리가 다시 들렸다. 주위 사람들이 낮게 중얼거리는 소리도 들려왔다.
"애니타, 로프를 무엇으로 잘랐지? 정원의 잔디 깎는 가위를 썼던가요?"
애니타의 붉은 입술은 할 말을 찾느라 우물거렸고 드디어 말이 튀어나왔다.
"나는 그 사람에게 반했었어요. 그런데 그 아이가 빼앗아 버린 거예요. 나는 그 사람하고 시작하기도 전에 끝나버렸죠. 그래서 나는 어떻게 해야 할지 몰랐어요. 오직 그 사람에게 고통을 주고 싶다는 생각뿐이었죠."
"그 사람은 고통을 받고 있어요. 아마 앞으로 더 많은 고통을 받게 되겠죠."
"그 사람, 그래도 싸요. 그 사람은 나에겐 유일한 사람……." 애니타는 어깨를 으쓱 하고 자기 가슴을 내려다보았다. "그 아이를 죽이려고 한 것은 아니었어요. 그런데 그들이 함께 있는 것을 보았을 때……. 나는 창문으로 그들을 지켜보았죠. 그 아이가 옷을 벗는 것에서부터 다시 옷을 입는 것까지요. 그 순간 나는 우리 아버지가 생각났죠. 우리 엄마 침대에 피가 낭자했던 광경이 생각났습니다. 내가 그 피를 다 씻어내야 했어요."
주위에 서 있던 순경들이 웅성거리기 시작했다. 그중 경사 한 사람이 큰 소리로 물었다.
"당신이 지니 그린을 죽였단 말이요?"
"그래요."
"그럼 여기서 진술서를 쓰겠소?" 내가 물었다.
"아니요. 피어설 보안관에게 가서 진술서를 쓰겠어요. 여기 동료들

앞에서 쓰기는 싫어요."

애니타는 이렇게 말하고 주위를 둘러보았다.

"그럼 내가 읍내로 데리고 가 주죠."

"잠깐만요." 애니타는 또다시 자기의 빈 손을 내려다보면서 말했다. "뒷방에 지갑을 놓고 왔어요. 가서 가져올게요."

그 여자는 죽었다 다시 깨어난 사람 모양 비틀비틀 사무실을 가로질러 걸어가 뒷방의 문을 열고 들어가더니 다시 문을 닫았다. 그런데 들어가더니 나오질 않았다. 그래서 우리는 자물쇠를 부수고 들어가 보았다.

애니타는 이미 시체가 되어 비좁은 방바닥에 누워 있었다. 상아 자루가 달린 손톱 다듬는 칼이 그 여자의 오른손 옆에 놓여 있었다. 그 여자의 하얀 블라우스와 그 밑의 흰 가슴에 여러 개의 구멍이 나 피가 줄줄 흐르고 있었다. 그중 하나는 심장까지 깊숙이 나 있었다.

조금 있다 앨 브로코가 애니타의 붉은색 피아트를 몰고 도착했다.

"좀 늦었어요. 애니타가 차를 좀 세차해 달라고 해서요. 그런데 그 아이는 어디 있죠?" 그는 방안을 둘러보며 말했다.

아까 그 경사가 대답하려고 목청을 가다듬었다.

나는 그날 아침 산속에서 우리 인간은 불쌍하다고 했던 노인의 말이 불현듯 생각났다.

지적 즐거움 고상한 품격 랍비 탐정

 순수한 미스터리소설을 사랑하는 사람들에게 해리 케멀먼은 영국과 미국에서 활동한 작가 가운데서 아주 중요한 위치를 차지하는 인물임에 틀림없다. 그의 작품 활동을 살펴보면 그 느긋함이 실로 부러울 따름이다.

《금요일, 랍비는 늦잠을 잤다(1964년)》
《토요일, 랍비는 배가 고팠다(1966년)》
《일요일, 랍비는 집에 있었다(1967년)》
《월요일, 랍비는 여행을 떠나다(1972년)》
《화요일, 랍비는 크게 분노하다(1974년)》

 이처럼 12년 동안 장편이 5권, 그 외에는 1967년에 단편집《9마일은 너무 멀다》가 나왔을 정도로 그는 아주 유유자적한 작품 활동을 했다. 게다가《9마일은 너무 멀다》에 수록된 8편의 단편은 1947년부터 67년까지 20년 동안 〈엘러리 퀸의 미스터리 매거진〉에 쉬엄쉬엄

한가롭게 발표한 작품들을 모은 것이었다.

그의 다섯 장편은 모두 베스트셀러가 되었는데, 아무튼 케멜먼은 이런 여유로운 태도로 창작을 했으니 하나같이 걸작만 쏟아낸 것도 전혀 이상할 것이 없다. 따라서 어쩌면 케멜먼이 작품에 대해서 상당히 결벽증을 갖고 있었던 게 아닐까 하는 생각도 든다.

단편집 《9마일은 너무 멀다》에 수록된 8편의 단편은 모두 니콜라스 웰트 교수를 주인공으로 한다. 이 작품들은 모두 순수논리에 입각한 미스터리소설이며, 두 편을 빼면 안락의자 탐정의 형식을 취하고 있다. 표제가 된 〈9마일은 너무 멀다〉를 제외하면 작품 매수와 비교하여 추리가 너무 가벼운 느낌도 드는 게 사실이지만, 이만큼 고전적인 논리를 따르는 순수한 의미의 수수께끼풀이 소설이 그리 흔한 시절도 아니었던 만큼 그의 작품은 더욱더 빛을 발하고 있다.

랍비 데이비드 스몰을 주인공으로 하는 다섯 장편도 위와 같은 맥락에서 고전적인 스타일을 유지하고 있는 작품이다. 그가 중년에 처음 단편을 썼고, 초로에 접어들면서 비로소 장편을 쓰게 된 작가여서 그런지, 그의 모든 작품에는 지적인 흥미와 보기 좋은 품격이 어우러져 있다.

랍비 스몰 시리즈가 베스트셀러가 된 가장 큰 이유는, 안토니 바우처도 인정했듯이 반드시 순수한 논리를 토대로 한 미스터리소설로서의 매력이 어필한 탓만은 아니었다. 어떤 면에서는 유대소설로서 갈채를 받은 이유가 더 클 수도 있다.

그러나 일요일, 월요일, 그리고 그 다음 날이 되면 될수록 미스터리소설적인 부분이 점점 줄어들지만, 유대 풍속과 본격 미스터리소설을 합쳐놓은 것이 케멜먼의 작풍이라고 볼 수도 있다. 그리고 그 둘 사이에 전혀 위화감이 없다는 사실이 바로 케멜먼의 실로 놀라운 능력이다.

그 증거는 닉 웰트 시리즈를 읽어보면 잘 알 수 있다. 케멜먼의 미스터리소설은 인간성에 입각해 범죄를 다루고, 또한 인간심리에 뿌리내린 논리로 사건을 해결한다.

웰트 교수 시리즈도 마찬가지지만 랍비 스몰 시리즈에서도 환상적인 범인의 트릭을 다루는 작품은 하나도 없다. 과장된 엄청난 악인도 없고 놀랄 만한 범죄계획도 없다. 단지 보통 생활인이 생각할 수 있는 지극히 현실적인 실감나는 사건뿐이다.

1940년대부터 30년간 미스터리소설은 로맨티시즘에서 리얼리즘으로 완전히 옮겨갔다. 그리고 현대에서는 어떤 개인의 판타스틱한 범죄란 도저히 상상도 할 수 없게 되었다. 따라서 미스터리소설은 그런 의미에서 우리에게 아련한 향수를 불러일으키는 장르임이 분명하다.

그러므로 범죄가 일어나는 환경과 인간관계를 그려내는 작가의 수완은 아주 중요한 필수조건이 된다. 랍비 스몰 시리즈의 첫 번째 작품인 《금요일, 랍비는 늦잠을 잤다》는, 본격 미스터리소설의 고마움을 다시 한번 일깨워줄 훌륭한 본보기이다.

로스 맥도널드는 영문학 교수 케네스 밀러가 사용한 가명이다. 그는 루 아처라는 탐정을 주인공으로 내세워 얘기를 전개해 나가는 수법을 썼다. 루 아처야말로 주관적 비평을 하지 않고 객관적 설명에만 집중하는 하드보일드적 범죄소설이 낳은 가장 유니크한 작중 인물이라 할 수 있다.

주인공 루 아처는 로스 맥도널드처럼 내성적인 성격의 소유자로, 13권의 소설과 두 편의 단편 선집에 등장하면서 범죄를 솜씨있게 해결해 낸다.

로스 맥도널드는 현대의 어느 범죄소설가보다도 훨씬 더 비평가들의 관심을 끌었는데 마땅히 그럴 만한 작가이다. 특히 《미드나이트 블루》는 잊을 수 없는 '아처 미스터리소설'의 하나로 꼽히는 작품이다.